Nora Roberts est le plus grand auteur de littérature féminine contemporaine. Ses romans ont reçu de nombreuses récompenses et sont régulièrement classés parmi les meilleures ventes du *New York Times*. Des personnages forts, des intrigues originales, une plume vive et légère... Nora Roberts explore à merveille le champ des passions humaines et ravit le cœur de plus de quatre cent millions de lectrices à travers le monde. Du thriller psychologique à la romance, en passant par le roman fantastique, ses livres renouvellent chaque fois des histoires où, toujours, se mêlent suspense et émotions.

Un parfum de chèvrefeuille

NORA ROBERTS

L'hôtel des souvenirs – 1

Un parfum de chèvrefeuille

Traduit de l'anglais (États-Unis)
par Maud Godoc

Titre original
THE NEXT ALWAYS

Éditeur original
The Berkley Publishing Group,
published by the Penguin Group (USA) Inc., New York

© Nora Roberts, 2011

Pour la traduction française
© Éditions J'ai lu, 2012

*À John Reese,
le meilleur maître d'œuvre entre tous,
et à l'équipe de l'Hôtel Boonsboro.*

*Le chant et le silence du cœur
Sont en partie prophéties,
en partie nostalgies,
Extravagantes et vaines.*

HENRY W. LONGFELLOW

Centre-ville de Boonsboro

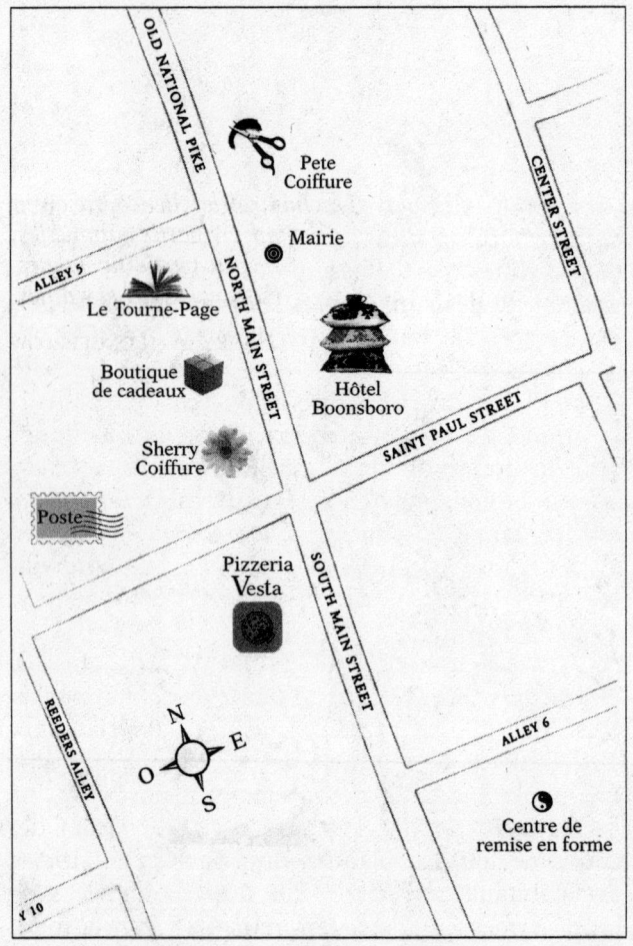

1

Les murs de pierre se dressaient là depuis plus de deux siècles, simples, massifs, robustes. Extraits des collines et vallées avoisinantes, ils témoignaient du désir inhérent à l'homme de laisser son empreinte. De faire œuvre de bâtisseur et de créateur.

Au fil des ans, l'homme avait marié la pierre à la brique, au bois et au verre, apportant agrandissements, transformations, améliorations pour s'adapter aux besoins, aux époques, aux caprices. Durant tout ce temps, la demeure à la croisée des chemins avait regardé le village de colons devenir une ville au fur et à mesure que de nouvelles constructions voyaient le jour.

Le chemin de terre était devenu asphalte, chevaux et attelages avaient cédé la place aux automobiles. Les modes défilaient en un clin d'œil. Pourtant, elle était toujours là, à l'angle de la Grand-Place, jalon immuable dans le cycle du changement.

Elle avait connu la guerre, entendu l'écho des coups de feu, les plaintes des blessés, les prières des habitants terrorisés. Elle avait connu le sang et les larmes, la joie et la fureur. La vie et la mort.

Elle avait traversé les années de prospérité et de vaches maigres, changé de mains et de destination.

Pourtant les murs de pierre étaient toujours debout.

Avec le temps, le bois de sa gracieuse double terrasse couverte avait commencé à s'affaisser, des vitres s'étaient brisées, le mortier s'était craquelé et effrité.

Certains automobilistes arrêtés au feu rouge sur la place lui accordaient parfois un regard distrait et, voyant les pigeons entrer et sortir d'un battement d'ailes par les fenêtres cassées, se demandaient sans doute à quoi cette vieille bâtisse avait ressemblé à son heure de gloire. Puis le feu passait au vert et ils poursuivaient leur route.

Beckett, lui, le savait.

Les pouces coincés dans les poches de son jean, il se tenait à l'angle opposé de la Grand-Place. Dans la touffeur estivale, l'air semblait comme immobile. La rue était déserte et il aurait pu traverser Main Street malgré le feu, mais il attendit. Tel un rideau de théâtre, de grandes bâches bleues opaques dissimulaient la façade du toit jusqu'au trottoir. L'hiver, elles avaient contribué à garder un peu de chaleur à l'intérieur pour l'équipe. À présent, elles servaient de protection contre les rayons accablants du soleil – et les regards des curieux.

Lui savait où en était le chantier en cet instant précis et à quoi la maison ressemblerait une fois la restauration achevée. Après tout, c'était son œuvre – enfin à lui, ses deux frères et sa mère, mais il était l'architecte qui en avait dessiné les plans, sa fonction première au sein des Constructions Montgomery et Fils.

Beckett traversa la chaussée, ses tennis ne faisant quasiment aucun bruit sur le bitume dans le silence qui enveloppait la petite ville à 3 heures du matin.

Il passa sous l'échafaudage, longea le pignon, satisfait de constater à la lueur des réverbères que les pierres et les briques avaient été nettoyées avec soin.

La maison semblait ancienne – elle l'était bel et bien, songea-t-il, c'était en partie ce qui en faisait la beauté et le charme. Mais aujourd'hui, pour la première fois depuis aussi loin que remontaient ses souvenirs, elle donnait enfin l'impression d'être entretenue.

Il contourna le bâtiment, foulant la terre grillée par le soleil à travers les gravats qui jonchaient la future cour paysagère. À l'arrière, les galeries couvertes qui couraient le long des premier et deuxième étages étaient enfin d'aplomb. Les fuseaux sur mesure des balustrades – dessinés selon les modèles d'origine d'après d'anciennes photographies, à quoi s'ajoutaient les rescapés retrouvés durant les travaux d'excavation – venaient de recevoir une couche d'apprêt et séchaient sur une longueur de treillis métallique.

Son frère aîné, Ryder, dans son rôle d'entrepreneur en chef, avait programmé le montage des rampes et balustrades. Il le savait parce que Owen, le cadet de la fratrie Montgomery, les harcelait avec les délais, plannings, projections et livres de comptes – et informait Beckett du moindre clou planté.

Que cela lui plaise ou non.

La plupart du temps, c'était le cas, se dit-il, sortant ses clés de sa poche. Le vieil hôtel était devenu une obsession familiale.

Il ouvrit la porte provisoire qui donnait sur le futur hall, bien forcé d'admettre qu'il était carrément mordu. Mordu jusqu'à la moelle, en réalité.

Jamais un autre de leurs chantiers ne les avait emballés à ce point, tous sans exception. Et il soupçonnait que l'expérience demeurerait unique.

Beckett actionna l'interrupteur et la baladeuse suspendue au plafond illumina le sol en béton brut, les murs nus, les outils, les bâches, les matériaux.

Il flottait dans l'air une odeur de bois et de poussière de ciment à laquelle se mêlait un léger relent d'oignons grillés, souvenir du repas commandé par un ouvrier de l'équipe pour le déjeuner.

Il inspecterait plus complètement le rez-de-chaussée et le premier étage le lendemain matin, quand il ferait plus clair. Franchement, quelle idée de venir à cette heure alors qu'il n'y voyait goutte et tombait de fatigue. Mais il n'avait pu résister.

Il passa sous une large arche aux arêtes de pierre encore à nu. Il alluma alors sa torche et se dirigea vers l'escalier de chantier qui menait aux étages.

Il y avait dans cet endroit comme une présence au milieu de la nuit, lorsque les pistolets à clous, les scies, les radios et les éclats de voix s'étaient tus, et que les ombres avaient pris possession de l'édifice. Une présence pas vraiment sage et tranquille qui lui effleurait parfois la nuque du bout des doigts.

À elle non plus, il ne pouvait résister.

Il balaya le premier étage du faisceau de sa lampe, remarqua la couche de papier kraft sur les murs. Comme toujours, le rapport d'Owen était exact : Ryder et son équipe avaient achevé l'isolation à ce niveau.

Malgré son intention de monter directement au deuxième, il ne put s'empêcher de parcourir l'étage, le sourire aux lèvres, un pétillement de satisfaction dans ses yeux d'un bleu profond aux reflets indigo.

— Ça progresse bien, nota-t-il, rompant le silence d'une voix que le manque de sommeil rendait un peu rocailleuse.

Suivant le faisceau de sa torche, il promena dans l'obscurité sa haute silhouette longiligne héritée des Montgomery. Sa masse de cheveux bruns ondulés aux reflets châtains, il la tenait des Riley, du côté de sa mère.

— Active un peu, s'ordonna-t-il, sinon tu n'auras même pas le temps de te coucher.

Il monta au deuxième.

— Voilà ce que j'appelle du beau boulot.

Le bonheur pur dispersa ses velléités de sommeil, tandis qu'il suivait du doigt la jointure impeccable d'une cloison fraîchement posée.

Il éclaira les découpes prévues pour l'électricité, puis entra dans l'appartement de fonction du futur gérant de l'hôtel et vérifia que celles destinées à la plomberie dans la cuisine et la salle de bains respectaient le plan des branchements.

— Tu es un génie, Beckett, se félicita-t-il. Et maintenant, par pitié, rentre chez toi.

Mais il resta encore un moment à tout examiner en détail avant de redescendre, étourdi de fatigue et d'impatience.

Le bruit lui parvint alors qu'il atteignait le premier. Comme un fredonnement – une voix de femme, sans doute possible. Au même instant, un parfum lui caressa les narines. Chèvrefeuille sauvage aux effluves sucrés gorgés du soleil d'été.

D'une main ferme, il braqua sa torche vers le couloir, puis dans les chambres en travaux. Le murmure et le parfum s'évanouirent peu à peu dans la nuit.

— Je sais que tu es là, articula-t-il d'une voix claire qui lui revint en écho. Et j'imagine que ça ne date pas d'hier. Nous redonnons vie à cette maison, tu sais. Elle le mérite. J'espère sincèrement qu'elle te plaira quand les travaux seront finis.

Aux aguets, Beckett attendit quelques instants, assez fantasque – ou peut-être était-ce la fatigue – pour imaginer que la créature, quelle qu'elle fût, qui rôdait en ces lieux était passée en mode veille.

Il descendit et remarqua que le rez-de-chaussée était plongé dans le noir. Il ralluma la baladeuse, puis l'éteignit avec un haussement d'épaules. Ce n'était pas la première fois que la mystérieuse présence leur jouait des tours.

— Bonne nuit, lança-t-il aux murs silencieux avant de verrouiller la porte.

Cette fois, il n'attendit pas que le feu passe au vert et traversa en diagonale vers la Pizzeria Vesta, à l'angle opposé, où se trouvaient son appartement et son bureau. Il descendit le trottoir en pente jusqu'au parking, à l'arrière, et récupéra son sac dans son pick-up.

Bien décidé à assassiner quiconque oserait lui téléphoner avant 8 heures, Beckett pénétra dans le couloir privatif qui longeait le restaurant et monta chez lui.

Il ne prit pas la peine d'allumer, se déplaçant de mémoire, aidé par la lueur des réverbères qui baignait l'appartement d'un halo laiteux. Il se déshabilla dans sa chambre, abandonnant ses vêtements là où ils tombaient, se laissa choir à plat ventre sur le lit et s'endormit comme une masse, avec dans un recoin de la tête une réminiscence de chèvrefeuille.

Le portable que Beckett avait laissé dans la poche de son jean sonna à 6 h 45.

— Bordel.

Il s'arracha à son lit, rampa sur le parquet et extirpa le téléphone de sa poche.

— Allô ?

Au bout de quelques secondes, il réalisa qu'il collait son portefeuille contre son oreille. Normal que personne ne réponde.

Grommelant, il fit l'échange tant bien que mal.

— Qu'est-ce que tu veux ?

— Bonjour à toi aussi, répondit Owen. Je sors de Sheetz avec du café et des beignets. Ils ont une nouvelle serveuse plutôt canon dans l'équipe du matin.

— Je vais t'écrabouiller à coups de marteau.

— Dans ce cas tu pourras te brosser pour le café et les beignets. Je suis en route pour le chantier. Ryder doit déjà y être pour la réunion.

— On avait dit 10 heures.

— Tu n'as pas lu le SMS que je t'ai envoyé ?

— Lequel ? J'ai été absent deux jours et tu m'en as envoyé au moins un million.

— Celui qui te prévient qu'on a avancé la réunion à 7 h 15. Enfile un pantalon, lui suggéra Owen avant de raccrocher.

Nouveau juron.

Beckett prit une douche en deux minutes chrono et sauta dans un jean.

Les nuages qui avaient envahi le ciel durant la nuit plaquaient la chaleur au sol, si bien que, lorsqu'il sortit, il eut l'impression de nager tout habillé dans une rivière chaude.

En traversant la rue, il entendait déjà le choc sourd des pistolets à clous et la plainte aiguë des scies sur fond de musique. À l'intérieur, quelqu'un éclata d'un rire de dément.

Il tournait à l'angle du bâtiment, quand Owen se gara dans le parking derrière la future cour. Lavé récemment, le pick-up rutilait, tout comme les caisses à outils couleur argent alignées sur les côtés de la plate-forme.

Owen descendit du véhicule, impeccable comme à son habitude : lunettes de soleil couleur bronze, jean, tee-shirt blanc immaculé glissé dans son pantalon, chaussures de travail à peine éraflées. À son ceinturon était accroché l'indispensable téléphone autour duquel tournait sa vie tout entière – tout juste si cet engin ne lui souhaitait pas bonne nuit le soir, et encore, Beckett n'aurait pas parié. Il constata avec une pointe d'amertume que son frère, lui, était rasé de frais et le sourire radieux dont il le gratifia fut le coup de grâce. Un nom d'oiseau lui vint à l'esprit.

— File-moi ce foutu café, marmonna-t-il.

Owen prit un grand gobelet à emporter marqué d'un B du plateau en plastique dans lequel il était emboîté.

— Je suis rentré à 3 heures, l'informa Beckett avant de boire une longue gorgée salvatrice.

— En quel honneur ?

— Je n'ai quitté Richmond qu'un peu avant 22 heures et je suis tombé sur un bouchon sur la 95. Surtout ne me dis pas que j'aurais dû vérifier le trafic avant de prendre la route. Donne-moi plutôt un beignet.

Owen ouvrit la grande boîte où s'entassaient les beignets bien gras et sucrés. Beckett en choisit un à la confiture et en engloutit la moitié qu'il rinça d'une généreuse goulée de café.

— Les fuseaux devraient bien rendre, observa Owen, dont la bonne humeur semblait inaltérable. Du temps et de l'argent bien investis. Les cloisons sont montées au deuxième. Elles auront droit à la deuxième couche d'enduit aujourd'hui. Les couvreurs sont en rupture de cuivre ; ils vont prendre un peu de retard là-dessus, mais ils travaillent sur les ardoises en attendant la livraison.

— J'entends ça, confirma Beckett, tandis que retentissaient les hurlements stridents des scies circulaires à pierre.

Owen poursuivit ses mises à jour jusqu'au hall. Lorsqu'il poussa la porte, le volume sonore grimpa de plusieurs dizaines de décibels, mais sous l'effet combiné du sucre et de la caféine qui réveillaient peu à peu ses neurones, le bruit fit à Beckett l'effet d'une musique sympathique. Il salua deux ouvriers qui posaient l'isolation, puis suivit Owen jusqu'à la future buanderie qui, pour l'heure, faisait office de bureau de chantier.

L'air concentré, une casquette tachée de peinture vissée sur sa tignasse brune, Ryder étudiait des plans étalés sur un panneau de contreplaqué posé sur des tréteaux. Nigaud, son fidèle corniaud – pas beau, mais un cœur d'or –, ronflait, étendu à ses pieds.

L'alléchante odeur de beignets fit ouvrir brusquement les yeux à ce dernier, qui se leva d'un bond en remuant sa queue ébouriffée avec vigueur. Beckett lui lança un morceau du sien qu'il attrapa au vol. Jamais Nigaud ne déployait autant d'énergie pour une balle ou un bâton – aucun intérêt. Il la réservait exclusivement à la nourriture.

— Si tu réclames un nouveau changement, c'est toi que j'assomme à la place d'Owen, prévint Beckett.

Avec un grommellement en guise de réponse, Ryder tendit la main pour avoir un café.

— Il faut déplacer ce compteur, ce qui permettra d'utiliser cet espace comme débarras au premier.

Beckett s'empara d'un deuxième beignet, tandis que Ryder suggérait quelques modifications supplémentaires.

Rien de bien méchant, conclut l'architecte après réflexion. Sans doute même un plus. Après tout, Ryder était celui qui connaissait le mieux le bâtiment. Mais quand celui-ci proposa de supprimer le plafond à caissons dans la salle à manger – une petite pomme de discorde entre eux –, il lui opposa un veto catégorique.

— Le plafond reste, décréta-t-il. Comme prévu sur les plans. Les caissons contribuent à planter le décor.

— Détail aussi complexe qu'inutile.

— Pas du tout. Ils rappellent les boiseries que nous avons prévues de chaque côté des fenêtres. Et il créera une perspective vers l'arche de pierre sur le mur du fond. Il est indispensable, je te dis.

— Que des emmerdements, bougonna Ryder qui plongea la main dans la boîte de beignets et en sortit un tortillon à la cannelle.

Après un coup d'œil au chien qui, plein d'espoir, agitait la queue avec frénésie, il en coupa un bout et le lui lança.

Nigaud le croqua avec une satisfaction qui faisait plaisir à voir.

— Comment ça s'est passé à Richmond ?

— La prochaine fois que j'accepte de dessiner et de monter une terrasse pour un ami, tu m'assommes, d'accord ?

— Avec plaisir, ricana Ryder, la bouche pleine.

— Je croyais que tu avais accepté surtout pour emballer la sœur de Drew, intervint Owen.

— C'était en effet en grande partie l'objectif.

— Et ?

— Et elle sort avec un type depuis une quinzaine de jours – détail que personne n'a jugé utile de me préciser. Je ne l'ai même pas vue. Je me suis retrouvé comme un con à camper dans la chambre d'amis en chantier, à faire semblant de ne pas entendre Drew et Jen s'engueuler Il paraît qu'elle lui pourrit la vie. Ça aussi, j'ai eu l'occasion de l'entendre. Tu parles d'un week-end.

Il vida son gobelet.

— Mais la terrasse a fière allure.

— Maintenant que tu es de retour, je ne serais pas contre un coup de main avec les rayonnages de la bibliothèque, avoua Owen.

— J'ai quelques trucs en retard à rattraper, mais cet après-midi j'aurais un peu le temps.

— Ça me va.

Owen lui tendit un dossier.

— Maman est allée faire son marché chez Bast, ajouta-t-il. Voici une copie des meubles sur lesquels elle a flashé, avec les dimensions et les pièces auxquelles ils sont destinés. Il lui faudrait les plans d'agencement.

— J'ai à peine eu le temps de finir la dernière série avant de partir chez Drew. Elle achète plus vite que son ombre, ma parole.

— Elle a rendez-vous avec Carol-Ann là-bas demain pour les tissus et veut savoir si toutes ses trouvailles rentrent. Ça t'apprendra à nous planter deux jours, conclut Owen.

— Tout ça pour se prendre un râteau, commenta Ryder.

— La ferme, bougonna Beckett qui coinça la chemise sous son bras. Si j'ai bien compris, je ferais mieux de m'y mettre.

— Tu ne montes pas jeter un coup d'œil ?

— Déjà fait. Cette nuit.

Owen ouvrit de grands yeux.

— À 3 heures du matin ?

— Oui, pourquoi ? C'est très réussi.

Un des ouvriers passa la tête dans l'embrasure.

— Salut, Beckett. Ryder, le plaquiste aurait une question là-haut au numéro cinq.

— Je monte dans une minute, répondit Ryder qui tendit une liste manuscrite à Owen. Des matériaux à commander pour la charpente de la terrasse en façade.

— Je m'en occupe. Tu as besoin de moi ici ce matin ?

— Il y a quelques millions de fuseaux à peindre, deux ou trois kilomètres d'isolant à poser et on est à la bourre avec la galerie du premier. Alors, à ton avis ?

— À mon avis, je me dépêche de passer cette commande et je vais chercher ma ceinture à outils.

— Je repasserai cet après-midi, lança Beckett qui se hâta de leur fausser compagnie avant de se retrouver avec un pistolet à clous entre les mains.

De retour à l'appartement, il glissa une tasse sous le percolateur et vérifia le niveau d'eau et de grains. Tandis que la machine broyait la mouture, il parcourut le courrier qu'Owen avait empilé sur le plan de travail. Il lui avait aussi laissé des Post-it sur lesquels il indiquait à quel moment il avait arrosé les plantes. Il ne lui avait rien demandé, mais son frère était incorrigible.

Pneu à plat ou catastrophe nucléaire, on pouvait toujours compter sur Owen.

Beckett jeta les publicités dans le bac du papier à recycler, puis emporta le courrier qui méritait son attention dans son bureau avec sa tasse de café.

Il aimait cet espace qu'il avait aménagé lui-même lorsque la famille Montgomery avait acheté l'immeuble, quelques années auparavant. Son vieux bureau – une trouvaille du marché aux puces qu'il avait remise en état – faisait face à Main Street. De là, il avait une vue imprenable sur le futur hôtel.

Sur un terrain qu'il possédait aux abords de la ville, il avait commencé à bâtir une maison dont il avait conçu les plans. Mais d'autres projets l'obligeaient sans cesse à repousser ce chantier aux calendes grecques. De toute façon, il était satisfait de son perchoir au-dessus de Vesta. C'était commode s'il lui prenait l'envie de commander une pizza lorsqu'il travaillait ou de descendre manger un morceau en bonne compagnie. Tous les services étaient accessibles à pied : banque, coiffeur, poste, Crawford s'il voulait un hamburger. Il connaissait ses voisins, les commerçants. Non, décidément, rien ne pressait.

Beckett jeta un coup d'œil à la chemise qu'Owen lui avait donnée. Bien que tenté de commencer par les trouvailles de sa mère, il passa l'heure suivante à régler les factures, mettre à jour d'autres projets, répondre à des mails.

Il vérifia le planning de Ryder. Encore une lubie d'Owen. Sur son insistance, ils recevaient en effet chacun un exemplaire actualisé toutes les semaines, alors qu'ils étaient pour ainsi dire en contact permanent.

Jusqu'à présent, ils respectaient à peu près les délais, ce qui, étant donné l'envergure du chantier, tenait presque du miracle.

Son regard se posa sur l'épais classeur blanc rempli de notices techniques, listings d'ordinateur, schémas et autres spécifications – le tout classé par pièce – concernant le réseau de chauffage et d'air conditionné, l'installation d'extinction automatique d'incendie, chaque baignoire, W-C, lavabo, robinetterie, éclairage, modèles de carrelage et autres équipements choisis. Et, bien entendu, les meubles et accessoires déjà sélectionnés et approuvés.

Comme c'était parti, ce classeur serait énorme d'ici à la fin du chantier. Avec curiosité, il ouvrit le dossier de sa mère et étala les fiches. Sur chacune, elle avait indiqué par des initiales la pièce à laquelle le meuble était destiné. Ryder et l'équipe utilisaient encore les nombres qu'ils avaient attribués aux chambres d'hôtes et aux suites, mais il savait que J & R – premier étage, sur l'arrière, avec entrée privative et cheminée – signifiait Jane et Rochester.

Le concept de sa mère, qui lui plaisait beaucoup, consistait à baptiser les chambres du nom de couples célèbres de la littérature romantique – à condition que leur histoire se termine par un happy end. Elle avait appliqué cette idée à toutes les chambres, à l'exception de la luxueuse suite du haut qu'elle avait appelée le Penthouse.

Beckett étudia le lit qu'elle avait retenu et décida que le style du baldaquin en bois tourné n'aurait pas déparé dans le château de Thornfield Hall, puis il sourit en découvrant la méridienne qui, précisait-elle, devait être placée au pied du lit.

Sa mère avait choisi une commode, mais suggérait aussi comme alternative un secrétaire à tiroirs. Il préférait cette seconde option, plus sophistiquée.

Elle avait de toute évidence déniché le lit idéal pour Westley et Buttercup – leur deuxième suite, sur l'arrière – puisqu'un triomphal *C'EST LE BON !* barrait la fiche en lettres capitales.

Il passa les autres en revue – sa mère n'avait pas chômé –, puis se tourna vers son ordinateur. Deux heures durant, il s'affaira sur son logiciel de DAO, jouant avec les perspectives et procédant aux retouches nécessaires. Une fois satisfait, il transmit le fichier à sa mère, ainsi qu'une copie pour information à ses frères, avec les dimensions maximales pour les tables de nuit et les fauteuils éventuels.

Puis il décida qu'une pause ne lui ferait pas de mal. Et un café glacé. Ou, mieux encore, un cappuccino glacé. Dans ce cas, Le Tourne-Page s'imposait. La petite librairie proposait un délicieux cappuccino, et une petite balade dans Main Street lui permettrait de se dégourdir les jambes.

Il choisit d'ignorer que le percolateur qu'il s'était offert faisait aussi du cappuccino, et qu'il y avait des glaçons dans le congélateur. Il prit aussi le temps de se raser ; par cette chaleur, le moindre chaume de barbe était très inconfortable.

Dans Main Street, il s'arrêta devant chez Sherry Coiffure pour échanger quelques mots avec Dick, le coiffeur, qui prenait sa pause et s'informa, comme à son habitude, de l'avancement des travaux. Puis il poursuivit son chemin, gravit les marches de la terrasse qui menait à la librairie et poussa la porte dans un tintement de carillon. D'un geste amical, il salua Laurie, la vendeuse, qui passait une commande par téléphone pour un client.

En attendant, il flâna dans le rayon des best-sellers et nouveautés du côté de la vitrine. Il s'empara du dernier John Sandford en format de poche – comment avait-il pu manquer celui-là ? – et lut le texte de présentation. Le livre à la main, il passa tranquillement en revue les piles d'ouvrages.

L'atmosphère accueillante et un agencement bien pensé incitaient à déambuler d'un rayon à l'autre. Un escalier en colimaçon aux marches grinçantes menait au bureau et à la réserve à l'étage. Un assortiment de bibelots et de cartes postales, un peu d'artisanat local, mais surtout des livres et encore des livres étaient disposés sur les rayonnages, tables et casiers d'une façon qui encourageait la curiosité.

Encore une vieille bâtisse qui avait connu les aléas de l'Histoire. Avec ses couleurs douces et ses vieux parquets, elle avait conservé le charme de la maison de ville qu'elle avait été jadis.

Pour Beckett, l'endroit fleurait bon les livres et les femmes, ce qui était logique somme toute, puisque la propriétaire employait, à temps plein ou partiel, un personnel exclusivement féminin.

Il trouva un Walter Mosley qui venait juste de sortir et le prit aussi. Puis, jetant un regard vers l'escalier, il se dirigea d'un pas tranquille vers l'arche qui ouvrait sur l'arrière de la boutique où se trouvait l'espace destiné à la jeunesse. Une voix d'enfant lui parvint. Une petite fille accompagnée de sa mère, devina-t-il.

Clare, elle, avait des garçons. Trois, comme chez eux. Si ça se trouve, elle ne viendrait peut-être même pas aujourd'hui, ou n'arriverait que plus tard. De toute façon, il venait boire un café, pas voir Clare Murphy. Brewster, corrigea-t-il. Depuis dix ans, il devrait y être habitué.

Clare Murphy Brewster, mère de trois enfants, libraire. Juste une ancienne camarade de lycée revenue en ville, la vie brisée par un sniper irakien qui avait fait d'elle une veuve.

Non, il n'était pas venu la voir – sauf pour dire bonjour si, à tout hasard, elle se trouvait là. Comme si c'était son genre de débarquer avec ses gros sabots *spécialement* pour lui rendre visite. Franchement.

— Désolée de vous avoir fait attendre. Comment ça va, Beckett ?

Beckett redescendit sur Terre et se tourna vers Laurie, tandis que la porte se refermait derrière le client.

— Très bien. J'ai trouvé de la lecture.

— Ah oui ? plaisanta la jeune femme avec un sourire malicieux.

— Je sais, quel heureux hasard dans une librairie. Dis-moi, je ne serai pas contre un cappuccino glacé.

— Glacé, les clients n'ont que ce mot à la bouche par cette canicule. Un grand ?

— Et comment.

Il s'avança jusqu'au comptoir derrière lequel se trouvait le percolateur.

Joli brin de fille, se fit-il la remarque tandis que Laurie s'affairait. Elle travaillait pour Clare depuis l'ouverture, jonglant entre ses études et son travail. Cinq ou six ans ? Déjà ?

— Alors, comment vont les travaux ?

— Ça avance.

— Les gens n'arrêtent pas de demander quand vous allez enfin vous décider à enlever ces affreuses bâches que tout le monde puisse contempler le résultat.

— Et gâcher la grande surprise ?

— Moi non plus, je n'en peux plus d'attendre.

À cause du sifflement du percolateur, Beckett devina qu'elle arrivait plus qu'il ne l'entendit. Il tourna la tête et elle était là, descendant l'escalier en colimaçon, la main sur la rampe.

Son cœur fit un bond et il ne s'en étonna pas. Clare lui faisait cet effet-là depuis qu'il avait seize ans.

— Bonjour, Beckett, le salua-t-elle. Il me semblait bien que c'était toi.

Elle lui sourit et, cette fois, le cœur de Beckett menaça carrément de flancher.

2

« Ressaisis-toi », s'ordonna-t-il en lui rendant son sourire avec une désinvolture feinte tandis qu'elle atteignait le bas des marches. Grande, lumineuse, joyeuse, elle lui évoquait toujours un tournesol. Ses yeux gris étaient piquetés de paillettes vert émeraude qui illuminaient son regard lorsqu'elle souriait.

— Je ne t'ai pas vu depuis quelques jours, observa-t-elle.

Elle avait bronzé, nota-t-il. Sa peau satinée arborait un léger hâle doré.

— J'étais à Richmond. J'ai manqué quelque chose ?

— Voyons voir... Quelqu'un a volé le nain du jardin de Carol Tecker.

— Mon Dieu, une vague de crimes à Boonsboro !

— Elle offre une récompense de dix dollars à qui le retrouvera.

— Je vais ouvrir l'œil, assura-t-il.

— Du neuf à l'hôtel ?

— Nous avons commencé à poser les cloisons.

Elle balaya l'information d'un revers de main.

— Ça, je le sais déjà. Avery me l'a dit hier.

— Ma mère prépare une nouvelle commande de meubles et elle va passer au choix des tissus.

Les paillettes émeraude s'allumèrent dans le gris cendré. Beckett en fut tout chose.

— Voilà ce que j'appelle un scoop ! s'exclama Clare. J'adorerais voir ce qu'elle a choisi. Je sais que ce sera superbe. Une rumeur circule selon laquelle il y aura une baignoire en cuivre.

Beckett leva trois doigts.

— Trois ? fit-elle, ébahie. Comment faites-vous pour dénicher des trésors pareils ?

— Nous avons nos réseaux.

Elle laissa échapper un long soupir extatique et se tourna vers Laurie.

— Vous imaginez vous prélasser dans une baignoire en cuivre ? C'est si romantique.

Malheureusement pour lui, Beckett l'imagina sans peine en train de se glisser nue dans ladite baignoire.

« Ressaisis-toi, Beckett. »

— Comment vont les enfants ? s'enquit-il, sortant son portefeuille.

— Très bien. On a commencé à préparer la rentrée des classes, alors ils sont tout excités. Harry fait semblant d'être blasé sous prétexte qu'il entre au cours moyen. Mais Liam et lui font profiter Murphy de leur vaste expérience. Je n'arrive pas à croire que mon bébé entre à la grande école.

Les enfants étaient un terrain beaucoup plus sûr. Une mère, on ne l'imagine pas nue.

— Ah ! fit Clare en tapotant le Mosley avant que Laurie le glisse dans un sac. Je n'ai pas encore eu l'occasion de le lire. Tu me diras ce que tu en penses.

— Volontiers. Passe faire un tour à l'occasion, proposa-t-il. Tu constateras *de visu* l'avancement des travaux.

Un sourire malicieux retroussa les lèvres de Clare.

— On regarde en cachette par les fenêtres du pignon, avoua-t-elle.

— Il suffit de faire le tour.

— Je pensais que l'accès au chantier était interdit aux visiteurs.

— Ça l'est, en règle générale, mais...

Il s'interrompit comme la cloche de l'entrée carillonnait. Deux couples entrèrent.

— Je vais te laisser, murmura-t-il. Tu es occupée.

— Bonne lecture, fit-elle avant de se tourner vers les nouveaux arrivants. Puis-je vous aider ?

— Nous visitons la région, répondit l'un des hommes. Auriez-vous des livres sur Antietam ?

— Bien sûr. Je vais vous montrer. C'est au rayon régional.

Clare l'y emmena, tandis que le reste du groupe se dispersait dans la librairie.

Beckett la regarda descendre la petite volée de marches qui menait à l'annexe.

— À plus tard, Laurie, lança-t-il.

— Beckett ?

Il se retourna, la main sur la poignée.

— Vos livres ? Votre café ?

Elle tenait le sac d'une main et le gobelet de l'autre. Il rit, un peu gêné.

— Ah, c'est vrai ! Merci.

— Je vous en prie.

Lorsqu'il referma la porte, Laurie laissa échapper un petit soupir, se demandant si son petit ami l'avait déjà couvée d'un tel regard alors qu'elle lui tournait le dos.

Clare sortit de la librairie par-derrière, chargée d'un bac de commandes prêtes à expédier. Lorsqu'une brise inespérée lui caressa le visage, elle inspira un grand coup, puis traversa le parking gravillonné.

Le temps était à la pluie – du moins l'espérait-elle. Avec un peu de chance, une bonne averse qui lui épargnerait d'arroser son jardin et ses plantes en pots. S'il n'y avait pas d'orage, elle pourrait laisser les garçons s'ébattre dehors après le dîner, histoire de dépenser leur trop-plein d'énergie.

Ensuite, décrassage en règle, puis, comme c'était soirée film, pop-corn. Il lui faudrait vérifier sur le tableau qui devait choisir le film.

Un planning, avait-elle appris avec l'expérience, était un accessoire indispensable quand trois jeunes garçons devaient décider s'ils préféraient passer un peu de temps devant Bob l'Éponge, les Power Rangers ou les héros de Star Wars. Sans éviter les protestations et chamailleries, il contribuait en général à les limiter à un niveau supportable.

Elle déposa les colis à la poste et bavarda quelques instants avec la guichetière. Comme la circulation était un peu dense sur la Route 34, elle marcha jusqu'à la Grand-Place, appuya sur le bouton du passage piétons et attendit que le feu passe au vert.

De temps à autre, l'idée la prenait que, géographiquement tout au moins, elle était revenue à son point de départ. Tout avait changé autour d'elle. Et changeait encore, songea-t-elle avec un regard aux grandes bâches bleues.

Elle avait quitté Boonsboro à dix-neuf ans. Si jeune, se disait-elle aujourd'hui. Si confiante et enthousiaste. Si amoureuse. Elle avait trouvé tout naturel de partir en Caroline du Nord avec Clint et d'y commencer un nouveau chapitre de sa vie en tant qu'épouse de militaire.

Elle ne s'en était pas mal sortie du tout, trouvait-elle. Aménager la maison, tenir son foyer, travailler à mi-temps dans une librairie, se dépêcher de rentrer préparer le dîner... Elle avait appris sa grossesse quelques jours seulement avant le départ de Clint pour sa première mission en Irak.

Là, elle avait connu l'appréhension, se rappela-t-elle, traversant la rue en direction de Vesta. Mais elle l'avait compensée par l'optimisme un peu naïf de la jeunesse et la joie d'attendre un enfant. Qu'elle avait mis au monde ici, à la maison, à vingt ans à peine.

Puis Clint était rentré et ils étaient partis pour le Kansas. Ils y avaient passé presque un an ensemble. Liam était né durant sa deuxième mission en Irak. À son retour, Clint s'était montré un père formidable pour leurs deux petits garçons, même si la guerre lui avait ravi son entrain naturel et son rire facile.

Clare ignorait qu'elle était enceinte lorsqu'ils s'étaient dit au revoir sans savoir qu'ils ne se reverraient plus.

Le jour où on lui avait remis le drapeau du cercueil, Murphy avait bougé pour la première fois dans son ventre.

Et aujourd'hui, se dit-elle en poussant la porte vitrée de la pizzeria, elle était de retour à la maison. Pour de bon.

Elle avait choisi de passer entre la fin du déjeuner et les préparatifs du dîner. Quelques clients dispersés étaient assis aux tables en bois sombre laqué, et une famille – pas des gens du coin, nota-t-elle –

s'entassait dans le box du fond. Couché sur la banquette rouge, un bambin aux cheveux bouclés, qui semblait tout juste en âge de marcher, dormait à poings fermés.

D'un geste de la main, elle salua Avery qui étalait de la sauce tomate sur un cercle de pâte derrière le comptoir. Puis elle alla se servir un verre de limonade et revint avec.

— Je crois qu'il va pleuvoir, déclara-t-elle.

— Tu le croyais déjà hier.

— Aujourd'hui, j'en suis sûre.

— Si tu le dis. Par précaution, je vais sortir mon parapluie.

Avery parsema la sauce de mozzarella râpée, puis ajouta des poivrons, des champignons en tranches et des olives noires. Le geste vif et expérimenté, elle ouvrit un des grands fours dans son dos et y enfourna la pizza. Elle en sortit une autre déjà cuite et la coupa en tranches.

Une des serveuses jaillit entre les portes battantes de la cuisine et lança un claironnant « salut, Clare », avant de se diriger vers l'une des tables.

Avery poussa un soupir las.

— Dure journée ? s'enquit-elle.

— Le coup de feu s'est terminé il y a une petite demi-heure à peine.

— Tu travailles ce soir ?

— Wendy a appelé pour prévenir qu'elle était malade – une fois de plus –, alors je suis bien partie pour remettre ça.

— En d'autres termes, elle s'est encore réconciliée avec son copain.

— Moi aussi, je serais malade si je me coltinais un loser pareil, commenta Avery en agitant la bouteille d'eau qu'elle venait de prendre sous le comptoir.

Elle fait de délicieuses pizzas, mais je vais sans doute devoir me passer de ses services.

Elle leva au ciel ses yeux d'un beau bleu vif.

— Les jeunes d'aujourd'hui ? Plus aucune éthique professionnelle.

— J'essaie de me rappeler le nom du garçon avec qui tu sortais quand tu t'es fait prendre à sécher les cours.

— Lance Poffinberger – une erreur qui m'a coûté cher. Un faux pas, un seul, et mon père m'a privée de sorties pour un mois. Lance travaille chez Canfield comme mécanicien.

Elle haussa les sourcils en buvant une gorgée d'eau, puis :

— Les mécaniciens sont tellement sexy.

— Vraiment ?

— Non. Lance est l'exception qui confirme la règle.

Avery répondit au téléphone, prit une commande, sortit la pizza du four et la coupa avec dextérité.

Clare la regardait travailler tout en savourant sa limonade.

Elles étaient amies depuis le lycée – toutes deux capitaines de l'équipe des pom-pom girls. Un peu rivales, mais en toute amitié. Puis elles s'étaient perdues de vue lorsque Avery était partie à l'université et, peu après, Clare à Fort Bragg avec Clint.

Elles avaient renoué au retour de Clare, enceinte de Murphy, et de ses deux jeunes fils. À l'époque, Avery – cheveux roux et teint de porcelaine hérités de ses ancêtres écossais – venait d'ouvrir son restaurant italien.

— Beckett est passé tout à l'heure, fit Clare.

— Alertez les médias !

Elle accueillit le sarcasme avec le sourire.

— Il m'a invitée à venir voir l'avancement des travaux.

— C'est vrai ? Laisse-moi juste le temps de boucler cette commande et on y va.

— Pas maintenant. Je dois aller chercher les garçons dans... une heure, expliqua Clare après un coup d'œil à sa montre. Et j'ai encore un peu de boulot. Que dirais-tu de demain matin ?

— Ça marche. Je pourrais m'éclipser, disons, vers 10 heures, après l'allumage des fours et la préparation des sauces.

— Va pour 10 heures. Bon, je dois filer. Le travail, les enfants, le dîner et soirée film.

— On a de délicieux raviolis aux épinards si tu veux t'épargner l'étape du dîner.

Clare allait décliner l'offre, puis se ravisa : ce serait un bon moyen de faire goûter des épinards aux garçons – et trois quarts d'heure en moins dans la cuisine.

— D'accord. Les enfants restent dormir chez mes parents samedi soir. Ça te dit de venir dîner à la maison ? Une soirée de grandes avec une bonne bouteille de vin ?

— C'est une idée. Nous pourrions aussi nous faire belles et sortir, peut-être nous trouver un peu de compagnie masculine pour notre soirée de grandes.

— Nous pourrions, acquiesça Clare. Mais comme je vais passer le plus clair de la journée à la galerie marchande dans les cabines d'essayage pour renouveler la garde-robe des garçons, je risquerais de trucider le premier homme qui m'adresserait la parole.

— Bon, d'accord, soirée entre filles.
— Parfait.

Avery emballa elle-même les raviolis à emporter et les mit sur le compte de Clare.

— Samedi, j'apporterai une deuxième bouteille de vin et le dessert, lança-t-elle à celle-ci alors qu'elle s'apprêtait à sortir. Et mon pyjama.

— Une soirée pyjama entre copines ? Encore mieux. Franchement, qui a besoin d'un homme ?

Avery leva le doigt et Clare éclata de rire.

Vu de l'extérieur, l'atelier des Montgomery ressemblait à une maison, à la différence près que la longue terrasse couverte était encombrée de projets en tout genre à divers stades d'avancement, dont deux fauteuils Adirondack qui attendaient d'être réparés et repeints depuis au moins deux ans.

Des portes, des fenêtres, deux éviers, des cartons de carrelage, des bardeaux, du contreplaqué et d'autres matériaux divers et variés récupérés sur les chantiers précédents s'entassaient sous un appentis en un joyeux capharnaüm.

Ce fatras horripilait Owen qui s'efforçait régulièrement d'y mettre un peu d'ordre – jusqu'à ce que ses frères apportent de nouveau du bazar qu'ils déposaient pêle-mêle n'importe où.

Il savait pertinemment qu'ils le faisaient exprès.

L'espace principal était équipé d'établis, de rayonnages destinés au petit outillage et aux fournitures, ainsi que de deux imposants serviteurs d'atelier à roulettes. Des piles de bois de charpente étaient stockées dans un coin, et une collection de vieux bocaux en verre et de boîtes à café étiquetés avec soin par Owen renfermaient vis, clous et boulons.

Les trois frères y travaillaient ensemble en bonne harmonie, avec la vieille chaîne stéréo familiale qui crachait du rock en fond sonore. À la musique se mêlaient le ronflement des deux gros ventilateurs et les grincements aigus de la scie circulaire sous laquelle Beckett glissait une à une les pièces de châtaignier. La menuiserie était toujours un plaisir pour lui ; il aimait le contact et l'odeur du bois.

Atticus, le chien de leur mère – un croisement entre un labrador et un retriever – avait étendu sa carcasse massive sous la table de sciage. Finch, son frère, lâchait un jouet à sifflet en forme de balle de base-ball aux pieds de Beckett toutes les dix secondes. Nigaud, lui, était vautré dans un tas de sciure, pattes en l'air.

Quand Beckett arrêta la scie, Finch se planta devant lui, plein d'espoir.

— Est-ce que j'ai l'air d'avoir envie de jouer ? dit-il.

Le chien lâcha sa balle sur sa chaussure. Conscient d'encourager ce numéro sans fin, Beckett la ramassa et la lança par la porte ouverte.

Tandis que Finch s'élançait comme un fou, il essuya la bave sur son jean, puis prit un nouveau tasseau de châtaignier que Ryder venait de mesurer et marquer. Trois secondes plus tard, le chien faisait irruption dans l'atelier avec la balle et la lâchait à ses pieds.

Le travail reprit en silence : Ryder mesurait et marquait, Beckett sciait et Owen assemblait les pièces avec de la colle à bois et des serre-joints selon les plans punaisés sur un panneau de contreplaqué. Un des deux ensembles de rayonnages qui flanqueraient la cheminée de la bibliothèque du sol au plafond attendait déjà d'être poncé, verni et équipé de portes dans le bas. Le deuxième serait bientôt terminé.

Lorsque Beckett arrêta de nouveau la scie, il faisait nuit. Atticus se leva à grand renfort de bâillements et d'étirements, puis quémanda une caresse avant de sortir.

Il sortit trois bières de la vieille vitrine réfrigérée récupérée dans un magasin.

— On a bien mérité une petite récompense, décréta-t-il en faisant la distribution.

— Et comment ! approuva Ryder qui shoota dans la balle que Finch venait de laisser tomber à ses pieds, la propulsant par la fenêtre avec la même précision qu'un ballon de football entre les poteaux du but au lycée.

Le chien s'élança et suivit la même trajectoire avec un bond spectaculaire qui se conclut par un fracas sur la terrasse.

— Vous avez vu ça ? s'exclama Beckett, tandis que ses frères éclataient de rire. Ce clébard est dingue.

— Sacré saut, commenta Ryder.

Il s'humecta le pouce et le passa sur le côté de la bibliothèque.

— Bon choix, le châtaignier, Beckett.

— La teinte s'harmonisera bien avec le revêtement de sol. Dans cette pièce, il faudra un canapé en cuir foncé. Et des fauteuils assortis. En cuir eux aussi, mais plus clair pour le contraste.

— Si tu le dis. Au fait, les lustres sont arrivés aujourd'hui, annonça Ryder avant de boire une gorgée de bière.

Owen sortit son portable pour en prendre note.

— Tu as marqué les cartons ? Tu les as stockés ?

— Ouais. Ils sont marqués et stockés au sous-sol de Vesta. Même topo pour les luminaires de la salle à manger qui ont aussi été livrés.

— Tu n'oublieras pas les bordereaux.

— Avec toi, je ne risque pas.

Finch revint en trottinant, lâcha la balle, s'assit et martela le sol de la queue.

— Voyons s'il recommence, suggéra Beckett.

Ryder se fit un plaisir d'envoyer de nouveau la balle par la fenêtre. Comme la première fois, le chien vola dans les airs. Intrigué, Nigaud posa les pattes antérieures sur le rebord de la fenêtre et se hissa par l'ouverture à grand renfort de contorsions ridicules.

— Quels clowns, ces chiens ! commenta Owen, hilare. Je vais finir par m'en prendre un, moi aussi.

Ils fermèrent l'atelier et terminèrent leurs bières dehors, lançant tour à tour la balle à l'infatigable Finch.

Dans le jardin et les bois environnants, les cigales stridulaient à qui mieux mieux, accompagnées par le scintillement des lucioles. De temps à autre, une chouette poussait un hululement mélancolique. Cette ambiance rappelait à Beckett d'autres étés suffocants, quand les gamins qu'ils étaient s'ébattaient dans l'herbe, aussi increvables que Finch. La lumière était allumée dans la maison, comme autrefois. À l'époque, lorsque celle de la terrasse clignotait trois fois, c'était le signal qu'il leur fallait rentrer – toujours trop tôt.

Au décès de leur père, ils s'étaient fait du souci pour leur mère, seule dans cette grande maison nichée au milieu des bois. Les premiers temps, ils étaient même revenus vivre à la maison. Jusqu'à ce qu'elle les flanque à la porte, quelques mois plus tard.

Durant presque un an encore, ils s'étaient relayés pour y passer au moins une nuit par semaine sous des prétextes futiles. Mais le fait était que leur mère se portait comme un charme. Elle avait son travail, sa sœur, ses amis, ses chiens. Justine Montgomery n'errait pas comme une âme en peine dans sa grande maison vide. Elle y vivait pleinement.

Ryder leva les yeux vers la fenêtre éclairée du bureau.

— Je parie qu'elle cherche encore des trucs sur Internet.

— Elle n'a pas son pareil pour dénicher des affaires en or. Sans elle, on serait bon pour s'y coller, fit remarquer Beckett.

— Toi, en tout cas, monsieur le pro de la déco, riposta Ryder, taquin.

— La décoration fait partie du métier d'architecte, je te signale, répliqua Beckett. Bon, je file, ajouta-t-il en fourrant les mains dans ses poches. Je pourrai te consacrer une bonne partie de la journée de demain.

— Tant mieux, ce n'est pas le boulot qui manque.

Beckett reprit le chemin de Boonsboro, vitres baissées pour que la brise du soir rafraîchisse un peu l'habitacle surchauffé. La chanson des Goo Goo Dolls qui passait à la radio lui rappela ses années de lycée. Et Clare.

Il décida de faire le grand tour par les routes secondaires. Pour le plaisir de conduire, tenta-t-il de se convaincre, et non parce que cet itinéraire, par le plus grand des hasards, le ferait passer juste devant chez elle.

À l'approche de la petite maison à l'entrée de la ville, il ralentit. Il y avait de la lumière.

Il imagina Clare en train de se détendre après une journée bien remplie. Peut-être avec un livre ou devant la télé, histoire de souffler un peu une fois les enfants couchés.

Et s'il allait frapper à sa porte ? *Salut, je passais dans le quartier et j'ai vu de la lumière. J'ai mes outils dans le pick-up si tu as besoin d'une réparation.*

N'importe quoi.

Il poursuivit sa route, écœuré d'avoir osé imaginer un scénario aussi pathétique. À sa décharge, il devait avouer que, dans toute l'histoire de ses relations avec la gent féminine, Clare Murphy Brewster avait toujours été la seule à le troubler au point de lui couper tous ses moyens. Jamais il ne devait chercher ses mots avec une femme. Sauf avec Clare. Jamais il ne craquait pour une femme sans au moins tenter sa chance. Sauf avec Clare.

Il en venait à penser qu'il serait mieux loti avec une fille comme la sœur de Drew. Mignonne et pas compliquée. Quelqu'un en qui il ne placerait pas des espoirs démesurés.

« Sors-toi donc Clare de la tête », s'ordonna-t-il. Une bonne fois pour toutes.

Il s'engagea sur le parking derrière Vesta et leva les yeux vers son appartement. La raison lui soufflait de monter. Il travaillerait encore un moment, puis se coucherait tôt afin de rattraper un peu de sommeil.

Pourtant, au lieu de rentrer, il traversa la rue. Il allait juste vérifier vite fait l'avancement des travaux. Il devait admettre que la perspective de se retrouver en tête à tête avec lui-même ne l'enchantait guère. Après tout, la mystérieuse résidente de l'hôtel était une compagnie comme une autre.

Chez Clare, les Mighty Morphin Power Rangers livraient une guerre sans merci contre les forces du mal. Les bombes explosaient de tous côtés ; les Rangers s'envolaient, virevoltaient en tous sens, se recevaient en roulés-boulés spectaculaires avant de fondre sur l'ennemi. Clare avait vu si souvent ce DVD, et une infinité d'autres du même genre, qu'elle pouvait minuter les explosions à la seconde près les yeux fermés.

L'avantage, c'est que cela lui permettait de feindre d'être captivée par l'action tout en réfléchissant à sa liste de tâches à accomplir. Liam était étendu de tout son long sur le canapé, la tête sur ses genoux. Un regard furtif lui permit de constater qu'il avait encore les yeux ouverts, mais vitreux.

Il ne tarderait pas à piquer du nez.

Harry était allongé sur le tapis, un Ranger rouge à la main. À son immobilité, elle devina qu'il dormait déjà. Mais Murphy, son papillon de nuit, était assis à côté d'elle, tous les sens en éveil, fasciné par le film comme si c'était la première fois qu'il le voyait.

Il resterait debout jusqu'à minuit si elle l'y autorisait. Et elle savait qu'à la fin, il la supplierait d'en mettre un autre.

Elle avait encore les factures de la maison à régler et la lessive à finir de plier. Pendant qu'elle y était, elle lancerait une autre machine. Elle devait aussi commencer le nouveau livre qu'elle avait apporté – pas seulement pour le plaisir, même si tel était le cas, mais parce qu'elle considérait que la lecture des ouvrages qu'elle vendait faisait partie intégrante de son métier de libraire.

Bref, c'était elle qui resterait debout jusqu'à minuit.

Tant pis pour elle. Elle ne devait s'en prendre qu'à elle-même si elle s'était laissé convaincre d'accorder deux films à la suite aux garçons. D'un autre côté, ils étaient si contents. Et puis, quel plaisir incomparable de passer une soirée cosy avec ses petits hommes !

De la lessive, il y en aurait toujours, songea-t-elle, mais ses fils ne seraient pas éternellement enthousiastes à l'idée de passer la soirée à regarder un film à la maison avec maman.

Comme prévu, dès l'instant où le bien vainquit le mal, Murphy l'implora de ses grands yeux bruns. Il était le seul des trois à avoir hérité les yeux de son père, alliés, par les mystères de la génétique, à des cheveux blonds qu'il tenait d'elle.

— S'il te plaît, maman ! Je suis pas fatigué du tout.

— Tu en as vu deux, c'est tout pour ce soir, décréta-t-elle avec une chiquenaude sur le bout du nez.

Son beau petit minois avec son nez retroussé et ses taches de rousseur se plissa en une moue déçue. L'image même de la détresse humaine.

— S'il te plaît ! implora-t-il. Juste un épisode.

On aurait dit un affamé quémandant un croûton de pain rassis.

— Murphy, l'heure d'aller au lit est déjà passée.

Quand il voulut protester, elle leva un doigt ferme.

— Attention, si tu continues de râler, je m'en souviendrai pour la prochaine soirée cinéma. Et maintenant, debout et aux toilettes.

— J'ai pas envie.

— Vas-y quand même.

Il s'éloigna en traînant les pieds tel un condamné qu'on mène à l'échafaud.

Clare en profita pour se lever avec Liam dans les bras, sa tête calée sur son épaule, son corps mou aussi mou que celui d'une poupée de chiffon. Son épaisse tignasse ondulée d'un beau châtain doré sentait bon le shampooing. Elle le monta jusqu'à la salle de bains où Murphy « qui n'avait pas envie » vidait sa vessie en chantonnant.

— Laisse la lunette levée et ne tire pas la chasse.
— Tu dis toujours qu'il faut.
— Oui, mais Liam doit y aller aussi. Va te coucher, mon chéri. J'arrive tout de suite.

Avec la dextérité que confère l'expérience, Clare posa Liam sur ses pieds, le tint à la verticale d'une main et baissa son short de pyjama de l'autre.

— Fais pipi, mon grand.
— D'accord, ânonna-t-il en vacillant.

Quand il visa, elle dut rectifier le tir. Elle n'avait pas envie de nettoyer les murs en prime.

Elle lui remonta son pyjama et le porta jusqu'à la chambre – la plus grande, prévue à l'origine pour les parents –, puis l'allongea sur la couchette inférieure d'un des deux lits superposés. Murphy était couché en bas dans celui d'en face avec son doudou en peluche.

— Je reviens tout de suite, lui murmura-t-elle. Je vais chercher Harry.

Clare répéta le même scénario avec son aîné, sauf pour les toilettes. Harry avait décidé depuis peu que sa mère était une fille et les filles n'avaient pas le droit de le regarder faire pipi.

Elle s'assura qu'il était assez réveillé pour tenir debout et sortit. Elle sursauta quand la lunette claqua sur la cuvette et attendit qu'il tire la chasse.

— Il y a des grenouilles bleues dans la voiture, murmura-t-il quand il sortit.

— C'est bien, mon grand.

Elle le guida gentiment vers la chambre.

Harry faisait toujours des rêves très imaginatifs.

— Celle qui conduit est rouge, précisa-t-il.

— Sûrement parce qu'elle est la plus âgée, répondit-elle en l'embrassant sur la joue, mais il s'était déjà rendormi.

Clare embrassa Liam dans l'autre lit, puis se pencha vers Murphy.

— Ferme les yeux.

— Je suis pas fatigué.

— Ferme-les quand même. Tu vas peut-être rattraper Harry et ses grenouilles bleues. Mais celle qui conduit est rouge.

— Il y a des chiens ?

— C'est toi qui décides, mon chéri. Bonne nuit.

— Bonne nuit. On peut avoir un chien ?

— Et si tu commençais d'abord par en rêver ?

Clare jeta un dernier regard attendri à ses fils – son monde – dans le halo de la veilleuse Spiderman. Puis elle descendit vaquer aux tâches qui l'attendaient.

Elle s'endormit peu après minuit, avec son livre entre les mains et la lumière allumée. Elle rêva de grenouilles bleues et de leur chauffeur rouge, de chiens mauves et verts. Et, bizarrement, réalisa-t-elle quand elle se réveilla juste assez pour éteindre, de Beckett Montgomery qui lui souriait tandis qu'elle descendait l'escalier de la librairie.

3

À 9 heures, Clare se gara sur le parking derrière Le Tourne-Page. Comme sa mère gardait les garçons pour la journée – qu'elle en soit remerciée –, elle aurait le temps de travailler au calme avant l'arrivée de Laurie pour l'ouverture. Chargeant sur son épaule son sac fourre-tout et son porte-documents, elle se dirigea vers la porte de derrière qu'elle déverrouilla. Elle alluma les lumières, gravit la volée de marches et traversa la réserve où étaient stockées les marchandises autres que les livres. Elle adorait l'agencement de la boutique, cette façon dont les rayons se fondaient les uns dans les autres tout en demeurant distincts.

À l'instant où son regard s'était posé sur cette maison ancienne près de la Grand-Place, elle avait su que c'était la bonne. Elle se souvenait encore de son excitation mêlée de nervosité lorsqu'elle avait fait le grand saut. Elle y avait investi une part considérable du dédommagement accordé par l'armée aux veuves de guerre, une façon indirecte d'associer Clint à son projet.

Le projet d'une vie pour ses enfants et elle.

Acheter la maison, établir le plan de financement, ouvrir les comptes, créer le stock – des livres, des livres et encore des livres. Les entretiens d'embauche, l'agencement de la librairie. Toute cette intensité, le stress, les efforts, sans compter le temps qu'elle y avait passé, l'avaient aidée à faire face. À survivre, tout simplement.

Clare pensait à l'époque, et en était encore plus convaincue aujourd'hui, que la librairie l'avait sauvée. Sans elle, elle aurait risqué de s'effondrer durant les mois qui avaient suivi le décès de Clint jusqu'à la naissance de Murphy.

Elle avait dû se montrer forte pour ses fils, pour elle-même. Et pour être forte, il lui fallait un but – et des revenus.

Aujourd'hui, la réussite était au rendez-vous, songea-t-elle en passant derrière le comptoir pour lancer le premier café de la journée. La mère, l'épouse – et veuve – de militaire s'était métamorphosée en femme d'affaires, propriétaire et employeur.

Entre ses fils et la librairie, les journées étaient longues, le travail incessant. Mais elle adorait cette vie, reconnut-elle tout en se préparant un latte écrémé. Quelle profonde satisfaction personnelle de se savoir capable de subvenir aux besoins de sa famille tout en contribuant à la prospérité commerciale de sa ville natale.

Elle n'y serait pas parvenue sans ses parents, et sans le soutien et l'affection de ceux de Clint. Sans des amis comme Avery qui lui avait fourni de précieux conseils professionnels et, quand il le fallait, une épaule pour pleurer.

Clare emporta son café à l'étage et s'installa à son bureau. Elle alluma son ordinateur et, comme elle avait encore les parents de Clint à l'esprit, leur envoya un petit mail avec les dernières photos des enfants en pièce jointe avant de mettre à jour le site Internet de la librairie.

Lorsque Laurie arriva, elle la salua du bureau, puis consacra encore quelques minutes au site avant de s'occuper d'autres mails. Après avoir ajouté quelques lignes supplémentaires à une commande en attente, elle descendit et rejoignit Laurie assise à l'ordinateur derrière un muret à mi-hauteur.

— Il y a eu quelques belles commandes en ligne durant la nuit, lui annonça cette dernière. Je... Dites donc, vous êtes toute belle aujourd'hui.

— Merci, répondit Clare qui, touchée par le compliment, pivota sur elle-même dans sa robe d'été verte. Mais je n'ai pas les moyens de vous accorder une augmentation.

— Sérieux, vous êtes radieuse.

— Qui ne l'est pas avec un soleil si éclatant ? Je vais visiter le chantier de l'hôtel. Vous avez mon numéro de portable en cas de besoin. Je devrais être de retour d'ici à une demi-heure.

— Prenez votre temps. Et je veux tous les détails. Au fait, vous n'avez pas encore expédié la commande Penguin, n'est-ce pas ?

— Non, je pensais m'en occuper à mon retour.

— Tant mieux. Avec les nouvelles commandes, nous allons nous retrouver avec un seul exemplaire de quelques titres. Je vous transmettrai les bordereaux pour la mise à jour.

— Parfait. Vous faut-il quelque chose pendant que je suis dehors ?

— Si vous pouviez enlever pour moi l'un des fils Montgomery.

Clare ouvrit la porte avec un sourire malicieux.

— Une préférence ?

— Je m'en remets à votre jugement.

Elle s'esclaffa et sortit. En chemin, elle envoya un texto à Avery pour l'avertir qu'elle était en chemin.

Presque aussitôt, celle-ci apparut à la porte de la pizzeria.

— Moi aussi, lui lança-t-elle.

Elles attendirent le feu vert chacune à un angle opposé de la place, Clare dans sa robe d'été, Avery en tee-shirt et corsaire noirs.

Elles se rencontrèrent à mi-chemin de l'autre côté de Main Street.

— Je sais que tu as passé la moitié de ta matinée à dompter trois petits diables, à t'occuper du petit déjeuner, à mettre le holà aux inévitables prises de bec.

— C'est ma vie, confirma Clare.

— Alors comment se fait-il que tu n'aies jamais l'air de transpirer ?

— C'est un don.

Elles longèrent le trottoir, se baissèrent pour passer sous les échafaudages.

— J'ai toujours adoré cette maison, reprit Clare. Parfois, je la contemple de la fenêtre de mon bureau et j'imagine à quoi elle ressemblait avant.

— J'ai hâte de voir à quoi elle ressemblera après. Si l'entreprise est un succès, nos affaires vont faire un bond, crois-moi. Comme les autres commerces de la ville, d'ailleurs.

— Croisons les doigts. Nous nous en sortons déjà bien, mais avec un bel endroit pour héberger les visiteurs sur place, ce serait génial. Je pourrais accueillir davantage d'auteurs, organiser des événements plus importants. Et les clients viendraient manger chez toi.

Elles s'arrêtèrent un instant derrière la maison et jetèrent un coup d'œil au terrain inégal encombré de planches et de gravats.

— Je me demande ce qu'ils ont prévu ici, s'interrogea Avery. Ces galeries en surplomb méritent un décor fabuleux. Les rumeurs vont bon train. De l'extension de parking au jardin sophistiqué.

— J'ai entendu parler d'une fontaine et d'un bassin.

— Renseignons-nous à la source.

Lorsqu'elles pénétrèrent à l'intérieur, où l'activité allait bon train, Avery glissa à Clare :

— Le taux de testostérone vient au moins de quintupler.

— Au bas mot. Ils ont gardé les arches, remarqua Clare qui s'approcha pour examiner les larges ouvertures voûtées. Je me demandais s'ils en auraient la possibilité, ou l'envie. C'est à peu près le seul détail qui m'est resté de l'époque où il y avait un antiquaire ici. Ma mère y venait de temps en temps.

Elle passa sous l'arche centrale, remarqua l'escalier provisoire en bois brut qui desservait l'étage.

— Je ne suis jamais montée, fit-elle. Et toi ?

— Une fois, en cachette, quand on était au lycée, avoua Avery. Avec Travis McDonald, une couverture et une bouteille de cidre.

— Petite dévergondée, va.

— Mon père m'aurait tuée s'il l'avait su – il le ferait encore, alors pas un mot. Cela dit, on ne s'est pas éternisés. Travis avait la trouille à cause des portes et des planchers qui grinçaient. Je voulais aller voir, mais le pauvre était trop terrorisé. Il n'a jamais réussi à m'embrasser, ajouta-t-elle, hilare, en

51

gravissant les marches. Il n'a pas non plus senti le chèvrefeuille – ou en tout cas il ne l'a jamais admis.

— Le chèvrefeuille ?

— Oui, un parfum fort, entêtant même, comme si j'avais le nez dans une plante en pleine floraison. Je suppose qu'avec tout le bazar qu'il y a ici en ce moment, la créature qui hantait les lieux est partie voir ailleurs.

— Tu y crois ? Aux fantômes ?

— Bien sûr. À ce qu'il paraît, mon arrière-arrière-arrière-grand-mère hante encore son manoir près d'Édimbourg, assura Avery qui s'immobilisa, les mains sur les hanches. Mazette ! Ça ne ressemblait pas du tout à ça quand j'ai échappé au baiser de Travis McDonald.

Elles se trouvaient sur le palier qui distribuait les pièces de l'étage. Il y régnait une odeur de sciure et de poussière de plâtre. Elle entendait le bruit des travaux au second et au rez-de-chaussée. Clare entra dans la pièce sur sa gauche. Tamisée par la bâche qui recouvrait les fenêtres en façade, une lumière bleutée inondait le sol brut.

— Je me demande de quelle chambre il s'agit, dit-elle. On devrait peut-être aller chercher un des Montgomery. Oh, regarde, il y a une porte qui mène à la galerie ! J'adore.

— À propos d'adorer, vise un peu la surface de cette salle de bains, lança Avery en désignant la pièce contiguë. Si je me fie à la disposition de la tuyauterie, ajouta-t-elle quand Clare la rejoignit, il y aura une baignoire ici, un lavabo double là.

— Elle est plus spacieuse que ma salle de bains et celle des garçons réunies ! s'exclama Clare, prise d'un accès de pure jalousie sanitaire. Je pourrais carrément habiter là-dedans. Tu crois qu'elles sont toutes aussi grandes ? Il faut que j'en aie le cœur net.

Elle sortit de la chambre d'un pas pressé. Et percuta Beckett de plein fouet. Il la rattrapa d'un geste vif, l'air tout aussi surpris et troublé qu'elle.

— Désolé, s'excusèrent-ils en chœur, ce qui la fit pouffer de rire.

— Moi, la première. Je ne regardais pas où j'allais tellement j'étais éblouie par la surface de cette salle de bains. Justement, je te cherchais.

— Tu me cherchais ?

— En fait, nous aurions dû venir te trouver avant de monter, mais tout le monde semblait si occupé. Dis-moi, de quelle chambre s'agit-il ? J'emménage tout de suite.

— Tu emménages... euh...

Au secours ! Entre les effluves délicats de son parfum, le contact troublant de son corps sous ses doigts et le gris-vert hypnotisant de ses yeux, sa raison vacillait. Posément, il se força à reculer d'un pas. À l'évidence, son QI chutait en flèche dès qu'il la touchait.

— Eh bien... reprit-il.

— C'est toi qui as conçu l'aménagement, n'est-ce pas ?

— En grande partie, oui. Ah, bonjour, Avery !

Un pétillement amusé dansa dans le regard de la jeune femme.

— Je croyais avoir gobé par inadvertance une pilule d'invisibilité, lâcha-t-elle, pince-sans-rire. Je n'arrive pas à croire à tout ce changement, Beckett. La dernière fois que je suis venue ici, il y avait des vitres cassées, des briques en piteux état, des pigeons et un fantôme.

— Les vitres et les briques ont été une corvée moins fastidieuse que les pigeons, crois-moi. Quant au fantôme, il est toujours là.

— Sérieux ?

Beckett ajusta sa casquette de base-ball poussiéreuse avec une grimace.

— Ne l'ébruite pas, d'accord ? Pas avant que nous ayons décidé si elle est un avantage ou non pour l'entreprise.

— Elle, répéta Avery. Le chèvrefeuille.

Beckett haussa un sourcil étonné.

— Exact. Comment le sais-tu ?

— Une brève rencontre, il y a des années.

Tout à coup, l'air était devenu glacial.

Devant l'expression inquiète de Beckett, elle fit mine de se coudre la bouche et scella sa promesse la main sur le cœur.

— Je crois que ça vaut mieux, en effet, déclara-t-il. Pour répondre à ta question, Clare, vous vous trouvez dans la chambre Titania et Oberon.

— Celle avec la baignoire en cuivre, devina Clare qui, dans un frou-frou de jupe, retourna droit dans la salle de bains.

— Eh oui, la fameuse baignoire en cuivre, confirma Beckett en la rejoignant. Le long de ce mur, là. Le carrelage la mettra en valeur, dans des tons cuivrés et ocre. Chauffage par le sol, comme dans toutes les autres salles de bains de l'hôtel.

— Je vais me mettre à pleurer.

Se détendant un peu, il esquissa un sourire.

— La douche se trouvera ici. Paroi vitrée sans cadre, accessoires en bronze vieilli. Et là, un sèche-serviettes – autre point commun pour l'ensemble des salles de bains. Deux vasques en cuivre, posées chacune sur un guéridon en chêne, et entre les deux un guéridon avec un pied en cuivre. L'éclairage reprendra le thème végétal avec un entrelacs de plantes grimpantes. Les toilettes seront par là.

— Les fameuses toilettes magiques, commenta Avery. Elles font déjà parler d'elles. Il paraît que c'est comme un bidet et des toilettes en un, expliqua-t-elle à Clare. Avec une chasse d'eau automatique et un couvercle qui se lève tout seul quand on approche.

— C'est vrai ?

— On ne peut plus vrai, confirma Beckett avec un grand sourire avant de repasser dans la chambre. Le lit sera là, face à la porte. Un lit à baldaquin en fer forgé dans des tons cuivre et bronze à motif de feuille de lierre. Une vraie merveille.

— Comme un boudoir, murmura Clare.

— C'est l'idée, en effet. La commode sera ici, surmontée d'un écran plat. Des tables de chevet cérusées avec des lampes qui reprennent le même ornement végétal. Il nous faudra une banquette sous les fenêtres, je pense. Un vert doux sur les murs, un voilage léger aux fenêtres en complément des stores en bois foncé que nous comptons installer pour préserver l'intimité. Quelques accessoires, et le tour sera joué.

Clare soupira.

— Un nid romantique pour deux, en hiver comme en été.

— Ça te dirait de rédiger notre brochure ? lâcha-t-il soudain. Je ne plaisante pas, ajouta-t-il comme elle éclatait de rire.

— Oh !

Visiblement prise au dépourvu, Clare jeta un regard circulaire dans la pièce nue.

— Je pourrais aider si vous...
— Tu es engagée.
Elle hésita, puis sourit.
— Dans ce cas, tu as intérêt à prévoir une visite approfondie. Par étapes, précisa-t-elle après un coup d'œil à sa montre. Parce que là, je n'ai plus que quelques minutes.
— J'aimerais bien voir l'espace cuisine, fit Avery. Je ne peux pas m'en empêcher. Déformation professionnelle.
— Je vais t'y conduire. Nous continuerons une autre fois, quand tu auras le temps, ajouta-t-il à l'adresse de Clare.
— Parfait. Et celle-ci, laquelle est-ce ?
Il jeta un coup d'œil au passage à la porte qu'elle lui indiquait.
— Elizabeth et Darcy.
— Oh, j'adore *Orgueil et Préjugés*. Que prévois-tu ? Non, non, ne dis rien. Sinon, je n'arriverai jamais à me mettre au travail.
— Juste les grandes lignes alors, répondit-il, tandis qu'ils descendaient les marches. Tête et pied de lit capitonnés, lavande et ivoire, baignoire sabot blanche, carrelage dans les teintes crème et or pâle.
— Mmm, fit Clare. Élégance et charme. Mlle Bennett et M. Darcy apprécieraient.
— Tu dois vraiment écrire la brochure.
Au pied de l'escalier, il bifurqua vers la gauche, mais un juron émis par Ryder dans la buanderie le coupa dans son élan.
— C'est un problème, je sais, fit la voix d'Owen. Mais je m'en charge.
— Qu'est-ce qui est un problème ? s'enquit Beckett qui les avait rejoints.

Owen fourra les mains dans les poches de son jean.

— Karen Abbott est enceinte.

— Ta mère ne t'a jamais parlé des précautions à prendre ? plaisanta Avery.

Owen la gratifia d'un regard consterné.

— Très drôle. C'est l'œuvre de Jeff Corver. Ils se voient depuis que Chad est parti à la fac l'année dernière.

— Ils font plus que se voir apparemment, bougonna Ryder. Bon sang, elle a quarante ans bien tassés, non ? Quelle idée d'avoir un gosse à son âge ?

— Je note que la question qui vous préoccupe n'est pas de savoir comment Jeff Corver a été capable de lui faire un gosse à son âge, fit remarquer Avery d'un ton un poil acerbe.

— Elle a quarante-trois ans, précisa Owen avec un haussement d'épaules. Nous lui avions proposé le poste de directrice. Notre choix était pour ainsi dire arrêté, et voilà que Jeff et elle vont se marier et choisir un prénom de bébé.

— Quelle poisse ! Enfin, de notre point de vue, précisa Beckett devant le regard désapprobateur de Clare. Nous connaissons bien Karen. Elle est impliquée dans le projet. Elle avait même choisi les couleurs pour l'appartement de fonction.

— Et elle a de l'expérience dans l'hôtellerie, enchaîna Owen. Elle a travaillé au Clarion. Bon, il ne faut pas perdre de temps. Je vais commencer à tâter le terrain.

— Je connais quelqu'un, intervint Avery, l'index levé. En fait, je connais la candidate idéale. Hope, ajouta-t-elle en se tournant vers Clare.

— Mais oui ! confirma celle-ci. Elle serait vraiment parfaite.

— Hope comment ? voulut savoir Owen. Je connais tout le monde ici et je ne vois pas qui est cette Hope si parfaite.

— Hope Beaumont. Tu l'as rencontrée une fois, je crois, quand elle était de passage ici. Nous étions à l'université ensemble et sommes restées proches. En ce moment, elle vit à Washington.

— Et qu'est-ce qui la rend si parfaite ? voulut savoir Ryder.

— Pour commencer, un diplôme de gestion hôtelière, plus sept années d'expérience au Wickham, un établissement de luxe à Georgetown. Les trois dernières comme directrice.

Ryder secoua la tête.

— Trop parfait. Où est le hic ?

— Pas chez Hope. Il faut plutôt le chercher du côté de l'abruti avec qui elle sortait – le fils des propriétaires du Wickham. Il l'a plaquée pour une bimbo de la haute avec les seins refaits.

— Elle est en train de négocier son départ, continua Clare, ce qui demande du cran. Du cran professionnel. Elle envisage de s'installer ailleurs et réfléchit aux choix qui s'offrent à elle.

— De Georgetown à Boonsboro ? fit Ryder, l'air sceptique. Quelle idée ?

— Et pourquoi pas ? rétorqua Avery. Elle aime la région.

Plus Clare y pensait, plus elle trouvait l'idée géniale.

— Elle vient voir Avery de temps à autre et nous sommes devenues amies, expliqua-t-elle. Nous avons passé un week-end entre filles au Wickham l'an dernier et je peux attester que rien n'échappe à Hope.

— Vous croyez vraiment qu'elle accepterait de passer d'un poste de directrice d'un établissement de luxe en ville à celui d'un petit hôtel de charme au fin fond du Maryland ? risqua Owen.

Avery lui sourit.

— À mon avis, elle pourrait, surtout si le reste de cette maison se révèle aussi réussi que Titania et Oberon.

— Il me faut davantage d'infos.

— Montre-moi la cuisine, et après, passe au restaurant. Je te ferai un topo sur elle et, si tu es intéressé, je l'appelle.

— Ça marche.

— À quoi ressemble-t-elle ? risqua Ryder.

— Voilà l'une des nombreuses raisons pour lesquelles Jonathan Wickham est un abruti. Comment peut-on quitter une fille aussi belle, intelligente et dynamique que Hope pour une bêtasse à gros seins ?

— Je confirme, dit Clare. Bon, je dois y retourner Tiens-moi au courant pour Hope. Ce serait formidable si elle acceptait, conclut-elle, avant d'adresser un sourire à Beckett. Tu seras encore là cet après-midi ? Je pourrai sans doute repasser entre 2 heures et 2 h 30.

— D'accord.

— À plus tard, alors. Quelle chance vous aurez si vous engagez Hope. Elle est vraiment parfaite.

La mine renfrognée, Ryder la regarda s'éloigner d'un pas pressé.

— « Parfait », je n'aime pas ce mot. Parce que ce n'est jamais le cas. Mais quand on s'aperçoit du problème, il est en général trop tard.

— J'ai toujours admiré et envié ton optimisme, ironisa Beckett.

— L'optimisme, c'est quand une femme de quarante-trois ans se retrouve avec un môme à la fac et un polichinelle dans le tiroir.

— Owen va s'en occuper. Régler les problèmes, c'est son truc.

Clare reçut un représentant, bavarda avec son livreur d'UPS en signant un bordereau de commande. Elle adorait les nouveaux arrivages. Ouvrir les cartons et découvrir les livres, toutes ces histoires, ces univers si différents.

Occupée à les mettre en rayon, elle s'interrompit quand son téléphone lui signala un texto d'Avery.

H appelle O demain. Si OK vient WE prochain pour entretien.

On croise les doigts, écrivit-elle en retour.

Si ça marchait, ce serait merveilleux. Elle avait déjà une amie au bout de la rue et en aurait une autre juste en face. À l'occasion, elle pourrait passer voir Hope, et toutes ces superbes chambres. Superbes, elles le seraient. Elle en avait la certitude à présent.

Et si elle réservait Titania et Oberon pour l'anniversaire de mariage de ses parents au printemps prochain ? se dit-elle soudain. Ou peut-être Elizabeth et Darcy ? Le cadeau idéal – à la fois romantique et original. Encore une idée pour la brochure.

Elle prit quelques notes sur son portable qu'elle glissa dans sa poche lorsqu'une de ses bonnes clientes entra avec sa petite fille.

— Bonjour, Lindsay, la salua-t-elle. Et bonjour à toi, Zoé.

— Veux livre !

— Qui n'en veut pas, hein ?

Sous le charme, comme toujours, Clare souleva la fillette dans ses bras et la cala sur sa hanche.

— Je n'avais pas prévu de m'arrêter, expliqua sa mère, mais alors qu'on passait devant la librairie elle s'est mise à faire des bonds dans son siège-auto, tout excitée.

— Je vous le promets, je l'engage à la minute où la loi l'autorise, assura Clare, qui déposa un baiser affectueux sur les boucles brunes de Zoé en la conduisant au rayon enfants.

Lorsqu'elles quittèrent la boutique avec deux livres pour Zoé, un pour la maman et un joli sac Hello Kitty pour l'anniversaire d'une nièce, Clare avait fait le plein de potins sur les célébrités, la vie locale et le dernier régime en date de ladite maman.

À peine le carillon de la porte avait-il signalé leur départ que Laurie quitta l'annexe où elle s'était réfugiée.

— Désolée pour la désertion, murmura-t-elle.

— Pas de problème.

— Vous savez mieux vous occuper d'elle, dit Laurie pour sa défense. Et puis, cette femme est si pipelette que j'en ai les tympans qui bourdonnent.

— Elle a juste besoin de parler à un adulte de temps en temps. Et elle a dépensé cinquante dollars. Avez-vous déjeuné ? Je peux prendre le relais si vous voulez sortir un peu.

— J'ai apporté mon repas – une pauvre salade. Lindsay n'est pas la seule à être au régime... Au fait, Cassie vient d'arriver. Elle emballe les commandes Internet pour l'expédition.

— Je m'occupe de la caisse. Je dois sortir vers 2 heures, mais je serai de retour avant votre départ.

— N'hésitez pas à appeler s'il y a de l'animation.

C'était tout ce qu'elle pouvait espérer. Aujourd'hui, ce n'était pas l'affluence des grands jours. Si seulement il y avait quelques Lindsay supplémentaires avant la fermeture, soupira-t-elle en sortant une boisson fraîche du réfrigérateur.

Elle l'emporta au rayon enfants, rangea les jouets avec lesquels Zoé s'était amusée. Elle repensa à sa jolie frimousse et à ses boucles soyeuses.

Elle n'échangerait ses garçons pour rien au monde, mais elle avait toujours espéré en secret une petite fille. Jolies robes, nœuds et rubans, poupées Barbie et ballerines.

Cela dit, si elle avait eu une fille, sans doute aurait-elle été un garçon manqué, aussi accro que ses frères aux figurines d'action et aux bagarres dans la boue.

Peut-être Avery finirait-elle par tomber amoureuse et aurait une fille. Auquel cas, elle endosserait avec joie le rôle de la tante gâteuse et pourrait enfin acheter froufrous et falbalas.

Voilà qui serait génial, s'avoua-t-elle tout en redressant les piles de livres et les peluches. Qu'Avery tombe amoureuse pour de vrai. Elle l'aiderait à organiser son mariage, partagerait son excitation à la perspective de la naissance. Leurs enfants grandiraient ensemble. Bon, d'accord, ses garçons avaient une longueur d'avance, mais qui sait ? peut-être que, dans bien des années, la fille d'Avery et... probablement Murphy, vu les âges, tomberaient amoureux, se marieraient et leur feraient de superbes petits-enfants.

« Tu t'emballes, ma pauvre », se dit Clare, qui rit toute seule en caressant du doigt la couverture d'un album. Un conte de fées. Elle avait toujours eu un faible pour les contes. Et pour les dénouements heureux.

Peut-être plus encore aujourd'hui, alors qu'elle avait vécu le deuil dans sa chair, dut-elle s'avouer. Voilà peut-être pourquoi elle avait besoin de croire au happy end tout enrubanné de satin.

— Alors, on rêve de moi ?

La voix masculine derrière elle la fit sursauter. Elle se tourna et réprima une grimace en découvrant Sam Freemont.

— Je remettais juste un peu d'ordre, répondit-elle d'un ton aimable, se rappelant qu'il lui arrivait parfois d'acheter un livre au lieu d'essayer de lui arracher un rendez-vous. Je n'ai pas entendu le carillon.

— Je suis passé par-derrière. Tu devrais renforcer la sécurité. Je m'inquiète de te voir travailler dans cet endroit.

Elle nota le ton condescendant avec lequel il avait prononcé ce dernier mot et prit sur elle pour demeurer courtoise.

— Laurie et Cassie sont dans la réserve, et il y a un écran de vidéosurveillance. En fait, ajouta-t-elle délibérément, elles nous voient en ce moment même. Que puis-je pour toi, Sam ?

— C'est plutôt l'inverse, je dirais.

Il appuya l'épaule contre le mur, très chic dans son costume beige agrémenté d'une cravate bleu roi, et tapota la poche de sa veste avec un clin d'œil appuyé.

— J'ai ici un bon gros chèque de prime. Je t'invite à dîner à mon club, histoire de fêter ça.

Comme il travaillait à la concession automobile de son père et que sa mère était issue d'une famille fortunée, Clare imaginait que les gros chèques étaient monnaie courante.

L'argent était en tout cas un sujet récurrent de vantardise.

— Félicitations, et merci pour l'invitation, fit-elle. Mais je dois malheureusement la décliner.

— Tu vas adorer, poursuivit-il, comme si elle ne venait pas de refuser. J'ai la meilleure table de tout l'établissement.

Toujours le meilleur, le plus gros, le plus cher. Décidément, il ne changerait jamais.

— Et moi, je serai à la table de ma cuisine, à tenter de convaincre mes trois garçons de manger leurs brocolis.

— Ce qu'il te faut, décréta-t-il, c'est une fille au pair. Ma mère pourrait te filer des tuyaux.

— Sans doute, oui... si j'étais intéressée, ce qui n'est pas le cas. À présent, excuse-moi, mais je dois...

— J'ai tout mon temps. On déjeunera au champagne alors.

— Je n'ai pas...

Le carillon de l'entrée tinta.

— ... le temps. Désolée, je suis occupée.

Au lieu de passer devant lui, elle fit le tour par l'autre porte, bien décidée à embrasser sur les deux joues celui ou celle qui venait de l'arracher aux griffes de l'importun.

— Justine ! Carol-Ann ! s'exclama-t-elle. Figurez-vous que j'ai justement fait un tour sur le chantier ce matin. Je suis ravie de vous voir toutes les deux.

Justine releva ses lunettes de soleil à monture rouge sur ses cheveux et s'éventa de la main.

— Nous revenons à pied de chez Bast. Mon Dieu, quelle chaleur ! Dites-moi, vous avez l'air fraîche comme une rose. Pas besoin de sorbet au citron vert dans cette jolie robe.

Carol-Ann se laissa choir dans l'un des fauteuils disposés autour de la petite table près de la vitrine.

— Je ne serais pas contre un sorbet au citron vert, avoua-t-elle. Je crois qu'on va s'offrir un de vos amusants cafés glacés.

— Cookie Dough Jo, c'est la spécialité de la semaine, annonça Clare. Vraiment divin.

— Deux, alors.

Justine posa son sac sur la table, puis pivota vers les nouveautés.

— Tiens, j'ignorais qu'il était déjà sorti, dit-elle en saisissant un livre sur une pile. Est-il aussi bon que son dernier ?

— En fait, je crois qu'il est encore mieux.

— Eh bien, cette petite halte va me coûter plus cher que le prix d'un café divin, plaisanta Justine, avant de hausser les sourcils comme la porte de derrière claquait.

— Sam Freemont qui exprime son agacement, expliqua Clare. Le café est aux frais de la maison, en remerciement pour m'en avoir débarrassé. Il me cassait les pieds pour que je vienne dîner à son club.

— Sam Freemont est un petit con qui avec l'âge en est devenu un grand, commenta Carol-Ann dont les jolis yeux noisette se durcirent. Tu te souviens, Justine, des rumeurs qu'il a répandues sur ma Darla ? Il la harcelait pour être son cavalier au bal du lycée. Elle a fini par lui dire d'aller se faire voir.

— Ou quelque chose d'un peu plus imagé, si ma mémoire est bonne, rectifia Justine, ce qui lui valut un sourire féroce de sa sœur.

— Je reconnais bien là ma fille, enchaîna cette dernière. Enfin, bref, il a fait courir le bruit qu'elle était enceinte et ignorait l'identité du père.

— Du coup, Ryder lui a cassé la figure. Oh, il ne s'en est pas vanté ! précisa Justine. Et mes autres fils ont gardé le secret. Mais je l'ai deviné – et je lui ai acheté le lecteur CD pour lequel il économisait. Histoire qu'il sache que je savais.

— Le sang des Riley coule dans leurs veines, et les Riley défendent leur famille, déclara Carol-Ann. Les Montgomery aussi. C'est une question d'éducation. Ce Freemont a été gâté jusqu'à l'os. Sa mère est la pire du lot – je n'ai jamais pu encaisser cette femme –, mais le père ne vaut guère mieux, à entrer dans son jeu. Ce gosse a toujours eu tout ce qu'il voulait d'un claquement de doigts. Et il traitait tout le monde de haut.

— Elle a eu ce qu'elle méritait, non ? fit Justine avec un haussement d'épaules. Un grand con de fils.

Le sourire aux lèvres, Clare actionna le broyeur de la machine à café. Justine Montgomery était le genre de femme qu'elle admirait. Intelligente, forte, sûre d'elle, une excellente mère aimée de ses fils. Et séduisante, de surcroît, avec ses cheveux bruns relevés en une queue-de-cheval impertinente, sa silhouette parfaite, qu'elle veillait à entretenir, et son chemisier blanc léger sur un corsaire à la fois décontracté et élégant.

Carol-Ann se leva pour parcourir les rayons. Presque aussi grande que sa sœur, elle avait les cheveux d'un blond doré clair et une silhouette délicate.

Toutes deux étaient inséparables, unies par une affectueuse complicité.

Justine s'avança jusqu'à la caisse et posa deux livres sur le comptoir.

— Vous savez, Clare, un mot de votre part et Ryder – ou ses frères du reste – saura dissuader Sam d'arrêter de vous casser les pieds.

— Merci, sincèrement, mais je gère.

— Gardez juste cette proposition dans un coin de votre tête, d'accord ?

— D'accord, promit Clare.

— Pour changer de sujet, Owen m'a appris qu'Avery et vous aviez une candidate pour le poste de directrice, maintenant que Karen achète de la layette.

— En effet. Hope est une femme extraordinaire. Je pense que cet endroit mérite une directrice de sa trempe. Jusqu'à présent, je n'ai pu me faire une idée que d'une seule chambre – Titania et Oberon –, que Beckett nous a décrite ce matin, mais franchement, j'adore. Je visualise déjà très bien le résultat.

— Avery et vous avez la tête sur les épaules, je prends donc votre recommandation très au sérieux.

Justine s'avança jusqu'à la porte et regarda dehors.

— Cette maison m'a conquise. *Nous* a conquises, n'est-ce pas, Carol-Ann ?

— Je ne me suis jamais autant amusée de ma vie. Quel plaisir de t'aider à tout choisir, des lits à baldaquin aux porte-savons. La semaine prochaine, nous allons avoir droit à un concours d'odeurs.

Clare, qui ajoutait un nuage de crème fouettée au café glacé, interrompit son geste.

— Pardon ?

— Une présentation de parfums, expliqua Justine en riant. C'est vous qui nous avez mises en contact avec Joanie, vous vous souvenez ? Les Savons de Cedar Ridge.

— Elle est formidable, n'est-ce pas ? En effet, elle m'a dit que vous l'aviez chargée de la fabrication de vos produits de toilette – une production entièrement locale. Quelle merveilleuse idée !

— Chaque chambre aura son parfum attitré.

— Là, c'est carrément fabuleux. Savons, shampooings, lotions, toute la gamme. Avez-vous pensé aux diffuseurs de parfum ?

Justine fronça les sourcils.

— Non. Elle en fabrique aussi ?

— Bien sûr. J'en utilise à la maison.

— Carol-Ann...

— Je prends note.

— Hmm, ce café m'a effectivement l'air divin, déclara Justine, qui s'empara des deux tasses et en apporta une à sa sœur. Vous avez une minute, Clare ?

— Bien sûr.

— Je souhaitais vous parler de la bibliothèque. Nous comptons faire appel à un bouquiniste pour l'essentiel, mais je veux y adjoindre quelques ouvrages neufs. Romans d'amour, policiers, thrillers. Le genre de livres dans lesquels on aimerait se plonger un jour de pluie, ou pelotonné dans un fauteuil devant un bon feu par une soirée d'hiver. Pourriez-vous me recommander une liste de titres ?

— Bien sûr.

— Un mélange de poches et de livres reliés. Ainsi que des ouvrages sur la région, pour sortir de la fiction. Personne n'a un choix plus riche que vous sur le sujet. Ajoutez aussi une petite sélection pour chaque chambre. D'après Beckett, vous pouvez aussi avoir des DVD.

— Absolument.

— Dans ce cas, il me faudrait les films qui correspondent aux livres des chambres – je vous dresserai la liste de ce que je souhaite. N'hésitez pas à la compléter si vous avez des idées.

— Je n'hésiterai pas. Je dois retourner sur le chantier tout à l'heure, pour me faire une idée plus précise. Beckett m'a demandé de contribuer à la rédaction de la brochure.

— C'est vrai ?

— Si vous êtes d'accord, bien sûr.

— Je suis tout à fait d'accord, assura Justine avec un sourire, avant de lécher la crème fouettée sur son doigt.

4

Armée d'un calepin, Clare traversa Main Street. Sa contribution à la brochure ne lui demanderait que peu de temps et d'effort mais lui donnait le sentiment d'être partie prenante du projet. Sans parler des livres et DVD qu'elle allait sélectionner et fournir.

À quoi ressemblerait la bibliothèque ? s'interrogea-t-elle. Y aurait-il une cheminée ? Pourvu que oui.

Elle entra par l'arrière et se retrouva plongée dans le tintamarre du chantier.

— Va te faire foutre, Mike ! lança quelqu'un d'un ton goguenard.

La réponse fusa, tout aussi délicate :

— J'irais bien, mais ta sœur a vraiment fait du bon boulot cette nuit !

Des rires gras accueillirent cette réponse. En apercevant Clare, Beckett se figea, gêné.

— Une femme dans la maison, les gars ! lança-t-il à la cantonade. Désolé.

— Pas de problème. Je croyais qu'il y avait déjà des femmes dans la maison.

— Maman et Carol-Ann inspectent le deuxième étage, mais elles ont l'habitude.

Il paraissait distrait et occupé, réalisa Clare. Peut-être aussi un peu perdu.

— Si le moment est mal choisi, je peux...
— Non, non, j'ai juste besoin d'une petite seconde d'adaptation. On peut commencer par ici.

Soulagée de ne pas avoir à garder son enthousiasme pour plus tard, elle pivota sur elle-même.

— Ici, c'est quoi ?
— Le hall. Là, par où tu es entrée, il y aura une double porte vitrée qui donnera sur la cour paysagère. Du carrelage au sol, un joli motif orné d'une frise au centre qui mettra en valeur la grande table ronde sous le lustre contemporain en verre étiré, aérien et végétal. Ma mère veut un gros bouquet de fleurs fraîches sur la table. Là, une paire de chauffeuses.
— Dis-moi que vous allez garder les briques de ce mur apparentes.
— Oui. Avec leur tissu jaune paille et vert, et des clous de tapissier en bronze, les fauteuils auront un petit côté rustique français assorti au carrelage. Maman se tâte encore pour la table. Peut-être un autre fauteuil dans l'angle, et je crois qu'il nous faudrait quelque chose contre le mur d'en face.

Clare réfléchit un instant, s'efforçant de visualiser le décor.

— Une petite desserte peut-être.
— Pourquoi pas ? Il reste encore à choisir les œuvres d'art, mais nous avons déjà décidé de nous tourner vers les artistes locaux. Nous avons prévu d'en présenter la liste avec les noms et les tarifs.
— C'est une excellente idée.

Sans doute pressé, Beckett débitait les informations à toute allure. Elle griffonna quelques notes aussi vite que possible, s'efforçant de ne pas décrocher.

— Plus qu'un lieu de passage, ce sera donc un endroit pour s'asseoir devant un café ou un thé, dit-elle. Un verre de vin peut-être. Tu n'as pas parlé de comptoir ou de bureau pour la réception, donc je suppose...

— La réception se trouvera plus loin, coupa-t-il. On y accédera par la terrasse en façade. Je te montrerai tout à l'heure. D'ici, on accède au salon, poursuivit-il avec un geste vague en direction d'un petit couloir. Pour l'instant, c'est encombré d'outils et de matériaux. La pièce est tout en longueur, un peu étroite. À l'origine, c'était la chaussée pour les attelages.

— Belle reconversion.

— Le salon aura une atmosphère contemporaine, un peu à la manière d'un lounge bar. Canapé et fauteuils en cuir. De grandes méridiennes confortables sur roulettes à la place des habituelles bergères. Ma mère a opté pour le jaune beurre.

Pour la première fois, il sourit.

— J'ai bien cru que Ryder allait la faire interner.

— Jaune beurre...

Clare tenta d'imaginer un canapé en cuir jaune dans son intérieur avec les enfants dessus. À oublier sans une hésitation.

— Ce sera fabuleux, je parie.

— Selon Carol-Ann et elle, c'est ce qui conférera à la pièce une ambiance de pub haut de gamme. Il y aura aussi une table de bridge ou d'échecs avec des fauteuils club en cuir citron vert, continua-t-il. Un écran plat trente-deux pouces. Trois suspensions avec de nouveau un motif végétal – feuilles de chêne. Nous peaufinons encore les détails.

— Je n'en reviens pas que vous soyez déjà si avancés. Mais comment faites-vous pour meubler un espace qui n'existe pas encore ? s'extasia Clare tout en continuant de griffonner. J'aurais dû me douter que Justine ne se contenterait pas de chintz.

— Elle veut un joyau dont chaque facette sera polie et rutilante à l'extrême. Et c'est ce que nous allons lui offrir.

Clare leva les yeux, touchée.

— J'admire l'affection qu'il y a entre vous, le travail d'équipe, la compréhension mutuelle. C'est ce à quoi j'aspire avec mes garçons.

— Je t'ai vue avec tes fils, et je dirais que c'est déjà très bien parti.

— Parfois, j'ai l'impression d'être un Monsieur Loyal dans un cirque habité par des démons. Ta mère devait avoir le même sentiment, j'imagine.

— Si tu lui posais la question, elle répondrait que c'est encore le cas, à mon avis.

— Réconfortant et terrifiant à la fois.

Certes, Beckett paraissait occupé et distrait – et craquant en diable –, mais perdu, pas le moins du monde. Il connaissait par cœur chaque facette rutilante du joyau qu'ils étaient en train de créer.

Elle se souvint qu'elle avait rêvé de lui il n'y avait pas si longtemps et se détourna, troublée.

— Et par là, qu'y a-t-il ? reprit-elle.

— La chambre accessible aux personnes handicapées et l'entrée de la salle à manger.

— De quelle chambre s'agit-il ?

— Marguerite et Percy.

— *Le Mouron rouge*. Quand on parle de style français, murmura-t-elle en feuilletant son calepin, la tête inclinée. Je peux la voir ?

Beckett remarqua qu'elle avait divisé les pages en sections avec le nom des chambres en intitulé.

— Tu peux essayer. Mais elle est aussi encombrée que le salon. C'est la plus petite, précisa-t-il en la précédant dans le petit couloir. Nous avons dû tenir compte de l'empreinte de l'immeuble et des normes d'accessibilité. Avec une paire de grands lits et, entre les deux, la table de nuit sur laquelle il y aura une superbe lampe ornementée qui appartenait à ma grand-mère.

— Vous allez utiliser des objets de famille ?

— Ici ou là, quand ça fonctionne. Ma mère y tient.

— Ce sera charmant. Et original. Les lits seront face aux fenêtres ?

— Oui. Avec des têtes en bambou qui seront agrémentées d'un ciel de lit, pour le style et l'intimité. Au pied, des banquettes en bambou avec de jolis coussins. Un cache-sommier élégant. Un grand miroir ornementé sur ce mur qu'on voit du seuil. Des murs crème, un plafond bleu ciel avec moulures et rosace.

— Un plafond bleu ciel !

L'idée lui parut merveilleusement romantique. Pourquoi n'avait-elle jamais songé à peindre ses plafonds dans une couleur moins banale que le blanc ?

Sans doute avait-elle oublié comment être romantique.

— Très français aussi, je trouve, commenta-t-elle. Je n'ai pas encore posé la question, mais qu'avez-vous choisi comme linge de lit ?

— Après un débat animé, parfois même houleux, nous avons opté pour des draps, blancs ou écrus selon la chambre. Avec, comme alternative, des couettes en duvet d'oie associées à un drap plutôt qu'un couvre-lit ou un édredon. Une profusion d'oreillers et de coussins en lin dans des tons neutres. Et des jetés en cachemire sur les fauteuils.

— Des jetés en cachemire ? Je réserve tout de suite. Plumes de paon.

— Pardon ? C'est un gros mot que je ne connaîtrais pas ?

— À mon avis, il devrait y avoir des plumes de paon quelque part. Elles sont censées porter malheur, je sais, mais je trouve qu'elles confèrent une certaine opulence à la française.

— Plumes de paon, je note. Cette chambre est l'espace le plus problématique, mais elle finira par bien rendre.

— Je l'adore déjà. Où est la salle de bains ?

Elle y pénétra tant bien que mal, enjambant des seaux et du bois d'œuvre.

— Fais attention où tu mets les pieds, la prévint-il en lui prenant le bras. Il n'y aura pas de baignoire, mais une grande douche aux normes d'accessibilité. La colonne sera équipée d'une pomme à jet de pluie et de jets de massage horizontaux. Comme lavabo, nous avons choisi une superbe vasque en cristal fixée sur un support en métal. Un carrelage crème et or pâle, avec des fleurs de lis en relief.

— Mais oui ! s'exclama-t-elle, en français dans le texte, ce qui fit sourire Beckett.

— J'ai déniché des étagères assorties, ajouta-t-il. Les normes et l'espace restreint imposent certaines limites.

— Un confort spectaculaire appliqué à des besoins spécifiques, je dirais. La grandeur des temps jadis alliée aux commodités – non, aux plaisirs d'aujourd'hui.

Elle se remit à griffonner sur son calepin, recula d'un pas, et heurta une pile de pots de peinture.
— Attention.
Beckett la retint par la taille et elle se cramponna à son bras pour ne pas perdre l'équilibre.

Pour la deuxième fois de la journée, leurs corps se frôlèrent, leurs regards s'accrochèrent. Mais cette fois, ils se trouvaient dans une pénombre bleutée qui n'était pas sans évoquer un clair de lune.

« Je suis dans les bras d'un homme », se dit Clare, un peu hébétée. Dans les bras de Beckett. Et il la tenait d'une façon qui n'avait rien à voir avec la simple amitié ou la galanterie. Non, cette étreinte faisait naître en elle une étrange sensation, comme si un long serpentin s'enroulait au creux de son ventre.

Une sensation qui ressemblait étrangement à du désir.

Le serpentin se déploya en une vague qui la submergea lorsque le regard de Beckett glissa jusqu'à sa bouche et s'y arrêta. Un parfum de chèvrefeuille lui chatouilla les narines. Clair de lune et chèvrefeuille.

Comme enivrée, elle s'inclina vers lui, imaginant la première caresse, le premier...

Les yeux de Beckett remontèrent brusquement vers les siens, l'arrachant à ce qui ressemblait à un rêve mystérieux.

Seigneur, elle avait failli...

— Il... il faut que je rentre, bredouilla-t-elle d'une voix qui grimpait dangereusement dans les aigus. J'ai des choses à faire.

— Moi aussi, dit-il, et il recula avec précaution comme s'il craignait de se prendre une décharge électrique.

Clare sortit en hâte de la chambre au faux clair de lune et au parfum bizarre.
— Bon.
— Bon, répéta-t-il, tout aussi embarrassé qu'elle, en fourrant les mains dans ses poches.
— Je vais réfléchir à quelques idées pour les pièces que j'ai vues.
— Ce serait super. Si tu veux, je peux te prêter le classeur où nous rassemblons la documentation, les photos des meubles et accessoires, etc. Il y en a un qui doit rester sur le chantier, mais je peux te laisser quelques jours celui que j'ai chez moi.

Elle inspira profondément, un peu apaisée. Elle se sentait en terrain plus sûr.
— D'accord. J'adorerais y jeter un coup d'œil.
— Je le dépose à la librairie ou chez toi ?
— L'un ou l'autre, comme ça t'arrange.
— Tu peux revenir poursuivre la visite quand tu auras le temps. Si je ne suis pas là, Owen ou Ryder te serviront de guides.
— D'accord, merci beaucoup. Bon, je ferais mieux d'y aller, enchaîna-t-elle en descendant l'escalier d'un pas rapide. Ma mère doit déposer les garçons à la librairie et j'ai encore... des choses à faire.
— À bientôt.
— Oui.

Beckett la regarda s'éloigner et attendit que la porte se referme derrière elle pour serrer les poings au fond de ses poches.
— Triple idiot, bougonna-t-il.

Il lui avait fait si peur qu'elle osait à peine le regarder et s'était empressée de prendre la poudre d'escampette. Tout ça parce qu'il n'avait pas su refréner son désir.

77

Leur mère avait coutume de leur dire, à ses frères et à lui, qu'ils étaient assez grands pour ne pas se laisser meurtrir par leurs désirs.

Eh bien, pas lui. Il avait l'impression d'avoir un trou béant à la place du cœur.

Il allait éviter Clare quelques jours, décida-t-il. Le temps que la plaie cicatrise un peu. Il enverrait un des ouvriers déposer le classeur.

Les effluves de chèvrefeuille caressèrent à nouveau ses narines et il aurait juré entendre un rire féminin à peine perceptible.

Agacé, il grimpa à l'étage au pas de charge, histoire d'aller passer ses nerfs sur l'équipe.

Clare n'était pas prête à affronter le personnel à la librairie. Elle opta pour la pizzeria. Derrière le comptoir, Franny, la seconde en chef, étalait du fromage sur une pizza. Elle lui adressa un grand sourire amical.

— Salut, Clare. Où sont mes amours ?
— Chez ma mère. Avery est là ?
— En cuisine. Un problème ?

Mon Dieu, elle avait l'air d'aller si mal que ça ?

— Non, non. Je veux juste lui parler une minute.

Affichant une décontraction qu'elle était loin de ressentir, Clare contourna le comptoir d'un pas tranquille et pénétra dans la cuisine où Avery répartissait des pains de pâte fraîche dans des moules à lever. Steve, le plongeur, s'affairait bruyamment devant le grand évier double et une des serveuses prenait des verres sur les étagères en fil inox.

— Il faut que je te parle quand tu auras une minute.

— Parler ? Pour l'instant, je ne suis pas en état d'utiliser mes oreilles.

Puis Avery leva les yeux et découvrit la mine de son amie.

— Oh, tu veux dire *parler* !... Cinq minutes, d'accord ? Prends-nous à chacune une boisson fraîche dans le réfrigérateur. Je dois descendre chercher des ingrédients de toute façon.

— Je t'attends en bas.

Clare alla chercher deux sodas au gingembre – elle était déjà assez surexcitée sans rajouter de la caféine au mélange –, puis sortit par l'escalier de derrière. Une fois dehors, elle descendit au sous-sol, d'où elle entendait les conversations et les rires des clients assis en terrasse. Elle se réfugia dans la vaste réserve au plafond bas où s'empilaient les casiers de bouteilles de vin, bière et jus de fruits. Savourant la fraîcheur de l'endroit, elle tira sur l'opercule de sa canette et but une longue gorgée.

Clair de lune et chèvrefeuille, songea-t-elle, écœurée de se découvrir aussi fleur bleue. Elle était une adulte. Une mère de famille. Elle savait bien que les contes de fées n'existaient pas dans la vraie vie.

N'empêche, elle n'avait jamais remarqué – *vraiment* remarqué – comme la bouche de Beckett était volontaire et merveilleusement dessinée. Un vrai canon, ce garçon. Comme tous les Montgomery, du reste. Et le bleu de ses yeux, si profond dans ce clair de lune...

— Il n'y avait pas de clair de lune, espèce d'idiote, grommela-t-elle. Juste une pièce en travaux encombrée de pots de peinture, de bois et de bâches. Par pitié, arrête ton cinéma !

Elle s'était laissé abuser par le romantisme de la situation, voilà tout. Le cuir beurre frais, les plafonds bleu ciel, les plumes de paon, les jetés en cachemire. Un décor si élégant, si éloigné de sa propre réalité ou tout était pratique, bon marché, adapté aux enfants.

Et puis, après tout, elle n'avait rien à se reprocher. L'espace d'un instant, un désir fugace l'avait prise au dépourvu. Et alors ? Elle n'était pas pour autant passée à l'acte.

Elle fit les cent pas, et pivota d'un bloc quand la porte s'ouvrit.

— Que se passe-t-il ? s'enquit Avery. Tu as l'air d'avoir les flics à tes trousses.

— J'ai failli embrasser Beckett.

— On ne peut pas t'arrêter pour ça, observa Avery en s'emparant de la deuxième canette de soda. Comment, où et pourquoi « failli » ?

— Je suis allée en face continuer la visite. Nous étions dans la chambre Marguerite et Percy...

— Ouh ! là, là ! minauda son amie, en français dans le texte.

— Arrête. Je suis sérieuse.

— Je vois bien, ma grande, mais manquer d'embrasser un homme très séduisant et disponible qui a le béguin pour toi n'a rien d'une catastrophe nationale.

— Il n'a pas le béguin pour moi.

Avery but une gorgée et secoua la tête.

— Permets-moi de ne pas partager ton avis, avec la plus grande conviction. Mais continue, je t'en prie.

— Eh bien... il y avait des trucs partout dans la pièce, j'ai trébuché, et il m'a rattrapée.

— Par où ?

Clare leva les yeux au plafond.

— Franchement, qu'est-ce qui me prend de te raconter ça ?

— À qui d'autre sinon ? Sérieusement, par où ? La main, le bras, les hanches ?

— La taille. Il a glissé le bras autour de ma taille et je... je ne sais pas exactement, mais nous nous sommes retrouvés là, l'un contre l'autre, sa bouche toute proche. Et il y avait cette lumière bizarre, ce parfum de chèvrefeuille.

Le visage d'Avery s'éclaira.

— Un parfum de chèvrefeuille ! Tu as vu la revenante ?

— Bien sûr que non. Pour la bonne raison que les fantômes n'existent pas.

— Pourtant, tu as senti le chèvrefeuille.

— J'ai dû me l'imaginer. J'étais sous le charme, comme hypnotisée par l'ambiance romantique, incapable de réfléchir. Je me suis juste laissé aller.

— Tu as « failli », rectifia Avery.

— Parce qu'au moment où nos lèvres allaient se rejoindre, il m'a regardée comme si je lui avais flanqué un coup de pied mal placé. D'un air sidéré.

Même maintenant, avec Avery, la honte l'envahit, attisée par le souvenir de ce désir sournois qui l'avait prise au dépourvu.

— Je me suis pétrifiée et j'ai dit le premier truc qui me passait par la tête. Il a reculé comme si j'étais radioactive. Il ne savait plus où se mettre, et moi non plus.

— Tu veux que je te dise ce que je pense ? Je pense que si vous aviez été jusqu'au bout, vous n'auriez eu honte ni l'un ni l'autre, et au lieu de te précipiter ici, aussi affolée que si tu avais agressé une vieille dame, tu danserais la gigue en chantant à tue-tête.

Décidément, qu'est-ce qui lui avait pris de se confier à Avery ?

— D'abord, Beckett est un ami. Juste un ami. Et puis, je n'ai pas de place dans ma vie pour danser la gigue, comme tu dis. Mes priorités sont mes fils et mon entreprise.

— C'est tout à fait normal, je suis la première à l'affirmer, mais crois-moi, l'un n'empêche pas l'autre, répliqua Avery qui oublia son sourire taquin et lui frotta le bras avec sollicitude. Voyons, Clare, cette page de ta vie n'est pas tournée. Tu as le droit d'éprouver des sentiments, surtout pour quelqu'un que tu apprécies et en qui tu as confiance. Ce que tu as ressenti, c'est important.

— Peut-être, même si, en y repensant, je crois que c'était juste une impression trompeuse. Mais ça va aller, assura-t-elle. Beckett n'est pas du genre à prendre les choses au sérieux. Tout s'est passé si vite, il a sans doute déjà oublié.

Avery voulut répondre, puis se ravisa. Mieux valait garder son opinion pour elle. Pour l'instant.

— Enfin, bref, les chambres vont être fabuleuses, continua Clare. Et il va me prêter un classeur avec les descriptifs et les photos. Je vais pouvoir en mettre plein la vue à Hope quand elle viendra. Franchement, Avery, il faudrait qu'elle soit folle pour ne pas sauter sur l'occasion de travailler ici.

— Et comment, approuva Avery en songeant qu'elle avait deux copines un peu folles.

Beckett décida de laisser un peu de temps et d'espace à Clare afin qu'elle n'aille pas imaginer qu'il pensait encore à ce qu'il convenait désormais d'appeler l'Instant. Il chargea un ouvrier de déposer le classeur à la librairie, avec le message qu'il passerait le chercher d'ici à quelques jours. Rien ne pressait.

Durant plusieurs jours, il sauta sa pause-café habituelle au Tourne-Page, et se partagea entre l'hôtel et un autre chantier dans la ville voisine de Sharpsburg. À son retour, ce soir-là, l'équipe avait déjà plié bagage et ses frères fermaient le chantier.

— Pile à l'heure, commenta Ryder qui s'avança vers lui de son pas nonchalant, Nigaud sur ses talons. Nous allons en face pour une petite réunion devant une bière et une pizza.

— Mon genre de réunion favori. Tu as parlé à l'amie d'Avery ? demanda-t-il à Owen.

— Oui. Si tu veux les détails, tu paies la bière.

— J'ai déjà payé la dernière fois.

— Non, c'est moi, corrigea Ryder.

— C'est lui, confirma Owen, le pouce braqué vers ce dernier.

Beckett fouilla dans sa mémoire tandis qu'ils longeaient le trottoir sous l'échafaudage.

— Possible, admit-il. Et toi, c'était quand, la dernière fois ?

Owen lui adressa un sourire satisfait et rabattit ses lunettes de soleil sur son nez.

— Je passe mon tour six fois grâce à la nacelle automotrice que je nous ai trouvée. Il me reste encore deux tournées gratuites.

Beckett se souvint de l'accord conclu entre eux après que Owen eut négocié un tarif très avantageux sur la nacelle d'occasion. L'utilité de cet engin, qui leur épargnait un temps précieux et beaucoup d'efforts, justifiait largement l'investissement.

Lorsqu'ils traversèrent la rue, Beckett jeta un coup d'œil en direction du Tourne-Page, écoutant d'une oreille distraite ses frères discuter de cumulus. « Encore une journée, décida-t-il. Laisse-lui le temps de finir le classeur tranquillement. En toute amitié. »

Comme si l'Instant n'avait jamais eu lieu.

Et pourtant si. Oh que oui !

— Tu as un problème avec cette installation ? lui demanda Ryder.

— Quoi ? Euh, non.

— Alors arrête de faire cette tronche.

Ryder attacha le chien à la rambarde de la terrasse.

— Sois sage. Je t'apporte à dîner, lui promit-il avant de pousser la porte.

La pizzeria était majoritairement occupée par la clientèle du début de soirée, familles et petits groupes de jeunes qui se serraient sur les banquettes. Quelques couples étaient attablés devant d'appétissantes assiettes de spaghettis ou étudiaient le menu, tandis que deux habitués buvaient une bière au comptoir après le travail.

Beckett entra à la suite de ses frères et salua à droite et à gauche les gens qu'il connaissait.

— Commande-moi une Heineken, lui demanda Owen qui bifurqua vers la cuisine.

— Allons plutôt derrière, suggéra Ryder. Si on s'assoit ici, on va devoir faire la causette avec tout le monde.

— D'accord.

Beckett arrêta une serveuse, commanda trois bières, puis se rendit dans l'arrière-salle au bout du couloir. Deux lycéens faisaient une partie animée de Megatouch.

— Le carrelage est expédié, lui apprit Ryder quand il le rejoignit à une table. Le plus gros, en tout cas. Un ou deux modèles sont en attente pour rupture de stock. La livraison est programmée dans deux semaines. Owen a contacté les carreleurs pour la pose. Ils peuvent s'y mettre à la fin de la semaine prochaine s'ils tiennent leur planning. Sinon, au début de la suivante.

— C'est bon pour nous.

— Je veux programmer la pose des revêtements de sol restants juste après, dans la foulée. Cette chaleur ne va pas durer. On pourra remettre l'équipe sur les rambardes des galeries et commencer les peintures extérieures.

Owen se glissa auprès d'eux sur la banquette au moment où les bières arrivaient.

— Vous avez choisi ? s'enquit la serveuse.

— Une pizza du guerrier, dit Ryder.

— Toute cette viande ? Très peu pour moi, déclara Owen en sirotant sa bière.

— Femmelette.

— Bonjour les artères encrassées, fit remarquer Beckett. On se partage une grande poivrons-piments ? proposa-t-il à Owen.

— Ça marche. Avec quelques boulettes au crabe.

— C'est noté, dit la serveuse. Alors, comment ça va à l'hôtel ?

— Les travaux avancent, répondit Owen.

— Vous comptez bientôt enlever les bâches ?

— Tôt ou tard.

— Quel suspense infernal, soupira-t-elle, les yeux au ciel, avant de pivoter sur ses talons.

— Tu te rends compte que ces bâches suscitent beaucoup d'attentes que nous ne pourrons peut-être pas satisfaire ? observa Beckett.

Ryder haussa les épaules.

— Elles protègent aussi la rue des gravats, et l'équipe du soleil. Parle-lui de la princesse urbaine, ajouta-t-il à l'adresse d'Owen.

— Hope Beaumont, enchaîna ce dernier. Intelligente, du bon sens. Elle a posé toutes les bonnes questions, y compris un grand nombre auxquelles nous n'avions pas pensé. Elle a une voix sexy. Une voix de velours, grave et chaude.

— Une voix sexy ? Engagée, bougonna Ryder qui se cala contre le dossier, sa bière à la main.

— Tu es remonté parce que nous allons peut-être devoir confier le poste à quelqu'un de l'extérieur.

— Ce serait sympa de n'employer que des gens du coin, réfléchit Beckett. Mais il nous faut quelqu'un à la hauteur. Et puis, si elle accepte le poste et vient s'installer ici, elle sera du coin dans dix ou vingt ans.

— Nous en saurons plus samedi. J'ai rendez-vous avec elle le matin pour un premier contact, continua Owen. J'ai fait quelques recherches sur Google.

Il sortit deux chemises de son porte-documents et en tendit une à chacun de ses frères.

— Il y a d'abord un entrefilet d'une chronique mondaine de Washington sur ses déboires avec le type qui l'a larguée. Ensuite, un article sérieux sur l'hôtel avec quelques détails sur elle, quelques citations. La princesse urbaine, c'est le surnom que Ryder lui a trouvé parce qu'elle a remporté un ou deux concours de beauté à l'époque où elle vivait encore à Philadelphie, d'où elle est originaire.

Beckett ouvrit la chemise, mais une cavalcade dans le couloir lui fit relever la tête. Les trois garçons de Clare surgirent dans l'arrière-salle, tels des détenus en cavale. Essoufflés, les yeux hagards, ils parlaient avec animation du Space Crusader, quand Harry aperçut les frères Montgomery.

— Salut ! Regardez, on a chacun un dollar !
— Vous nous les prêtez ?

La question de Beckett fit éclater de rire Liam.

— C'est pour une pizza et des jeux.

Murphy s'avança jusqu'à leur table.

— Vous pouvez jouer si vous avez un dollar. Ou je peux demander à maman de vous en donner un.

Amusé, Beckett hissa le petit garçon sur ses genoux.

— Je parie qu'Owen en a un. Et si on...

Il laissa sa phrase en suspens. Clare venait d'apparaître, un peu empourprée et essoufflée.

— Désolée, ils m'ont filé entre les doigts. Vous parlez affaires, continua-t-elle, remarquant les dossiers. Je vais les faire sortir le temps que...

— Maman ! protesta Harry, l'image même de la trahison horrifiée.

— Quand on s'installe ici, il faut s'attendre à un peu de bruit, la rassura Ryder. Ils ne nous dérangent pas. Reste.

— Je disais justement à Beckett que ton amie a rendez-vous avec nous samedi, lui apprit Owen.

— Avery vient de me l'annoncer et le trio a profité de ces deux secondes pour filer.

— Comment avance la brochure ?

— J'ai quelques idées.

— Des idées géniales, lança Avery en entrant. Elle m'en a confié quelques-unes.

— De simples ébauches. J'aurais besoin d'en voir un peu plus, de m'imprégner de l'atmosphère.

— Pourquoi pas maintenant ? Beckett, tu devrais l'emmener.

— Avery, voyons, marmonna Clare, s'efforçant de dissimuler son malaise.

— Non, sérieux. C'est vide. Ce sera plus agréable et plus productif sans le vacarme des travaux. Tu ne penses pas ? ajouta-t-elle avec un sourire engageant à l'adresse de Beckett.

Murphy déserta les genoux de ce dernier pour rejoindre ses frères dans une partie à trois joueurs. Bien joué, maintenant il ne savait plus quoi faire de ses mains.

— Euh... si, bien sûr, répondit-il.

— Je vous ai interrompus... et il y a les garçons, protesta Clare.

— Pas de problème, nous les surveillons. Je vais leur commander une pizza, répondit Avery en faisant le geste de la chasser. Comme ça, tu pourras tester tes idées sur Hope dès demain. Laisse-moi ta place, Beckett. Et je ne te fais pas payer ta bière. Je vais la finir, ajouta-t-elle avant d'en boire une gorgée. Je ne travaille pas ce soir.

Acculé, Beckett se leva.

— On y va ? demanda-t-il à Clare.

— Apparemment.

Elle gratifia son amie d'un regard froid avant de se détourner.

— Je pars quelques minutes avec Beckett, annonça-t-elle à ses fils. Avery, Ryder et Owen vous gardent. Alors soyez sages.

— D'accord, maman, assura Harry, la mine farouche, concentré sur l'écran.

Clare sortit du restaurant avec Beckett. Le vent lui ébouriffa les cheveux et elle leva les yeux vers les nuages qui s'amoncelaient dans le ciel.

— L'orage arrive, commenta-t-elle.

5

Veillant à garder un écart entre eux et les mains au fond des poches par précaution, Beckett la fit entrer dans le futur hôtel par l'arrière.

Il faisait déjà sombre, aussi alluma-t-il les baladeuses de chantier sur leur passage. Lumière crue, murs nus et sols en béton. Pas exactement un piège à fille. Elle devrait se sentir en sécurité.

— Tu veux terminer le rez-de-chaussée ? s'enquit-il.

— Je préférerais voir d'autres chambres. On pourrait peut-être finir le premier étage. Je ne veux pas imposer les enfants trop longtemps à Avery et à tes frères.

— Tu ne les as pas imposés. C'est Avery qui a proposé de les garder.

— Généreuse initiative, n'est-ce pas ?

Beckett haussa les sourcils, intrigué par son ton agacé.

— Ça va ?

— Pourquoi ça n'irait pas ?

— Dans ce cas, allons-y, fit-il en se dirigeant vers l'escalier. Nous avons déjà vu Titania et Oberon, Elizabeth et Darcy. Maintenant, nous allons passer à Nick et Nora.

— *L'Introuvable*, devina Clare qui se concentra sur les informations du classeur. J'aime les lampes que vous avez choisies pour celle-ci. Le lit et la commode sont superbes – très Art déco.

Beckett s'engagea dans le couloir du premier.

— Des lignes épurées, un peu glamour, dit-il. La bibliothèque est par là et...

— Oh, la bibliothèque ! Je tiens vraiment à la voir.

— D'accord.

Il emprunta un petit couloir sur sa gauche et actionna l'interrupteur de la lampe de chantier.

— Il fait plutôt sombre pour l'instant. Il n'y a qu'une fenêtre en façade. Nous mettrons un bureau ici. Des rayonnages intégrés dans ces renfoncements, une cheminée entre les deux, un canapé en cuir brun devant.

Clare se promena dans la pièce. Elle avait vu ses croquis des rayonnages dans le classeur et avait craqué.

« Ne parle pas de craquer », se réprimanda-t-elle.

— Vous fabriquez vous-mêmes la bibliothèque, tes frères et toi, n'est-ce pas ?

— Oui, ainsi que l'entourage de la cheminée. Entre autres.

— Quelle satisfaction d'être capable de construire quelque chose !

— Tu le sais mieux que personne. Tu as construit une famille, expliqua-t-il comme elle lui jetait un coup d'œil.

— C'est gentil, merci.

Du centre de la pièce où elle se trouvait, elle l'observa, toujours planté sur le seuil. Cette distance exagérée entre eux la mettait mal à l'aise.

Il était temps d'y remédier.

— Je ne comprends pas, lâcha-t-elle.

— Quoi donc ?

— Si je t'énerve, si tu m'évites, ou si c'est le fruit de mon imagination.

— Je ne vois pas ce que tu veux dire.

— Tu n'es pas venu à la librairie depuis... ma dernière visite ici. Et regarde-toi, tu te tiens aussi loin de moi que possible. Écoute, Beckett, je suis désolée pour ce qui est arrivé, même si ce n'est pas arrivé.

— Tu es désolée pour ce qui n'est pas arrivé, répéta-t-il lentement.

— Je veux dire, enfin, bon sang, je me suis laissé prendre par l'atmosphère de la chambre, la lumière... je ne sais pas. Ça n'a duré qu'un instant, alors...

— Oui, mais quel instant.

— Pardon ?

— Peu importe. Donc tu me présentes tes excuses ?

— Et je ne vois pas pourquoi, vu qu'il ne s'est rien passé, fit-elle remarquer dans un sursaut d'humeur qui ne fit qu'accroître son embarras. Je ne comprends pas pourquoi deux adultes sont incapables de gérer quelque chose qui n'est pas arrivé sans se comporter comme si c'était arrivé. Et même si c'était le cas, hein ? Oh, et puis zut, laisse tomber ! marmonna-t-elle, comme il se contentait de la dévisager en silence. Montre-moi juste la chambre suivante. Je dois retourner à la pizzeria.

Sur ce, elle se dirigea vers la porte d'un pas furibond.

— Attends une minute, fit-il en lui attrapant le bras, si bien qu'elle se retrouva coincée contre lui dans l'embrasure Tu regrettes qu'il ne se soit rien passé ?

— Je n'aime pas me ridiculiser.

— Tu t'es sentie ridicule à cause de moi ?

— Non, protesta-t-elle, secouant la tête avec vigueur. Maintenant, tu m'embrouilles.

Peut-être. Mais pour lui, les choses s'éclairaient.

— Et si on reprenait de zéro ?

Un éclair zébra le ciel et une explosion de lumière bleu vif jaillit par la fenêtre bâchée, aussitôt suivie par un grondement assourdissant qui fit sursauter Clare.

— Ce n'est que le tonnerre.

— J'ai été surprise, c'est tout, répliqua-t-elle, les yeux au fond des siens. Je n'ai pas peur de l'orage.

— Je demande à voir.

Il prit son temps tout autant pour prolonger l'instant que pour jauger sa réaction. Dehors, il se mit à tomber des cordes, et tandis que la pluie crépitait, il posa les mains sur ses hanches, puis remonta en douceur le long de ses flancs. Avec une lenteur calculée, il inclina la tête, suspendit son mouvement une seconde avant de capturer ses lèvres.

Cela seul, songea Beckett, en prenant le visage de Clare entre ses mains, valait toute l'attente du monde. Après un léger tremblement adorable, il la sentit céder ; elle enroula les bras autour de sa taille pour l'attirer contre elle.

À l'éclair suivant, elle ne sursauta pas et, voguant sur le grondement du tonnerre, se laissa emporter dans ce délicieux flot de plaisir.

Comme anesthésiées avec le temps, les terminaisons nerveuses revenaient brusquement à la vie. C'était si agréable de se blottir dans les bras d'un homme. D'embrasser et d'être embrassée. Elle froissa la chemise de Beckett entre ses poings et savoura l'instant à s'en étourdir. Non, elle n'avait jamais eu peur ni de l'orage ni du déchaînement des passions. Et lorsque leurs lèvres se séparèrent, l'enivrant tourbillon continua de la secouer merveilleusement.

— J'attends cet instant depuis tes seize ans, lui murmura-t-il.

Clare sourit, laissant échapper un petit rire.

— Tu rigoles.

— Bon, d'accord, depuis que tu en as quinze, mais ça me semblait pathétique.

Elle fronça les sourcils.

— Je ne sais que dire.

— Et si je te donnais le temps d'y réfléchir davantage ?

Beckett s'empara à nouveau de ses lèvres en un baiser qui lui coupa le souffle et envoya dans tout son corps d'exquises décharges à la fois brûlantes et glacées.

Réfléchir ? Impossible.

— Beckett ? souffla-t-elle, le repoussant très légèrement. Je manque d'entraînement. Je devrais sans doute réfléchir, mais ici et maintenant, c'est difficile.

— Que dirais-tu de n'importe où, n'importe quand ?

Elle rit de nouveau – un petit rire tremblant.

— Peut-être si...

Elle laissa sa phrase en suspens et lui renifla l'épaule avec un froncement de sourcils.

— Ce n'est pas toi.

— Quoi donc ?

— Je jurerais sentir une odeur de chèvrefeuille.

— C'est son parfum préféré.

D'une main, il lissa sa queue-de-cheval, un geste dont il rêvait aussi depuis des années. Il avait l'impression d'avoir de la soie sous les doigts.

— À qui ?

— Elizabeth. Je l'appelle Elizabeth parce que la première fois que j'ai senti sa présence, j'étais dans la chambre Elizabeth et Darcy.

— Tu es sérieux avec cette histoire de revenante ?

— Cette maison – certaines parties du moins – existe depuis deux siècles et demi. Je trouverais étrange qu'il n'y ait pas de fantôme. Tout le monde ne part pas.

Cette dernière phrase la toucha en plein cœur, mais elle se contenta de secouer la tête.

— Tout cela est tellement étrange. Mes enfants qui s'amusent à des jeux vidéo de l'autre côté de la rue, alors que je suis ici avec toi. Je ferais mieux de retourner à la pizzeria. À ce rythme, il va me falloir un an pour visiter la maison entière.

— Prends tout ton temps. On peut sortir ensemble demain soir si ça te dit.

— Je... je ne peux pas. Avery et Hope viennent dîner à la maison. Et avant que tu poses la question – parce que j'espère que tu allais le faire –, samedi, j'ai promis aux garçons un marathon cinéma. Ils rentrent à l'école lundi. C'est un grand événement, surtout pour Murphy.

— Bien sûr. Bientôt alors. Tu me diras.

— Peut-être vendredi prochain. Si je trouve une baby-sitter.

— Marché conclu, se réjouit-il avant de déposer un baiser sur ses lèvres pour le sceller. S'il te plaît, ne change pas d'avis.

Clare se força à reculer d'un pas parce qu'elle mourait d'envie d'avancer.

— Désolée, mais... les enfants. Je ne sais même pas combien de temps j'ai été partie.

— Pas si longtemps que ça.

Beckett lui prit la main et l'entraîna dans le couloir.

— Cet endroit a quelque chose de magique, fit-elle remarquer. L'autre jour, c'était très étrange, mais j'étais capable de visualiser les pièces au fur et à mesure que tu m'en parlais, comme si les images s'imprimaient une à une malgré moi dans mon cerveau, alors que je n'avais même pas encore feuilleté le classeur. J'aurais dû te le rapporter d'ailleurs. Il est à la librairie.

— J'en aurai besoin. Et si on passait vite fait le récupérer ?

— Euh...

— Attends.

Beckett sortit son téléphone, tandis qu'ils regagnaient la porte. Il la verrouilla derrière eux, puis, à l'abri sous la galerie, appela Ryder.

— Salut, ça va avec les enfants ?

— Pas de problème. On a vendu les deux grands pour vingt dollars chacun à un cirque itinérant. On leur a laissé le petit contre un pack de six bières. Une bonne affaire.

— On arrive d'ici à cinq minutes.

— Moi, ça me va. Mais ils ont mangé ta pizza. Le petit a gobé les *jalapeños* comme des bonbons.

— Une seconde. Qu'est-ce que tu veux sur ta pizza ? demanda-t-il à Clare.

— Je comptais prendre une salade, répondit celle-ci, qui soupira quand il la dévisagea en silence de ses beaux yeux bleus. Juste des poivrons, ça m'ira très bien.

— Commande une pizza aux poivrons, dit-il à son frère. Cinq minutes.

Il raccrocha et lui reprit la main.

— Je t'invite. Tes garçons ont mangé la mienne.

— Oh, je suis désolée !
— Pas moi. Ça me permet de t'inviter pour notre premier rendez-vous. La pluie a faibli. Si tu veux, donne-moi les clés et j'y vais.
— Un peu de pluie ne me dérange pas. Et puis, ce sera plus rapide si je viens. Je sais où il est rangé.

Ils contournèrent la maison.

— Tu savais que Murphy aimait les piments ?
— Ce garçon mangerait n'importe quoi, répondit Clare avant d'éclater de rire comme Beckett s'élançait en courant, l'entraînant à sa suite.

Elle rit de plus belle lorsque la pluie lui mouilla les cheveux et rafraîchit sa peau.

— C'est un premier rendez-vous très réussi, observa-t-elle.

Beckett doutait qu'un premier rendez-vous ordinaire inclue un trio de gamins quémandant des pièces, ses frères et la meilleure copine dans le rôle du chaperon – sans oublier les gens qui s'attardaient à leur table pour s'enquérir du chantier.

Mais il s'en accommodait fort bien.

Et puis, le fait qu'ils soient tous ensemble empêcherait tout le monde de se poser des questions. Il se moquait pas mal des ragots – aussi indispensables à une petite ville que le carburant à un moteur. Mais il aimait autant éviter que sa vie privée ne soit décortiquée au petit déjeuner chez Crawford ou dégustée à la petite cuillère tel un banana split chez le glacier.

Ses frères et lui attendirent pour reprendre leur conversation professionnelle que Clare embarque ses fils.

— Une dernière partie. S'il te plaît ! supplia Liam qui, négociateur désigné, arborait sa mine la plus implorante. Juste une dernière, maman. On n'est pas fatigués.

— Moi, je le suis. Et je n'ai plus de pièces. N'oubliez pas que vous devrez payer vos dettes en rangeant votre chambre demain.

Elle vit leurs regards glisser vers les Montgomery et fit les gros yeux.

— N'y pensez même pas. Plus un sou, j'ai dit.

— Désolé, mon vieux, fit Beckett, les mains levées. Mais on ne désobéit pas à une maman.

— Allez, insista Liam.

Clare fronça davantage les sourcils.

— Je crois que tu voulais dire quelque chose à Beckett, Ryder, Owen, et Avery.

Il laissa échapper un soupir à fendre l'âme.

— Merci pour les pièces, la pizza et tout.

— La prochaine fois, je te battrai au Space Crusader, petit, l'avertit Ryder.

Le visage du garçon s'illumina à la perspective de ce défi.

— Non ! C'est *moi* qui te battrai !

Avery se leva.

— En route. Je sors avec vous.

Les garçons traînèrent un peu les pieds, mais après un chœur d'au revoir et de merci, Clare parvint à les pousser vers la sortie.

Une fois le volume sonore revenu à la normale, Owen reprit le porte-documents où il avait rangé ses dossiers.

— Attends, intervint Ryder. Allons plutôt chez Beckett. Dieu sait qui risque encore de passer et de nous défier à quelques parties de Monster Bash.

— Bonne idée, approuva Owen qui se leva et pointa l'index sur Beckett. Va payer l'addition.

— Hé !

— C'est moi qui l'ai dit en premier. On se retrouve chez toi.

Lorsqu'il les rejoignit à l'appartement, ses frères, qui avaient chacun leur clé, avaient fait une razzia de bière et de chips dans la cuisine avant de s'installer confortablement dans le salon, tandis que Nigaud se délectait d'un reste de pizza.

Ryder décocha un sourire entendu à Beckett.

— Alors comme ça, tu dragues la jolie Clare.

— Je ne la drague pas. J'explore la possibilité de la voir dans le cadre de relations courtoises.

— Il la drague, décréta Owen, la bouche pleine de chips. Tu as toujours le béguin pour elle comme au lycée. Tu écris encore des chansons atroces sur les chagrins d'amour ?

— Lâche-moi, tu veux. Et elles n'étaient pas si atroces que ça.

— Oh que si ! le détrompa Ryder. Mais au moins, on n'est plus obligés de t'écouter jouer du clavier en braillant au bout du couloir. Il ne t'a pas échappé qu'elle est accompagnée d'un petit trio ?

— J'ai remarqué, oui. Et alors ?

— Rien, je vérifie, c'est tout. Je les aime bien, ces gamins. Ils n'ont rien de sales gosses ou de robots décérébrés.

Beckett se laissa choir dans un fauteuil et s'empara de la bière que ses frères avaient sortie pour lui.

— Je l'ai invitée la semaine prochaine. Un dîner, je suppose, peut-être un film ensuite.

— La vieille école, jugea Ryder. Prévisible au possible.

—Peut-être, mais, à mon avis, la vieille école prévisible est sans doute ce qui convient le mieux. J'ai le sentiment qu'elle n'est pas beaucoup sortie depuis son retour à Boonsboro.

— Interroge Avery, suggéra Owen. Elles sont comme cul et chemise.

Beckett approuva d'un hochement de tête.

— Je le ferai peut-être.

— À ta place, je laisserais tomber le cinéma et je miserais tout sur le restaurant. Un endroit où les serveurs ne sont pas toujours sur ton dos, histoire d'avoir un tête-à-tête tranquille.

— Ce serait mieux, en effet, approuva-t-il.

— Maintenant que nous avons aidé Beckett à lancer sa vie amoureuse sur orbite, on pourrait peut-être en venir au fait ?

En réponse à Ryder, Owen ressortit ses dossiers.

— Jetez-y un coup d'œil à l'occasion, afin d'avoir une idée de son profil avant de la rencontrer. Si Hope Beaumont est à la hauteur de sa réputation, elle sera un véritable atout pour l'entreprise. Affaire suivante, continua-t-il, distribuant des brochures. Nous devons fixer notre choix pour les cheminées à gaz de la réception, J & R, W & B et la bibliothèque. Thomson doit venir et il va falloir décider où enterrer la cuve et faire passer les tuyaux. J'ai pris rendez-vous pour lundi. Ensuite, il y a tout ce qui concerne l'aménagement de la cour – le pavage, les accès, les plantations. Bref, la totale. Ça, c'est pour mardi.

— J'ai déjà un peu réfléchi à la question, intervint Beckett.

— Voilà pourquoi ta présence est indispensable. Mardi, 16 heures. Maman et Carol-Ann seront là également.

— Il y a aussi certains aspects pratiques à régler, observa Ryder. Par exemple, comment réussir à installer tout le réseau de chauffage et de climatisation, et obtenir le certificat de conformité avant l'arrivée des premiers froids.

— Il le faudra bien, répliqua Owen. Tu as rendez-vous avec Mike aux services d'urbanisme la semaine prochaine. Et il y a d'autres détails du même ordre à régler. Quant à moi, je dois voir Luther au sujet des rambardes. Il va falloir se mettre d'accord sur le design et les finitions. De même en ce qui concerne les portes d'entrée.

Ils se répartirent le travail, puis s'engagèrent dans une longue discussion sur des détails complexes qui exigèrent le recours aux plans dans le bureau de Beckett.

Lorsque ce dernier flanqua ses frères à la porte, il avait le cerveau tellement farci de données qu'il aurait sans doute été capable de reconstituer les plans au détail près dans son sommeil.

Or, tout ce qu'il souhaitait, c'était penser à Clare.

Il l'avait embrassée – son vœu le plus cher depuis presque quinze ans. Et d'ici à une semaine, il l'aurait pour lui seul toute une soirée. Un dîner sympa et tranquille – Owen avait raison. Une conversation agréable devant un verre de vin.

De quoi pouvaient bien parler deux personnes qui se connaissaient depuis presque toujours ?

En fait, il ignorait un tas de choses à son sujet.

Debout à la fenêtre, les yeux rivés sur le vieil hôtel drapé d'obscurité, il se demanda ce qu'il découvrirait. Et ce que l'avenir lui réservait.

La journée du lendemain lui réserva en tout cas quelques casse-tête, à commencer par une visite de l'inspecteur en bâtiment qui, selon Ryder, réinterpréta arbitrairement le code de la construction, exigeant le changement des portes extérieures déjà installées.

Après une demi-journée passée à Hagerstown à arranger la situation, Beckett revint sur le chantier pour apprendre que le fournisseur de carrelage s'était trompé de modèle pour l'une des salles de bains et avait carrément oublié de commander le lot entier pour un autre modèle. Pour couronner le tout, leur poseur ne pourrait pas commencer le travail avant six semaines.

Beckett se serait volontiers déchargé du problème sur Owen, mais celui-ci était en pleine discussion avec l'artisan chargé de l'installation du système d'extinction automatique d'incendie.

Il se replia donc dans son bureau et employa l'heure suivante à passer un savon au vendeur responsable de l'erreur, histoire de lui donner une plus grosse migraine que la sienne. Un défoulement dont il tira au moins un peu de satisfaction.

Il prit ensuite un Coca, avala quelques comprimés d'aspirine, puis retourna de l'autre côté de la rue. Il trouva Owen sur le parking.

— Où vas-tu ? s'étonna-t-il.

— Travailler à l'atelier. Ryder m'a mis au courant pour la pagaille avec le carrelage. Demain matin, ça va chauffer.

— C'est déjà fait. Réunion d'urgence. Où est Ryder ?

— Au deuxième. Euh, je ferais mieux de te parler de la dernière lubie de maman.

— Pas maintenant. Allons-y.

Ils trouvèrent en effet Ryder au deuxième étage, occupé à installer un des panneaux sur mesure dans le puits de lumière.

— Ils vont comme un gant, annonça-t-il. Et l'effet est fantastique.

Nigaud approuva d'un vigoureux battement de queue, dans l'espoir sans doute que l'un ou l'autre ait à manger sur lui.

— Au moins une chose qui va aujourd'hui, déclara Beckett.

— Ne m'en parle pas. Owen t'a mis au courant ? demanda Ryder par-dessus son épaule.

— Moi aussi, j'ai des trucs à vous dire. Pour commencer, évite de t'accrocher avec l'inspecteur en bâtiment.

— Eh, écoute...

— C'est un con fini, je ne le conteste pas, mais si tu te mets le comté à dos, ça risque de retarder tout le projet. Les portes extérieures respectent le code de la construction et l'avis de conformité a déjà été signé. Elles restent. La prochaine fois que tu sens que ça va tourner au vinaigre, laisse Owen ou moi nous charger du sale boulot.

Ryder posa son pistolet à clous.

— Donne-moi ce Coca, bougonna-t-il, arrachant la canette de la main de son frère. Si je dois me taper un sermon, j'ai au moins droit à une petite douceur.

À ce mot, la queue du chien battit de plus belle. Ryder baissa les yeux vers lui.

— C'est pour moi, Nigaud.

— Affaire suivante, enchaîna Beckett. J'ai assaisonné le vendeur. Cet incompétent a essayé de me faire gober qu'il avait eu l'intention de commander le lot manquant et qu'il ne faudrait qu'une semaine pour se le procurer. Il se fout carrément du monde, enchaîna-t-il avant que ses frères aient le temps d'ouvrir la bouche, vu que toutes nos commandes chez eux prennent des semaines.

Owen récupéra le Coca.

— Ils m'ont été recommandés et je me suis laissé embobiner par leur baratin. On ne m'y reprendra pas.

— Je ne te reproche rien – enfin, pas trop. C'est le vendeur qui a merdé en beauté. J'ai parlé au patron et fait annuler l'expédition des commandes litigieuses – à leurs frais, plus un escompte de dix pour cent pour le désagrément subi.

— Bien joué, le félicita Owen.

— Moi aussi, j'ai retenu les leçons de papa. Je te laisse assurer le suivi, histoire d'éviter un autre plantage.

— Je m'en occupe.

— Et ils ne se chargent pas de la pose.

— Attends une minute...

— Ce n'est pas toi qui viens de passer deux heures au téléphone à entendre du pipeau. Pas question de bosser avec ce genre d'entreprise. On maintient les commandes en cours parce que ce serait encore plus prise de tête de tout reprendre de zéro, mais ils peuvent toujours courir pour qu'on travaille de nouveau avec eux.

— D'accord sur toute la ligne, déclara Ryder.

— L'ennui, fit remarquer Owen, c'est que nous avons beaucoup de carrelages spéciaux, délicats à mettre en œuvre. Il nous faut des poseurs expérimentés et en nombre suffisant.

— J'ai pris contact avec une entreprise locale qui nous avait laissé sa carte, expliqua Beckett. Le patron va passer jeter un coup d'œil au chantier.

103

Il a besoin de boulot et m'a laissé trois références qui m'ont convaincu. Tu vas lui parler, il est en route, expliqua-t-il à Owen. Si tu ne le trouves pas à la hauteur, libre à toi de trouver quelqu'un d'autre. Mais on change d'entreprise. Question de principe.

— Tu sais comment il est quand il est en rogne, fit remarquer Ryder. Et puis, il a raison.

— D'accord, c'est bon, capitula Owen qui se frotta le visage. Ah, je te jure !

Beckett sortit le tube d'aspirine qu'il avait fourré dans sa poche et le tendit à son frère.

— Merci.

— Bon, et maintenant, maman et sa nouvelle lubie.

Owen goba un comprimé, le fit descendre avec une gorgée de Coca.

— Tu vas peut-être avoir encore besoin de tes cachets, prévint-il. Tu sais que la galerie d'art près de la librairie a déménagé. Eh bien, maman s'est mis en tête d'y ouvrir une boutique de cadeaux.

— Je sais.

— Ce que tu ignores, c'est qu'elle la veut tout de suite.

— Comment ça, tout de suite ? Ce n'est pas possible.

Owen le gratifia d'un regard de pure pitié.

— Va lui expliquer. Elle y est en ce moment même avec un nuancier, un calepin et un mètre ruban.

Beckett se massa la nuque avec lassitude. Dire que son mal de crâne commençait tout juste à se dissiper...

— Quelle galère, soupira-t-il. Vous venez avec moi, les gars. Pas question que je m'y colle tout seul.

— Moi, je suis très bien ici à faire de la menuiserie au calme, objecta Ryder.

— Apporte ton marteau. Il se pourrait qu'on en ait besoin.

Ils étaient propriétaires depuis quelques années de l'espace commercial à côté de la librairie. Au fil du temps, celui-ci avait connu bien des destinations. La dernière en date, une petite galerie d'art et d'encadrement, avait déménagé de l'autre côté de la rivière dans un local plus spacieux.

Et maintenant, il voyait nettement sa mère à travers la vitrine, brandissant un nuancier contre un mur dans la boutique presque vide.

Quelle poisse !

Elle tourna la tête lorsqu'ils entrèrent.

— Salut, les garçons ! Que pensez-vous de ce jaune ? C'est joli, chaleureux, mais assez discret pour ne pas distraire l'attention des objets exposés.

— Écoute, maman...

— Oh, et ce mur là-bas ! Il doit vraiment être réduit à mi-hauteur. Ça décloisonnera le volume et l'ouvrira en douceur jusqu'au petit espace cuisine. Nous pouvons laisser celui-ci pour ainsi dire en l'état et l'utiliser pour les objets relatifs à la cuisine : poteries, planches à découper et autres. L'accès à ce qui deviendra le bureau n'aura pas besoin de porte. Peut-être juste un rideau de perles ou autre pour donner un coup de jeune. Ensuite, à l'étage...

— Maman, écoute, l'interrompit Beckett. D'accord, tout ceci est formidable, mais tu n'as peut-être pas remarqué que nous avons du boulot jusqu'au cou de l'autre côté de la rue.

Elle lui tapota la joue avec un sourire.

— Ce n'est pas grand-chose. Quelques améliorations purement esthétiques.

— Abattre une cloison...

— Une toute petite, précisa-t-elle en se penchant pour caresser Nigaud, pressé avec affection contre sa jambe. Il s'agit surtout d'un coup de peinture, un nouveau lavabo dans les toilettes, ce genre de détails. Simple rafraîchissement. Pendant la pose des carrelages, vous pourrez bien vous passer d'un ouvrier ou deux.

— Mais...

— Nous n'allons quand même pas laisser ce bel espace vacant, non ?

Les mains calées sur les hanches, elle pivota sur elle-même au milieu de la boutique.

— Il nous faudra un comptoir ici, pour la caisse. Comme je l'ai déjà dit, rien d'extraordinaire. Tu pourras le fabriquer, n'est-ce pas, Owen ?

— Euh... oui, bien sûr.

— Espèce de traître, siffla Beckett, tandis que leur mère retournait étudier les toilettes de la taille d'un placard.

— Va te faire foutre, frérot.

— Un joli petit lavabo suspendu, une nouvelle cuvette, un beau miroir avec une applique, et le tour est joué ! Un coup de peinture et de jolies suspensions, ici et à l'étage. Oh, et bien sûr le ravalement extérieur ! Il faudrait qu'il soit assorti à celui de l'hôtel.

— Maman, même si nous réussissions à mettre quelques ouvriers sur ce chantier, tu devras trouver quelqu'un pour tenir la boutique et...

— Déjà fait. Ne t'inquiète pas pour ça. J'ai parlé à Madeline, de notre club de lecture. Tu connais Madeline Cramer, continua Justine, balayant toute objection avec entrain. Jusqu'à maintenant, elle était gérante d'une galerie d'art à Hagerstown.

— Oui, bien sûr, mais...
— Elle connaît une foule d'artistes et d'artisans locaux. Nous allons présenter leurs œuvres dans la boutique qui servira de vitrine à l'hôtel, expliqua-t-elle, rayonnante. Ce sera merveilleux.

Décidément, elle avait réponse à tout, réalisa Beckett. Aucune contestation possible. Il n'avait d'autre choix que de capituler.

— Nous enverrons quelqu'un, mais seulement quand l'autre chantier le permettra.
— Bien sûr, mon chéri. Ryder, tu auras le temps de m'aider avec ce mur ?
— Pas de problème.

Elle gratifia ses trois fils d'un sourire lumineux.
— Quelle aventure amusante, n'est-ce pas ? Nous allons enrichir la ville d'un nouveau commerce, offrir un lieu d'exception aux artistes de la région et créer une sorte de buzz d'ici à l'ouverture de l'hôtel.

Elle posa les mains sur ses hanches.
— L'un de vous sort-il avec une fille ce soir ?
— Où est-ce qu'on trouverait le temps ? bougonna Owen. Non, madame, pas moi.

Comme les deux autres secouaient la tête, elle poussa un long soupir, puis se pencha vers Nigaud :
— Comment vais-je avoir des belles-filles et des petits-enfants s'ils n'y mettent pas un peu du leur ? Bon, et si vous veniez tous dîner à la maison ? Je vais acheter du maïs frais sur le chemin du retour et vous préparer un festin.

Ainsi, elle les aurait sous la main toute la soirée pour peaufiner son projet de boutique, devina Beckett. Mais il lui pardonnait de bon cœur.
— Ça marche, répondit-il à l'instant où Clare passait la tête dans l'embrasure de la porte.

— Bonsoir. Réunion de famille ?

— On vient juste de finir, lui apprit Justine.

— Oh, comme c'est triste ici maintenant ! Je regrette que la galerie ait fermé, mais ce sera plus spacieux à Shepherdstown.

— Ça ne restera pas triste longtemps. Vous tombez bien, fit Justine qui brandit de nouveau son nuancier. Que pensez-vous de cette couleur pour les murs ?

— J'adore. Ensoleillé. Chaud, mais pas trop vif. Vous avez déjà un nouveau locataire ?

— Le nouveau locataire, c'est nous. Je suppose que vous n'avez pas parlé à Madeline récemment.

— Pas depuis la dernière réunion du club de lecture.

Tandis que sa mère mettait Clare au courant – et se délectait à coup sûr de son enthousiasme –, Beckett sortit et s'assit sur les marches de la librairie.

Ils trouveraient une solution. C'était une question d'organisation. Pour les quelques aménagements nécessaires, pas besoin de permis puisqu'ils ne modifiaient pas la structure de l'immeuble et ne changeaient pas sa destination commerciale. Owen se chargerait des formalités.

Le principal souci, c'était le temps. Après une journée pourrie, il ne manquait plus que ce coup de massue pour l'achever.

Au moins aurait-il droit à un dîner maison en contrepartie.

Sa mère sortit avec Clare et, cette fois, tendit son nuancier contre le mur extérieur avant d'observer son fils avec un froncement de sourcils.

— Tu as l'air crevé, mon chéri.

— Dure journée à O.K. Corral. Mais les problèmes sont réglés, ajouta-t-il comme elle se penchait pour l'embrasser. On te racontera tout à l'heure.

— Vous avez intérêt. Pour l'instant, reconduis donc Clare chez elle.

— Oh, non, ce n'est pas nécessaire ! intervint celle-ci. Je vais rentrer à pied.

— À pied ? s'exclama Beckett. Il y a presque deux kilomètres.

— À peine plus d'un, je dirais. Et j'aime bien marcher. Comme la voiture de ma baby-sitter faisait des siennes, je lui ai laissé la mienne au cas où.

— Je te raccompagne, insista Beckett.

— Franchement, ce n'est pas la peine.

— Tu peux toujours essayer avec moi, répondit-il en se levant, mais elle, inutile d'essayer de la dissuader. Rappelle à Ryder et à Owen que le carreleur est en route, ajouta-t-il à l'intention de sa mère avant de plaquer un baiser sur sa joue.

— Ce sera fait.

— À plus tard, esclavagiste.

6

— Merci de me raccompagner, j'apprécie, fit Clare, tandis qu'ils se dirigeaient vers le pick-up de Beckett. D'autant que tu as l'air fatigué.
— Je ne suis pas fatigué. C'est juste la journée qui a été pénible.
— Des problèmes sur le chantier ?
— J'aurais préféré manier le marteau plutôt que de passer mon temps à m'énerver au téléphone. Ç'aurait été plus utile.
— Et maintenant, la boutique de cadeaux. C'est excitant, non ?
— Ça le sera davantage dans six mois.

Il ouvrit la portière côté passager et enleva du siège son écritoire à pince, un gros bloc-notes et une vieille serviette de toilette sale.

— Il s'agit pour l'essentiel de quelques travaux de peinture, non ? hasarda Clare.

Beckett se tourna vers elle et la dévisagea en silence.
— Quoi ?
— D'abord, avec ma mère, il ne s'agit jamais de quelques travaux de peinture. Et puis, je trouve que tu sens vraiment très bon.

Un coup de Klaxon attira son attention. Il reconnut au volant un de ses menuisiers qui le salua en passant. Clare monta dans le pick-up.

— Ça tient toujours pour vendredi soir ? voulut-il savoir.

— Alva est disponible pour garder les enfants.

— Parfait.

Il demeura un instant immobile, savourant le simple plaisir d'avoir Clare dans sa voiture et de faire des projets pour leur soirée.

— Dix-neuf heures, ça te va ? demanda-t-il.

— Ça me va tout à fait.

— Parfait, répéta-t-il, puis il claqua la portière et alla s'asseoir au volant. Alors, les enfants sont prêts pour la rentrée ?

— Liam ne parle que de ça. Murphy est tout excité, surtout avec sa boîte à sandwichs Power Rangers. Et Harry fait toujours semblant d'être blasé.

Beckett quitta le parking, passa le feu, et tourna à gauche.

— Et toi ?

— Nous avons enfin tout ce qu'il faut : chaussures, cartables, boîtes à sandwichs, stylos, crayons de couleur, cahiers. Le safari au supermarché est terminé et c'est un soulagement. Avec Murphy à l'école à plein temps, les soucis de garde disparaissent en grande partie, ce qui va me faciliter la vie.

— J'entends le *mais*.

— Mais... mon bébé ne sera plus là. Il n'y a pas si longtemps, je le promenais encore sur mon dos, et maintenant il va à l'école avec un cartable sur le sien. Ça me paraît à peine croyable. Alors bon, je vais les déposer lundi matin et rentrer pleurer un bon coup. Après, ça ira mieux.

— J'ai toujours imaginé que ma mère dansait de joie à l'instant où on descendait l'allée pour prendre le bus.

— La danse de joie vient après les larmes.
— Je vois.

Il s'engagea dans la petite allée gravillonnée et se gara derrière le monospace de Clare.

— Je ne peux pas t'inviter à dîner. Avery et Hope viennent manger.

— Pas de problème. Ma mère nous a soudoyés avec un bon repas.

Après une hésitation, Clare lui glissa un regard en coin.

— Si tu as une minute, tu peux entrer boire un verre.

— J'ai une minute.

Il se pencha pour lui ouvrir sa portière et resta là, comme hypnotisé par les reflets verts dans ses beaux yeux gris.

— C'est agréable d'être près de toi sans faire semblant de ne pas le vouloir.

— Ça me fait bizarre que tu en aies envie.

— Bizarre-sympa ou bizarre-pénible.

— Bizarre et sympa, répondit-elle avant de descendre.

Il ne connaissait pas vraiment la maison, même s'il y était venu quelquefois. Peu après son acquisition, elle avait engagé Ryder pour des travaux et il avait donné un coup de main – toutes les excuses étaient bonnes. Et elle avait organisé deux barbecues depuis. Donc, il était allé dans le jardin et dans la cuisine.

Mais il ignorait comment l'endroit fonctionnait au quotidien. C'était quelque chose qui l'intéressait tant du point de vue du bâtiment que de celui des gens qui y vivaient ou y travaillaient. Et d'autant plus lorsqu'il s'agissait de Clare.

Elle avait planté des fleurs en façade, de jolies compositions bien entretenues qui souffraient quelque peu de ce que sa mère appelait le délaissement de fin d'été. Le petit carré de pelouse avait besoin d'un coup de tondeuse. Il pouvait lui proposer son aide.

Elle avait peint la porte d'entrée d'un bleu foncé profond. Un heurtoir en laiton en forme de nœud celtique trônait au centre.

La porte ouvrait directement sur le salon meublé d'un petit canapé à rayures bleues et vertes et de deux fauteuils dans les tons verts. Les vestiges d'une voiture Matchbox étaient éparpillés sur le parquet massif.

La bibliothèque, qu'il avait contribué à fabriquer, occupait un mur entier. Il constata avec plaisir qu'elle en faisait bon usage : les rayonnages étaient couverts de livres, de photos de famille et de quelques bibelots.

— Suis-moi à la cuisine, lui proposa-t-elle.

Il s'arrêta sur le seuil d'une petite pièce aux murs couverts de cartes de géographie et de posters. Les jouets étaient rangés dans des bacs colorés – enfin, ceux qui ne jonchaient pas le sol. Il nota les fauteuils à bille taille enfant, les petites tables, et le bazar typique des gamins.

— Sympa.

— C'est un endroit rien qu'à eux, et cela me permet de souffler un peu, expliqua-t-elle.

Il passa devant des toilettes nichées sous l'escalier, puis la suivit dans l'espace cuisine-salle à manger. Électroménager blanc et placards en chêne foncé. Un assortiment de fruits frais dans une coupe en bois sur le plan de travail entre la cuisinière et le réfrigérateur – ce dernier était couvert de dessins d'enfants encadrant un planning mensuel. Quatre chaises autour de la table carrée en chêne.

— Les enfants doivent être derrière. Une seconde.

Elle s'approcha de la porte, les appela à travers la moustiquaire. Il y eut des cris de joie et Beckett vit son visage s'illuminer.

— Clare ! s'exclama une voix féminine. Pourquoi ne m'avez-vous pas appelée pour que je vienne vous chercher ?

— Pas de problème. On m'a raccompagnée.

Beckett entendit le raclement d'une chaise, puis vit Alva Ridenour s'encadrer dans la porte.

Il l'avait eue en maths en troisième, puis en terminale. Comme à l'époque, elle portait des lunettes à monture argentée perchées sur le nez, et ses cheveux – maintenant d'un blanc lumineux – étaient ramassés en un chignon sévère.

— Tiens, Beckett Montgomery. J'ignorais que vous étiez devenu taxi.

— Je vous emmène où vous voulez, mademoiselle Ridenour. Pour vous, pas question de faire tourner le compteur.

Lorsqu'elle ouvrit la moustiquaire, les garçons firent irruption dans la cuisine et se jetèrent sur leur mère, parlant tous en même temps.

Alva s'approcha de Beckett et lui donna un coup de coude amical dans le bras.

— Alors, cet hôtel, quand sera-t-il enfin terminé ?

— Cela prendra encore un moment, mais quand les travaux seront achevés, je vous ferai visiter en personne.

— Vous avez intérêt.

— Vous avez besoin d'aide avec votre voiture ?

— Non. Mon mari a réussi à l'emmener chez le garagiste. Comment va votre maman ?

— Très occupée et, grâce à elle, nous encore plus.

— Et c'est bien ainsi. Quelle mère aurait envie d'une bande de paresseux ? Bon, Clare, j'y vais.

— Je vous raccompagne en voiture, mademoiselle Ridenour, insista Beckett.

— J'habite à deux pas. Ai-je l'air d'une infirme ?

— Non, madame.

— Les garçons, enchaîna-t-elle de sa voix de maîtresse d'école qui eut pour effet immédiat de les faire taire, laissez le temps à votre mère de reprendre son souffle. La prochaine fois qu'on se verra, je veux tout savoir sur votre première journée d'école. Et toi, Liam, va ramasser les voitures dans le salon.

— Mais c'est Murphy qui...

— Tu les as descendues, tu les ranges. Bon, je file, ajouta-t-elle avec un clin d'œil à Clare.

— Merci, Alva.

— Ah oui, je leur avais promis des biscuits et du lait s'ils ne se disputaient pas pendant une demi-heure ! Ils ont rempli le contrat.

— Dans ce cas, verre de lait et biscuits pour tous.

— Et vous, Beckett, vous vous êtes disputé avec vos frères aujourd'hui ? demanda Alva.

— Pas durant la dernière demi-heure.

Elle les quitta avec un gloussement amusé.

Murphy tira sur la main de Beckett.

— Tu veux voir mes Power Rangers ?

— Tu as le rouge de Force Mystique ?

Les yeux de Murphy s'agrandirent. Après un rapide hochement de tête, il s'éloigna en courant.

— Lave-toi les mains, lui cria Clare. Là, tu as gagné, murmura-t-elle à Beckett. Lavez-vous les mains aussi, dit-elle aux deux autres, si vous voulez des biscuits.

C'était à l'évidence le cas. Ils détalèrent à toutes jambes.

— Les Power Rangers sont l'obsession actuelle de Murphy. Il a tout sur eux : figurines, DVD, pyjamas, tee-shirts, déguisements et même sa boîte à sandwichs. C'était aussi le thème de son anniversaire en avril.

— J'avais l'habitude de les regarder à la télévision. Je devais avoir dans les douze ans, je disais donc qu'ils étaient ringards, mais je ne manquais pas un épisode.

Clare sortit d'un placard trois petites assiettes qu'elle posa sur la table. Power Rangers, Spiderman et Wolverine.

— Laquelle est la mienne ? s'enquit Beckett.
— Pardon ?
— Je n'ai pas le droit à des biscuits dans une assiette de superhéros ?
— Oh... si, bien sûr.

Visiblement surprise, elle retourna au placard et prit une autre assiette.

— Han Solo, annonça-t-elle.
— Parfait. C'était mon costume pour Halloween.
— Quel âge avais-tu ?
— Vingt-sept ans.

Il adorait son rire, et lorsqu'elle posa l'assiette avec quatre gobelets en plastique coloré sur la table, il lui prit la main.

— Clare...
— Je les ai tous ! claironna Murphy qui fit irruption dans la cuisine, un panier en plastique blanc rempli de figurines entre les bras. Tu vois, les Mighty Morphin, ceux de Fureur de la Jungle. J'ai même le Ranger Rose alors que c'est une fille.

Beckett s'accroupit et s'empara un des Rangers verts.

— Sacrée collection, dis donc.

Murphy hocha la tête, sérieux comme un pape.

— Je sais.

Beckett resta presque une heure. Clare l'aurait embrassé tant il avait fait passer un bon moment aux enfants. Pas un instant il n'avait paru s'ennuyer ou s'agacer d'une conversation dominée par les superhéros, leurs pouvoirs, leurs partenaires, leurs ennemis.

Mais il ne l'avait pas embrassée.

Évidemment, se dit-elle en glissant dans le four les quartiers de pomme de terre aux herbes arrosées d'un filet d'huile d'olive. Ç'aurait été gênant avec trois gamins pendus à ses basques.

Elle posa sa planche à découper sur l'évier – le meilleur endroit pour surveiller les garçons qui étaient ressortis jouer sur l'aire de jeux que ses parents leur avaient offerte, pendant qu'elle émincait l'ail pour la marinade du poulet.

Ils avaient adoré avoir un homme pour jouer. Ils avaient son père, bien sûr, et celui de Clint quand il venait en visite. Et Joe, le mari d'Alva. Mais pas vraiment quelqu'un, disons, de l'âge de leur père.

Bref, l'heure avait été agréable.

Maintenant, elle avait du retard dans les préparatifs du dîner, mais ce n'était pas grave. Ils mangeraient un peu plus tard que prévu. Il faisait suffisamment beau pour s'installer sur la terrasse, puis les garçons pourraient jouer encore un peu dans le jardin avant l'heure du coucher.

Clare mélangea les ingrédients, versa la marinade sur les blancs de poulet, puis couvrit le plat qu'elle mit de côté. Elle aimait ces moments passés à cuisiner tandis que les voix de ses fils et les aboiements du chien de la voisine résonnaient dans l'air du soir, que de bonnes odeurs s'échappaient du four ou montaient de son petit potager. Ce qui lui rappela qu'elle avait un peu de désherbage et quelques récoltes à faire ce week-end.

Et aussi la lessive qu'elle avait laissé tomber parce qu'ils étaient restés si tard la veille à Vesta.

Quand elle avait embrassé Beckett dans la pénombre.

« Tu es idiote d'en faire une obsession », se réprimanda-t-elle. Elle avait embrassé d'autres hommes depuis le décès de Clint.

Enfin, deux, ce qui justifiait le pluriel. D'abord le fils de la voisine de ses parents, un comptable tout à fait sympathique qui vivait et travaillait à Brunswick. Ils étaient sortis trois fois ensemble, avaient échangé deux baisers plutôt agréables. Mais aucune alchimie particulière ne s'était créée ni d'un côté ni de l'autre.

Puis il y avait eu un ami de la tante de Laurie, un notaire de Hagerstown. Un homme très séduisant et plutôt intéressant, mais très remonté contre son ex-femme. Un rendez-vous, un baiser un peu crispé sur le pas de la porte. Il lui avait même envoyé des fleurs avec un mot d'excuse pour avoir passé la soirée à parler de son ex.

À quand cela remontait-il ? Elle réfléchit distraitement tout en pelant les carottes. Harry était tombé de son tricycle et s'était ébréché une dent de devant le matin du dîner avec le comptable. À l'époque, il avait cinq ans.

Mon Dieu, plus de trois ans ? Et elle était sortie avec le notaire le lendemain du jour où Murphy avait dormi pour la première fois dans son lit de grand, à trois ans. Il y avait environ deux ans, donc.

Qu'est-ce qui était le plus révélateur ? Le fait qu'elle mesurait le temps au rythme des petits événements de la vie de ses fils ? Ou qu'elle n'avait pas eu envie d'un rendez-vous galant depuis deux ans ?

L'un et l'autre, sans doute.

Le poulet mijotait dans sa sauce au vin et aux herbes quand elle entendit la porte d'entrée s'ouvrir.

— Nous arrivons avec des cadeaux ! annonça Avery.

— Par ici ! répondit Clare qui jeta un dernier regard par la fenêtre avant de se précipiter dans le salon.

— Hope, dit-elle, étreignant la nouvelle venue, tu es superbe.

C'était invariablement le cas. Dans sa jupe d'été toute simple et son haut à volants rouge piment, elle était d'un chic indéniable.

— Je suis tellement contente de te revoir, répondit la jeune femme qui la serra à son tour dans ses bras. Ça fait si longtemps. Dieu que ça sent bon ici.

— C'est le dîner, qui est un peu en retard. Oh, des tournesols !

— Je n'ai pas pu résister.

— J'adore. Venez par ici.

— Où sont mes hommes ? demanda Hope qui agita trois sacs cadeaux.

— Tu n'es pas obligée de leur offrir quelque chose, tu sais.

— Ça me fait tellement plaisir.

— Et moi, j'ai apporté le vin, intervint Avery qui tapota le sac calé au creux de son bras. Ce qui me fera aussi tellement plaisir. Débouchons cette bouteille, que la fête commence.

Hope se dirigea droit sur la terrasse, et éclata de rire quand les garçons se ruèrent vers elle, et les cadeaux. Clare les observa à travers la moustiquaire tandis qu'Avery s'affairait avec le tire-bouchon.

Les enfants adoraient Hope – avec ou sans cadeaux. Et elle était superbe, aucun doute là-dessus. Une beauté sensuelle qui allait de pair avec la voix grave, les cheveux bruns coupés court avec des mèches en pointe plus longues sur le devant qui mettaient en valeur des pommettes saillantes, un regard langoureux et énigmatique.

Et cette silhouette parfaite... Clare savait qu'elle y travaillait chaque jour avec énergie, réussissant à paraître à la fois athlétique et féminine.

— Mon Dieu, qu'elle est belle.
— Je sais. Il serait si facile de la détester, commenta Avery en lui tendant un verre de vin. Mais nous sommes au-dessus de ça. Nous l'aimons en dépit de sa beauté. Et nous allons la convaincre d'accepter le poste.
— Et si elle décide qu'elle n'en veut pas...
— J'ai un bon pressentiment. L'instinct des McTavish. Que personne ne s'avise d'ignorer le fameux instinct des McTavish. Elle est malheureuse à Washington.
— Tu m'étonnes, marmonna Clare qui sentit son sang s'échauffer à la seule pensée du misérable crétin qui l'avait fait souffrir.
— Elle a laissé entendre qu'elle pourrait retourner à Philadelphie, ou essayer Chicago. Mais moi,

je sais que ce n'est pas une bonne idée. La bonne idée, ce serait d'être ici, avec nous.

— Je vais faire la pub de l'hôtel, et des Montgomery, mais au bout du compte, ce sera son choix. En tout cas, ajouta-t-elle en glissant le bras autour de la taille d'Avery, c'est drôlement sympa de vous avoir toutes les deux ici.

Tellement sympa, songea-t-elle encore pendant le dîner, tandis que tout le monde faisait honneur au repas qu'elle avait préparé.

Elle laissa les garçons évacuer leur trop-plein d'énergie dans le jardin jusqu'à la tombée de la nuit.

— Bon, je vais devoir les rentrer au corral pour la nuit, finit-elle par annoncer.

— Tu veux de l'aide pour les attraper au lasso ? s'enquit Avery.

— Non, je gère.

— Tant mieux, parce que, après ce repas, plus la glace et les fraises, je ne suis pas sûre de pouvoir bouger.

Clare appela les enfants, et eut droit aux lamentations et protestations de rigueur.

— Nous avions un marché, leur rappela-t-elle. Allez, dites bonsoir.

Ils obéirent, têtes baissées, traînant les pieds tel un trio de forçats enchaînés à leurs boulets.

À son retour, ses amies avaient débarrassé la table.

— Je vous avais dit que ce n'était pas nécessaire, mais je suis contente que vous l'ayez fait, avoua-t-elle.

Elle se laissa choir sur sa chaise et prit le verre qu'Avery lui avait rempli.

121

— Ça fait un bien fou des soirées comme celle-là. Ce serait encore mieux si nous pouvions remettre ça n'importe quand.

— Avery me fait la promotion de cette fameuse maison d'hôtes depuis mon arrivée, observa Hope.

— Alors à mon tour, décréta Clare, qui se redressa sur sa chaise. C'est bien davantage qu'une simple maison d'hôtes, tu sais. Elle en aura bien sûr le charme et la chaleur, mais avec, en sus, la classe d'un hôtel de luxe. J'ai pu la visiter en partie et me faire une idée de l'aménagement. J'en suis encore éblouie.

— Vivre sur son lieu de travail, fit remarquer Hope avec un haussement d'épaules. Il y a du pour et du contre.

— Tu vivais pour ainsi dire aussi au Wickham.

— Pas faux, concéda la jeune femme avec un soupir. L'Ordure et Mlle Gros Seins sont officiellement fiancés.

— Grand bien leur fasse, bougonna Avery.

— Oh oui ! Figurez-vous qu'elle a osé se pointer à mon bureau la semaine dernière pour discuter de l'organisation du mariage, qui aura lieu à l'hôtel.

— La garce.

— Oh oui ! bis, approuva Hope qui trinqua avec Avery. Hier, le grand patron m'a appelée. Il souhaitait s'entretenir avec moi de mon contrat qui arrive à expiration. Il m'a offert une augmentation, que je me suis fait un plaisir de refuser, expliquant que je lui donnais ma démission. Il a été sincèrement sidéré.

— Il croyait sérieusement que tu resterais vu la façon dont son fils t'a traitée ? s'étonna Clare.

— Apparemment. Quand il a compris que j'étais sérieuse, il a doublé l'augmentation. Sans tiquer, ajouta-t-elle en arquant un sourcil. C'était incroyablement gratifiant. Presque autant que de lui répondre merci, mais non. Il était si furieux qu'il a mis fin immédiatement à mon contrat.

— Il t'a *virée* ?

— Non, pas virée, répondit Hope qui sourit de l'indignation de Clare. Comme il ne me restait plus que quelques semaines à travailler de toute façon, nous nous sommes mis d'accord pour que je ne les effectue pas. Alors, me voilà.

Clare se pencha et lui pressa la main.

— Et ça va ? s'inquiéta-t-elle.

— Ça va, sincèrement. J'ai un entretien la semaine prochaine à Chicago, un autre est prévu à Philadelphie, et encore un autre dans le Connecticut.

— Reste avec nous.

Ce fut au tour de Hope de serrer les doigts de Clare.

— Je n'exclus pas cette possibilité, sinon je ne serais pas ici. Le projet de ces gens est fascinant, je dois l'avouer. Je veux voir par moi-même, me faire une idée. Être si proche de toi et d'Avery est très tentant, je dois dire, mais il faut que ce poste me convienne.

— Il t'ira aussi bien qu'un de tes tailleurs Akris, assura Avery qui s'adossa nonchalamment à sa chaise avec un sourire suffisant. Rien ne t'oblige à me croire sur parole. Tu verras bien.

— La ville me plaît, admit Hope. Mais parlez-moi un peu des Montgomery. Avery m'a raconté l'essentiel. Une mère, trois fils. Il y a une dizaine d'années, ils ont perdu leur père qui était entrepreneur dans le bâtiment. Ils possèdent plusieurs biens immobiliers en ville et aux alentours.

— Ils ont sauvé cette maison, précisa Clare. À l'origine, c'était déjà un hôtel ou plutôt une sorte d'auberge. Il était question de la raser tellement elle était en piteux état. Ce qui aurait été un crime.

— Je me souviens de la ruine que c'était les quelques fois où je suis venue, reconnut Hope. Cette rénovation tient de l'exploit.

— Ils ont l'œil, et le talent. Et tous trois sont d'excellents menuisiers. Ce sont eux qui ont construit cette terrasse.

— Ryder, l'aîné, enchaîna Avery, est le maître d'œuvre sur ce projet. Owen est le grand coordinateur. Quant à Beckett, c'est l'architecte. Mais Clare t'en parlera mieux, vu qu'il a le béguin pour elle.

Hope arqua de nouveau un sourcil.

— Oh, vraiment ?

— Vraiment, répondit Avery à la place de l'intéressée. Figure-toi qu'ils ont échangé un gros baiser mouillé hier soir entre les murs sombres de l'hôtel hanté.

— C'est vrai ? Attends, hanté ? Non, une chose à la fois, dit Hope qui agita les mains comme pour effacer un tableau noir. D'abord, je veux tout savoir sur Beckett Montgomery. Je l'ai vu brièvement dans ton restaurant, Avery, mais il m'a paru plutôt craquant.

— Craquant, c'est le mot. Mais Clare te donnera davantage de détails – un gros baiser mouillé, je te jure.

— Je n'aurais jamais dû te parler d'hier soir, soupira celle-ci.

— Et puis quoi encore. Il est sublime, enchaîna Avery. Les deux autres aussi, du reste. Il a son bureau et son appartement au-dessus du restaurant.

— Exact, je me souviens maintenant. J'ai croisé Owen le temps de dire bonjour. Deux sur trois, au moins, sont sublimes, tu as raison.

— Ryder ne déroge pas à la règle, crois-moi. Bref, pour revenir à Beckett, reprit Avery avec un grand sourire à l'adresse de Clare, il a fait ses études à l'université du Maryland et travaillait l'été dans l'entreprise familiale, puis il est entré dans un cabinet d'Hagerstown où il est resté deux ans. À présent, il travaille à plein temps comme architecte pour les Constructions Montgomery et n'hésite pas à mettre la main à la pâte quand on a besoin de lui sur le chantier. La ceinture à outils lui va très bien, si tu veux mon avis.

— Dis donc, c'est toi qui devrais sortir avec lui.

Avery sourit à Clare par-dessus son verre de vin.

— Moi, il ne m'a jamais couvée du regard. Il a le béguin pour Clare depuis le lycée. Il le lui a avoué.

— Mazette !

Avery flanqua une tape sur le bras de Hope.

— Tu trouves aussi, hein ? Ils sortent ensemble vendredi soir.

— Où ça ?

Clare s'agita sur sa chaise.

— Je ne sais pas. Au restaurant, j'imagine. Il passe me chercher à 19 heures. Alors oui, sans doute au restaurant.

— Que vas-tu porter ?

— Aucune idée. Je ne sais même plus comment on fait.

— On est là pour t'aider, lui assura Hope. On va monter te choisir quelque chose.

— J'ignore même si j'ai le moindre vêtement mettable pour un rendez-vous. J'ai juste des fringues de maman ou pour le boulot.

— J'adore tes tenues, objecta Avery.

— On verra, décréta Hope. Et si rien ne te plaît, on fera une sortie shopping.

— Je n'ai pas vraiment le temps de...

— Clare, tu as déjà fait du shopping avec moi, l'interrompit Hope, l'index levé. Tu sais que je peux te trouver une tenue, chaussures, accessoires et sous-vêtements compris, en vingt minutes chrono.

— Elle possède ce talent, c'est vrai, confirma Avery. Tu vois, on va bien s'amuser. Et quand Hope habitera en ville, les occasions ne manqueront pas. Tu sais ce qu'il te reste à faire, Hope ! Tu sais quoi ? Tu devrais emménager chez moi le temps que les travaux soient terminés. On serait colocs comme avant. Tu dois apprendre à connaître le coin, les gens et à maîtriser tous les aspects de ton travail avant de commencer.

— Mettre la charrue avant les bœufs est l'un de tes nombreux talents, observa Hope. Je n'ai même pas encore visité la maison. Et même si je décidais que je veux ce poste comme je veux une paire de Manolo, il n'y a aucune garantie qu'ils m'embaucheront. Si ça se trouve, maman et ses fistons vont me prendre en grippe au premier regard.

— Jamais ! s'exclama Avery. Ils sont trop intelligents. Surtout Justine. Au fait, Clare, continua-t-elle en agitant son verre, tu es au courant pour la boutique ?

— J'y suis passée tout à l'heure. La maison qui jouxte la librairie, expliqua-t-elle à Hope. La commerçante qui louait le local a déménagé et ils vont le transformer en boutique de cadeaux spécialisée en art et artisanat locaux. Ce sera comme une carte de visite de prestige pour l'hôtel.

— Futée comme idée, admit Hope.

— Ils n'en manquent pas, assura Avery.

— Hum. Et donc, tu disais que l'endroit est hanté.

— Par une revenante qui a une préférence pour le chèvrefeuille. C'est tout ce que je sais, répondit Avery avec un haussement d'épaules. Le bâtiment d'origine est la plus ancienne maison en pierre de la ville. Il remonte aux années 1790 et des poussières. La revenante peut donc avoir vécu à n'importe quelle époque depuis cette date. Vous savez quoi ? Owen devrait faire des recherches sur elle. C'est son truc, les recherches.

— Owen, c'est celui à qui j'ai eu affaire. L'organisateur. Ce fantôme au chèvrefeuille a-t-il déjà causé des problèmes ?

— Pas à ma connaissance. Et je serais au courant. Les ouvriers viennent souvent manger chez moi ou boire un café. Ils en auraient parlé, crois-moi. Tu entreras peut-être en contact lors de la visite de demain. Clare, il faut que tu viennes aussi.

Clare détourna le regard du jardin que la lumière du crépuscule enveloppait de douceur – la pelouse avait bien besoin d'un coup de tondeuse – et reprit le fil de la conversation.

— Je doute que les Montgomery veuillent de trois gamins qui cavalent dans tous les coins, fit-elle remarquer. En plus, c'est dangereux.

— Ça ne prendra pas longtemps, insista Avery. Je pourrais demander à Franny de les surveiller une demi-heure. Elle est de service demain.

— Je ne sais pas... Voyons voir. Je devrais pouvoir les déposer chez ma mère. Juste un moment, ajouta-t-elle. Nous avons encore pas mal à faire pour la rentrée. Et j'ai du travail dans la maison et au jardin.

— La visite est prévue pour 10 heures.

Clare passa en revue le programme du lendemain.

— Peut-être. Si je peux, je viendrai.

— C'est gentil. Et maintenant, fit Hope en se frottant les mains, allons explorer ta penderie.

7

Comme convenu, Owen arriva à Vesta à 9 h 30 pile pour son entretien avec Hope Beaumont. Avery, qui avait promis de ne pas s'en mêler, s'affairait avec les préparatifs de la matinée – allumage des fours et préparation des sauces en prévision de l'affluence du samedi quand ils ouvriraient à 11 heures.

Lorsque Owen entra, Hope buvait un café au comptoir en relisant ses notes. Il fit passer son porte-documents dans la main gauche et lui tendit la droite.

— Hope, la salua-t-il. Enchanté de vous revoir. Merci, Avery.

— C'est pour la bonne cause, répondit celle-ci derrière ses fourneaux. Un café ?

— Volontiers. Je m'en occupe.

À l'aise, il contourna le comptoir jusqu'à la cafetière posée sur un des brûleurs, se servit une tasse et ajouta une dose de sucre.

— Si on s'asseyait à une table ? suggéra-t-il à Hope. Alors, comment s'est passé le trajet ?

Elle s'assit et le jaugea du regard. Lui en faisait autant, devinait-elle, ses yeux d'un bleu très clair plongés dans les siens.

— Pas mal, répondit-elle. Je suis partie tôt pour éviter la circulation.

— Je ne descends pas souvent à Washington. En partie à cause de la circulation, justement. Le rythme est beaucoup plus lent par ici, ajouta-t-il avec un sourire qui adoucit ses traits.

— C'est vrai. Boonsboro est une jolie ville, acquiesça-t-elle d'un ton volontairement neutre. J'ai apprécié la région lors de mes visites à Avery et à Clare.

— C'est un grand changement par rapport à Georgetown.

« On se tourne autour », se dit-elle. Pas de problème, elle connaissait la tactique.

— J'aspire au changement, commença-t-elle. Réhabiliter et réaménager un bâtiment tel que ce vieil hôtel, avec sa longue histoire, doit beaucoup vous changer des chantiers que les Constructions Montgomery ont menés à bien par le passé. Votre famille et vous avez réhabilité des bâtiments anciens, dont celui où nous nous trouvons, mais jamais de cette ampleur. Un sacré défi.

— Je ne vous le fais pas dire.

— Et se trouver à la tête d'un établissement de cette qualité avec toutes ses exigences et ses... excentricités, c'est forcément un grand changement par rapport à vos activités immobilières plus traditionnelles.

« Qui mène l'entretien ? » se demanda Owen qui décida que cette femme lui plaisait.

— Nous y avons longuement réfléchi, avons confronté nos points de vue, et une vision spécifique en a émergé. Et cette vision, nous allons lui donner vie.

— Pourquoi un hôtel de charme ?

— Je parie que vous avez déjà fait vos recherches.

— Cela ne me dit pas pourquoi votre famille et vous avez conçu cette vision particulière.

Tandis qu'elle l'interrogeait, Owen l'évaluait. Il lui octroya des bons points, à commencer pour son apparence. Elle était d'une beauté renversante, et savait en jouer. Sa coiffure nette aux mèches effilées mettait en valeur ses yeux. La coupe et la teinte rouille de son tailleur soulignaient sa silhouette, tout en véhiculant maîtrise de soi et autorité.

De grands yeux sensuels, nota-t-il, contrebalancés par une touche de froideur.

Belle combinaison.

— À l'origine, c'était une taverne, expliqua-t-il. On y proposait le gîte et le couvert aux voyageurs qui y laissaient reposer leurs chevaux. Avec le temps, les propriétaires et le nom ont changé, mais pendant plus d'un siècle, c'est demeuré une auberge. Et nous comptons refaire de cette maison un lieu d'accueil, par respect pour son histoire. Tout en la faisant entrer dans le XXIe siècle.

— On m'a parlé de certains aménagements qui sortent de l'ordinaire, dit-elle avec un sourire qui réchauffa son abord un peu distant.

Et lui valut des points supplémentaires.

— Nous nous amusons pas mal, c'est vrai. La région a beaucoup à offrir aux visiteurs. Antietam, les Grottes de Cristal, Harpers Ferry entre autres. Pour l'instant, ces gens n'ont pas d'endroit pour séjourner à Boonsboro. L'hôtel attirera des touristes qui voudront déjeuner ou dîner, faire du shopping, visiter. Nous voulons leur offrir une expérience unique dans un lieu d'exception doté d'un service hors pair.

— C'est intéressant comme concept, de baptiser les chambres d'après des couples de la littérature.

— Des couples romantiques. Chaque chambre aura son parfum, sa propre atmosphère. Les couples constituent une part importante de la clientèle des hôtels de charme et maisons d'hôtes. Nous souhaiterions attirer les jeunes mariés en voyage de noces, les couples fêtant un anniversaire ou une occasion particulière. Leur offrir un séjour mémorable, afin qu'ils reviennent et en parlent à leurs amis.

« Assez parlé de nous », décida-t-il en sirotant son café.

— Votre curriculum vitae est sans conteste à la hauteur du poste, reprit-il.

— J'ai une sortie papier du fichier que je vous avais fait parvenir par mail, si cela vous intéresse.

— Bien sûr.

— Le directeur devra résider sur place, observa-t-elle.

— Impossible de diriger un hôtel à distance. Nous fournissons un appartement de fonction. Un trois-pièces au deuxième étage. Salon, deux chambres, salle de bains, petite cuisine, mais le directeur aura accès à la cuisine principale et à la buanderie.

— Il – ou elle – devra s'occuper des repas.

— Uniquement le petit déjeuner.

— Je pensais que vous souhaiteriez davantage. Par exemple, des cookies maison, des muffins ou d'autres types d'en-cas à offrir durant la journée. Un plateau de fromages avec un bon vin le soir.

— Une attention délicate, en effet.

— Avery a suggéré de livrer sur place aux clients qui ne désirent pas sortir.

Owen lança un coup d'œil du côté de la cuisine.

— Futé. Nous pourrions inclure son menu dans le dépliant des chambres. Futé, répéta-t-il, notant mentalement l'idée.

— Il y a de nombreux détails pratiques à régler, Owen. La liste des tâches, le salaire, les jours de congé. L'organisation du ménage, de la lessive, le budget, l'entretien. Le directeur aura besoin d'un assistant. Personne ne peut travailler vingt-quatre heures sur vingt-quatre, sept jours sur sept, cinquante-deux semaines par an.

— Alors discutons-en.

Tandis qu'ils passaient en revue les divers aspects du poste, Justine fit son entrée. Elle portait des lunettes de soleil vert menthe assorties à ses baskets montantes. Elle adressa un signe de la main à Avery et se dirigea droit vers la table.

— Hope ? fit-elle. Je suis Justine Montgomery.

Elle lui serra la main et passa l'autre sur l'épaule d'Owen.

— Alors, comment cela se passe-t-il ?

— Beaucoup de questions, répondit Owen. Et beaucoup d'idées neuves.

Hope changea de position sur sa chaise pour croiser le regard de Justine.

— Je suis impressionnée par le nombre de détails concrets que vous avez déjà répertoriés. Vous avez un plan de développement très complet pour quelqu'un qui n'est pas du métier.

— Nous avons fait des sondages auprès de nos amis, de la famille, des gens dont nous savons qu'ils voyagent beaucoup. Nous leur avons demandé de dresser la liste de leurs attentes dans un hôtel. Il y aura forcément une phase d'apprentissage et d'amélioration après l'ouverture, mais nous souhaitons viser juste au maximum du premier coup.

— Je vous apporte un café, Justine ? demanda Avery.

— Je vais plutôt prendre un soda dans la glacière. Je suis debout depuis 6 heures, expliqua-t-elle en allant se servir. Mon cerveau tourne à plein régime sans vouloir s'arrêter. J'avais prévu de laisser les détails pratiques à Owen et de venir vous parler un instant avant la visite afin de vous expliquer mes attentes.

— Bien sûr.

— Il va sans dire qu'il nous faut quelqu'un avec une excellente présentation, qui sache gérer la clientèle et encaisser les coups. Mais vous n'auriez pas tenu au Wickham sans toutes ces qualités. Toutefois, je veux davantage.

Sans quitter Hope des yeux, Justine dévissa le bouchon de son Coca Light.

— Je cherche quelqu'un capable de s'enraciner ici. Quelqu'un qui considérera cette maison comme la sienne. Et cette ville aussi. À mon avis, c'est la condition *sine qua non* pour être heureux à ce poste. Pour l'organisation au jour le jour, les détails concrets, nous trouverons toujours un arrangement. Mais avant tout, il faut tomber amoureux de cet endroit, sinon ça ne marchera pas. Ni pour vous ni pour nous. Cela dit, ajouta-t-elle avec un sourire, Owen juge plus important que vous sachiez utiliser le logiciel de réservation, gérer la rotation des chambres en cas d'affluence, la base de données de la clientèle et tenir une comptabilité impeccable. J'imagine que c'est dans vos cordes, sinon Avery n'aurait pas suggéré votre nom. Mais à nos yeux, il ne s'agit pas uniquement d'une entreprise. Cet endroit a besoin d'amour. Nous lui en donnons à foison. Je tiens à le confier à quelqu'un qui fera de même.

Et saura préparer de délicieuses gaufres en un tournemain.

— J'ignore si je suis la personne qui convient, répondit Hope avec circonspection. Et si c'est l'endroit ou le poste qui me conviennent. En ce moment, ma vie est quelque peu... instable. Mais ce que je sais, c'est que je suis intéressée. Je suis sous le charme de votre concept.

— C'est un bon début. Et si nous allions jeter un coup d'œil en face ? Owen et vous pourrez continuer de discuter des détails ensuite.

— J'ai hâte de découvrir la maison.

— J'arrive dans deux minutes, lança Avery. Dès que Franny sera là.

Owen prit son porte-documents et se leva.

— La porte de derrière est ouverte. Ryder et Beckett travaillent une heure ou deux sur le chantier ce matin.

— Il va vous falloir de l'imagination, avertit Justine une fois sur le trottoir. Les travaux sont déjà bien avancés, mais il reste encore beaucoup à faire avant que le petit bijou scintille de mille feux.

— C'est un projet d'envergure. Magnifique maçonnerie, commenta Hope qui étudia les lignes de la bâtisse, tandis qu'ils longeaient le pignon.

Justine lui décrivit la future cour paysagère là où il n'y avait que des gravats et des monticules de terre. Mais les galeries couvertes étaient originales avec leurs charmantes rambardes à fuseaux.

Dans le hall, Hope écouta les explications de Justine sur le carrelage, les tables, les œuvres d'art, la décoration florale, puis ils franchirent une large arche qui s'ouvrait sur la future salle à manger. Plafond à caissons aux moulures blanches sur fond brun chocolat, précisa Justine. Tables en bois laqué, sans nappes, chacune ornée d'un petit vase de fleurs fraîches. Une petite arche d'origine en pierre avait été laissée apparente dans le mur du fond. Un long buffet sculpté trouverait sa place dessous. Lustres en fer forgé à motif de feuilles de chêne, rehaussés de gros globes de verre coloré en forme de glands.

Hope visualisait déjà la pièce malgré les murs nus, le sol brut et le désordre ambiant. Assez en tout cas pour réaliser qu'il faudrait deux dessertes, peut-être sous ces superbes fenêtres latérales.

Ils descendirent – encore des pierres et des briques apparentes, puis traversèrent ce qui deviendrait la buanderie et le bureau pour pénétrer dans l'espace cuisine.

Hope écouta à nouveau, essayant d'imaginer les placards, dont de nombreuses vitrines destinées à rompre l'aspect massif du bois sombre. Les plans de travail en granit et l'électroménager en inox – four mural, cuisinière intégrée à l'îlot en bois crème qui contrasterait avec celui des placards.

— La cuisine n'a pas de porte ? s'étonna-t-elle.

— Nous la laissons ouverte, répondit Justine, ses lunettes de soleil perchées sur la tête. Nous tenons à ce que nos hôtes se sentent comme chez eux dès le seuil franchi. Le réfrigérateur sera toujours garni de rafraîchissements : sodas, jus de fruits, eaux minérales.

— Comme un grand minibar ?

— En quelque sorte. Les hôtes doivent se sentir libres de se servir. Nous n'allons pas leur réclamer trois sous chaque fois. Le forfait de la chambre couvrira ces menus frais. S'ils désirent un café avant le petit déjeuner – ou à n'importe quelle heure d'ailleurs – alors que le directeur n'est pas disponible sur-le-champ, ils pourront se servir eux-mêmes ici, ou à la machine qui sera à leur disposition dans la bibliothèque au premier. Nous y ajouterons un compotier de fruits frais peut-être. Ou des cookies.

— Hope a déjà pensé aux cookies, intervint Owen.

— Vous voyez ? Nous sommes sur la même longueur d'ondes. Se détendre, prendre du plaisir, se sentir chez soi.

Une sensation de chaleur envahit Hope et s'amplifia encore lorsqu'ils pénétrèrent dans la réception. Il y avait des caisses et des outils partout, mais elle commençait à visualiser. Une paire de fauteuils cabriolet d'un beau vert pastel devant la cheminée au manteau de brique. Pas de comptoir, mais un long bureau sur mesure pour l'accueil de la clientèle. Carrelage coordonné à celui de la cuisine et du hall. Et les nombreuses fenêtres inondant la pièce de lumière.

Elle posa des questions pratiques sur la réception, le système informatique, le stockage des marchandises, la sécurité, mais à la fin de la visite du rez-de-chaussée, elle comprenait pourquoi les Montgomery étaient tombés amoureux de cet endroit.

— On dirait que mes autres fils sont au deuxième étage, fit remarquer Justine comme ils atteignaient le palier du premier. Et si nous montions ? Vous pourriez voir l'appartement de fonction et faire connaissance avec le reste de la famille ?

— Bonne idée.

Hope sentit une étrange attraction vers la gauche alors qu'ils bifurquaient vers le deuxième étage.

— Elizabeth et Darcy, expliqua Justine devant son hésitation. Les deux chambres de devant ont accès à la galerie couverte donnant sur Main Street.

L'espace d'un instant, elle crut percevoir comme un parfum de chèvrefeuille. Elle se détourna pour jeter un coup d'œil à l'intérieur de la pièce. Et sursauta quand Avery cria d'en bas :

— Vous êtes là-haut ?
— Dans l'escalier du deuxième, répondit Owen.
— Il m'a fallu plus de temps que prévu, dit-elle, lorsqu'elle les eut rejoints. Alors, Hope, qu'en penses-tu ?
— C'est spacieux et merveilleusement pensé. En ce qui concerne les chambres, je n'ai vu que celle du rez-de-chaussée, aménagée pour les clients à mobilité réduite.
— Et maintenant, tu vas visiter ton futur appartement.

Hope secoua la tête avec indulgence et agrippa la rampe provisoire pour continuer la montée. Elle ôta aussitôt la main. Quelle imagination. Elle aurait juré avoir touché du métal poli.

— De ce côté, l'appartement de fonction, annonça Justine d'un geste. Et là, le Penthouse, notre suite de standing où il semble que quelqu'un s'affaire.

Elle pénétra à l'intérieur et Hope lui emboîta le pas. Elle entendit les claquements sourds du pistolet à clous avant de voir celui qui le maniait, car le soleil pénétrait à flots par la fenêtre devant laquelle il travaillait. Éblouie, l'espace d'une seconde elle ne distingua pas son visage, ne ressentit qu'une impression de force et de compétence tandis que le pistolet à clous se remettait à claquer.

Il passa la main sur le panneau de bois – le même genre que ceux qui encadraient les fenêtres du rez-de-chaussée – puis abaissa son outil, pivota à demi et gratifia Hope d'un regard froid et scrutateur.

Non loin de là, un autre pistolet prit le relais. Justine fit les présentations, mais Hope avait les oreilles qui bourdonnaient. Elle entendit à peine son prénom, et ressentit un soulagement aussi fugace que ridicule qu'il ne s'agisse pas de Beckett.

Ryder.

Elle lui serra la main. Une main à la paume calleuse, avec une égratignure qui cicatrisait sur le dessus.

— Enchanté, dit-il avec une politesse un peu distante.

— Moi de même.

L'impression de chaleur se fit plus oppressante. Son cerveau bouillonnait d'un excès d'images, de détails. Soudain, elle eut désespérément envie de s'asseoir et de boire quelque chose – n'importe quoi – de glacé.

— Ça va ?

Hope regarda Justine dont la voix lui parvenait comme à travers un long tunnel.

— Euh... trop de café ce matin, parvint-elle à articuler. Je suis un peu déshydratée.

Ryder souleva le couvercle d'une glacière et en sortit une bouteille d'eau. Comme elle se contentait de la fixer sans un mot, il dévissa le bouchon et la lui tendit.

— Alors hydratez-vous.

— Merci.

Pour la première fois, elle remarqua le chien, un bâtard sympathique au pelage marron, qui l'observait, la tête inclinée de côté.

— Ces boiseries sont un détail charmant, commenta-t-elle pour s'empêcher de vider la bouteille d'un trait.

— Elles rendent bien, en effet, acquiesça Justine.

139

Beckett entra dans la pièce d'un pas nonchalant.

— Je suis à court de munitions. Tu en aurais à...

— Et voici Beckett, annonça Justine. Nous faisons visiter la maison à Hope.

— Ah, d'accord. Bonjour. Il me semble qu'on a dû se croiser une fois, il y a deux ans. Bienvenue dans la suite du dernier étage. Je travaille à côté dans ce qui pourrait devenir votre appartement. Alors... Clare n'est pas avec vous ?

— Je l'ai appelée avant de venir, intervint Avery. Elle a dû passer à la librairie. Un souci avec Internet.

— Je vous montre le reste de cet espace avant de passer à l'appartement, décida Justine. Ici, ce sera le salon – il dispose d'un accès à la galerie extérieure au bout de ce couloir. La chambre est sur l'arrière, avec la salle de bains entre les deux.

Hope la suivit dans un petit couloir et ouvrit de grands yeux.

— Elle est *immense*. J'adore ce mur flottant.

— L'œuvre de mon fils, l'architecte. De ce côté, il y aura un plan de travail avec une double vasque, la douche par là. La baignoire, une vraie splendeur, sera de l'autre côté du mur. Ici, nous visons le luxe : richesse des carrelages aux appareillages complexes, mosaïques en touches élégantes, appliques en cristal rehaussées de nickel brossé. Un décor contemporain avec une touche de Vieux Continent.

Côté luxe, c'était réussi, dut admettre Hope en découvrant le grand lit à baldaquin ornementé qui trônait dans la chambre, avec deux tabourets recherchés à son pied et un joli fauteuil aux boiseries délicates sur le côté. Ils avaient réussi à créer un espace qui valait largement la peine de gravir deux étages.

Quand ils passèrent dans l'appartement de l'autre côté du palier, elle avait repris ses esprits. De nouveau ces sublimes fenêtres. La cuisine était petite, certes, mais Owen avait raison, elle n'aurait pas besoin de plus. Elle s'ouvrait sur un salon qu'elle pensait pouvoir rendre à la fois confortable et fonctionnel. C'était loin de la surface dont elle disposait jusqu'à présent, même avec la seconde chambre, mais l'accès à la galerie extérieure et à la grande cuisine professionnelle était un plus.

La taille était plus que suffisante, sans aucun doute, conclut-elle. Et la surface faisait deux fois celle de son premier appartement de fonction.

Aussi au deuxième étage sans ascenseur, se souvint-elle.

Le rangement de sa garde-robe ne serait pas un problème. Elle utiliserait la deuxième chambre comme dressing puisqu'elle disposerait d'un bureau au rez-de-chaussée. Si elle souhaitait recevoir, elle pourrait toujours...

Depuis quand avait-elle décidé qu'elle voulait ce poste ?

— C'est un joli appartement, pratique et une fois encore bien conçu, commenta-t-elle.

— Si nous faisons affaire, vous serez libre de choisir la couleur des murs, précisa Justine avec un sourire. Et maintenant, allons voir Westley et Buttercup, notre autre suite. Elle possède une entrée indépendante.

— Avec grand plaisir.

Hope adorait tout de A à Z dans cette maison, mais elle n'était pas du genre à se jeter tête baissée dans un projet sans avoir affiné les détails, négocié les conditions, réfléchi en profondeur.

Ce serait un bouleversement complet sur tous les plans – situation géographique, style de vie, carrière professionnelle. Elle ne pouvait prendre une décision pareille à la légère.

De retour dans le hall, elle jeta un dernier regard à la ronde.

— C'est un endroit fantastique. Chaque chambre est unique, ou le sera. Et le bâtiment a tant de caractère, tant de chaleur.

— Pourriez-vous en tomber amoureuse ? demanda Justine.

Hope secoua la tête avec un petit rire.

— Je crois que c'est déjà le cas.
— Voulez-vous ce poste ?
— Maman, il faut d'abord qu'on...

Justine balaya l'objection d'un revers de main.

— Je crois en effet que ce serait... Oui.

Le mot était sorti comme malgré elle de la bouche de Hope, à la fois terrifiant et allant de soi.

— Oui, répéta-t-elle, je le souhaite vraiment.
— Vous êtes engagée.

Avec un cri de joie, Avery attrapa son amie, encore abasourdie, et se mit à danser sur place. Elle fit subir le même sort à Justine. Quand son regard se posa sur Owen, il leva les mains.

— C'est un truc de fille.

En représailles, il eut droit à un coup de poing dans le bras.

— Je suis si heureuse ! Je suis si excitée ! Oh, Hope !

Elle agrippa de nouveau son amie en sautillant.

— Je... Madame Montgomery, vous êtes sûre ?
— Appelez-moi Justine. Nous sommes ensemble dans ce projet à présent, je le sais. Owen et ses frères s'adapteront. Et si nous nous retrouvions,

vous et moi, pour déjeuner à Vesta, disons, vers midi et demi ? Nous continuerons notre discussion devant un verre de vin.

— Volontiers.

Clare frappa à la porte et l'ouvrit.

— Je n'étais pas sûre que vous seriez encore là. J'ai été retardée. Ce matin, c'était galère sur galère. Vous avez déjà fini la visite ?

— Chaque pièce, répondit Avery avec un sourire de démente.

— Ah bon.

— Je vais vous montrer ce que vous n'avez pas encore visité si vous voulez, proposa Justine. Mais d'abord, ajouta-t-elle, la main sur l'épaule de Hope, laissez-moi vous présenter notre directrice.

— Vous... C'est vrai ? Sérieux ? Oh, Hope !

Hope se dit qu'elle avait la tête qui tournait parce que Clare l'étreignait avec tant de fougue qu'elle étouffait presque. Et non parce qu'elle venait de prendre l'une des plus grandes décisions de sa vie en se fiant davantage à l'émotion et à l'instinct qu'à l'analyse et à la réflexion.

Tandis que les femmes jacassaient, Owen s'éclipsa et regagna le deuxième étage. Il trouva ses frères en train de discuter de l'installation du socle des vasques dans la salle de bains de la suite.

— Maman l'a engagée.

— D'un point de vue esthétique, ça rendra mieux si on... Quoi ? s'exclama Beckett au milieu de sa phrase.

— J'ai dit : maman a engagé Hope Beaumont.

— Comment ça, engagée ? Elle ne peut pas l'engager comme ça, protesta Ryder qui fourra son mètre dans sa ceinture à outils.

— C'est pourtant ce qu'elle vient de faire, confirma Owen en se passant la main dans les cheveux. Je n'ai pas réussi à en placer une au milieu des gesticulations et des piaillements de joie, surtout après que Clare s'est jointe au chœur.

— Clare est là ? fit Beckett.

— Concentre-toi sur le sujet, ordonna Ryder d'un ton sec. Comment as-tu pu laisser faire une chose pareille ?

— Hé, ne t'en prends pas à moi ! protesta Owen. Hope est plus que qualifiée, c'est vrai, mais...

— Elle est qualifiée pour jouer au petit chef dans un hôtel de luxe à Washington, avec du personnel et du fric en veux-tu en voilà. La pauvre petite chose était prête à tourner de l'œil après avoir monté deux bêtes volées de marches, bougonna Ryder d'un ton dégoûté. Sans doute parce qu'elle se balade sur un foutu chantier avec des talons aiguilles de quinze centimètres. Et en tailleur, comme si les chaussures ne suffisaient pas.

— C'était quand même un entretien.

— C'est une urbaine pur jus. Le directeur jouera un rôle clé dans la réussite de l'hôtel. Maman et toi lui avez parlé cinq minutes et ça y est, elle est engagée !

— Je l'ai interrogée près d'une heure aujourd'hui, sans compter l'appel téléphonique de l'autre jour. J'ai aussi épluché son curriculum, objecta Owen.

Plus son frère se braquait, plus il prenait le parti de sa mère.

— Elle est intelligente, reprit-il, et elle connaît le métier. Elle a soulevé des questions auxquelles nous n'avons pas encore réfléchi et a fait des suggestions.

— Les suggestions, c'est facile. Les réaliser, c'est une autre paire de manches. Comment va-t-elle réagir la première fois qu'un client renversera son café par terre ? Elle va appeler le service d'étage ? Nous n'aurons pas de service d'étage.

— Tu as lu son curriculum ? rétorqua Owen. Elle travaille depuis l'âge de seize ans. Au lycée, elle était serveuse.

— La belle affaire. Le lycée, c'est du passé. Moi, je te parle d'aujourd'hui. Qu'est devenue notre décision de discuter ensemble des éléments clés et de les mettre au vote ?

— Demande à maman, suggéra Owen. Si on vote, je te le dis tout net, je joins ma voix à la sienne.

L'acrimonie de son frère n'avait fait que renforcer sa détermination.

— Génial. Et toi ? demanda Ryder en pivotant vers Beckett.

— Oui, Beckett, dit Justine depuis le seuil. Et toi ?

Tout le monde se pétrifia, y compris Clare, qui était montée à sa suite. Celle-ci recula et fit mine de s'éclipser, mais Justine la retint par le bras.

— Non, ce n'est rien. Nous n'en avons pas pour longtemps. Apparemment, Ryder a des objections quant à la directrice que j'ai choisie. J'imagine que ce n'est pas le cas d'Owen.

— En fait, j'en aurais peut-être un peu… mais non, pas vraiment, se ravisa-t-il avec sagesse.

— Beckett ?

Acculé, il regarda tour à tour sa mère et Clare.

— Je lui ai à peine parlé. Comme Ryder l'a dit, c'est un poste clé. En fait, c'est *le* poste clé. Mais j'ai lu son curriculum, et je suis d'accord avec Owen : elle est plus que qualifiée. De toute évidence, elle t'a fait forte impression, sinon tu ne l'aurais pas engagée. Alors... j'imagine que nous avons notre directrice.

— Dans ce cas, c'est réglé. Mais avant que j'emmène Clare voir W & B, je tiens à vous dire, espèces d'idiots, que vous avez de la chance que Hope ne soit pas remontée avec moi. Elle aurait pu changer d'avis à l'idée de travailler avec un trio de rustauds grossiers. Quant à toi, ajouta-t-elle, pointant l'index sur Ryder, je t'accorde six semaines à compter de son entrée en fonctions pour me présenter tes excuses pour avoir osé mettre mon jugement en doute !

— Maman...

— C'est tout ce que j'ai à dire ! le coupa-t-elle. Venez, Clare.

Après un regard contrit, Clare suivit Justine qui s'éloignait au pas de charge.

Beckett se frotta le visage à deux mains.

— Génial, bougonna-t-il. Tout bonnement génial.

— J'imagine que nous avons notre directrice, l'imita Ryder. Tu t'es écrasé uniquement parce que tu veux arriver à tes fins avec Clare.

— N'importe quoi. Cette fille est qualifiée, maman l'apprécie, voilà tout. Cela n'a rien à voir avec Clare.

Ou si peu.

— Nous ne la connaissons même pas.

— Eh bien, nous apprendrons à la connaître, rétorqua Beckett, bien qu'il fût plutôt en rogne lui aussi. L'appartement de l'autre côté de Saint-Paul est libre en ce moment. Nous n'avons qu'à l'installer là et la faire travailler quelque temps avec maman et Owen. Cela lui permettra de goûter à la vie ici, et nous offrira la possibilité de mieux la cerner.

Ryder voulut protester par principe, puis se ravisa.

— En fait, c'est plutôt une bonne idée. Si elle ne fait pas l'affaire, au moins nous le saurons avant qu'il soit trop tard.

— Et si je pouvais me décharger sur elle d'une partie des tâches ingrates, genre coups de fil pénibles ou listes rébarbatives, je passerais plus de temps ici et à l'atelier, observa Owen. L'appartement, plus un petit salaire horaire, ça pourrait marcher. Si elle est d'accord.

— Parles-en à maman, suggéra Ryder. Elle saura la convaincre.

— J'y vais, décida Beckett, joignant le geste à la parole. C'est mon idée.

Elles étaient au pied de l'escalier extérieur.

— Alors, tu as eu droit à la visite complète cette fois ? demanda-t-il à Clare lorsqu'il les rejoignit.

— Oui. Cette maison va être sublime. J'ai de nouvelles idées, fit-elle en tapotant son calepin. Justine et moi en discuterons quand j'y aurai mis un peu d'ordre. Encore merci pour la visite, Justine. Il faut vraiment que j'y aille.

— Juste une seconde, l'arrêta-t-il, j'aimerais avoir ton avis. Maman, que dirais-tu de demander à Hope de venir s'installer ici maintenant, ou dès qu'elle le peut ? Nous pourrions lui prêter l'appartement de l'autre côté de la rue. Ça lui donnerait le temps de s'acclimater à la ville et à la région. Et elle pourrait vous donner un coup de main, à Owen et à toi.

Justine abaissa ses lunettes de soleil sur son nez et le dévisagea par-dessus la monture.

— De qui est cette idée ?

— Euh... moi, mais Ryder et Owen...

— C'est une bonne idée. Tu es, provisoirement du moins, mon fils préféré. Je la lui soumettrai pendant le déjeuner. Nous nous revoyons bientôt, Clare, enchaîna-t-elle. Transmettez-moi juste des passages de votre texte par mail quand vous vous sentirez prête.

— D'accord.

— Je dois appeler Carol-Ann, fit Justine qui sortit son portable et s'éloigna.

— Désolé pour le drame familial, s'excusa Beckett.

— C'est chose fréquente aussi chez nous. Ryder ne veut vraiment pas de Hope ?

— Il est juste furieux que notre mère ne l'ait pas consulté, expliqua Beckett qui évita les points délicats tels que *urbaine pur jus*, *tailleur* et *talons aiguilles de quinze centimètres*. Écoute, je pensais peut-être passer plus tard. Te donner un coup de main avec le jardin.

— Le jardin ?

— Tondre la pelouse. Ça me manque.

— Oh, c'est gentil, mais je l'ai fait ce matin !

— Ce matin ? Mais c'est encore le matin.

— Les enfants ne font jamais la grasse matinée le samedi, surtout en été. L'avantage, c'est que je peux faire des tas de choses avant midi. Ce qui tombe bien, vu que le samedi est le seul jour où j'ai le temps, avec le dimanche en cas de besoin. Mais merci quand même.

— Quand tu veux, sérieux.

— C'est noté. Bon, je dois y aller. Je passe chercher les garçons chez ma mère et j'ai des courses à faire. Je suis ravie que vous ayez engagé Hope. Elle sera parfaite pour cet hôtel, tout comme il sera parfait pour elle. Cette fois, je file. À bientôt.

— Attends, viens par ici, l'arrêta-t-il avant de l'entraîner sous le toit de la galerie latérale. Ça m'a manqué hier.

Il déposa sur ses lèvres un baiser à la fois tendre et sensuel qui se prolongea lorsqu'elle referma sa main libre sur son épaule.

— Voilà qui est plus agréable que le coup de main dans le jardin, murmura-t-elle.

— Tu peux avoir les deux, quand tu veux.

Les deux ? Il lui faudrait sans doute du temps pour s'y habituer, songea-t-elle.

— On se voit lundi, je suppose, fit-elle.

Il glissa la main le long de sa queue-de-cheval dorée.

— Je t'appelle.

— D'accord.

À cela aussi il lui faudrait s'habituer, se dit-elle en rejoignant sa voiture. Les appels, les baisers, les sorties du vendredi soir. Elle avait presque l'impression d'être revenue à l'époque du lycée – enfin, sauf qu'il y avait les enfants, les courses au supermarché, la lessive qui attendait d'être pliée et les comptes à faire.

En passant, elle jeta un dernier regard à l'hôtel. Cette vieille bâtisse était là, inébranlable, depuis plus de deux siècles. Et d'une certaine façon, elle provoquait bien des bouleversements.

8

Comme le jardinage n'était pas au programme du week-end, et qu'il ne trouva aucune excuse valable pour aller chez Clare, Beckett passa un peu de temps supplémentaire à l'atelier familial. Avec les chiens et son iPod pour compagnie, il entreprit de fabriquer le cadre en bois qui coifferait l'arche de pierre entre la réception et le hall.

Il ne faisait pas autant d'ébénisterie que ses frères, mais c'était toujours un plaisir. Et pour l'heure, il appréciait d'avoir l'atelier pour lui seul.

Il se souvenait quand son père lui avait appris à manier les scies, le tour, le rabot. Thomas Montgomery était patient, mais exigeant.

« À quoi bon faire quelque chose si c'est pour le bâcler ? » avait-il coutume de répéter.

Une devise qui était encore celle de Beckett aujourd'hui.

Comme son père se serait passionné pour ce nouveau projet ! Avec quel enthousiasme il aurait relevé chaque défi ! Il adorait cette ville, ses bâtiments anciens, son rythme, ses couleurs. Son état d'esprit.

Il le revoyait encore assis au comptoir chez Crawford devant un plat d'œufs au bacon et de purée de haricots rouges, occupé à refaire le monde avec ses meilleurs amis. Pour autant que Beckett s'en souvienne, jamais il n'avait manqué un défilé ou le feu d'artifice du Quatre Juillet dans Shafer Park. Il sponsorisait une équipe de base-ball de petite ligue, une mission que poursuivait l'entreprise familiale aujourd'hui encore. Il avait même été entraîneur quelques années.

À sa façon, se dit Beckett, sans grands discours, il avait appris à ses fils ce que signifie appartenir à une communauté et comment l'apprécier à sa juste valeur.

Oui, décidément, son père aurait adoré ce projet.

Et pour cette seule raison, rien ne serait bâclé.

Beckett sortit son mètre – celui qu'il tenait de son père. Leur mère avait veillé à ce que chacun reçoive un outil spécifique. Il mesura et marqua la pièce suivante.

Il se redressa quand sa mère entra.

— Tu fais des heures sup, à ce que je vois.

— Je n'ai pas vu le temps passer. Vu que c'est moi qui souhaite un coffrage pour les arches, je me suis dit que j'allais commencer.

— Ce sera très beau. Regarde-moi un peu ces rayonnages, s'extasia-t-elle. Vous faites un superbe travail, tous les trois. Votre père aurait été si fier.

— Je pensais justement à lui. Ici, c'est un peu obligé. Je me disais qu'il aurait adoré travailler sur ce projet, ramener cette vieille maison à la vie.

— Et lever les yeux au ciel dans mon dos chaque fois que j'aurais eu une nouvelle idée. Et n'imagine pas que j'ignore que vous faites la même chose.

— On perpétue juste la tradition.

— Vous vous y employez parfaitement, tous les trois.

— Tu es encore fâchée ?

Elle inclina la tête de côté.

— En ai-je l'air ?

— Parfois, il arrive qu'on se le demande. Enfin bref, poursuivit-il avec un large sourire. De toute façon, c'était la faute de Ryder.

— Il a la tête de mule de votre père et mon tempérament explosif. Pas évident, comme combinaison. Mais il n'avait pas tort. J'aurais dû vous en parler d'abord. Et si tu le lui répètes, je te botte les fesses.

— Je tiendrai ma langue. Mais pourquoi as-tu engagé cette fille comme ça, tout de go ? Et hop, emballé c'est pesé !

Justine haussa les épaules, puis ouvrit le réfrigérateur, secoua la tête devant le pack de bières et sortit deux sodas bien frais.

— Parfois, on sait ce qu'il faut faire, dit-elle en en tendant un à son fils. D'autres fois, il faut accepter qu'une chose arrive. Là, c'était les deux.

Elle rit, but une gorgée, puis :

— À mon avis, Hope s'est surprise elle-même en acceptant l'offre à l'instant où je la lui ai soumise. Je ne pensais pas qu'elle dirait oui, mais l'amour fait tourner bien des têtes. Elle s'est déjà prise de passion pour cet endroit. Tu verras.

— On le verra bien assez tôt si elle vient s'installer ici.

— Elle le fera, crois-moi, lui assura Justine. Il lui faut un peu de temps pour s'organiser. Elle a prévu de déménager dans une quinzaine de jours.

— Tu l'as convaincue ?

— J'avais de l'aide. Avery.

— L'arme secrète.

— Elle sait se montrer persuasive, reconnut Justine. J'ai donné la clé à Hope pour qu'elle aille voir l'appartement. Il faudra veiller à lui donner un coup de peinture.

Beckett soupira.

— Je sais, mais c'est indispensable, insista-t-elle. Au fait, j'ai commandé le nouveau lavabo et la robinetterie pour la boutique. Et aussi une cuvette de W-C pendant que j'y étais. Comme Brian, le paysagiste, vient la semaine prochaine pour finaliser le plan de la cour, je vais lui demander de jeter un coup d'œil à l'arrière de la boutique. Selon moi, elle aurait besoin d'un joli patio et d'une nouvelle clôture du côté de la librairie. Quelques plantations aussi, ajouta-t-elle en riant. Et les vieilles marches pourraient être intégrées au nouveau dallage du patio.

— Tu peux te retourner que je lève les yeux au ciel ?

— Ce sera très joli. Madeline a déjà pris des contacts avec des artistes locaux. Et j'ai convaincu Willy B de participer.

— Le père d'Avery ?

— Il travaille merveilleusement le métal durant ses loisirs. Tu as vu les chandeliers qu'il m'a offerts à Noël dernier. Bref... je pense que nous pourrons ouvrir fin octobre.

Beckett sentit sa gorgée de Coca se bloquer au fond de son gosier.

— Maman, nous n'avons même pas commencé.

— Mieux vaudrait s'y mettre, alors. Oh, et parle de la clôture à Clare si je n'en ai pas l'occasion !

— D'accord.

— Vendredi, par exemple pendant votre soirée.

Il abaissa sa canette.

— Quelqu'un a publié une annonce ? Je n'en ai parlé qu'à Owen et Ryder.

— Et ils ne m'ont rien dit ? Il faut que je parle à ces garçons. C'est Avery qui a vendu la mèche. On peut dire que tu as drôlement pris ton temps, mon garçon.

— C'est juste un dîner au restaurant ou quelque chose de ce genre.

— Tu rêves d'un dîner au restaurant ou quelque chose de ce genre avec Clare depuis le lycée. J'en avais le cœur brisé.

— J'ignorais que tu étais au courant.

— Évidemment, que je l'étais. Je suis ta mère. De même que j'ai su, le soir où tu es rentré d'un rendez-vous avec Melony Fisher, que tu avais fait l'amour pour la première fois.

Une brusque bouffée de chaleur irradia dans la nuque de Beckett.

— Maman, voyons !

Justine rit à gorge déployée.

— Je sais ce que je sais. Et je te faisais confiance, après tous les conseils de prudence dont nous vous avions abreuvés, ton père et moi. J'espère que tu t'en souviendras avec Clare.

— Maman, voyons !

— Tu te répètes, mon garçon.

— Je...

À cet instant, le portable de Beckett sonna et il s'en empara comme un naufragé d'une bouée de sauvetage.

— Owen, tu ne peux pas comprendre, mais je te dois une fière chandelle. Je suis à l'atelier, pourquoi ? Il a quoi ? Sérieux ? D'accord, c'est bon, j'arrive.

Il fourra le téléphone dans sa poche.

— Ryder fait de la lèche après ce matin. Il est en train d'abattre ton mur. Ils veulent que je vienne jeter un coup d'œil.

— Alors vas-y. Tu as quelque chose de prévu ce soir ?
— Non.
— Tu pourrais acheter des pizzas et revenir ici. Je ferai le point sur mes commandes du jour, et les quelques idées qui me trottent dans la tête.
— Ça peut se faire.
— Si tes frères ne sortent pas un samedi soir, c'est vraiment à désespérer. Mais si ça les tente, prends des pizzas pour eux aussi.

Le lundi, des ouvriers s'affairaient à repeindre l'appartement vacant, d'autres passaient une couche d'apprêt dans la boutique et, comme la température avait quelque peu baissé, une troisième équipe avait commencé le ravalement de l'hôtel, tandis que les couvreurs posaient du cuivre rutilant sur le toit des fenêtres mansardées.

Vers 10 heures, Beckett fit une pause et traversa la place jusqu'à la librairie. Il trouva Clare au lieu de Laurie.

— Bonjour, la salua-t-il. Alors, plus de personnel ?
— Laurie a rendez-vous chez le dentiste. Elle arrivera plus tard. Cassie ne va pas tarder et Charlene commence à 13 heures. J'ai décidé d'ouvrir quand même aujourd'hui pour éviter de rester à broyer du noir à la maison.
— À broyer du noir ?
— C'est la rentrée des classes.

Elle passa derrière le comptoir et lui prépara son café sans qu'il l'ait demandé.

Était-il donc si prévisible ?

— Ça s'est bien passé ?

— Oh oui ! Ils bouillaient d'impatience – ça va durer une petite semaine. Ils sont tout excités à l'idée de revoir leurs copains, d'utiliser leurs fournitures neuves. C'est moi qui ai des problèmes, admit-elle. Je ne suis même pas repassée à la maison après les avoir déposés parce que je savais que le silence me tuerait. J'en ai sans doute moi aussi pour une petite semaine, puis je serai agacée quand il y aura l'une de ces journées libres où les enfants n'ont pas classe.

— J'adorais ces journées, se rappela Beckett avec une pointe de nostalgie.

— Pas ta mère, je parie. Dis donc, quelle activité chez vous ce matin. On dirait que c'est le branle-bas dans toute la ville.

— Les chantiers se sont multipliés. Ma mère veut ouvrir la boutique dans six semaines. Tu le savais, devina-t-il lorsqu'elle se racla la gorge.

— Il est possible qu'elle l'ait mentionné, reconnut Clare. C'est génial que Hope soit là pour l'inauguration, poursuivit-elle en lui tendant son café. Elle pourra rencontrer des gens.

— L'inauguration ? Nous avons une inauguration ? J'aurais dû m'en douter, se lamenta Beckett.

— Ta mère va s'en occuper. Tu n'auras qu'à t'y montrer, j'imagine, le rassura Clare qui lui tapota la main, visiblement amusée par sa mine inquiète. Considère cela comme un galop d'essai pour celle de l'hôtel.

— Je suppose qu'il me faudra une cavalière. Que dirais-tu... Désolé, s'excusa-t-il en sortant son portable qui sonnait. Oui. Non. Je t'ai montré les plans. Oui, je... Non, je ne les ai pas. Ils sont restés à la maison. Je passe les chercher et j'arrive. Je dois y aller, dit-il à Clare.

Il sortit son portefeuille.

— Laisse tomber, l'arrêta-t-elle. Le jour de la rentrée des classes, le café est gratuit pour le premier client.

— Merci. Et si on...

La sonnerie de son mobile retentit de nouveau.

— À plus tard, lui lança-t-il avant de sortir, l'appareil collé à l'oreille. Quoi encore ?

Toute la semaine, le travail avança par à-coups, avec son lot de retards et de contrariétés. Beckett réalisa qu'il n'était plus obligé d'inventer une excuse pour passer voir Clare : il n'avait plus le temps. Et quand par hasard il trouvait un moment, c'était elle qui ne pouvait pas.

— On serait quand même en droit de penser que deux personnes vivant dans la même ville réussiraient à partager davantage qu'une conversation de cinq minutes, râla-t-il, encastrant un fuseau sous la rambarde de la galerie du deuxième étage.

— Arrête de te prendre la tête, bougonna Ryder, et la mienne par la même occasion. C'est agaçant de savoir à propos de qui tu pleurniches sans même que tu prononces son nom.

— Je ne pleurniche pas. Je constate, c'est tout.

— Vous ne sortez pas ensemble demain soir ?

Inutile d'avouer qu'il ne se sentait pas tout à fait prêt.

— Si.

— Alors vous aurez tout le temps de parler. Ou va la voir ce soir après le travail. La librairie est ouverte jusqu'à 18 heures.

— Elle doit aller chercher ses enfants à l'école. Et après, elle a une réunion de son club de lecture.

— De toute façon, les gens parlent trop, surtout quand ils n'ont rien à dire. La fille avec qui je suis sorti le week-end dernier avait des jambes superbes, mais c'était un vrai moulin à paroles. Elle n'arrêtait pas. Joli, fit-il en passant la main sur la rambarde latérale qu'il venait de terminer.

Il jeta un coup d'œil à Beckett.

— Va donc vérifier l'avancement des travaux à la boutique. Comme c'est à côté de la librairie, tu auras peut-être droit à cette conversation dont tu rêves. En prime, je serai débarrassé de tes germes d'amoureux transi. Pas envie d'être contaminé.

— Bonne idée. Tu veux que je t'envoie un des ouvriers ?

— Pas la peine. J'apprécie le calme.

Beckett traversa la maison, où le calme était loin de régner, gagna le rez-de-chaussée, et sortit par l'arrière. Ils n'allaient pas tarder à démonter l'échafaudage, songea-t-il comme il marchait dessous. Et ensuite, ils enlèveraient les bâches.

Tout en traversant la rue, il passa en revue son planning. Il remplit d'abord ses obligations et entra dans la boutique. Sa mère avait vu juste pour la peinture. Superbe, la couleur. Et aussi pour la cloison à abattre.

Il discuta avec les peintres, puis sortit par l'arrière. Une fois de plus, sa mère avait raison. La cour avait besoin d'un rafraîchissement. Peut-être pourraient-ils ajouter un petit portail sur...

« Arrête, s'ordonna-t-il. Surtout ne lui donne pas d'autres idées. »

Il fit le tour jusqu'au parking au moment où Clare sortait par l'arrière de la librairie d'un pas pressé, son téléphone plaqué sur l'oreille.

— Non, ne vous inquiétez pas. Dites-lui juste de bien se soigner. D'accord, d'accord, fit-elle tout en saluant Beckett d'un signe de la main distrait. À plus tard.
— Un problème ?
— C'était Lynn Barney. Elle m'appelait pour me dire que Mazie est rentrée malade du lycée. Peut-être une gastro. Mazie devait garder les enfants ce soir – je vais au club de lecture.
— Aïe.
— Il faut que je file à l'école, et que je réfléchisse à un plan B.
— Je peux m'occuper d'eux, s'entendit-il proposer avant de se demander d'où diable lui venait cette idée farfelue.
— Pardon ?
— Je peux m'occuper d'eux. C'est l'histoire de quoi, deux ou trois heures ?
— C'est gentil, merci, mais je vais trouver une solution.
— Attends.

Un peu par taquinerie, Beckett lui attrapa le bras alors qu'elle s'apprêtait à ouvrir la portière de son monospace. Et puis, tout bien réfléchi, l'idée lui plaisait.

— Tu me crois incapable de me débrouiller avec trois gamins ? J'en ai été un, figure-toi.
— Je sais, mais...
— À quelle heure dois-tu partir pour ton club ?
— Il faudrait que j'y sois vers 17 heures pour les préparatifs. La séance commence à la demie. En général, nous terminons vers 19 heures, et je prends encore un peu de temps pour fermer et...
— Disons, de 17 à 20 heures. Pas de problème.

— Mais il faut aussi leur donner leur dîner, leur bain...

— Je passerai prendre quelque chose à Vesta et je serai chez toi à 17 heures.

— Eh bien...

— Ce sera amusant. Je les trouve sympas, tes garçons.

— Mon Dieu, je vais être en retard.

— Vas-y. Chez toi à 17 heures.

— C'est juste que je ne sais pas si... Bon d'accord, se décida-t-elle. Mais pas de pizza. Si tu prends des spaghettis avec des boulettes de viande, ce sera plus facile à partager en trois. Et une salade. Dis juste à la personne qui prend la commande que c'est pour mes fils. Tout le monde là-bas sait ce qu'ils aiment. Je m'assurerai qu'ils aient fini leurs devoirs, ajouta-t-elle en se glissant derrière le volant. En cas de problème...

— Clare, je serai chez toi à 5 heures. Va les chercher.

— D'accord. Merci.

Ce serait amusant, se dit de nouveau Beckett tandis qu'elle démarrait. Et les spaghettis aux boulettes de viande lui paraissaient un menu parfait.

— Pourquoi papy vient pas jouer avec nous ? demanda Liam qui boudait sur son livre de lecture.

— Je te l'ai déjà dit. Il a une réunion à son club photo. Et maintenant réponds à la question : « Qu'a trouvé Mike en grimpant dans l'arbre ? »

— Un stupide nid d'oiseau.

— Écris.

Il leva les yeux vers elle avec ce petit sourire narquois que Clare trouvait adorable ou exaspérant, en fonction de son humeur.

— Je sais pas épeler stupide.
— L-I-A-M, chantonna Harry.
— Maman ! Il m'a traité de stupide !
— Harry, ça suffit. Liam, écris la réponse. Murphy, combien de fois dois-je te répéter de ne pas lancer ce ballon dans la maison ? Emporte-le dehors.
— Je veux pas aller dehors. Je peux regarder la télé ?
— Oui, vas-y.
— J'ai envie de regarder la télé, fit Liam.
Moi aussi, songea-t-elle en lui jetant un coup d'œil.
— Alors finis tes devoirs.
— Je *déteste* les devoirs.
— On est deux, répliqua-t-elle. Harry...
— J'ai fini les miens. Tu vois ?
— Parfait. Il reste à réviser les mots pour le contrôle d'orthographe de demain.
— Je les connais.
C'était sans doute vrai. Harry avait toujours eu des facilités en orthographe.
— On va les revoir quand même, et puis les tiens, Liam, quand tu auras terminé tes questions de lecture.
— Pourquoi Murphy a le droit de regarder la télé ? demanda Liam, réussissant l'exploit d'avoir l'air à la fois patient et indigné. Pourquoi il a pas de devoirs ? C'est pas juste.
— Il a des devoirs. Il les a finis.
— Rien que des stupides vignettes. Des devoirs de bébé.
— Je suis pas un bébé ! protesta Murphy depuis le salon.
Il avait l'ouïe fine, le bougre.

— Il a toujours le droit de faire ce qu'il veut. C'est pas...

— Attention ! coupa Clare. Je ne veux plus entendre « c'est pas juste ». Tu sais, Liam, plus tu restes assis là à te plaindre, plus ça s'éternise. Et après, tu n'auras plus le temps de jouer ou de regarder la télé.

— Je veux pas que Beckett nous garde.

— Tu l'aimes bien, pourtant.

— Il est peut-être méchant. Il va peut-être crier et nous enfermer dans notre chambre.

Clare croisa les bras.

— Est-ce qu'il a déjà été méchant une seule fois ?

— Non, mais il pourrait.

— Si tu veux entendre quelqu'un crier, continue de traîner avec tes devoirs.

Elle s'empara de la feuille de vocabulaire de Harry et commença à lui dicter les mots.

Quand il eut fini, elle parcourut la liste qu'il venait d'écrire.

— Ça vaut A plus. Excellent travail, Harry. Et maintenant, file.

Elle s'assit pour mieux se concentrer sur Liam.

— C'est bien, mon grand. Mais regarde ici, tu as écrit *d* au lieu de *b*.

— Pourquoi elles se dessinent comme ça, ces lettres ? Pour qu'on les confonde ?

— Bonne question, mais c'est à cela que servent les gommes.

Elle sortit sa feuille de vocabulaire, pendant qu'il corrigeait – à contrecœur.

— Allez, prends une feuille propre.

— J'ai plus de devoirs que tout le monde.

C'était faux, mais Clare n'avait pas le temps de faire un sermon sur les garçons qui traînent, gribouillent et bayent aux corneilles.

— C'est presque fini.

Il se voûta sur sa feuille tandis qu'elle lui dictait les mots.

Son écriture était plus belle que celle de Harry, mais sur le plan de l'orthographe, il y avait des progrès à faire.

— Pas mal. Tu as trois fautes. Mais regarde là, tu as encore écrit *b* au lieu de *d*. Tu sais comment tu peux te rappeler ? Le ventre, c'est devant pour le rond du *b*. Et les fesses, c'est derrière pour le *d*.

Son moyen mnémotechnique le fit rire et elle décida de finir sur cette note positive.

— On révisera une dernière fois demain matin. Range tes affaires et tu peux regarder la télé.

Elle sortit avec lui.

— Et pas de bagarre, lança-t-elle en montant se rafraîchir en quatrième vitesse avant sa réunion.

Elle eut le temps de glisser le livre et ses notes dans son sac, d'attraper sa brosse à cheveux... et on sonna à la porte.

Dix minutes d'avance. Elle jeta un rapide coup d'œil dans le miroir de sa chambre. Ces dix minutes n'auraient pas été superflues.

Elle se précipita au rez-de-chaussée juste à temps pour entendre Murphy demander :

— Tu vas nous enfermer dans notre chambre ?

— Tu as prévu de braquer une banque avec tes frères ?

Murphy pouffa de rire.

— Naaaan !

— Alors je n'aurai pas besoin de vous enfermer, répondit Beckett qui releva les yeux, aperçut Clare et lui sourit. Spaghettis et boulettes, comme le stipulait la commande.

— Merci. Tu me sauves la vie.

Elle prit le sac, et ressentit une petite crispation dans le ventre quand elle remarqua que les trois garçons observaient Beckett comme s'il s'agissait d'un animal bizarre au zoo.

— Allons déposer tout ça dans la cuisine, que je te montre où se rangent les affaires. Ils ont fini leurs devoirs, expliqua-t-elle tandis qu'il lui emboîtait le pas. Il faudrait qu'ils mangent vers 18 heures, continua-t-elle tout en sortant les assiettes. Ne t'inquiète pas pour le bain. Je leur donnerai une douche demain matin. Leurs pyjamas sont sortis – ils aiment les enfiler au moins une heure avant d'aller se coucher.

— On aime son petit confort, plaisanta-t-il.

— Exactement. Je serai rentrée avant l'heure du coucher. Vers 20 h 15.

— Compris. Détends-toi, Clare. Il existe des lois pour la protection de l'enfance en danger.

— Très drôle. En fait, c'est plutôt pour toi que je m'inquiète. Ils connaissent les règles, mais ce n'est pas pour autant qu'ils ne vont pas inventer une bêtise. Tu as mes coordonnées. Je peux être ici en cinq minutes si jamais…

— Tout se passera bien. Je ne les écouterai pas s'ils me demandent de courir avec des ciseaux.

— D'accord, fit-elle en laissant échapper un soupir. Je ferais mieux d'y aller.

Il l'accompagna jusqu'à la porte et, à nouveau, les garçons se tournèrent comme un seul homme sans le quitter des yeux.

— Je serai de retour pour l'heure du coucher, les prévint-elle. Soyez sages – et pas de grignotage avant le repas. Bonne chance, ajouta-t-elle à l'attention de Beckett.

Il referma derrière elle, attendit une seconde, puis :
— Alors, les gars, quel est le programme ?
Dans son rôle d'aîné, Harry prit la parole.
— On veut des cookies.
— Je vais devoir dire non. Vous avez entendu votre mère.
— Je t'avais dit, bougonna Liam.
— On veut jouer à la PlayStation. À Noël, chez papy et mamie, on a eu une PlayStation 3.
— Quels jeux vous avez ?
Harry le dévisagea d'un œil sceptique.
— Tu sais jouer ?
— Je t'en prie. Tu as devant toi le champion en titre de Boonsboro.
— C'est pas vrai !
En guise de réponse, Beckett se contenta de sourire et s'assouplit les doigts.
— Allez chercher le matériel.

Ils étaient plutôt doués, même le petit. Beckett n'aurait pas dû être surpris d'affronter une concurrence aussi sérieuse ; à cinq ans déjà, lui aussi rivalisait d'adresse avec ses frères aux jeux vidéo. Harry avait de la patience et un sens stratégique indéniable, tandis que Liam y allait à fond, une tactique qui lui valait soit le jackpot, soit une sévère déculottée.

Quant à Murphy, il vivait littéralement le jeu.

Ils râlaient beaucoup, s'accusaient mutuellement de triche lorsque ce n'étaient pas les personnages du jeu. Beckett les laissait dire ou faisait chorus. Une fois remis du choc de ne pas se faire réprimander pour manque d'esprit sportif ou de ne pas s'entendre dire que ce n'était qu'un jeu, les trois loustics se lâchèrent, de plus en plus bruyants et excités.

— Je t'ai descendu ! s'égosilla Harry, les poings levés.

Pas vraiment heureux de s'être fait ratatiner par un gamin de huit ans, Beckett contempla l'écran d'un œil noir.

— Bordel, lâcha-t-il sans réfléchir.

— T'as pas le droit de dire des gros mots, l'informa Murphy.

— C'est *vous* qui n'avez pas le droit. Moi, j'ai un permis pour les gros mots.

Liam ricana.

— N'importe quoi.

— Je t'assure. Je le renouvelle le mois prochain. Allez, encore une... Bordel, répéta Beckett quand il vit l'heure. On était censés dîner il y a une demi-heure.

— On a un autre jeu de Ben 10, lui apprit Harry qui se leva d'un bond pour aller le chercher dans le bac. On peut d'abord faire une partie.

— Il faut qu'on fasse le plein de carburant, sinon votre mère va nous botter les fesses.

— Les fesses, c'est derrière. Comme ça, on sait comment écrire un *d*.

Beckett observa Liam avec perplexité.

— Euh... si tu le dis. Allez, à table.

Il ne leur demanda pas de ranger les jeux. Harry hésita, puis haussa les épaules et courut à la cuisine.

Par esprit de solidarité, Beckett choisit une assiette Hulk. Il s'étonna que les trois garçons engloutissent leur salade sans récriminer, peut-être parce qu'ils étaient occupés à revivre leurs parties avec animation.

Ou alors ils mouraient de faim à cause du retard.

Ils demandèrent du Coca. Tandis que Beckett remplissait leur verre, Murphy vendit la mèche :

— Normalement, c'est du lait qu'on boit. Le soir, on a pas le droit d'avoir du Coca.

Liam lui décocha une bourrade dans les côtes. Murphy riposta.

— Arrêtez, intervint Beckett. C'est une occasion spéciale. Une soirée entre hommes. Coca pour tout le monde.

— Il m'a frappé, déclara Murphy.

— C'est pas vrai, se défendit Liam.

— Si, tu l'as fait, intervint Beckett avant que Murphy lance l'inévitable « toi aussi ». Et toi, tu as répliqué. Vous êtes à égalité.

— Je vais le dire à maman, marmonna Murphy.

— Tu ne peux pas, mon grand, observa Beckett qui leur servit de grosses portions de spaghettis sans les réchauffer.

Partagé entre l'affront et la fierté d'être appelé mon grand, Murphy le dévisagea, la lippe tremblante.

— Pourquoi ?

— À cause du Code de Fraternité. Dans une soirée entre hommes, il s'applique sans restriction. Ce qui se passe entre ces murs n'en sort pas.

Murphy médita ces paroles tout en étudiant son assiette. Personne n'avait coupé les spaghettis ou la boulette de viande. Peut-être parce que c'était la soirée entre hommes. Il voulut piquer la boulette avec sa fourchette et l'envoya voler à travers la table sur les genoux de Liam.

— Deux points pour Murphy, commenta Beckett.

Et l'enfer se déchaîna.

Avec un cri de rage, Liam ramassa la boulette et la lança sur son cadet. Il visa avec une telle précision que le projectile rebondit sur son front.

Beckett dut reconnaître que le petit avait du cran. Il ne pleura pas ; il contre-attaqua sans hésiter.

Sautant de sa chaise tel un ressort, il se rua sur Liam. Les spaghettis volaient comme des serpentins mouillés. Beckett réussit à enrouler le bras autour de sa taille pour le tirer en arrière tandis qu'il balançait des coups de pied frénétiques en direction de son frère. Pris d'une farouche envie de vengeance, Liam essaya de l'empoigner. Beckett l'esquiva et, dans le même mouvement, poussa Murphy contre la table.

Et le gobelet de Coca se renversa sur Harry.

Prêt à tout pour mettre fin aux hostilités, Beckett attrapa Liam à l'instant où Harry se levait d'un bond, les poings serrés.

— Attends, attends, Harry, c'est ma faute ! C'est moi qui ai bousculé la table. Calmez-vous, tous !

— Il l'a fait exprès ! accusa Liam qui se tortilla en tous sens pour décocher des coups de poing à son petit frère.

— C'est pas vrai !

L'œil torve, Murphy réussit à lui asséner un coup de pied bien senti.

— Il a pas arrêté. C'est sa faute !

— Stop, tout le monde ! On se calme !

Les cris et les accusations s'arrêtèrent net. La mine rebelle, les trois garçons fixèrent Beckett du regard, tandis qu'il faisait le bilan des dégâts.

— Bon sang, quel bazar.

La boulette à l'origine des hostilités gisait à moitié écrasée sur le carrelage. La table était couverte de pâtes et de sauce.

— Maman va être fâchée, commenta Murphy, les yeux brillants de larmes.

— Mais non. Écoutez, les garçons, ce genre d'incident arrive quand les hommes mangent entre eux.

— C'est vrai ?

— Puisque je vous le dis. Et maintenant, tout le monde s'assoit.

— N'empêche, il m'a lancé une boulette, grommela Liam, entêté.

— Il ne l'a pas lancée, rectifia Beckett, tandis que le garçon fusillait Murphy du regard avec l'animosité virulente que seuls les enfants d'une même fratrie peuvent éprouver les uns envers les autres. C'était juste un accident, parce que je n'ai pas coupé la viande. C'est mon premier jour, alors facilitez-moi un peu la tâche. Allez, assieds-toi.

— Mon pantalon est tout sale.

— Et alors ? On le nettoiera après le repas.

Beckett posa Murphy sur sa chaise, puis ramassa la boulette fautive et la jeta dans l'évier avant de remettre les spaghettis dans l'assiette du garçon. Puis il prit un couteau, lui servit une autre boulette et la lui coupa.

— Grand chef Murphy. On dirait que tu portes des peintures de guerre.

Le gamin lui adressa un sourire angélique.

— J'aime bien les pisghettis.

— Moi aussi. Tu veux que je coupe les tiens, Liam ?

— Je veux bien.

— En plein dans le ventre, fit remarquer Beckett, l'index planté sur la tache rouge qui maculait le tee-shirt de Liam. Et toujours vaillant pour le combat. Harry ?

— Je préfère les enrouler.
— Bon plan.
Épuisé, Beckett se laissa choir sur sa chaise.
— Attaquez, les gars.

9

Ils dévorèrent comme des ogres, Beckett inclus. Peut-être que la guerre virtuelle suivie d'une petite bataille de boulettes avait aiguisé leur appétit. Après le repas, il lui apparut que la meilleure solution consistait à les déshabiller dans la minuscule buanderie qui jouxtait la cuisine. Tandis qu'il fourrait son propre tee-shirt taché de sauce tomate dans la machine pour faire bonne mesure, les garçons firent ce que tous les garçons font quand ils sont en tenue d'Adam.

Ils coururent dans toute la maison en braillant comme des sauvages.

Beckett ne savait pas qui, de la cuisine ou des enfants, était dans l'état le plus épouvantable, mais il décida de s'occuper d'abord des enfants. Comme il doutait que Clare accepte qu'il se contente de coller ses enfants tout poisseux dans leurs pyjamas, il les rassembla dans la salle de bains.

— Ce soir, c'est un bain pour trois, annonça-t-il. Allez hop, tout le monde dans la baignoire !

— On peut avoir du bain moussant ? demanda Murphy.

— Je ne sais pas. Vous avez le droit ?

— On a du Spiderman, fit Harry qui s'empressa d'ouvrir le placard à serviettes pour en sortir un flacon à l'effigie du superhéros.

— Cool, commenta Beckett avant d'en verser une dose généreuse dans l'eau. Bon, sautez là-dedans et je vais...

— Il nous faut nos jouets.

Liam sortit un panier en plastique du placard et vida son contenu dans la baignoire. Au regard en coin qu'il lança à Beckett, celui-ci devina que ce n'était pas la manière de procéder habituelle.

Mais c'était la soirée entre hommes.

— D'accord...

— On a aussi besoin de notre savon, expliqua Harry en s'emparant d'un flacon à pompe. On peut se laver et faire aussi son shampooing avec.

— Pratique.

— Mais ce sera à toi de nous laver les cheveux, précisa Murphy.

— D'accord, répondit Beckett. Bon, on y va.

Ils grimpèrent dans la baignoire. S'il n'avait pas été distrait par Spiderman, les jouets et le savon, il aurait réfléchi au déplacement d'eau.

Il s'empressa de fermer le robinet et étala une serviette sur le carrelage où l'eau avait débordé. Torse nu, il fit mime de remonter ses manches et se mit à l'ouvrage.

En l'espace de trente secondes, il réalisa qu'il lui faudrait d'autres serviettes. De lointains souvenirs de bains avec ses frères lui revinrent en mémoire : les batailles d'eau, les inondations, les grandes rigolades.

Et les protestations enjôleuses quand le moment était venu de sortir.

— Le truc avec les soirées entre hommes, c'est que les femmes finissent par revenir. Si votre mère voit la salle de bains et la cuisine dans cet état, on est grillés. Il vaudrait mieux se débarrasser des preuves.

Beckett actionna la bonde. Entre le sol, les murs et les enfants, il utilisa une demi-douzaine de serviettes. À présent, les garçons couraient à nouveau tout nus dans la maison en braillant. Mais au moins ils étaient propres.

— Tout le monde met son pyjama, ordonna-t-il, ramassant les jouets dégoulinants qu'il jeta dans le panier. Je dois m'occuper de la cuisine.

Il charria le tas de serviettes mouillées jusqu'à la buanderie, transvasa le linge propre dans le sèche-linge et fourra les serviettes dans la machine.

Le coup d'œil qu'il jeta à sa montre le remplit d'effroi. 19 h 45 ? Catastrophe ! Il accéléra le rythme et, tandis que des bruits de cavalcades et des cris lui parvenaient de l'étage, il remplit le lave-vaisselle. Puis il nettoya la table, essuya la sauce tomate sur le carrelage et ajouta le torchon aux serviettes dans la machine à laver le linge.

— Eh, descendez ranger vos jeux ! cria-t-il.
— On met nos pyjamas ! répondit Harry.
Un rire d'hyène suivit.
— C'est ça, oui, je te crois.
Mais le temps filait. Il se précipita dans le salon, rassembla les jeux, les manettes, puis monta les marches quatre à quatre.

Assis en tailleur autour d'une petite montagne de figurines, ils avaient enfilé leurs bas de pyjama et portaient le haut sur leur tête comme des trophées de guerre.

— Je sais péter avec mon bras, annonça Murphy. Liam m'a montré.

Il fit la démonstration, déclenchant des rires hystériques chez ses frères.

— Une technique de survie indispensable. Tu le fais très bien. Et maintenant, enfilez vos hauts de pyjamas, les gars. Votre maman va arriver d'une minute à l'autre.

— Elle dit que c'est malpoli de péter en public, même avec le bras.

— Un principe à suivre, approuva Beckett qui, prenant la situation en main, passa le tee-shirt de Murphy sur sa tête.

Nouveau sourire angélique.

— On peut encore faire une soirée entre hommes demain ?

Une étrange sensation de fierté réchauffa le cœur de Beckett.

— Demain, je ne peux pas, mais on recommencera une autre fois.

— Quand il y aura pas école. Comme ça, tu pourras rester la nuit.

— Ça me plairait bien.

— Maman est rentrée ! Maman est rentrée ! s'écria soudain Murphy qui fila comme une flèche, suivi, puis dépassé par ses frères.

Du haut des marches, Beckett vit les garçons agglutinés autour de leur mère. Murphy levait les bras pour qu'elle le porte et tous trois parlaient à toute vitesse.

En riant, Clare souleva Murphy dans ses bras, réussit à embrasser Liam sur la tête et à ébouriffer les cheveux de Harry.

— Une soirée entre hommes, tiens donc ! fit-elle. Eh bien, vous allez me raconter...

Elle aperçut Beckett torse nu dans l'escalier et eut un temps d'arrêt.

— Euh... bonsoir, lança-t-elle.
— Bonsoir. Comment s'est passée ta soirée ?
— Très bien. Et... ici ?
— Bien. On a juste joué au poker et descendu un pack de bières.
— J'imagine. Les garçons, montez vous laver les dents. Je vous rejoins dans deux minutes. Dites bonsoir à Beckett.

Harry et Liam lui tapèrent dans la main et Murphy les imita à sa hauteur avant de lui étreindre les jambes avec affection.

— La prochaine fois, il va rester dormir, annonça-t-il à sa mère. Au revoir, Beckett, à bientôt !

Clare posa son sac tandis qu'ils fonçaient à l'étage.

— Tout va bien, tu es sûr ?
— Sûr.
— Tu n'étais pas obligé de leur donner leur bain, fit-elle remarquer avant de se tapoter le nez devant la mine perplexe de Beckett. Ils sentent le bain moussant.
— Oh oui !... Euh... il y a eu un petit incident avec les spaghettis.
— Je vois. C'est sans doute la raison pour laquelle tu ne portes plus ton tee-shirt.

Il baissa les yeux.

— C'est vrai, j'avais oublié. Je l'ai mis dans la machine avec leurs vêtements. Ils sèchent. Euh... il y a aussi eu une toute petite inondation. J'ai lancé une nouvelle machine avec les serviettes.

Ce fut au tour de Clare d'afficher une expression perplexe.

— Tu as fait la lessive ?

— Si on veut. Je mérite une récompense, non ?
— Je suppose que oui.

Elle s'avança vers lui et l'embrassa sur une joue, puis sur l'autre, avant de poser ses lèvres sur les siennes. Sa peau nue était chaude et ferme, ses bras puissants lorsqu'ils se refermèrent sur elle.

— Tu sens le smoothie à l'orange, murmura-t-elle.

Et elle y aurait volontiers goûté.

— Pardon ?

— Le bain moussant des enfants. Sur toi, il a un parfum différent. Beckett...

— Maman ! cria Liam, la faisant sursauter. On s'est brossé les dents. Harry a choisi le livre.

— D'accord, j'arrive. Désolée, dit-elle à Beckett, c'est l'heure du coucher, et le soir, quand je peux, j'essaie de leur lire une histoire.

— J'y vais. Je passe te prendre demain à 19 heures.

— Tu ne peux pas partir sans tee-shirt.

— Je doute d'en trouver un à ma taille dans ta garde-robe.

— Mais...

Il effleura ses lèvres d'un baiser.

— Il fait encore chaud dehors.

— Bon, eh bien, merci.

Troublée, Clare recula d'un pas. Elle faillit l'inviter à rester – jusqu'à ce que son tee-shirt soit sec. Ils pourraient boire un verre de vin. Et pourquoi pas...

— Maman !

— Je file, lui souffla-t-il. Je me suis bien amusé. À demain.

Elle soupira et referma derrière lui.

— J'arrive ! répondit-elle quand Liam l'appela de nouveau.

Beckett se gara sur sa place de parking derrière Vesta. Quand il passa le long de la terrasse de la pizzeria, Brad, leur plombier, l'interpella de sa table.

— Dure soirée à la table de poker, Beckett ? Tu y as laissé ta chemise ?

— Tu n'imagines pas.

Une fois chez lui, il alla droit au réfrigérateur prendre une bière, puis alluma la télévision et se laissa choir sur le canapé. Il avait l'impression d'avoir couru le marathon de Boston.

Comment s'y prenait-elle pour faire tout ça chaque jour – et certainement bien plus ? Déjà, rien que le dîner, les chamailleries, le désordre, le nombre incroyable de trucs qu'il fallait gérer et ne pas oublier avec trois enfants... Mentalement et physiquement, c'était éreintant.

Amusant, convint-il, mais éreintant.

Et le matin, elle devait se lever la première, les réveiller, les habiller, les nourrir. Ensuite, aller travailler. Et le soir, rebelote – sans doute à peu de chose près le même programme que lui ce soir. En prime, elle devait tenir la maison et faire tourner son entreprise.

Se pouvait-il que les femmes possèdent des superpouvoirs ?

Quoi qu'il en soit, il ferait livrer des fleurs à sa mère dès le lendemain matin.

— Quand j'ai appris qu'il était rentré torse nu, je me suis dit, cette Clare, quelle tigresse.

Avery était allongée sur le lit de son amie, appuyée sur les coudes.

— Ce sont plutôt mes trois tigres qui étaient déchaînés.

— Des boulettes de viande qui volent, une inondation dans la salle de bains, commenta Avery en secouant la tête. Et il persiste à vouloir t'inviter ce soir. Cet homme a du cran.

— Il m'a suffi de cuisiner un peu Murphy pour qu'il crache le morceau. Et puis, j'ai trouvé une ou deux empreintes de main à la sauce tomate qui avaient échappé à Beckett.

Clare s'empara des boucles d'oreilles sélectionnées par Hope.

— Il s'en est bien sorti, reprit-elle. Vraiment. Et il a filé sans demander son reste. Sans même attendre que son tee-shirt soit sec.

— C'est du langage codé ?

— Pas vraiment. Cela dit, j'ai failli lui demander de rester un peu, peut-être boire un verre de vin.

— Petite dévergondée.

— Dans ma situation, une relation avec un homme n'a rien d'évident. Tu peux la mettre à mijoter à petit feu ou même carrément l'enlever de la cuisinière. Vu mon emploi du temps, elle serait difficile à caser de toute façon. Mais... du jour où j'ai commencé à considérer Beckett sous cet angle, et que je me suis rendu compte que je ne le laissais pas non plus indifférent...

— Ça chauffe à gros bouillons.

— Je n'irais pas jusque-là, mais il n'est plus si facile de laisser la marmite mijoter à petit feu à présent.

— Alors fonce. Fais preuve d'initiative.

— Je vais d'abord voir ce que ça donne ce soir. Tu me trouves comment ? demanda Clare qui pivota sur elle-même.

— Fantastique. Ce bleu turquoise te va à ravir.

Les sourcils froncés, elle examina son reflet dans le miroir. Elle aimait la ligne sobre de la robe, avec juste un léger flou dans la jupe qui s'arrêtait à peine au-dessus du genou.

— Avec ou sans le pull-over ?

— Commence avec. Tu l'enlèveras après. Parfait, approuva Avery avec un hochement de tête. Très jolie tenue de fin d'été. Nerveuse ?

— Un peu. Et excitée comme une puce. J'ai un rendez-vous et, pour la première fois, avec un homme qui m'intéresse vraiment.

— Fais preuve d'initiative, répéta Avery.

— J'ai commencé à reprendre la pilule. C'est ce que tu entends par faire preuve d'initiative ou c'est agressif ?

— Juste futé, je dirais. Je dois y aller. Je fais la fermeture ce soir.

Avery prit son amie par les épaules.

— Amuse-toi bien et appelle-moi demain pour tout me raconter.

— D'accord.

Une fois seule, Clare prit un moment pour s'examiner sous toutes les coutures. Pas mal conservée pour une mère de trois enfants, décida-t-elle. Question de vigilance et de gènes favorables.

Si la soirée se passait bien, si l'alchimie continuait de fonctionner entre eux, Beckett et elle finiraient peut-être par faire ce que font deux célibataires attirés l'un par l'autre.

— Ça s'appelle faire l'amour, Clare, marmonna-t-elle. Ce n'est pas parce que tu n'y es plus abonnée depuis plusieurs années que tu n'as pas le droit de prononcer le mot.

Elle ne savait même pas si elle était douée. Clint et elle avaient eu une vie sexuelle épanouie et gratifiante, mais il était le seul homme qu'elle ait jamais connu. Leurs corps, avec leurs signaux et leurs rythmes, n'avaient plus aucun secret pour l'un et l'autre en dépit des longues séparations – ou peut-être à cause de celles-ci.

Et maintenant, il y avait Beckett.

Comment ce serait avec lui ?

Comment serait-elle avec lui ?

« N'y pense pas, s'ordonna-t-elle, ou tu ne seras jamais capable de profiter d'une simple soirée à deux. Savoure l'instant. Chaque chose en son temps. »

Clare descendit. Elle entendait les enfants dans la salle de jeux. Ils étaient bruyants, mais ne se disputaient pas. En passant devant la porte pour se rendre à la cuisine, elle les vit occupés à mener une guerre entre superhéros. Assise à la table, Alva feuilletait un magazine de jardinage au son joyeux du pop-corn qui crépitait dans le micro-ondes.

— Nous allons regarder *Dragons*.

— Encore ?

— Heureusement que j'aime bien, fit Alva qui baissa ses lunettes de lecture. Clare, vous êtes superbe.

— C'est agréable de s'habiller pour sortir. Différent, mais agréable.

— Il est ponctuel, fit remarquer Alva, comme la sonnette de l'entrée retentissait. Vous voulez que j'aille ouvrir pour pouvoir faire votre entrée ?

— Non. Trop tard de toute façon, observa Clare lorsque Harry cria « j'y vais ». Je ferais mieux d'aller le sauver de la meute.

Les garçons l'avaient assailli sur le seuil et le bombardaient de questions. Elle avait l'habitude de le voir en tenue de travail, réalisa-t-elle, et ce fut une jolie surprise de le découvrir en veste anthracite sur un pantalon noir habillé.

Un bouquet de roses miniatures à la main, il souriait à ses fils.

À cet instant, elle sut qu'elle était fichue.

— Les garçons, laissez au moins Beckett entrer.

Quand il l'aperçut, son sourire s'adoucit et son regard se réchauffa.

— Tu es splendide.

— Maman s'est faite belle parce qu'elle sort, l'informa Murphy.

— Moi aussi. Tiens, elles sont pour toi, enchaîna-t-il en tendant les fleurs à Clare.

— Elles sont superbes. Merci.

Lorsqu'elle se pencha pour les humer, elle surprit le regard grave et inquisiteur de Harry. Instinctivement, elle passa la main le long de son dos.

— Entre, le temps que je les mette dans l'eau. Je...

— Maman...

— Une minute, Liam.

— Je me sens pas bien. J'ai mal au ventre.

Alors qu'elle se tournait vers lui, il se pencha et vomit sur les chaussures de Beckett.

— Mon Dieu, fit-elle en rendant son bouquet à Beckett d'un geste brusque. Harry, va dire à Mme Ridenour que Liam est malade et demande-lui une serviette.

— Aïe, fit Beckett, tandis que Clare s'accroupissait pour tâter le front de Liam.

— Je suis désolée, dit-elle. Laisse-moi... Chéri, tu es un peu chaud.

— Je me sens pas bien.

— Je sais. Viens, on va monter. Beckett, je suis vraiment navrée.

— Ne t'inquiète pas pour ça.

Alva accourut avec des serviettes, un seau et une serpillière.

— Liam a vomi, l'informa Murphy.

— Oui, le pauvre. Dans quel état vous êtes, dit-elle à Beckett. On va nettoyer les dégâts.

— Je dois monter le coucher, expliqua Clare avec un sourire distrait à l'adresse de Beckett. Je crois que ce sera pour une autre fois.

— Bien sûr.

— Merci encore pour les fleurs. Excuse-moi. Viens, mon chéri.

Elle souleva Liam dans ses bras. Il posa sa joue pâle sur son épaule.

— Je peux aller dans ton lit ?

— Bien sûr. On va t'installer. Harry, mon cœur, tu veux bien monter un verre de Canada Dry ?

À l'étage, elle lui lava la figure – et lui tint la tête lorsqu'il vomit une deuxième fois. Elle lui prit sa température – un petit trente-sept cinq –, puis lui fit boire le soda au gingembre.

— J'ai vomi deux fois.

— Je sais, ce n'est pas grave, assura-t-elle en l'aidant à enfiler son pyjama Iron Man. Tu as encore la nausée ?

— Non.

— Je laisse la cuvette à côté du lit si ça recommence et qu'on n'a pas le temps d'aller jusqu'à la salle de bains, expliqua Clare qui lui caressa les cheveux et prit la télécommande. Cartoon Channel ou Nick ?

— Nick. Je me sens mieux depuis que j'ai vomi.

— C'est bien, chéri.

Les larmes aux yeux, il se blottit contre elle.

— Je voulais pas vomir sur Beckett.
— Bien sûr que non, je sais.
— Il est fâché ?
— Non, il n'est pas fâché, le rassura-t-elle en l'embrassant sur le sommet du crâne. Je vais me changer.
— Et toi, tu es fâchée ? demanda Liam, tandis qu'elle sortait un pantalon de yoga et un tee-shirt de sa commode.
— Pourquoi le serais-je ?
— Parce que tu t'étais faite belle.

Elle ôta ses escarpins. Jolis, mais pas très pratiques.

— Je me suis bien amusée à me faire belle. Je recommencerai une autre fois.

Derrière la porte de la penderie, elle enleva la robe et enfila ses vêtements de maman. La robe, qui sentait légèrement le vomi, finit dans le panier à linge sale.

Tant pis.

— Maman, je peux avoir Iron Man – le nouveau, pas le vieux – et Wolverine et Deadpool ? Oh, et aussi Luke ?

Luke était son doudou, un chien en peluche tout élimé, baptisé ainsi à cause de Luke Skywalker.

— Bien sûr.
— Et je peux avoir encore du soda ?
— Ça marche.

Elle posa de nouveau la main sur son front. Encore un peu chaud, et il était si pâlichon.

— Je reviens dans une minute. La cuvette est là. Appelle-moi si tu ne te sens pas bien.
— D'accord. Merci, maman.

Elle alla lui chercher ses jouets, puis regagna le rez-de-chaussée.

— Alva ? Merci mille fois pour...

Beckett sortit pieds nus de la salle de jeux.

— Elle vient juste de partir, expliqua-t-il. Elle a dit d'appeler si tu as besoin d'aide. Comment va Liam ?

— Mieux, je crois. Il est dans mon lit à regarder Nickelodeon avec son chien en peluche, Wolverine, Iron Man et Deadpool. Deadpool, c'est...

— Je sais qui est Deadpool. Tu oublies tout le temps que j'ai été un gamin, moi aussi.

— Tu sais qui est Deadpool, d'accord. Enfin bref, il a juste une légère fièvre et a déjà repris un peu de couleurs. C'est sans doute le même virus que Mazie. Je ne m'attendais pas que tu restes.

— Nous avions rendez-vous.

— Je sais, mais...

— Alors, puisque tu m'as posé un lapin, je tiens compagnie aux frères. C'est ce qu'on fait entre hommes. J'imagine que tu as de quoi faire à assurer ton rôle d'infirmière. Tu n'aurais pas, par hasard, le costume qui va avec ? Tu sais, avec la jupe courte et...

Murphy apparut.

— Liam a encore vomi ? s'inquiéta-t-il.

— Oui, mais maintenant ça va mieux, lui répondit Clare qui lui tâta le front. Et toi, tu te sens comment ?

— Bien.

— On ne t'appelle pas Ventre d'Acier pour rien. Et toi, Harry ? ajouta-t-elle comme ce dernier sortait de la salle de jeux.

— Ça va. On va jouer aux Bendominos, mais Beckett connaît pas.

— J'apprends vite. Installe le jeu et prépare-toi à te faire battre.

— Tu rigoles ! ricana Harry en tournant les talons.

— Beckett, tu n'es pas obligé de... Oh, c'est vrai, je dois monter un autre verre à Liam. Je ne veux pas qu'il se déshydrate. Une minute.

Clare courut à la cuisine. Le pop-corn avait été versé dans un saladier et son adorable bouquet de roses trônait dans un vase sur la table.

— Je dérange ?

Elle se retourna. Beckett se tenait dans l'embrasure.

— Non, bien sûr que non, mais tu n'as certainement pas envie de passer deux soirées d'affilée avec une bande de gamins, dont un qui a vomi sur tes chaussures. Au fait, comment sont-elles ?

— Elles survivront.

— Liam avait peur que tu ne sois fâché.

— Ce n'est pas comme s'il m'avait visé exprès.

Il la regarda verser le soda dans le gobelet qu'elle avait redescendu, puis mettre quelques crackers dans un bol. Il pensa au petit, cloué au lit pendant que ses frères s'amusaient.

— Et si je lui montais tout ça ?

— Eh bien...

Il mit fin à son hésitation en lui prenant le verre et le gobelet des mains.

— J'ai entendu dire qu'il y a un film et du pop-corn prévus pour plus tard, fit-il.

— C'était le programme, mais je crains qu'il n'y ait un léger contretemps.

— Je peux attendre

— Beckett ! le rappela-t-elle comme il tournait les talons. Des œufs brouillés, ça te dit ?

— Des œufs brouillés ?

— Si Liam arrive à garder ces crackers, il va vouloir des œufs brouillés. C'est le plat qu'il demande quand il est malade. Harry, c'est la soupe au poulet de Campbell. Quant à Murphy, même s'il est très rarement malade, il me réclame toujours un toast à la gelée de framboise. Je peux nous préparer des œufs brouillés. Et j'ai du vin.

— C'est tentant. Et cet uniforme d'infirmière ?

— Il est au pressing.

— Pas de bol.

Clare sourit comme il s'éloignait. Il n'avait pas pris ses jambes à son cou alors qu'il y avait un enfant malade. Son baiser lui avait donné le tournis. Et il savait qui était Deadpool.

Elle était bel et bien fichue.

À l'étage, Beckett entra dans la chambre de Clare. Liam paraissait perdu au milieu du lit de sa mère.

— Comment ça va, mon grand ?

— J'ai vomi deux fois.

— C'est ce qui arrive quand on se bourre d'huîtres et de whisky.

— J'ai pas fait ça !

— Ouais, c'est ce que tu dis.

Le garçon étreignit sa peluche.

— Je voulais pas vomir sur toi.

— Ce genre de chose arrive entre hommes, répondit Beckett qui s'assit au bord du lit et lui tendit le verre et le gobelet.

— C'est vrai ?

— On en reparlera dans dix ans. Je parie que Deadpool a déjà vomi sur Wolverine.

— Non, il... Tu crois ?

— Ça ne me surprendrait pas.

Fasciné, Liam prit la figurine de Deadpool et fit des borborygmes très ressemblants.

— Pas mal. Ta mère a dit qu'elle te préparera des œufs brouillés si tu en as envie.

— Peut-être. Tu veux regarder la télé avec moi ?

— Quelques minutes alors.

Même si ce n'était pas ainsi que Beckett avait envisagé d'entrer dans le lit de Clare, il se cala contre la tête du lit. Liam se nicha contre lui, la tête au creux de son bras.

Et il lui adressa le même sourire d'ange que son frère cadet.

Il joua aux Bendominos – sympa comme jeu – tandis que Clare préparait les œufs de Liam. Il regarda un film – sympa aussi – avec les garçons, pendant qu'elle restait au chevet du petit malade.

— Il dort, lui annonça Clare après avoir couché les deux autres et jeté un dernier coup d'œil à Liam. Son front est plus frais. Je dirais que le pic est passé. Harry sera le suivant et ce sera pire.

— Quel optimisme.

— Je le sais d'expérience. Bon, les œufs brouillés à la cuisine ?

— Ne prends pas cette peine. Tu dois être fatiguée.

— Je meurs de faim, et j'ai vraiment envie d'un verre de vin.

— Tu prêches un converti.

Pris d'une subite inspiration, Beckett alla au salon chercher un trio de bougies à thé disposées dans des coupelles bleu foncé.

— Tu n'y vois pas d'inconvénient ? s'enquit-il. J'avais prévu un dîner aux chandelles pour ce soir.

Ils dégustèrent leurs œufs brouillés accompagnés d'un toast grillé dans une ambiance tamisée avec le joli bouquet sur la table.

— Je suis contente que tu sois resté.

— Moi aussi. Tu es aussi belle à la lueur des bougies que je l'avais imaginé. Que dirais-tu d'un repas que tu n'aurais pas à préparer le week-end prochain ?

— Vendredi soir ?

— Même heure, même chaîne.

— Tu es un vrai masochiste. Ça marche. Excuse ma curiosité, mais je dois te poser la question. D'accord, tu as été un garçon, comme tous les hommes. Mais tous les hommes ne sont pas d'un abord aussi aisé et naturel avec les enfants. Comment se fait-il que tu n'en aies pas ?

— Je n'ai jamais eu de relation assez sérieuse pour l'envisager, j'imagine. Tu as commencé plus tôt que la plupart.

— C'était mon souhait et je ne voulais pas attendre. Clint et moi étions sur la même longueur d'ondes.

— À quoi ressemblait la vie militaire ?

— Quand on est épouse de militaire, il y a beaucoup d'attente. J'ai découvert des parties du monde que je n'aurais jamais vues sinon, appris à m'organiser, à relativiser. La maison me manquait. Pas tout le temps, mais par moments, c'était dur. Quand Clint a été tué, j'ai su que je devais rentrer ici avec les garçons. Pour la famille, le sens de la continuité.

Elle secoua la tête.

— Je ne m'en serais jamais sortie sans mes parents, sans les siens. Ils ont été – et sont encore – merveilleux. Tu le comprends, toi qui travailles avec tes frères et ta mère dans l'entreprise familiale.

— En effet.
— Certains ont besoin de s'éloigner de leur famille et d'autres d'en rester proches. Moi, j'ai fait les deux. Ici, c'est de nouveau ma maison. As-tu déjà envisagé de vivre ailleurs ?
— J'y ai songé, mais il n'y avait aucun autre endroit où j'avais envie d'être.
Il la fit rire, lui parla de gens qu'elle connaissait, d'autres pas du tout. Et quand il se leva avec elle pour débarrasser la table, quand il l'attira contre lui et l'embrassa, le cœur de Clare s'emballa au point qu'elle en vit des étoiles.
— Et si on s'asseyait sur le canapé, lui murmura-t-il à l'oreille. On pourrait boire un autre verre de vin.
Excellente idée.
— Je te laisse servir. Je vais voir Liam et… Harry ?
Blanc comme un linge, les yeux un peu vitreux, son aîné se tenait dans l'encadrement de la porte.
— Je suis malade.
— Pauvre chéri.
Elle se précipita vers lui et lui tâta le front.
— Tu es un peu chaud. Je vais m'occuper de toi. Beckett, je suis désolée.
— Pas de problème. Tu as besoin d'aide ?
— Non, ça va aller.
— Alors fais comme si je n'étais pas là. Je trouverai la sortie tout seul. Bonsoir, Harry. Porte-toi mieux, mon grand.
— Merci, dit Clare. Viens, on monte.
— Je peux dormir dans ton lit ? Comme Liam ?
— Bien sûr.
Clare lança à Beckett un regard d'excuse, puis guida son fils vers l'escalier.

10

Le week-end s'écoula comme dans un brouillard à soigner les enfants, à préparer de la soupe et des œufs brouillés. Le dimanche matin, Liam et Harry se sentaient de nouveau assez en forme pour s'ennuyer et être grognons. Clare pensait avoir été bien inspirée en leur suggérant de dresser le camp dans le salon avec un stock de livres et de DVD. Hélas, la nouveauté perdit vite son attrait, et Harry, qui n'avait plus de fièvre, mais était encore un peu faible, finit bientôt par trouver ses frères insupportables.

Elle compatissait d'autant plus qu'elle pensait la même chose.

Lorsqu'une nouvelle dispute éclata au sujet du film qu'ils voulaient regarder, elle mit la petite troupe d'accord en confisquant la télécommande et en éteignant le téléviseur.

— Maman ! protestèrent-ils en chœur.

— Puisque vous ne savez que râler et vous plaindre, fini les films pour l'instant.

— C'est Harry qui a commencé, accusa Liam.

— Même pas vrai ! C'est toi...

— Je me moque de savoir qui a commencé, interrompit Clare qui, malades ou pas, prit sa grosse voix. Je ne veux plus vous entendre. Soit vous restez ici à lire, à faire des coloriages ou à jouer calmement, soit vous montez bouder dans votre chambre. Et si vous n'êtes pas contents, ajouta-t-elle, anticipant la bronca, je confisque *tous* les DVD jusqu'au week-end prochain.

— C'est sa faute, siffla Liam.

— Liam Edward Brewster, premier avertissement. Encore un mot et tu montes.

Les yeux du garçonnet s'embuèrent, à la fois de chagrin et de colère. Elle-même se sentait un peu au bord des larmes.

— Et maintenant je veux dix minutes de silence complet.

— Maman…

— Harry, qu'est-ce que je viens de dire ? gronda-t-elle d'un ton lourd de menace.

— J'ai faim. Je veux ma soupe.

Qu'il retrouve l'appétit était bon signe. Mais ce n'était pas une raison.

— Harry, je te l'ai déjà dit, il n'y en a plus. Mamie et papy vont nous en apporter.

— Mais j'ai faim maintenant.

— Je peux te préparer autre chose. Une soupe chinoise au poulet ou aux vermicelles alphabet.

— Non, je veux ma soupe au poulet avec les étoiles.

— Dans ce cas, tu vas devoir attendre. Ils vont bientôt arriver.

— Pourquoi ils arrivent pas *maintenant* ?

La fatigue et la simple envie d'être pénible lui donnaient une voix de bébé pleurnichard. Sentant sa patience s'effilocher, Clare se remémora la petite mine pitoyable qu'il avait la veille.

— Ils seront bientôt là. Je ne peux pas dire mieux, Harry. Et maintenant, dix minutes de calme. Je dois aller voir le linge.

Elle aurait de la chance s'ils tenaient cinq minutes. Elle n'allait même pas les obtenir, comprit-elle quand Murphy la suivit dans la cuisine.

— J'ai faim aussi. Je veux un sandwich confiture et beurre de cacahuète.

— Chéri, nous n'avons plus de pain. Il y en aura tout à l'heure.

— Pourquoi est-ce qu'il y a rien de ce que je veux ?

— Parce que tes frères sont tombés malades, ont mangé tous les œufs, le pain et la soupe, et je n'ai pas eu le temps de faire les courses hier.

— Pourquoi ?

— Parce que Harry et Liam étaient malades.

Elle sentit une douleur pulsative au niveau des tempes, annonciatrice de migraine. Elle sortit les draps secs de la machine, les transvasa dans le panier.

— S'ils restent à la maison demain, je reste aussi.

— D'abord, ce n'est pas toi qui décides, mais moi. Donc, non, tu ne resteras pas à la maison demain. Et comme ils n'ont plus de fièvre, il est fort probable que tes frères ne restent pas non plus à la maison.

— Personne veut jouer avec moi.

Pitié, mon Dieu !

— Murphy, j'ai joué avec vous la moitié de la matinée.

— Avec nous tous. Mais pas moi tout seul.

Clare ferma les yeux jusqu'à ce que l'envie de répliquer sèchement lui passe. Elle s'efforçait toujours d'accorder à chacun un peu de temps en tête à tête, mais par pitié, pas maintenant.

— Va donc chercher tes Power Rangers. Tu peux jouer en haut pendant que je fais les lits.

— Oui, mais tu joues avec moi.

— Non. Écoute, même si j'en avais envie, je n'ai pas le temps. Pourquoi ? tu vas me demander, enchaîna-t-elle, consciente qu'il lui aurait posé la question si elle lui avait laissé la moindre chance. Eh bien, parce que je dois finir toute la lessive que je n'ai pas pu faire hier puisque je m'occupais de tes frères. Je dois changer les draps, ce que je n'ai pas eu le temps de faire non plus hier, et tant mieux vu que Harry a vomi dans son lit au milieu de la nuit. Veux-tu la liste complète de ce que je dois encore faire aujourd'hui ?

— Oui.

Clare en resta coite. Elle se passa les mains sur le visage, et éclata de rire.

— Murphy, tu me tues.

— Je veux pas te tuer, maman.

— C'est juste une façon de parler.

Elle se pencha et l'étreignit avec tendresse. Elle aussi aurait aimé sentir des bras réconfortants autour d'elle, là tout de suite.

— On peut avoir un chiot ?

Épuisée, Clare laissa tomber la tête sur la frêle épaule de son fils.

— Oh, Murphy...

— Harry et Liam se sentiraient mieux si on avait un chiot. Mon nouveau meilleur ami à l'école, Jeremy, il a un chiot qui s'appelle Spike. On pourrait prendre un chiot, nous aussi, et on l'appellerait Spike.

— Le moment est mal choisi pour demander un chien. S'il te plaît, ne me demande pas pourquoi. Laisse-moi juste souffler un peu, d'accord, Murphy ? Viens, on monte. Tes Power Rangers et toi, vous allez m'aider à faire les lits.

193

— Les Power Rangers se battent contre les méchants.

— Il leur arrive aussi de dormir parfois, non ? répliqua Clare qui souleva le panier à linge.

Elle allait sauter une étape et remettre les draps qui sortaient de la machine. Pas de pliage, toujours ça de gagné, songea-t-elle avec satisfaction, tandis que Murphy, qui papotait non-stop, la précédait dans le salon où s'était produit un miracle : les deux garçons dormaient.

— Chut... Regarde, tes frères font la sieste, murmura-t-elle. Pas de bruit, d'accord ?

Personne n'avait beaucoup dormi depuis deux nuits – ce qui ne semblait pas perturber Murphy la Pipelette qui continua de jacasser jusqu'à l'étage, à voix basse toutefois.

Clare était à peine en haut que le heurtoir de l'entrée résonna bruyamment.

— Va chercher tes Power Rangers, dit-elle à Murphy avant de dévaler l'escalier, en proie à une envie de meurtre.

Si jamais quelqu'un réveillait ses enfants, elle l'étranglerait à mains nues.

Elle ouvrit la porte à la volée, et quelques exemples bien sentis d'un vocabulaire qu'elle s'appliquait à bannir à cause des enfants déferlèrent en chapelet dans la tête.

— Bonjour, ma belle ! J'étais dans le coin, alors je me suis dit que j'allais passer t'enlever pour un brunch. Je dois retrouver mes parents au country club.

— Ça tombe mal, mes deux aînés ont été malades tout le week-end et ils dorment.

— On dirait que tu as besoin d'une pause. Appelle ta baby-sitter, suggéra-t-il avec un grand sourire et un clin d'œil. Je vais te libérer de cet enfer.

— Cet enfer, c'est ma vie, et je n'ai pas l'intention de laisser mes enfants seuls alors qu'ils ne se sentent pas bien.

— Maman !

Clare se retourna vers son fils, qui se tenait en haut de l'escalier.

— Murphy, chut. Tu vas réveiller tes frères.

Elle sentit Sam s'approcher dans son dos et s'arrangea pour lui bloquer le passage.

— Mais j'ai été chercher mes Power Rangers et tu as dit...

— Je remonte tout de suite. Désolée, Sam, mais je suis très occupée. Je dois y aller.

— Je demanderai à ma mère de t'appeler au sujet de cette fille au pair.

Ce fut la goutte d'eau. Le manque de sommeil, sa patience mise à rude épreuve – à quoi s'ajoutait la rupture de stock de soupe au poulet Campbell – firent le reste.

— Je n'ai pas besoin de cette maudite fille au pair, bon sang. Et les brunches à ton satané country club ne m'intéressent pas. Ce qui m'intéresse, c'est d'arriver enfin à faire les lits dans cette maison. Alors, excuse-moi, mais j'ai du travail !

La grossièreté ne faisait pas partie de ses défauts, mais là, ce fut plus fort qu'elle : elle lui claqua la porte au nez.

Sur le perron, Sam serra les poings. Il en avait plus qu'assez des simagrées de cette petite dinde. Une seconde, elle lui souriait et flirtait avec lui, la seconde d'après, elle l'envoyait paître. Il en avait aussi sa claque qu'elle se serve de ses trois morveux comme rempart.

195

« Ras-le-bol », se dit-il en regagnant sa voiture à grands pas, d'autant qu'il avait vu Beckett Montgomery sortir de chez elle la veille – à presque 11 heures du soir, et torse nu en prime.

Ah, elle voulait le rendre jaloux ! Eh bien, fini les gentillesses. Il était grand temps que Clare Brewster apprenne qui était le patron.

Il quitta son allée et alla se garer plus loin le long du trottoir. Et, comme la veille au soir, il resta dans sa voiture à surveiller la maison et à ruminer sa vengeance.

À l'intérieur, Clare évacua sa mauvaise humeur en passant la chambre des garçons au désinfectant. Elle laissa les fenêtres ouvertes pour aérer, et, tandis qu'elle s'activait, la vapeur retomba peu à peu.

Quel était le problème de cet homme ? s'interrogea-t-elle. Comment pouvait-on être aussi borné, égoïste et exaspérant ? Elle en était arrivée au point qu'elle parvenait à peine à rester polie avec lui, et pourtant il persistait à venir. Enfin, peut-être l'avait-elle guéri cette fois.

Mon Dieu, elle lui avait littéralement claqué la porte au nez. C'était une première. Personne ne pouvait être bouché au point de ne pas comprendre le message.

À quatre pattes, elle astiquait la baignoire quand Murphy lui tapota l'épaule.

— Alors, tu as soufflé ?
— Soufflé ?
— Ben oui, tu as dit que je devais te laisser souffler un peu.

Un flot de tendresse submergea Clare, qui s'assit sur ses talons et serra son petit dernier dans ses bras. Une fille au pair ? N'importe quoi.

— C'est bon, j'ai soufflé, assura-t-elle, amusée.
— T'as pas fait les lits ?
— Je voulais d'abord nettoyer. Je combats les germes. Avec moi, aucun ne résiste. Tu ne les entends pas crier ?

Murphy ouvrit des yeux ronds.

— Moi aussi, je veux tuer les germes !

Elle trempa un autre chiffon dans le seau, l'essora et le lui tendit.

— Tiens. Il y en a dans ce coin là-bas. Attrape-les, Murphy.
— Je vois rien.
— C'est parce qu'ils ont une cape d'invisibilité, méfie-toi. Surtout frotte bien !

Bien joué, se félicita Clare comme il attaquait le sol avec hargne.

Le dos calé contre le chambranle, elle le laissa se démener à grand renfort de bruitages guerriers et d'explosions. Alertée par des bruits de pas sur le palier, elle tourna la tête.

— Alors, mon Liam, tu as bien dormi ?
— Oui. On est réveillés maintenant. Est-ce qu'on peut regarder un film ? On voudrait *La Guerre des étoiles*.
— J'ai tué les germes ! annonça Murphy qui brandit son chiffon tel un étendard. Je veux regarder aussi.
— D'accord. Allons vous installer.

Lorsqu'elle arriva en bas, Harry – qui semblait se porter beaucoup mieux – lui adressa un regard suppliant.

— Je meurs de faim.

— Et si je te préparais des céréales pour t'aider à tenir jusqu'à... Attends une minute, fit Clare comme la porte d'entrée s'ouvrait. Les provisions sont arrivées. Nous sommes sauvés !

— Où sont mes grands garçons ?

Les bras chargés, Rosie Murphy fit son apparition, Ed sur ses talons. Avec un clin d'œil, elle tendit un sac à sa fille.

— Regardez ce que j'ai ici pour nos deux malades et leur frère !

Elle sortit des figurines d'action d'un autre sac. Dans le chaos qui s'ensuivit, Clare sourit à son père.

— Elle a dévalisé sa cachette à cadeaux.

— Tu connais ta mère.

— Oh oui ! J'emporte tout ça à la cuisine. Sans sa soupe au poulet, Harry n'est plus que l'ombre de lui-même.

Grand et costaud, ses cheveux blond-roux striés de mèches argentées, Ed la suivit avec son chargement qu'il déposa sur le plan de travail.

— Je vais chercher le reste.

— Le reste ? s'étonna Clare. J'avais juste demandé...

Il agita l'index avec un sourire qui plissa les coins de ses yeux verts.

— Tu connais ta mère.

Elle n'aurait pas à passer en vitesse au supermarché le lendemain, songea Clare, tout en rangeant une semaine de courses, dont – petit cadeau de grands-parents gâteau – sucettes, vers en gélatine, chips et barres glacées.

— Des sucettes *et* des barres glacées ? lança-t-elle lorsque sa mère entra.

— Ils ont été malades.

— Ne leur dis rien avant qu'ils aient déjeuné, d'accord ? Le ticket n'était dans aucun de ces sacs.

— Considère qu'il s'agit de ta récompense pour t'être occupée de deux malades, plus leur petit frère, enquiquinant j'imagine – et ceci tout le week-end sans faire de victime.

— On n'en était pas loin. Mais je refuse que tu paies pour...

— On ne contredit pas une femme qui vous donne de la nourriture.

— Pourquoi ? Ça porte malheur ? plaisanta Clare qui pivota pour serrer sa mère dans ses bras. Merci.

Elle posa la tête sur son épaule un moment. « Toujours là pour nous », songea-t-elle.

— Mon bébé est fatigué, murmura Rosie.

— Un peu, concéda Clare avant de se redresser.

Elle tenait ses cheveux blonds de sa mère qui, elle, les portait courts. Une coupe mutine rehaussée de mèches d'un ton plus foncé qui mettait en valeur son teint délicat.

— Toi, tu as l'air en pleine forme.

— Ma nouvelle crème hydratante. Et une bonne nuit de sommeil, ce que tu n'as pas dû avoir ces derniers temps, je suppose. Oh, s'il te plaît, n'oublie pas de demander à ton père s'il a perdu du poids !

— C'est le cas ?

— Un kilo et demi. Je le harcèle pour qu'il fasse du sport avec moi. Je vise cinq kilos. Et maintenant, que puis-je faire pour toi ?

— Tu en as déjà fait plus qu'il n'en faut – et peut-être sauvé des vies, répondit Clare en s'emparant de la soupe Campbell. Harry commençait à désespérer.

— Ils veulent tous des croque-monsieur. Je vais leur en préparer. Toi, fais une pause. Va te balader un peu, histoire de prendre l'air.

Clare voulut protester, puis se ravisa. Une petite promenade ne lui ferait pas de mal en effet.

— Je te revaudrai ça.

— Donne-moi trois beaux petits-fils. Oh, attends, c'est déjà fait ! Accorde-toi une heure.

— Une demi-heure, et j'aurai mon portable sur moi au cas où.

— Je crois que nous avons la situation en main. Nous allons regarder *La Guerre des étoiles*. Oh, et les garçons veulent dormir à la maison ! Vendredi soir, ça te va ?

— Oui, bien sûr, si ça vous va.

— Ça nous va. Et peut-être que ta soirée avec Beckett Montgomery se passera un peu mieux.

— Ça ne pourra pas être pire. Même si, comme je te l'ai raconté, il a été formidable.

Rosie rassembla les ingrédients pour les croque-monsieur.

— J'ai toujours apprécié les fils Montgomery, avoua-t-elle. Et je me réjouis que tu sortes avec quelqu'un – que je connais de surcroît.

— Nous ne sortons pas vraiment ensemble. Enfin, pas encore, même si en fait... Enfin bon, la situation est un peu bizarre pour l'instant.

— Il te plaît ?

— J'ai toujours... Oui, il me plaît.

— Alors rien ne vous empêche de faire un essai sur route ensemble. En conduisant prudemment, s'entend.

— Maman, tu gardes les enfants pour que je puisse prendre le volant ?

— Je me contente de dégager la route.

Clare secoua la tête.

— J'ai vraiment besoin d'une promenade.

Ils étaient au milieu de la semaine, songea Beckett, et malgré d'innombrables pépins les travaux avaient bien avancé. Les conduites de gaz étaient installées, un sacré casse-tête en moins. Il avait passé le week-end à l'atelier pour travailler avec Ryder sur les rayonnages et les arches, tandis qu'Owen fabriquait le comptoir que leur mère souhaitait pour la boutique.

Ce nouveau chantier ne leur réclamait pas autant de temps qu'il le redoutait. Et il devait reconnaître que voir le bâtiment se transformer était encourageant. Et puis, le ravalement en cours lui offrait un prétexte en or pour passer voir Clare.

Mais le gros des travaux se concentrait derrière les bâches – qu'il espérait bien, comme toute la ville, voir disparaître d'ici peu. Peut-être dans une semaine, calcula-t-il, si tout se combinait comme prévu. Alors qu'il prenait sa pause de midi avec ses deux ouvriers après avoir travaillé d'arrache-pied toute la matinée, Owen apparut dans l'embrasure de la porte.

— Ça en jette, commenta-t-il.

— Ce sera encore plus classe une fois verni. Cet acajou va reluire, je te le garantis.

— Je te crois sur parole. Dis donc, je travaille avec l'artisan sur les marches de derrière et il a une ou deux questions concernant leur agencement avec les pavés et les murets de pierre. Ses ouvriers vont s'y mettre dès qu'ils auront terminé le patio derrière la boutique.

— On n'a pas encore choisi les pavés.

— Oui, et c'est une autre question.

Beckett sortit dans la future cour paysagère. Le sol était encore à l'état brut, les marches tout juste commencées et il manquait encore les rambardes et balustrades, mais il visualisait parfaitement l'ensemble.

Les mains sur les hanches, Ryder leva les yeux vers la galerie.

— Tu es sûr de vouloir ces angles au premier étage ?

— Oui.

— Une ligne droite serait plus facile à réaliser.

— Mais pas aussi agréable à l'œil d'un point de vue esthétique.

— Je t'avais dit qu'il répondrait ça, intervint Owen.

— Ouais, ouais. Et au sujet de ce mur de verdure...

Ils discutèrent et se querellèrent à propos du parking et des accès jusqu'à ce que Beckett tranche :

— L'allée piétonne pavée passera ici, du trottoir jusqu'à la réception, puis elle longera le pignon jusqu'à la terrasse du hall. Le parking se trouvera ici, les places réservées aux handicapés par là.

— On aurait un parking plus grand sans les plantations, observa Ryder.

Beckett secoua la tête.

— Imagine-toi en train de boire un verre ici en terrasse, répliqua-t-il. Tu as vraiment envie d'avoir vue sur le parking, ou que les gens qui viennent se garer te reluquent ?

— Le parking, on le verra quand même. Ce n'est pas comme si on allait planter une forêt de chênes.

— Non, mais les plantations créeront une impression d'intimité. Il n'y a pas de place pour un jardin, ce que maman aurait préféré. Mais cet aménagement fonctionne : quelques massifs surélevés, de jolies plantes grimpantes sur l'arche de l'entrée et le tour est joué.

— C'est bon, c'est bon. Après tout, c'est toi qui as le « point de vue esthétique ».

— Et j'ai raison.

— Tu as intérêt, bougonna Ryder. Bon, je vais déjeuner.

— Je vais aller prendre un sandwich à Vesta, décida Owen. J'ai quelques appels à passer.

— Je vous rejoins, leur dit Beckett. Je vais jeter un coup d'œil à la boutique.

Owen ricana.

— Dis bonjour à Clare.

— Je n'y manquerai pas, mais je passe quand même à la boutique.

Il y avait un parfum d'automne dans l'air – comme un air de nouveauté. Des effluves de hamburger sur le gril chez Crawford lui chatouillèrent les narines comme un client poussait la porte. Puis une odeur de peinture fraîche.

Oui, un air de nouveauté.

L'équipe à la boutique était déjà partie déjeuner. Le sol était couvert de bâches et du ruban adhésif protégeait le devant des marches encore humides de peinture vert foncé.

Il traversa l'espace bureau jusqu'à la cour. Apparemment, les terrassiers avaient eux aussi répondu à l'appel du ventre, non sans avoir mis un bon coup de collier dans la matinée : d'élégants pavés remplaçaient désormais l'étroite bande de graviers et une partie de la pelouse miteuse. Les pierres récupérées avaient été disposées avec astuce autour du pied de l'althæa encore en pleine floraison.

Les outils et matériaux étaient empilés dans un coin. À en juger par la surface qu'il restait encore à couvrir, à quoi s'ajoutaient les finitions et la clôture à changer, Beckett estima que la cour serait achevée pour la semaine suivante. Si tout marchait comme sur des roulettes, ils pourraient s'attaquer à celle de l'hôtel d'ici à une quinzaine de jours. Pas mal.

Il contourna l'ancienne clôture et entra dans la librairie par la porte de derrière. Il entendait des voix juvéniles au rayon enfants et vit deux gamins en train d'échanger des coups de poing dans l'espace central de la boutique tandis que leur mère, supposait-il, parcourait les rayonnages. Cassie s'occupait d'un client à la caisse, et Laurie tapait sur le clavier de l'ordinateur.

— Vous êtes occupées, on dirait.

— Nous venons de finir notre première « heure du conte » de la rentrée, lui expliqua la jeune femme qui leva le pouce en signe de réussite. Les ventes ont bien marché. Avery devrait faire du chiffre, elle aussi. La plupart des clients ont l'intention d'aller déjeuner chez elle.

— Je vais sans doute y passer aussi. Clare est là ?

— Dans l'annexe. Elle fait du rangement. Attention de ne pas marcher sur un gamin.

Beckett la trouva occupée à ranger des fournitures d'art plastique dans un bac. Aujourd'hui, elle portait un pantalon noir plutôt moulant et un chemisier blanc en dentelle dont les manches s'arrêtaient aux coudes.

L'idée lui traversa l'esprit qu'il l'aurait volontiers embrassée à cet endroit, dans le pli tendre du bras. En fait, il l'aurait volontiers embrassée partout.

Deux femmes échangeaient leurs avis devant un étalage de bougies. L'une d'elles faisait rouler une poussette d'avant en arrière. L'enfant qui y était assis suçait son pouce avec vigueur. L'autre femme portait un nourrisson endormi dans une sorte de grande écharpe en travers de la poitrine.

Le gamin dans la poussette lança à Beckett un regard soupçonneux, comme s'il craignait qu'il ne lui vole son précieux pouce. Sans doute pas le moment idéal pour embrasser Clare dans le creux du coude, décida-t-il.

— Salut.

Elle releva la tête, des bandes de feutre multicolores à la main.

— Salut à toi.

— Il paraît que l'heure du conte a eu du succès.

— Et comment. C'est signe que l'été est bien fini. C'est la première fois que mes enfants n'y assistent pas. Un autre changement. Comment vont les travaux ?

— Ils avancent. Viens donc faire un tour plus tard, si tu veux. Histoire de le constater par toi-même.

— Avec plaisir, si je trouve le temps. Je vais t'envoyer par mail mes suggestions pour la brochure. Il y aura sûrement des améliorations à apporter une fois que tout sera en place. En tout cas, j'ai essayé de rendre le texte drôle et attrayant.

— Formidable. Je regarderais ça. Attends, je m'en occupe.

Il ramassa le bac avant qu'elle en ait le temps.

— Ce n'est pas lourd, assura-t-elle. Je vais juste le ranger au fond.

Comme Beckett ne le lui rendait pas, elle jeta un coup d'œil aux clientes.

— Je vais te montrer où le mettre. Vous trouvez ce qu'il vous faut, mesdames ? demanda-t-elle aux deux femmes.

— Oui, merci. J'adore ces sacs à main.

— Ils sont fabriqués à partir de plastique recyclé. Cassettes vidéo, sachets. Futé, esthétique et écolo.

N'hésitez pas à m'appeler si vous avez besoin d'un renseignement.

Elle conduisit Beckett jusqu'à un petit renfoncement jouxtant la réserve.

— Comme je ne m'en sers qu'une fois par mois, je le range sur l'étagère du haut. Je m'étais toujours dit que je ferais plein de travaux manuels, comme ces mères qui fabriquent une voiture avec une boîte de céréales et des élastiques.

— Les mères McGyver.

— Exactement. Mais ça n'a pas marché.

— Je me suis toujours dit que je gagnerais un match pour les Orioles de Baltimore. Ça n'a pas marché non plus.

— La vie n'est qu'une longue suite de désillusions, plaisanta-t-elle, avant de sourire comme il donnait une chiquenaude à son pendant d'oreille. Et de surprises.

— Les garçons vont bien ?

— Retour à la normale *et* à l'école. Dieu merci.

— Et si on faisait une répétition pour vendredi soir ? Je t'invite à déjeuner.

Clare pensa à Sam Freemont et à son maudit country club. Un hot dog chez Crawford ou une pizza à Vesta avec Beckett lui faisaient tellement plus plaisir.

— C'est gentil et j'aurais aimé pouvoir accepter. Mais les filles et moi devons déballer les livraisons et finaliser les commandes de Noël, expliqua-t-elle.

— Noël ? Mais il n'y a pas cinq minutes, c'était encore la rentrée des classes.

— Ce qui montre que tu n'as jamais travaillé dans le commerce de détail. Notre commande de cartes de vœux doit absolument partir cet après-midi.

— Une désillusion de plus, alors je vais devoir me contenter de ceci...

Il se pencha vers elle et captura ses lèvres. De l'autre côté du mur, les clientes riaient. Le téléphone sonna et réveilla le nouveau-né qui se mit à pleurer. Mais plus rien ne comptait que ce baiser.

Il lui faudrait attendre jusqu'à vendredi où il pourrait, au moins quelques heures, avoir Clare pour lui seul. Tout chez elle le subjuguait. Son parfum, le goût de ses baisers, les courbes de son corps. Il l'attira plus près.

— Clare, il y a quelqu'un qui... Oups, désolée.

Laurie leva les yeux vers le plafond, tandis que Clare et Beckett s'écartaient l'un de l'autre d'un bond.

— Un problème ? demanda Clare d'un ton dégagé. Ou presque.

— Il y a un client au téléphone qui insiste pour parler à la patronne. Je peux lui dire que vous êtes... occupée et noter ses coordonnées.

— Pas la peine. Je vais le prendre dans la réserve.

— D'accord. Besoin de rien, Beckett ? s'enquit Laurie, papillonnant des cils. Une boisson fraîche peut-être ?

— Non, merci. Je ferais mieux d'y aller.

— À bientôt, lança Laurie qui s'éloigna en fredonnant.

— Désolée, murmura Clare. Il faut que j'y aille.

— Je vais sortir par-derrière. Passe au chantier à l'occasion.

— J'essaierai.

Elle le suivit du regard tandis qu'il s'éloignait, impatiente d'être à vendredi. La main plaquée sur le ventre, elle décrocha le téléphone de l'autre.

207

Beckett n'en avait peut-être pas besoin, mais *elle* ne serait pas contre une boisson fraîche.

— Désolée de vous avoir fait attendre, dit-elle dans le combiné. Clare Brewster à l'appareil.

Une fois la conversation terminée, elle regagna l'espace central de la boutique. Après l'agitation et le bruit de la matinée, elle apprécia le silence qui y régnait.

Jusqu'à ce qu'elle remarque la lueur qui pétillait dans l'œil de Cassie.

— J'ai commandé le déjeuner, annonça Laurie.

— Parfait. Alors sortons le catalogue, le bon de commande et... Attendez un peu, toutes les deux, s'interrompit-elle, voyant le sourire de jubilation des deux jeunes femmes.

— Je ne peux pas m'en empêcher, avoua Laurie. Vous ne vous attendiez tout de même pas qu'en tombant sur Beckett Montgomery et vous en train de vous embrasser goulûment, je reste sans réaction.

— Dommage que je n'aie pas répondu à ce coup de fil, soupira Cassie. C'est moi qui aurais eu droit au spectacle. Maudits clients. Je sentais qu'il y avait anguille sous roche, et tout le monde est au courant que vous deviez sortir ensemble la semaine dernière avant que les garçons tombent malades.

— En plein sur ses chaussures.

Clare fit la grimace.

— Tout le monde sait *ça* aussi ?

— Je suis tombée sur Mme Ridenour au parc dimanche et je lui ai demandé comment s'était passée votre soirée. Mais de toute façon, c'est difficile de ne pas remarquer qu'il vient ici presque tous les jours – rien de neuf, d'accord, sauf que depuis quelque temps il y a du flirt dans l'air.

— Du flirt ?

— Oh, discret ! Enfin, c'est ce que je croyais jusqu'à ce que je vous trouve en train de batifoler dans la réserve.

— Batifoler ? Tout de suite les grands mots. C'était... juste un baiser.

— Un baiser torride, précisa Laurie qui agita la main comme pour s'éventer. Alors, c'est du sérieux ou juste une passade ?

— Enfin, Laurie, nous ne sommes même pas encore sortis officiellement.

— Si un homme m'embrassait avec tant de fougue, moi non plus je n'aurais pas envie de sortir. On resterait bien tranquillement à la maison. D'un autre côté, il y a les enfants... Mais là je deviens carrément fouineuse, alors stop, motus et bouche cousue, dit-elle, joignant le geste à la parole. C'est juste que j'aime bien vous voir ensemble. Sans mentir, franchement torride.

— Et sur ces mots, je vais me chercher un soda, annonça Clare.

Elle attendit d'être hors de portée de voix pour pouffer. Sa réputation venait de faire un bond de géant, aucun doute là-dessus.

N'empêche, Laurie avait raison. Torride était le mot, en effet.

Et il lui tardait de revivre l'expérience.

11

Deuxième prise, songea Beckett lorsqu'il cogna le heurtoir contre la porte de Clare. Cette fois, il avait choisi un bouquet de marguerites blanches. Inutile de tenter le diable en lui apportant les mêmes fleurs que la semaine précédente.

La situation avait un côté un peu étrange – non seulement l'impression de déjà-vu, mais surtout l'impatience intense que suscitait cette soirée du fait de son report.

« Ce n'est qu'un dîner », se rappela-t-il. Dans sa tête, il s'en faisait toute une montagne. Pour un peu, on aurait cru qu'ils s'apprêtaient à s'envoler pour Paris afin de dîner au... Enfin, là où les gens dînaient à Paris. « Arrête ou tu es bon pour le faux pas », se réprimanda-t-il.

Il fallait qu'il lui demande si elle était déjà allée en France. Elle avait tellement voyagé comparé à lui. Peut-être parlait-elle français. Il lui semblait se rappeler qu'elle étudiait le français au lycée...

« Par pitié, calme-toi », s'ordonna-t-il.

Quand Clare ouvrit la porte, il était si déboussolé qu'il ne sut s'il devait s'en réjouir ou s'enfuir à toutes jambes.

Elle non plus n'avait pas voulu tenter le diable. Cette fois, elle portait une robe ornée d'arabesques roses et blanches avec un pull-over rose fin dont les manches s'arrêtaient aux coudes. Du coup, il repensa à cet endroit qu'il voulait embrasser.

Aurait-il dû acheter des roses comme la dernière fois ? Était-ce un signal ?

— Tu me gâtes trop, fit-elle en s'emparant du bouquet. À présent, je vais m'attendre que tu m'offres des fleurs tous les vendredis soir.

— Je me suis dit que j'allais varier.

— Bien vu, merci encore. Entre. Je vais les mettre dans l'eau avant de partir.

Tandis qu'il s'avançait, elle remarqua le sachet qu'il avait à la main.

— Encore un cadeau ?

— Oui, mais pas pour toi, répondit-il en changeant le sachet de main, comme pour le tenir hors de sa portée. C'est un pot-de-vin pour ne pas me faire vomir dessus. Un jeu pour la PlayStation. J'ai eu l'occasion de jeter un coup d'œil à ceux qu'ils avaient et je n'ai pas vu celui-ci. Où sont-ils ? Tu les as enfermés dans un placard ?

— Non, mais mes parents l'ont peut-être fait à l'heure qu'il est. Ils passent la nuit chez eux.

— Ah.

Beckett songea aussitôt à toutes ces choses qu'ils pourraient faire, seuls dans la maison.

« Du calme, mon vieux, se conseilla-t-il. Ne t'emballe pas. »

Il suivit Clare dans la cuisine, la regarda s'occuper des fleurs.

— Quel silence, fit-il remarquer.

— Je sais. Je n'arrive pas à décider si c'est le bonheur ou l'angoisse quand ils ne dorment pas ici. Sans doute un peu des deux. Une sorte de bonheur angoissant.

— Tu n'as pas peur de rester seule ici ?

Il pouvait lui proposer de rester. Il dormirait dans la chambre des garçons.

Ou ailleurs.

— Tant que je ne cède pas à la tentation de lire un roman d'horreur. C'est une de mes faiblesses. Sauf qu'après, je suis obligée de dormir avec la lumière allumée. Je n'ai d'ailleurs jamais compris comment la lumière pouvait vous protéger des vampires, fantômes ou autres démons. Voilà.

Elle recula d'un pas pour admirer le bouquet.

— Elles sont vraiment belles. On devrait y aller, non ?

— Oui, on ferait mieux.

« Alors arrête de penser à sa chambre à l'étage, se tança-t-il. Et aux enfants absents. »

— Tu n'es pas venu avec ton pick-up ? s'étonna-t-elle quand ils sortirent.

— Non. Pas assez classe pour un premier rendez-vous, dixit ma mère. Elle m'a donné les clés de sa berline. J'ai l'impression d'être revenu à l'époque du lycée.

— Pour quelle heure dois-tu rentrer ? le taquina-t-elle.

Il se glissa au volant.

— Je maîtrise toutes les techniques pour rentrer en toute discrétion.

— C'est vrai ? Tu filais en douce quand tu étais gamin ?

— Bien sûr, même si ces escapades ne restaient pas toujours impunies – pour aucun d'entre nous d'ailleurs. Mais il fallait bien tenter le coup. Et toi ? demanda-t-il en démarrant. Jamais ?

— Non, jamais. Et aujourd'hui, j'ai l'impression d'avoir raté quelque chose.

— Si tu veux, au retour, je t'aiderai à rentrer en passant par une fenêtre.

— Tentant, mais ce n'est pas pareil quand on a la clé. Que faisais-tu donc pour être obligé de rentrer en cachette ?

— Des trucs, répondit-il après une hésitation.

— Hmm. Maintenant, je vais devoir m'inquiéter qu'un beau jour mes garçons fassent des trucs et rentrent en cachette à la maison. Mais pas ce soir. Pour l'instant, je suis encore tranquille. Mon plus gros souci du moment, c'est Murphy : il s'est mis en tête qu'il manque un chien dans sa vie et ils se sont ligués contre moi.

— Tu n'aimes pas les chiens ?

— Si, et je pense qu'ils devraient en avoir un. Un jour.

— Un peu comme ma mère quand elle dit « on verra » ?

— Un peu, concéda Clare. J'y songe parce qu'ils le méritent. Ils adorent Lucy, la chienne carlin de mes parents, et Fido, le chat.

— Tes parents ont un chat qui s'appelle Fido ? Comment se fait-il que je l'ignorais ?

— Il se prend pour un chien, alors nous évitons de l'ébruiter. Enfin bref, je culpabilise de ne pas leur en offrir un. Et puis je me dis, mon Dieu, qui va lui apprendre la propreté, l'emmener chez le vétérinaire, le nourrir, le sortir et tout le reste ? J'ai essayé de les convaincre de prendre un chaton, mais ils n'ont pas marché. Les chatons, c'est pour les filles, m'a répondu Liam, écœuré. J'ignore d'où ils sortent une ânerie pareille.

Elle haussa les sourcils devant la moue de Beckett.

— Tu es d'accord avec eux ?

— Les chatons, c'est pour les filles. Les chats, en revanche, ça marche pour les deux.

— Tu sais que c'est ridicule.

— Ce n'est pas moi qui établis les règles. Quel genre de chien veulent-ils ?

— Ils n'en savent rien, répondit-elle avec un soupir las, parce que cela la fatiguait qu'ils ramènent toujours le sujet sur le tapis. En fait, c'est davantage le concept qui leur plaît. Et ils prétendent qu'un chien me protégerait des bandits en leur absence, ajouta-t-elle avec un haussement d'épaules. J'irais bien en adopter un à la fourrière, mais comment être sûre que le chiot que j'aurai sauvé ne se transformera pas en méchant molosse qui aboiera après le facteur et terrorisera les voisins ? Je dois faire des recherches sur les races affectueuses avec les enfants.

Beckett se gara sur le parking du restaurant.

— Tu connais celui de Ryder, n'est-ce pas ?

— Qui ne connaît pas Nigaud ? répondit Clare qui pivota à demi sur son siège et étudia son profil. Ryder l'emmène partout. C'est un amour.

— Oui, c'est vraiment un bon chien. Sais-tu comment il l'a eu ?

— Non, je ne pense pas.

Chacun descendit de son côté, et Beckett contourna la voiture pour prendre Clare par la main.

— C'était un chien errant, d'environ six-sept mois d'après le vétérinaire. Un soir, à la nuit tombante, Ryder faisait des heures sup sur la maison qu'il était en train de se construire quand le chien est venu vers lui en rampant. La peau sur les os, les pattes en sang, tout tremblant. Il était évident qu'il errait dans les bois depuis un moment. Et plus que probable qu'on l'y avait abandonné.

Aussitôt, l'affection de Clare pour Nigaud redoubla.
— Pauvre bête.
— Ryder ne se voyait pas le laisser, du coup il l'a ramené à la maison – à l'époque, il vivait encore chez notre mère, le temps que la propriété soit clôturée. Il l'a nourri, nettoyé un peu et lui a trouvé un coin pour dormir. Il avait prévu de l'emmener à la fourrière le lendemain matin. C'était il y a six ans.

« Adorable, songea-t-elle. Pas vraiment le qualificatif qui s'appliquait d'ordinaire à Ryder Montgomery. »
— J'imagine que ça a été le coup de foudre.
— Nous nous sommes renseignés à droite et à gauche, au cas où il aurait été perdu. Pas de collier, pas de tatouage, et personne ne l'a réclamé. Le matin, je peux te dire que Ryder aurait eu mal au cœur si quelqu'un s'était manifesté.
— Et pourtant il l'a appelé Nigaud.
— Par affection, et puis, souvent il mérite bien son nom. Montgomery, j'ai réservé une table pour 19 h 30, dit-il à l'hôtesse qui les accueillit dans le hall du restaurant.

Clare médita l'histoire tandis qu'on les accompagnait à leur table.
— Ce que tu veux dire, au fond, c'est que le pedigree n'a pas vraiment d'importance.
— Chez les gens comme chez les chiens, il s'agit davantage d'éducation que la lignée à mon avis.

Bizarrement, elle pensa à Sam Freemont, ce qui l'agaça prodigieusement.
— Cela dit, je suppose que certaines races sont plus adaptées pour les enfants, ajouta Beckett.
— C'est drôle, Clint et moi avions parlé de prendre un chien juste après la naissance de Harry.

Nous pensions attendre peut-être un an, et qu'ils grandissent ensemble. Puis je suis tombée enceinte de Liam, et nous nous sommes occupés de la prochaine mission de Clint. Bref, le projet est passé à la trappe.

La conversation fut interrompue par l'arrivée du serveur avec les menus, l'ardoise des plats du jour et la carte des cocktails.

Ils étudièrent les menus un moment en silence.

— Cela t'ennuie que je parle de Clint ?

— Non. C'est juste que je ne sais jamais trop quoi dire. C'était un type bien.

— En effet.

Clare prit une décision. Elle allait tout mettre à plat, dire ce qui devait être dit. Sinon, rien ne pourrait être sérieux entre eux.

— Pour moi, ça a été le coup de foudre, commença-t-elle. Et il m'a toujours assuré que pour lui aussi. Un seul regard et hop ! voilà qu'on planifiait déjà notre vie à deux. De quoi faire tourner la tête à une gamine de quinze ans.

— De n'importe quel âge, mais oui, là particulièrement.

— Il nous arrivait de nous disputer. Parfois, c'était même épique. Mais jamais je n'ai eu le moindre doute, ni la moindre inquiétude. Mes parents, si. Je les comprends mieux aujourd'hui. D'un autre côté, ils savaient que Clint était un type bien. Eux aussi l'adoraient.

— Au lycée, vous étiez le couple en or. C et C. La capitaine des pom-pom girls et la star de l'équipe de foot.

— De quoi faire tourner la tête, répéta-t-elle. Nous avons été deux ans ensemble avant... d'être vraiment ensemble. Là non plus, aucune hésitation de ma part. Quand il est parti faire ses classes, j'ai pleuré toute la nuit. Pas parce que je m'inquiétais, non, parce qu'il me manquait déjà affreusement.

Le serveur revint et prit leurs commandes.

—Tu étais si jeune, fit remarquer Beckett.

—Et intrépide. Et sans peur. Je l'ai épousé, je suis partie avec lui, j'ai laissé derrière moi ma famille et mes amis sans l'ombre d'une hésitation ou d'un regret. Qu'est donc devenue cette fille ? conclut-elle en riant.

—J'ai toujours trouvé que tu n'avais peur de rien.

—La peur, je l'ai connue à la naissance de Harry. Devant ce petit être, j'étais désemparée. Et si je commettais une erreur ? Et s'il tombait malade ou se blessait ? Pourtant, même à l'époque, j'étais persuadée que nous saurions assurer.

Elle but une gorgée d'eau et sourit à Beckett.

—Nous voulions quatre enfants, avec une option pour un cinquième. Cinq enfants ! Une pure folie. J'imagine que nous aurions concrétisé notre projet si Clint avait vécu.

—Tu étais heureuse.

—Oh oui ! Parfois aussi terriblement seule et dépassée. Dans ces moments-là, la peur pouvait s'insinuer, mais j'étais trop occupée pour y céder, me disais-je. J'étais fière de lui. Je détestais ses absences, les risques qu'il courait chaque jour, chaque nuit. Mais il était fait pour être soldat, comme son père et son frère. Je le savais quand je l'ai épousé.

Le sommelier apporta le vin, et après le rituel d'usage, Clare le goûta.

—Il est bon. Et encore meilleur parce qu'il annonce qu'on va m'apporter un plat que je n'ai pas eu à cuisiner.

— Et ce n'est qu'un début. Vas-y, continue.

Elle lui était reconnaissante de vouloir entendre la suite.

— Harry jouait et Liam pleurait dans son berceau. J'avais des nausées matinales et j'ai dû le laisser pleurer jusqu'à ce que j'aille mieux. Je n'avais pas encore fait le test, mais je savais que j'étais enceinte. Clint n'était reparti en Irak que depuis trois semaines, reprit-elle après un court silence. Je n'ai jamais eu l'occasion de lui apprendre que nous attendions un troisième enfant. C'est mon plus gros regret. Il n'a jamais pu voir Murphy, caresser son visage, sentir ses cheveux, entendre son rire. Et Murphy ne l'a jamais connu. Liam ne se souvient pas de lui. Harry, lui, a quelques vagues souvenirs. Clint était un bon père. Aimant, drôle, attentif. Mais le temps nous a manqué.

— Le temps manque toujours.

Compatissante, elle hocha la tête et posa la main sur la sienne. Lui aussi avait perdu son père.

— Je suppose que oui, murmura-t-elle, avant d'enchaîner : Ce matin-là, ils se sont présentés à ma porte. Quand tu les vois, tu comprends tout de suite. L'officier et l'aumônier. Sans qu'un mot soit prononcé, j'ai été oppressée et j'ai vu des étoiles. L'impression de vide total.

Beckett serra ses doigts entre les siens.

— Je suis tellement navré, Clare.

— J'avais Liam dans les bras. J'avais oublié que je venais de le prendre quand on a frappé. Il pleurait et s'agitait – il faisait ses dents et était un peu fiévreux. Harry m'agrippait la jambe. Il a dû sentir qu'il se passait quelque chose parce qu'il s'est mis à pleurer, lui aussi. Les autres épouses sont venues m'aider et me réconforter. Je me suis effondrée. Je ne pensais pas survivre à mon désespoir.

Beckett pensa à elle, seule avec deux bébés, un troisième à naître. Et veuve désormais.

— Mon unique certitude, poursuivit-elle, c'était que je devais rentrer à la maison avec les enfants. Et il s'est avéré que c'était le bon choix, pour nous tous. Ici, je peux penser à Clint, à l'amour que je lui portais. Et j'ai réussi à accepter que nous avons eu ce que nous devions avoir. Ni plus ni moins. Je suis capable de parler de lui. Il le faut, les enfants le méritent. Tout comme ils méritent, et moi aussi, la nouvelle vie que nous avons maintenant.

— Je ne sais pas si c'est d'un grand secours, mais quand nous avons perdu papa, nous étions tous hébétés. À peine capables de mettre un pied devant l'autre pour accomplir toutes ces tâches horribles mais nécessaires. À force d'avancer, on finit par se retrouver ailleurs, dans un endroit inconnu et familier à la fois. Un endroit nouveau qu'on n'aurait jamais pu connaître sans la personne qu'on a perdue.

— C'est tellement vrai, approuva-t-elle, accueillant sa compréhension avec gratitude. Quand tu penses à ton père ou que tu parles de lui, tout cela te revient en mémoire. Pour moi, c'est pareil. Tu connaissais Clint. Il fait partie de notre histoire, alors maintenant qu'on se voit, je ne veux pas que tu te sentes mal à l'aise à cause de lui.

Beckett réfléchit, puis se jeta à l'eau.

— Tu te souviens de M. Schroder ?

— Je l'avais en histoire américaine. Je le détestais.

— Comme tout le monde. Il était gratiné. Clint, moi et quelques autres avons emballé sa maison de papier W-C.

— C'était vous ? Clint était dans le coup ? s'exclama Clare avant d'éclater de rire. Mon Dieu, je m'en souviens comme si c'était hier. Vous avez dû utiliser au moins une centaine de rouleaux. On aurait dit un igloo sur la banquise.

— Pourquoi faire les choses à moitié ?

— Vous ne les avez pas faites à moitié avec M. Schroder, ça c'est sûr. Et c'est vrai qu'il était imbuvable.

— Owen a organisé le coup, comme on pouvait s'y attendre. Il y avait Clint, Ryder, moi, plus deux autres dont j'ai juré de taire les noms.

— Clint ne m'en a jamais rien dit, et pourtant cet exploit a été LE sujet de conversation au lycée pendant des semaines.

— Un serment est un serment. Nous avions une cinquantaine de rouleaux et il nous a fallu une éternité pour les accumuler. Si on s'était pointés en bande chez Sheetz ou ailleurs pour dévaliser le stock, on se serait fait pincer. Alors on les a achetés petit à petit, dans des magasins différents. On s'est aussi servis chez nous, un ou deux rouleaux à la fois. On avait un minutage précis, des cartes, des guetteurs et même des itinéraires de repli. Une vraie expédition. C'était génial.

— Vous étiez les héros méconnus du lycée de Boonsboro. Si on avait su, on vous aurait organisé une fête.

— On a fêté l'événement environ un mois plus tard. On a campé dans les bois près de la maison et on a pris une cuite à la Budweiser et au schnaps à la pêche.

— Quelle horreur !

— Eh oui, mais c'était le bon temps.

— Charlie Reeder, lâcha brusquement Clare, ses yeux verts soudain pétillants. L'un des deux autres devait être Charlie. Clint et lui étaient copains.

— Je ne peux ni confirmer ni nier.

— Charlie Reeder, répéta-t-elle. À l'époque, il était de tous les mauvais coups. Quand je pense qu'aujourd'hui il est dans la police. Qui l'eût cru ? Il aime les romans noirs et les espressos bien serrés.

— Mine de rien, tu apprends à connaître les gens à travers ce qu'ils achètent à la librairie.

— Moi aussi, j'ai mes petits secrets. Je sais, par exemple, que tous les fils Montgomery aiment lire – et je connais aussi leurs goûts. Que vous buvez tous les trois trop de café. Je sais qu'Owen et toi avez une préférence pour les cartes sentimentales pour la fête des Mères ou l'anniversaire de Justine, tandis que Ryder choisira plutôt une carte humoristique.

Elle leva son verre de vin avec un regard entendu.

— Et c'est juste la partie émergée de l'iceberg.

— Un à-côté non négligeable pour un commerçant dans une petite ville.

— Et comment. Je sais aussi qu'au moins une demi-douzaine de clients envisagent de réserver une nuit à votre hôtel pour une occasion particulière, alors qu'ils vivent ici. Vous allez cartonner, Beckett.

— Ce sera agréable pour Elizabeth d'avoir un peu de compagnie.

— Qui ? Ah, ta revenante ! Elle s'appelle Elizabeth maintenant ?

— Nous sommes devenus proches, figure-toi. Comment crois-tu que Hope va gérer ce détail ?

— Hope assure en toutes circonstances, ça fait partie du personnage.

Une revenante ? Quelle absurdité, songea Clare, qui préféra changer de sujet.

— Comment avancent les travaux à l'appartement ?

— Il devrait être prêt la semaine prochaine. Elizabeth pourrait prendre des leçons avec Avery, qui hante littéralement l'endroit. À force d'asticoter Owen, elle a fini par le persuader qu'il fallait un peu plus qu'une simple couche de peinture. Du coup, c'est plus long que prévu.

La conversation à bâtons rompus se poursuivit tout au long du repas. Une jolie avancée qui, lentement mais sûrement, renforçait leur relation. La prochaine fois, peut-être pourrait-il suggérer une sortie au cinéma suivie d'un dîner en toute simplicité.

— C'était merveilleux, déclara Clare avec un soupir d'aise, tandis qu'ils regagnaient la voiture. Mon dernier dîner au restaurant entre adultes est si loin que je ne m'en souviens même pas.

— Rien ne nous empêche de recommencer, observa-t-il en lui ouvrant la portière. Dès que tu veux.

Demain, se dit-elle, aussitôt assaillie par la culpabilité. Elle ne pouvait pas passer deux soirées d'affilée loin de ses enfants. Mieux valait donc profiter au maximum de celle-ci.

— Je verrai en fonction de mon emploi du temps.

Elle se tourna, lui offrant l'occasion rêvée de l'embrasser. Comme il n'en fit rien, elle se glissa dans l'habitacle.

Peut-être le dîner l'avait-il convaincu d'en rester au stade de la simple amitié. Il l'inviterait à sortir de temps à autre, serait sympa avec les garçons quand il en aurait le temps et l'envie.

Elle ne pouvait lui en vouloir de réagir ainsi. C'était justement le but d'un rendez-vous : savoir si on souhaitait une relation et ce qu'on en attendait. Et une relation avec elle impliquait de multiples complications, songea-t-elle sur la route du retour.

À coup sûr, elle n'avait pas manqué de le lui rappeler en lui parlant en long, en large et en travers de ses enfants. Sans doute avait-elle forcé la dose. Quel homme avait envie d'entendre des histoires de gamins lors d'un dîner romantique ?

Sans oublier tout ce qu'elle lui avait raconté sur Clint. Elle avait voulu qu'il comprenne pourquoi elle était partie, et revenue. Qui elle avait été et ce qu'elle était devenue. Et se montrer honnête avec lui quant à l'amour profond qu'elle avait éprouvé pour Clint Brewster.

Quel homme avait envie d'entendre la femme qu'il invitait au restaurant parler de son mari décédé ?

Pourquoi n'avait-elle donc pas discuté de livres ? Si, ils l'avaient fait, se souvint-elle. Mais pourquoi pas *juste* de livres ou de films, ou de tout autre sujet léger de circonstance ?

S'il l'invitait de nouveau, elle réfléchirait à l'avance à une liste de sujets appropriés. Des sujets sans risques, décida-t-elle. Et elle allait commencer sur-le-champ.

— Je voulais t'en parler, je viens de lire une critique du dernier Michael Connelly.

— Avec Harry Bosch ?

— Exact. Je crois que tu vas l'adorer. J'ai aussi un jeune auteur de thriller – une femme – qui vient pour une séance de dédicace le mois prochain. Tu pourrais avoir envie de jeter un œil à son roman. Elle est vraiment douée. Un écrivain de la région sera présent également.

Ils parlèrent livres durant tout le trajet du retour. C'était mieux, beaucoup mieux. Elle peaufinerait sa technique pour la prochaine fois. Faire la conversation sans évoquer les enfants, elle connaissait.

Elle n'en avait pas souvent l'occasion, voilà tout.

Lorsque Beckett se gara devant la maison, Clare songea au calme qui y régnait. Elle pourrait travailler une petite heure sur le site Web sans être dérangée, savourer le luxe indicible d'un bain prolongé, faire tout ce dont elle avait envie sans se soucier de quiconque en dehors d'elle-même.

— Les nuits commencent à être fraîches, murmura-t-elle tandis qu'il la raccompagnait jusqu'à sa porte. Presque froides. L'été ne dure jamais assez longtemps.

— L'hiver, par contre, s'éternise.

— Mais celui-ci sera particulier. L'hôtel, ajouta-t-elle devant son air perplexe. Il ouvre cet hiver.

— C'est vrai. Comme c'est parti, nous allons nous geler pour l'emménagement.

— Ça en vaudra la peine. J'adorerais donner un coup de main. En fait, j'en meurs d'envie.

— On n'a jamais trop de bras.

— Alors vous pouvez compter sur moi. J'ai passé une excellente soirée.

— Moi aussi.

Beckett s'inclina vers elle, posa la main avec tendresse sur son épaule et la gratifia d'un long baiser langoureux.

Oh non ! songea-t-elle comme de délicieux frissons la parcouraient. Un homme n'embrassait pas une femme ainsi s'il souhaitait juste qu'ils restent bons amis. Elle n'était pas à ce point à côté de la plaque.

— Tu ferais mieux de rentrer avant d'attraper froid, lui conseilla-t-il avec une sollicitude qui la toucha.

Elle lui sourit et déverrouilla la porte.

— Je t'appelle, ajouta-t-il en reculant d'un pas.

Elle le dévisagea, sidérée. Il ne rentrait pas ? Les codes avaient-ils changé à ce point pendant sa longue abstinence ?

— Ferme bien derrière toi, prit-il soin d'ajouter.

— J'y veillerai. Bonsoir.

Elle ouvrit la porte.

Une minute. Faire preuve d'initiative, n'était-ce pas le conseil d'Avery ? Rentrer seule alors qu'elle n'en avait aucune envie, voilà qui n'était guère entreprenant.

— Euh, Beckett, je sais que c'est ridicule, mais ça te dérangerait de jeter un coup d'œil à l'intérieur ? La maison est vide, ajouta-t-elle avec un haussement d'épaules impuissant dont elle eut honte.

— Bien sûr. J'aurais dû te le proposer. Le bonheur angoissant, se rappela-t-il en franchissant le seuil. Je vais vérifier la porte de derrière.

Elle l'avait manipulé – sans le moindre regret. Elle en aurait, en revanche, s'il s'avérait qu'elle s'était trompée et qu'il ne voulait pas rester.

Là, ce serait l'humiliation suprême.

Mais si elle n'en avait pas le cœur net maintenant, elle ne cesserait de s'interroger.

Et s'interroger, elle détestait.

— Rien à signaler, annonça-t-il en revenant de la cuisine. Pas un malfaiteur en vue. Mais tu devrais quand même prendre un chien. Une maison ne donne jamais l'impression d'être vide avec un chien. Ça va aller ?

— Oui, merci. Je peux t'offrir un dernier verre ?
— Avec la voiture, ce ne serait pas raisonnable. Je ferais mieux d'y aller.
— J'ai une question à te poser.
— Laquelle ?
— Quand tu m'as embrassée sur le perron, c'était un baiser qui signifiait « à la prochaine », « à l'occasion », ou autre chose ? Parce que moi, j'ai eu l'impression que c'était autre chose.
— Comment ça, autre chose ?
Elle noua les bras autour de sa taille et s'empara de ses lèvres.
— Comme ça.
Il la dévisagea, un peu estomaqué.
— Clare...
Elle encadra son visage de ses mains.
— Ne me force pas à te demander de monter vérifier les placards de ma chambre. Viens, c'est tout.
Elle s'écarta, lui tendit la main. Il la prit sans une hésitation.
— Je rêvais déjà d'être avec toi alors que je n'en avais pas le droit, murmura-t-il.
— Tant que tu en as envie maintenant.
Ils montèrent les marches ensemble.
— Je ne voulais pas te bousculer. J'imaginais qu'il te fallait un peu de temps pour t'habituer à l'idée. Être sûre.
— Je suis du genre à me décider vite.
Dans la chambre, Clare se tourna pour lui faire face.
— Nous sommes amis depuis longtemps, mais j'ai une confession à te faire. Tu sais que je vois l'hôtel de la fenêtre de mon bureau.
— Oui.

— Au printemps dernier, quand il a fait si chaud, tu travaillais de temps à autre dehors, sur le toit ou sur l'échafaudage. Torse nu. Eh bien, je te matais.

Les yeux au fond des siens, elle laissa échapper un petit rire.

— Je pensais à toi et je me demandais comment ce serait. Maintenant, j'ai l'occasion de le découvrir.

Elle plaqua les mains sur son torse.

— Voilà quelque chose que je n'ai pas fait depuis longtemps.

— C'est comme le vélo, ça ne s'oublie pas.

Nouveau rire, détendu et amusé cette fois.

— Ça non plus, mais je parlais de déshabiller un homme. Voyons si je me souviens comment on s'y prend.

Elle repoussa sa veste de ses épaules, la fit glisser doucement le long de ses bras, puis la lança sur le petit fauteuil près de sa penderie.

— Jusqu'ici tout va bien, décida-t-elle avant de s'attaquer au premier bouton de sa chemise, puis au deuxième.

Et Beckett se retrouva piégé entre plaisir et torture.

— Je pensais que tu serais timide.

Clare écarta les pans de sa chemise.

— Ah bon ? fit-elle, inclinant la tête de côté. Je n'ai plus non plus l'innocence de mes quinze ans.

— Ce n'est pas ce que je voulais dire. Enfin, pas tout à fait.

Elle le débarrassa de la chemise qui rejoignit la veste sur le fauteuil.

— Ah, la jeune veuve, mère de trois enfants. Tu as sans doute entendu parler de la façon dont on fait les enfants.

— Par ouï-dire.

Elle fit remonter lentement ses mains le long de son torse nu, savourant la sensation paupières closes.

— J'adore mes fils. Et j'ai aussi adoré sans restriction la méthode de fabrication.

Elle se tourna et souleva ses cheveux qui flottaient librement sur les épaules.

— Tu peux m'aider, s'il te plaît ?

Beckett fit glisser la fermeture Éclair centimètre par centimètre. C'était comme dans un rêve, à la fois vaporeux et irréel, et d'une réalité intense, grisante.

Dans un doux chuchotis, la robe atterrit aux pieds de Clare qui fit un pas de côté, pivota de nouveau vers lui. Et l'enlaça.

Cette fois, la réalité avait pris le pas sur le rêve. Et le désir était partagé. Il pouvait caresser sa peau douce, sentir les pulsations rapides de son cœur sous ses doigts. Enfin.

Ce fut elle qui l'entraîna jusqu'au lit. Elle plongea les doigts dans ses cheveux et lui caressa le dos tandis que leurs lèvres se joignaient irrésistiblement. Avec une fougue insoupçonnée, séductrice en diable, elle pressait contre lui ses courbes sensuelles. Il pensait la connaître, en était même sûr. Mais jamais il ne l'aurait imaginée aussi passionnée, aussi ardente.

Vivante. Clare vibrait de tout son être. Vivante et éperdue de désir.

Les mains calleuses de Beckett qui se promenaient sur son corps, de plus en plus aventureuses, éveillaient ses sens, faisaient naître en elle mille frémissements délicieux. Les muscles de ses bras, le poids de son corps vigoureux sur le sien – elle ne pouvait s'en rassasier. Leurs souffles se mêlèrent en un nouveau baiser profond et voluptueux, puis

Beckett aspira la pointe d'un sein dans sa bouche, caresse qu'elle accueillit avec un gémissement langoureux.

Ils se déshabillèrent mutuellement. Avec frénésie, sans un mot. Lorsqu'ils se renversèrent à nouveau sur les oreillers, Clare enroula ses longues jambes fuselées autour de ses hanches et cambra les reins vers lui, offerte, décontenancée par la force de son propre désir auquel elle s'abandonna avec émerveillement.

Lorsque Beckett s'enfonça en elle, elle ne put retenir un cri. Comme une libération de l'attente accumulée. Leurs deux corps unis commencèrent d'onduler en rythme. Il la sentait frémir sous lui, un peu plus à chaque coup de reins, et s'efforçait de contenir la vague furieuse qui ne demandait qu'à déferler. Mais quand elle se tendit de nouveau vers lui, le corps secoué de spasmes, il craqua, et se laissa emporter à son tour par le raz-de-marée du désir qui le submergeait.

Leurs ébats fougueux laissèrent Clare pantelante sur le lit en désordre. Et quand elle reprit son souffle, elle n'aurait su dire si elle pleurait ou riait, tant elle avait envie des deux.

— Je peux mieux faire, marmonna Beckett, le visage enfoui dans ses cheveux.

— Hmm ?

— Je peux mieux faire, répéta-t-il. J'ai un peu précipité les choses.

— Non, c'est moi. Merci d'avoir suivi mon rythme effréné. C'était génial comme ça, murmura Clare qui ronronna de contentement. S'il te plaît, reste un peu, ajouta-t-elle quand il voulut la délester de son poids.

Et elle l'enveloppa de ses bras pour le retenir. Beckett se redressa sur les coudes.

— Regarde-toi, Clare Murphy – pardon, Brewster –, tout échevelée et le rouge aux joues. Tu es belle comme un cœur.

— J'aime bien me sentir tout échevelée et le rouge aux joues et belle comme un cœur. Et regarde-toi, Beckett Montgomery, fier comme Artaban.

— Et comment. Je viens de coucher avec la libraire la plus canon de la région.

Elle pouffa de rire et lui pinça les fesses.

— Tu n'as pas intérêt à t'en vanter auprès du personnel.

— J'avais dans l'idée de publier un communiqué dans le journal.

Elle promena le regard sur son beau visage, apaisé maintenant, admira ses yeux aussi profonds que l'océan.

— N'oublie pas de dire que j'étais incroyable.

— C'est l'entière vérité, répondit-il en l'embrassant. Tu m'as subjugué.

— C'est bon de savoir que je n'ai pas perdu la main.

Beckett l'embrassa au creux du cou, le temps de se ressaisir. Il se refusait à l'imaginer avec un autre, pas même celui qu'elle avait épousé. C'était stupide sans doute. Égoïste, certainement. Mais là maintenant, il en était tout bonnement incapable.

Il garda le silence un moment, puis :

— J'ai envie de te revoir demain.

— Oh, Beckett, je ne peux pas sortir encore demain ! Les garçons...

— On n'est pas obligés de sortir. Ou alors on peut les emmener quelque part.

— Demain après-midi, ils ont un goûter d'anniversaire qui, comme d'habitude, risque de s'éterniser. Viens plutôt dîner dimanche à la maison. Pas trop tard à cause de l'école le lendemain.
— À quelle heure ?
— Disons, 17 h 30.
— Ça marche.

Il roula sur le côté, s'assit au bord du lit et lui prit la main.

— Je ferais mieux d'y aller.

Clare serra les bras autour d'elle et feignit de frissonner.

— Tu me laisserais toute seule dans cette maison vide – sans même un chien ?
— Tu n'as pas peur, répliqua-t-il avec un sourire en coin.
— Non, je t'ai piégé, mais il fallait bien que je trouve un moyen de te mettre dans mon lit.
— Ah, bravo !
— Et maintenant je vais devoir encore me creuser la tête pour que tu restes ?
— La voiture est dans l'allée. Les gens vont la remarquer, surtout si elle est encore là demain matin.

Amusée qu'il s'inquiète à ce point pour sa réputation, Clare s'assit auprès de lui.

— Beckett ?
— Oui ?
— Laissons donc les voisins cancaner. Ça les occupera.

12

Lundi matin, bien avant l'heure de l'ouverture, Clare entra à Vesta avec sa clé. Elle entendit le ronronnement hoquetant de l'énorme pétrin et se rendit directement dans la cuisine où elle trouva Avery préparant sa pâte.

— Salut ! Je voulais te parler avant...

Elle s'arrêta net et écarquilla les yeux en découvrant son amie qui préparait des boules de pâte.

— Tes cheveux ! Qu'est-ce que... Du rose fuchsia ? Tu t'es teint les cheveu ?

— Tu as fait l'amour.

— Je... Tu t'es teint les cheveux parce que j'ai fait l'amour ?

— Non. Parce que moi je n'ai *pas* fait l'amour. Bon d'accord, pas vraiment. Enfin, peut-être un peu quand même, se corrigea-t-elle après un soupir. Mais je voulais surtout du changement.

— Pour le coup, c'est réussi.

Avery contempla d'un œil atterré son tablier de cuisine loin d'être impeccable, puis ses vieilles tennis bleu marine.

— Je m'encroûte, Clare. Une vraie mémère.

— N'importe quoi. Et puis, j'aime bien ta nouvelle couleur. C'est... marrant.

Les mains pleines de farine et de pâte, Avery se gratta le menton sur l'épaule.

— Si on veut, fit-elle. Ce matin, je me suis fichu la frousse quand je me suis regardée dans le miroir de la salle de bains. J'avais oublié, et je me suis dit « ah, c'est qui, ce monstre ? ». De toute façon, c'est juste une coloration qui s'estompe avec les shampooings. Je vivrai avec un moment et après ce sera fini.

Dieu merci, songea Clare intérieurement.

Le geste vif et expérimenté, Avery entreprit de déposer les pâtons dans leurs moules à lever.

— Donc, reprit-elle, tu as fait l'amour vendredi soir et...

— Et samedi matin.

— La vantardise est l'arme des esprits mesquins. Je suis ta meilleure amie, oui ou non ?

— La meilleure des meilleures, jura Clare, la main sur le cœur.

— Et je n'ai droit qu'à un malheureux texto de rien du tout : *Passé la nuit avec B. Fabuleux.* C'est maigre.

— J'ai aussi laissé cette chanson de Shania Twain sur ton répondeur, l'extrait de *I Feel Like a Woman*.

— D'accord, ça m'a fait rigoler, mais une meilleure amie attend davantage de détails.

— J'avais la fête d'anniversaire samedi, et toi, tu as travaillé ici jusqu'à, quoi, minuit ?

— À peu près.

— Je n'ai pas l'habitude de faire des folies de mon corps. Samedi, j'étais tellement vannée que je me suis couchée juste après les enfants. Dimanche, comme tu peux imaginer, je n'ai pas eu un moment à moi. Et toi, tu travaillais de nouveau.

— Tu vois. Encroûtée, je te dis.

— Mais non, la détrompa Clare qui frotta les épaules d'Avery avec vigueur. Je suis venue tôt ce matin exprès pour papoter avec toi. Mon Dieu, je suis impatiente de tout raconter à ma meilleure amie.

— Mouais, tu essaies juste de te faire pardonner. Mais ça me plaît. Je t'en prie, continue pendant que je m'occupe de ce reste de pâte.

— Ça fait beaucoup pour un lundi, non ?

— Je fournis une soirée privée et j'ai déjà six grandes pizzas en commande pour le déjeuner. Allez, raconte.

— C'était formidable. Tout. Le dîner...

— Les dîners, je connais. Passe direct au croustillant.

— Eh bien...

Clare lui confia ses inquiétudes à la sortie du restaurant et son changement de tactique à la porte de chez elle.

— Non ? Tu as osé lui faire le coup de la froussarde qui a besoin d'un grand costaud courageux pour jeter un coup d'œil dans sa maison ?

— J'ai osé.

— Je suis fière de te connaître.

— Il s'imaginait qu'il ne fallait pas me bousculer. J'ai réalisé que si je n'agissais pas, nous en serions encore au même point à Noël. Alors, j'ai pris le volant et donné un bon coup d'accélérateur.

Les yeux bleus d'Avery pétillèrent d'amusement, et de fierté.

— Écoute-toi un peu.

— Je sais, c'est dingue, s'extasia Clare, radieuse. J'ai l'impression d'être comme la Belle au bois dormant. Je ressens des choses oubliées depuis bien longtemps. Et ce n'est pas juste physique, même si de ce côté-là, c'est franchement parfait.

— Lent et sensuel ou sauvage et débridé ?

— Je dirais que jusqu'à son départ samedi matin, nous avons réussi à essayer les deux, avec même quelques variantes.

— Bon, d'accord, maintenant je suis jalouse, déclara Avery qui, après avoir couvert les moules, alla se laver les mains à l'évier. Heureuse pour toi, mais jalouse quand même. Heureuse pour lui aussi. Beckett a toujours eu le béguin pour toi.

— C'est le seul petit problème. Je ne suis plus la Clare Murphy pour laquelle il avait le béguin. Il va devoir se contenter de celle que je suis aujourd'hui.

— Tu crois qu'il réalise un vieux fantasme ?

— Je n'en sais rien, et je ne pense pas qu'il le sache lui-même. Je n'ai pas envie de me tracasser à ce sujet pour l'instant. C'est très agréable d'apprendre à se connaître tels que nous sommes à présent. Nous verrons bien où cela nous mènera.

Beckett passa les quinze jours suivants à sauter d'un chantier à l'autre, du travail à l'atelier à l'inspection des livraisons, tout en s'efforçant de se libérer pour passer un peu de temps avec Clare dès que la possibilité se présentait. Pendant que les carreleurs s'occupaient de la pose au rez-de-chaussée, l'équipe se concentra sur les travaux d'extérieur.

Vint le jour où ses frères et lui se retrouvèrent sur le seuil de l'entrée principale à observer la terrasse et le perron enfin achevés.

— Qu'est-ce que je vous avais dit ? fit-il. Notre petite merveille rutile.

— Elle peut, avec toutes ces couches de vitrificateur, rétorqua Ryder qui l'accroupit et promena la main sur le bois. Aussi lisse que du verre. Et d'une résistance à toute épreuve.

— Les skateboarders vont peut-être vouloir l'essayer comme nouvelle piste.

Ryder leva les yeux vers Owen.

— Alors on leur fichera une bonne raclée et on s'arrangera pour que ça se sache. Je dirais qu'il est grand temps d'enlever ces mochetés, ajouta-t-il, le pouce levé vers les bâches bleues. Que tout le monde puisse enfin admirer le chef-d'œuvre.

— Et comment, approuva Beckett, mais on va tendre une bande de protection entre les rampes afin de bloquer l'accès par ici.

Le moment où ils firent descendre les bâches par cette fraîche matinée de septembre aux premières senteurs d'automne fut sans doute pour Beckett l'un des plus gratifiants de sa vie.

Les bus scolaires se mettaient en route pour aller chercher leurs chargements d'élèves lorsque les trois frères traversèrent la rue, histoire d'avoir une vue d'ensemble. Les voitures ralentissaient, tandis que la tête des conducteurs pivotait vers la bâtisse enfin dévoilée.

Et elle était splendide. Certes, elle n'était pas encore parée de tous ses atours, admit Beckett, mais elle était déjà très belle. La teinte riche du bois se détachait superbement sur les vieux murs de pierre, mettant en valeur ses reflets doré et terre de Sienne. De proportions généreuses, la terrasse courait sur toute la longueur de la façade, toute pimpante avec ses balustrades claires. Au-dessus, la galerie couverte conférait à l'ensemble grâce, charme et dignité.

— Quand on travaille sur un chantier, bien sûr, on voit les améliorations, commenta Owen. Mais on a tellement le nez dessus qu'en fait, on ne voit pas vraiment. Bon sang, les mecs, on a fait du sacré beau boulot.

— Je veux. C'est un grand moment, acquiesça Ryder qui sortit son portable, cadra la maison et prit une photo. Le voilà immortalisé. Bon, retournons au travail.

— Tu ferais bien de l'envoyer à maman, conseilla Beckett.

Owen secoua la tête.

— Je lui ai parlé ce matin. Elle va passer. Laissons-lui la surprise intégrale.

— C'est mieux, en effet. On ne va parler que de ça en ville, fit remarquer Beckett qui retraversa sans se lasser d'admirer les lignes et les couleurs de la maison.

À l'intérieur, ils se séparèrent. Owen alla jeter un coup d'œil à la pose du carrelage, Ryder se mit au travail sur le plafond à caissons de la salle à manger. Quant à Beckett, il avait l'intention de monter au deuxième, mais fit une pause au premier lorsque des effluves de chèvrefeuille lui caressèrent les narines.

— Alors, elle vous plaît ? murmura-t-il en s'avançant jusqu'au seuil d'Elizabeth et Darcy. Elle n'a plus l'air triste, vous ne trouvez pas ?

Sur un coup de tête, il pénétra dans la chambre et sortit sur la galerie. Il admira la vue sur la ville, l'enfilade de maisons et de boutiques de Main Street, les terrasses couvertes, les trottoirs en brique. Et, au-delà, les étendues de champs, l'ondulation des collines, les montagnes qui se dressaient dans le lointain vers le ciel bleu automnal.

— C'est ainsi qu'elle doit être.

Se parlait-il à lui-même ? S'adressait-il à la maison ou au fantôme ? C'était sans importance.

D'autres s'étaient tenus à cet endroit exact alors que la rue n'était qu'une large voie en terre battue fréquentée par les chevaux, chariots et diligences. Alors que les soldats se battaient dans ces champs, ces collines, ces montagnes. L'herbe avait depuis bien longtemps repoussé sur ceux tombés les armes à la main.

« Aimiez-vous vous tenir ici, vous aussi ? se demanda-t-il, songeant au chèvrefeuille. Quand ? Voyagiez-vous en diligence ou en automobile ? Comment avez-vous trouvé la mort ? Pourquoi êtes-vous restée ? »

Pas d'humeur à la confidence, se dit-il. Les femmes s'y entendaient pour garder leurs secrets.

Il regarda en direction du Tourne-Page. Trop tôt pour Clare. Elle devait être en train de préparer les garçons pour l'école, leur donner leur petit déjeuner, vérifier les cartables.

Pensait-elle à lui lorsqu'elle effectuait ses tâches matinales ? Regardait-elle par la fenêtre de son bureau en se demandant ce qu'il faisait, quand ils se reverraient ?

Parfois la nuit le désirait-elle comme lui la désirait, au point que c'en était douloureux ?

Il aimait à le croire.

Il vit une des employées de chez Sherry déverrouiller la porte d'entrée du salon avec un regard distrait du côté de l'hôtel – et se figer, les yeux écarquillés. Il sourit, en proie à une fierté sans nom.

Le chantier n'était pas achevé. Il manquait encore l'éclairage, les bancs, les plantations – et tant d'autres choses. Mais lorsque cette maison sera prête pour le bal, elle en serait la reine.

Lorsqu'il regagna la chambre, il surprit un mouvement fugace du coin de l'œil. Comme un miroitement indistinct qui s'évanouit dès qu'il pivota dans sa direction.

La porte qu'il avait fermée s'ouvrit à la volée.

Avec un sursaut, il recula d'un pas. Il aurait juré entendre un murmure presque imperceptible. Comme un rire.

— Très drôle.

Il alla refermer la porte. À peine s'en était-il éloigné qu'elle se rouvrit.

Il la ferma de nouveau, rebelote.

Peut-être aimait-elle l'air frais, ou la vue, mais il ne pouvait s'amuser à ce petit jeu toute la matinée.

— D'accord, écoutez, je ne peux pas laisser cette porte ouverte. Souvenez-vous des pigeons – et de leurs fientes. Ne les invitons pas à revenir s'installer.

La porte s'entrebâilla de quelques centimètres – comme par taquinerie – puis se referma.

— Merci.

Il attendit un moment pour s'assurer que l'affaire était entendue avant de quitter la pièce.

« Mince alors, songea-t-il en rejoignant le deuxième étage, je viens de clouer le bec à un fantôme. La meilleure de la journée ! »

Peu après 9 heures, son portable sonna et son cœur bondit lorsque la librairie s'afficha à l'écran. Il posa son mètre ruban.

— Bonjour.

— Oh, Beckett, c'est magnifique ! Je viens de monter dans mon bureau et, en regardant par la fenêtre, je te jure, je n'en ai pas cru mes yeux.

— Nous avons enlevé les bâches il n'y a pas deux heures.

— J'avais déjà une idée du résultat, mais là c'est tellement mieux ! Certains passants et même des automobilistes s'arrêtent carrément pour regarder.

— Oui, je vois. Je viens de sortir sur la terrasse du premier.

— Attends un instant.

Il y eut un bruissement dans l'écouteur, suivi d'un juron étouffé. Puis il entendit – et vit – la fenêtre de son bureau s'ouvrir. Elle se pencha, belle comme un tournesol, et le sourire de Beckett s'élargit.

Il la salua de la main.

— Bonjour, Beckett, lui murmura-t-elle à l'oreille.

— Bonjour, Clare.

— Tu dois être sur le toit du monde.

— Sur le toit de Main Street en tout cas. La vue est vraiment spectaculaire d'ici. Viens donc en juger par toi-même. Et si tu voyais le carrelage au rez-de-chaussée.

— Ce matin, je ne peux pas. J'ai une tonne de paperasse dont je n'ai pas eu le temps de m'occuper hier soir à cause d'un exposé d'histoire, de tables de multiplication, d'une interro de science et d'un cauchemar.

— Les interros de science me donnaient des cauchemars, à moi aussi.

— Non, là, c'étaient des extraterrestres avec des bras de pieuvres.

— Ça aussi.

— C'est Liam. Il a eu si peur qu'il a réveillé ses frères, du coup, Murphy a décidé que c'était le moment idéal pour jouer. Enfin bref, je dois rattraper mon retard ce matin. Ensuite, il y aura un bus de touristes. Pour l'instant, je vais donc devoir me contenter d'admirer d'ici le fabuleux hôtel de Boonsboro.

— Voilà ce que je te propose, dit Beckett, frustré d'être ainsi séparé de Clare par Main Street. Viens avec les garçons après l'école. On leur fera visiter et on les emmènera manger une pizza.

— Il y a les devoirs.

— Quelle mère tu es. Après les devoirs.

— Ils adoreraient, mais le temps de tout boucler, il devrait être dans les 16 h 30.

— J'attendrai.

La voix tonitruante de Ryder retentit dans l'escalier.

— Beckett, bon sang, qu'est-ce que tu fous avec tes mesures ?

— J'ai l'impression qu'on ferait bien de retourner travailler toi et moi, commenta Clare. Merci pour cette superbe vue. Je te rappelle plus tard.

— Clare ? Cétait super de te voir. Même de loin.

Beckett passa la journée entière sur un petit nuage. Chaque fois qu'il devait sortir, quelqu'un l'interpellait au sujet de la maison et son moral grimpait d'un cran. À la fin de la journée, il n'était pas redescendu.

— Allons chez Vesta, suggéra Owen après la réunion habituelle destinée à finaliser les tâches et stratégies du lendemain. Une journée pareille mérite bien une pizza et une bière.

— Je ne peux pas. Clare amène ses enfants pour une visite. Après, on a prévu de manger une pizza ensemble.

— Tu vois ce que c'est quand on se fait mettre le grappin dessus ? fit remarquer Ryder en secouant la tête. Plus de temps pour une pizza et une bière avec tes frères.

— Beckett est chef de famille désormais, ajouta Owen d'un ton grave. Tu ferais bien de penser à gonfler ton plan épargne retraite et ton assurance vie.

— N'importe quoi. Je ne suis pas un...

— Finis les tournois de poker et les fiestas, enchaîna Ryder avec une tape compatissante sur son épaule. Et tu peux tirer un trait sur les bars topless, mec. Ton unique préoccupation, ce sera d'économiser pour les vacances à Disney World. Pauvre vieux. Viens, Owen, allons boire et manger sa part.

— C'est triste de se faire passer la corde au cou, soupira Owen en sortant.

— Espèce d'enfoirés, leur lança Beckett qui feignit de prendre leurs boutades à la rigolade, mais ressentit un léger pincement entre les omoplates. Ils sont jaloux parce que j'ai une femme dans ma vie, bougonna-t-il pour lui-même.

Il parcourut ses notes sur son écritoire à pince, s'efforçant de se concentrer sur le planning du lendemain et de la semaine suivante.

Chef de famille, tout de suite les grands mots. D'accord, il aimait les fils de Clare. Beaucoup même. Ils étaient mignons, marrants, futés, et c'était toujours un plaisir de passer un moment avec eux. L'importance vitale de la famille, il connaissait. Il était un frère, un fils. De là à endosser le rôle d'un chef de famille...

Il en était au tout début de sa relation avec Clare. Ses enfants faisaient bien entendu partie de l'équation – il n'était pas idiot. Mais ils étaient juste copains, les gamins et lui.

Juste copains.

Malgré tous ses efforts pour chasser ces pensées de sa tête, elles continuèrent de le turlupiner, et ce fut avec gratitude qu'il entendit frapper à la porte de la réception.

Il traversa l'espace cuisine et vit Clare avec les garçons à travers la porte qu'il ouvrit en s'inclinant.

— Bienvenue à l'Hôtel Boonsboro. Avez-vous une réservation ?

— Nous avons une invitation personnelle du propriétaire.

— Dans ce cas...

Il s'effaça et les invita à entrer d'un grand geste qui fit rire les garçons.

— Tu m'avais dit de passer par cette porte, n'est-ce pas ? J'ai tellement l'habitude de... Oh, le carrelage est splendide ! On peut marcher dessus ?

— Ici, oui, dans la cuisine et le couloir. Mais pas dans le hall pour le moment. Ils vont jointoyer demain.

— Ça paraît vraiment immense. Ne touchez à rien, les enfants, s'empressa d'ordonner Clare. Et restez près de moi. On ne va que là où Beckett nous y autorise.

— C'est vraiment à toi, cette grande maison ? demanda Liam.

— À ma famille, oui.

Encore le mot fatidique, songea Beckett.

— Les clients entreront par ici, expliqua-t-il. Hope sera assise juste là.

— Il n'y a pas d'endroit pour s'asseoir, fit Harry.

— Il y en aura un. Et aussi des fauteuils devant la cheminée.

243

— Maman aimerait bien avoir une cheminée, fit remarquer Murphy qui leva les yeux vers lui. Tu construis des trucs, tu pourrais lui en faire une.

— Pourquoi il y a toutes ces briques ? s'étonna Harry en tapotant les pierres. Où est le mur de dedans ?

— C'est le mur de dedans. Il est là depuis vraiment longtemps, alors nous voulions que les gens puissent le voir. Par respect pour la maison. Là, c'est la cuisine. Les placards vont bientôt être installés, ajouta-t-il avec un regard à Clare. Ce sera encore une étape importante.

— Je pense bien. Vous voyez, les garçons ? C'est là que Hope va préparer le petit déjeuner.

— Harry, pas plus loin que le ruban.

Beckett rejoignit le garçon qui se tenait au bord du carrelage fini.

— Non, non. C'est quoi, tous ces petits trucs qui dépassent ?

— Des croisillons. Pour que les carreaux soient tous bien alignés, tu vois ?

Beckett se lança dans des explications sur les joints, puis se demanda si ce n'était pas trop technique.

— Pourquoi il y a des morceaux plus petits ?

— Au bord là-bas ? Il a fallu couper les carreaux pour qu'ils rentrent, répondit Beckett – apparemment, cela intéressait le petit. Il y a un outil spécial pour ça.

— Où ?

— Je te montrerai avant de partir.

— Cette frise est fabuleuse, s'extasia Clare qui tenait fermement Murphy par la main, juste au cas où.

Beckett les emmena à la salle à manger.

— Oh, vous avez commencé le plafond !

— On voulait voir si le schéma fonctionnait. Avec la base déjà installée, il y aura moins de risque de gâcher le bois massif.

Harry pointa l'index vers l'arche de pierre dans le mur.

— La pierre, là, c'est aussi par respect ?

— Exactement. C'est une vieille maison, tu sais. La première de la ville construite en pierre. C'est important.

— La librairie de maman aussi est vieille. L'escalier craque.

— Ce sont des choses qui arrivent.

— Si c'est vieux, pourquoi vous avez mis une terrasse neuve ?

— L'ancienne avait disparu depuis longtemps, alors nous en avons installé une nouvelle, expliqua Beckett avant d'ouvrir la porte donnant sur l'extérieur. Ce n'est pas exactement la même qu'avant, mais je crois que la maison l'aime bien. J'ai des copies de vieilles photos que M. Bast nous a données. Je te les montrerai.

— Il a un magasin de meubles et un musée, intervint Liam qui sautilla sur la terrasse. Il y a des tas de trucs dans son musée. Mais pas de momies.

— Il va peut-être arranger ça.

— C'est magnifique de cet angle aussi, commenta Clare qui porta le regard de la pizzeria jusqu'à la librairie un peu plus loin dans le prolongement. Tous les clients en ont parlé aujourd'hui. J'ai dû sortir une bonne demi-douzaine de fois pour... Murphy !

Elle rentra en coup de vent et le découvrit au milieu de l'escalier.

— Descends, s'il te plaît. Je t'avais dit de rester près de moi.

245

— Je parlais juste à la dame, répondit-il en levant les yeux vers l'étage, son sourire d'ange aux lèvres. D'accord. Au revoir.

— Quelle dame ? De qui parles-tu ?

Clare le rejoignit et le souleva dans ses bras.

— La dame en haut. Elle m'a dit bonjour et a deviné mon nom.

— Beckett, s'il y a quelqu'un là-haut...

— Je vais voir, coupa-t-il, mais il savait déjà.

Pour la tranquillité d'esprit de Clare, il jeta un rapide coup d'œil dans les pièces du premier étage.

— Il n'y a personne, annonça-t-il en redescendant.

— Elle a dû aller à une fête. Est-ce qu'elle va habiter ici avec Hope ? demanda Murphy.

— Peut-être, répondit distraitement Beckett qui jeta un coup d'œil vers le palier. Elle allait à une fête ?

— Je crois. Elle avait une longue robe. Comme des fois les dames qui vont aux fêtes. On peut monter maintenant ?

— Bien sûr.

Il interrogea Clare du regard.

— D'accord ?

— D'accord, mais... nous en reparlerons plus tard. Murphy, tu restes avec moi.

Comme Clare ne voulait pas perdre les enfants de vue, Beckett dut ronger son frein jusqu'à ce qu'ils aillent à Vesta. Là, il lui fut facile de se retrouver tête à tête – façon de parler – avec elle. Une poignée de pièces fit l'affaire.

— Je comprends que tu n'aies pas voulu en parler devant les garçons, fit-il. Cela dit, nous pourrions parler d'une invasion de grenouilles à deux têtes qu'ils s'en moqueraient royalement.

— J'ignore ce qui s'est passé, ou de quoi il s'agit. Tout ce que je sais, c'est que... cette créature a attiré mon petit garçon là-haut, tout seul.

— Elle n'est pas dangereuse.

— Il n'y a pas de *elle*. Et quand bien même, comment sais-tu qu'elle n'est pas dangereuse ?

— Depuis le temps que toute l'équipe travaille là chaque jour...

— Des adultes.

— J'ai été un nombre incalculable de fois seul là-haut. Pour la première fois aujourd'hui, j'ai eu une petite discussion avec elle à propos de la porte de la terrasse qu'elle persistait à ouvrir.

— Peut-être parce qu'elle voulait te pousser par-dessus la balustrade.

Il faillit rire, mais, à l'évidence, il ne s'agissait pas d'une plaisanterie.

— Je n'arrive pas à croire que nous ayons cette conversation, reprit-elle, une pointe d'irritation dans la voix. Un fantôme. Franchement, Beckett.

Elle attrapa son verre de soda à peine la serveuse l'eut-elle posé sur la table.

— Tout va bien ?

— Tout va bien, Heather, assura Beckett avec un sourire faussement détendu. Merci.

Il attendit que la jeune femme s'éloigne.

— Nous avons cette conversation parce que tu te tracasses. Murphy n'a pas eu peur.

— C'est un enfant.

— Oui, et j'imagine que c'est pour cette raison qu'il l'a vue. Il paraît que les enfants sont plus réceptifs à ce genre de phénomène.

— Qu'est-ce que j'en sais ? Je ne crois pas à ce genre de phénomène, comme tu dis. C'est n'importe quoi.

Face à ce mouvement d'humeur inhabituel, il tenta de la dérider.

— Tu serais Scully, et moi, Mulder. J'ai peut-être envie d'y croire, mais le fait est que Murphy l'a vue. Des cheveux comme les tiens, d'après lui. Et vêtue d'une robe longue. À mon avis, elle devait vivre au XVIIIe ou au XIXe siècle.

— Par pitié.

Beckett posa la main sur la sienne et la serra.

— Jamais je ne prendrais le risque qu'il lui arrive quoi que ce soit, ni à lui ni à aucun de vous. Si je pensais une seconde que Lizzie veuille du mal à quiconque, je trouverais un moyen de... je ne sais pas... l'exorciser. À tes yeux, reprit-il en se penchant un peu en avant, c'est l'incarnation de *Blair Witch* ou de *Poltergeist*. À cause de ton goût pour les romans d'horreur. Du coup, tu associes les spectres au mal.

— Dans la fiction, les spectres ne sont pas toujours malfaisants.

— Eh bien, voilà.

— Dans la *fiction*. Je n'ai jamais eu affaire à quelque chose de ce genre dans la réalité. Ça m'a flanqué la frousse de voir Murphy dans l'escalier, qui souriait dans le vide.

— J'ai une théorie. Je t'en livre une version rapide avant qu'il n'y ait plus de pièces et que les pizzas arrivent. Si tu veux mon avis, elle apprécie notre travail. Elle aime qu'on restaure la maison, qu'on lui redonne vie, d'une certaine façon. Je crois qu'elle apprécie d'avoir du monde autour d'elle.

— À présent, tu veux me faire croire que non seulement la maison est hantée par une revenante, mais par une revenante sociable.

— Et pourquoi pas ?

— Oh, je vois pas mal de raisons !

— Écoutez plutôt, agent Scully. Plus le chantier avance, plus elle se manifeste. À notre arrivée, je n'ai rien ressenti. Mais plus tard, quand nous avons commencé à prendre les mesures, que j'ai dessiné mes premiers croquis, j'ai eu la sensation d'être observé. Là, d'accord, ça faisait froid dans le dos. Au fur et à mesure de la progression des travaux, j'ai commencé à sentir un parfum de chèvrefeuille. Pas chaque fois, mais de plus en plus souvent. Et aujourd'hui, le jour où nous enlevons la bâche, elle nous fait son grand numéro.

— Je ne veux pas qu'elle importune mes enfants.

— Qui ça ? demanda Murphy qui se hissa sur ses genoux.

— Personne, mon chéri, répondit Clare.

Elle l'enveloppa de ses bras et lui chatouilla le cou jusqu'à ce qu'il éclate de rire.

— Personne n'a le droit d'embêter les fils Brewster, conclut-elle.

Quand elle fut repartie avec les garçons, Beckett retourna à l'hôtel et attendit, histoire de voir ce qui allait se passer.

Rien.

Peut-être l'avaient-ils vexée. Vivante ou non, une femme pouvait se montrer très susceptible.

— Vous l'avez effrayée, vous savez. Ses enfants sont tout pour elle ; en outre, Murphy est le plus petit. Elle a eu un peu la frousse, voilà tout.

Toujours rien.

— Pourquoi ce silence ? Je n'ai rien fait. Et vous devriez la laisser tranquille. La plupart des gens ont peur. Moi, j'ai l'habitude, pourtant, je sursaute parfois.

Pas la moindre réaction.

— C'est une de ses amies qui va diriger l'hôtel, continua-t-il. Hope. Elle habitera au deuxième, alors Clare et Avery passeront souvent. Vous ne serez plus seule.

La porte de la terrasse d'Elizabeth et Darcy s'entrouvrit, et Beckett réalisa que c'était un peu déconcertant la nuit sans l'équipe autour.

— D'accord, un peu d'air frais me fera du bien.

Il sortit sur la terrasse, sentit le chèvrefeuille.

— Elle vous plaira quand vous la connaîtrez mieux. C'est une femme formidable. Elle craignait juste que vous ne fassiez du mal à son fils, alors...

Le claquement de la porte le coupa au milieu de sa phrase.

— Dites donc, quel tempérament, marmonna Beckett avant de rouvrir la porte. Je n'ai pas dit que je le craignais aussi. Écoutez, elle est peut-être un peu trop protectrice. Son mari a été tué à la guerre. Une maudite guerre stupide. Il n'a jamais connu Murphy. À ses yeux, ses fils n'ont qu'elle et elle les protège comme une louve. Qui pourrait le lui reprocher ?

La porte s'entrebâilla de quelques centimètres supplémentaires, ce qu'il interpréta comme un geste d'excuse ou de compréhension.

— Elle a juste besoin d'un peu de temps. Bon, j'ai encore du travail à faire chez moi, ajouta-t-il, désignant l'autre côté de la place. Il va y avoir du mouvement ici demain, quand ils vont commencer à carreler les salles de bains. Je reviendrai le matin.

Il rentra dans la chambre, ferma la porte.

— Vous devez vraiment laisser cette porte fermée, lui rappela-t-il.

Il attendit un instant, puis, satisfait, descendit, sortit et ferma à clé.

De l'autre côté de la rue, il s'arrêta et se retourna. Une fraction de seconde, il crut discerner la silhouette sombre d'une femme derrière la balustrade de la galerie.

Mais la porte demeura close.

13

Claquée et les nerfs en pelote, Clare franchit le seuil de la librairie d'un pas pesant. Elle céda à l'envie de s'apitoyer sur son sort. C'était elle la propriétaire, non ? Elle devrait quand même pouvoir prendre sa journée, faire des choses un peu drôles comme... Aucune idée ne lui vint.

Parce qu'elle n'était pas d'humeur à s'amuser. Tout ce qu'elle souhaitait, c'étaient deux heures de tranquillité et de solitude pendant lesquelles elle ne ferait rien, le regard perdu dans le vide.

— Bonjour ! claironna gaiement Laurie, assise à l'ordinateur. Comment ça va ?

Son sourire radieux donna à Clare une migraine instantanée.

— Comme quelqu'un qui a traîné trois enfants chez le dentiste et subi leurs jérémiades à l'aller et au retour. Ils râlaient encore quand je les ai largués à l'école. Si ça se trouve, à l'heure qu'il est, leurs professeurs ont fait un signalement à la police.

La joie de Laurie se mua en compassion.

— Pas terrible pour commencer la journée.

— Je ne vous le fais pas dire, soupira Clare qui lâcha son sac et son porte-documents sur les marches.

La journée de congé n'étant pas envisageable, elle allait au moins s'accorder un café avant de monter travailler. Et puis, à côté de ses trois démons, le travail, c'était presque les vacances.

— Je monte bouder un peu, annonça-t-elle à Laurie après s'être servi une tasse. Et essayer d'oublier qu'ils ont leur bilan chez le pédiatre la semaine prochaine. Il n'est pas impossible que je fugue. Quand je pense que les dentistes et les médecins se font payer leurs services !

— Désolée de vous annoncer ça, mais vous avez trois messages.

— Trois ? Nous ne sommes ouverts que depuis une demi-heure.

Voilà qui méritait un trait de caramel dans le café.

— Euh... il y a aussi comme une fuite au lavabo d'en bas. Je suis vraiment navrée.

Facture de plombier à l'horizon. Tout le caramel du monde ne pourrait la consoler.

— Il y a des jours comme ça...

— Si tous les tracas arrivent en même temps, vous serez peut-être tranquille après.

— En général, quand ça vous tombe dessus, ça n'arrête pas. C'est la loi des séries. Je ferais mieux de m'y coller.

Laurie agita le bloc jaune des messages avec un sourire, l'air d'attendre quelque chose.

— Si vous avez besoin de moi, je suis en haut. Et j'espère que ce ne sera pas le cas dans l'heure qui vient, ajouta Clare.

Elle tendit la main vers le bloc, mais Laurie ne voulait pas lâcher prise.

— J'en ai besoin pour répondre à ces messages.

— Je sais, mais...

La jeune femme se trémoussa sur sa chaise, désignant sa main du menton avec insistance.

— Mais enfin, Laurie, qu'est-ce qui vous arrive ? Vous êtes officiellement privée de caféine jusqu'à... Oh !

Clare lâcha le bloc et s'empara de la main de Laurie. Celle qui arborait une bague de fiançailles scintillante.

— Je me marie !

— C'est ce que je vois. Oh, elle est vraiment magnifique !

— N'est-ce pas ? Je ne me lasse pas de l'admirer. Je l'adore. Je croyais que vous ne la verriez jamais.

— J'étais tellement occupée à m'apitoyer sur mon sort que j'en étais aveuglée. Ça date de quand ?

— Tyler m'a fait sa demande hier soir. Il se comportait bizarrement depuis quinze jours. Du coup, je craignais qu'il ne veuille rompre.

— Laurie, il est fou de vous. À l'évidence, confirma-t-elle en tournant la main de la jeune femme pour examiner la bague sous un autre angle.

— Je sais, mais il était franchement bizarre. Et puis, hier soir, il m'a proposé de faire une balade au parc. Il était très sérieux. Je ne me doutais pas de ce qui se tramait.

Clare posa sa tasse pour serrer Laurie dans ses bras.

— Je suis si heureuse pour vous, murmura-t-elle. Vous ne vous en doutiez vraiment pas ?

— Pas le moins du monde. D'accord, on est ensemble depuis deux ans, et on s'était vaguement dit que peut-être un jour... Mais je n'ai rien vu venir. Figurez-vous qu'il s'est agenouillé dans le kiosque de Schafer Park, expliqua Laurie, les yeux humides de larmes de bonheur.

— Sérieusement ? Oh, Laurie !

— Je l'aime tellement et j'allais être tellement furieuse contre lui s'il me quittait. Et maintenant, regardez ! s'exclama-t-elle, agitant la main de plus belle. Je n'en pouvais plus de vous attendre tant j'avais hâte de vous la montrer. Il l'a choisie lui-même, vous savez.

— Elle est parfaite. Quand comptez-vous...

Le carillon de la porte tinta et deux clients entrèrent.

— Nous en reparlerons plus tard, fit Clare.

Il fallut encore une demi-heure avant qu'elle puisse monter répondre aux messages et souffler un peu. Elle se rappela soudain la fuite et s'empressa de descendre y jeter un coup d'œil.

Elle était accroupie sur le carrelage des toilettes près de la réserve, un seau sous le tuyau d'écoulement du lavabo qui gouttait, quand Avery entra.

— Je t'ai envoyé un million de textos ce matin.

— Dentiste, traumatisme, fiançailles, travail. Et maintenant plomberie. Bon sang, quelle journée, et il n'est même pas midi !

— Laurie m'a annoncé pour Tyler et elle – elle en avait des arcs-en-ciel dans les yeux. Au fait, il est presque 13 heures.

— Pas possible.

— Si, et je n'ai qu'une minute. Hope est arrivée.

— Non ? Quand ?

— Vers 11 heures, ce que tu saurais si tu avais lu tes messages. Deux gros bras de l'équipe l'ont aidée à monter ses meubles. Elle est là !

— Elle a encore besoin d'aide ?

— Je n'ai pas eu l'occasion de lui parler pour le moment. J'irai lui donner un coup de main après le coup de feu. Tu pourras venir ?

Déjà 13 heures.

— Je vais voir si Mazie peut garder un peu les enfants après l'école.

— Si elle n'est pas disponible, je parie que Beckett s'en chargera. À moins que vous ne soyez toujours fâchés depuis votre prise de bec d'amoureux.

— Notre prise de bec ?

— Oui, l'autre jour, au restaurant, vous vous êtes disputés.

— N'importe quoi. Ce n'était pas une dispute, protesta Clare, même si, c'est vrai, il avait tort. Mais il n'est pas question que je demande à Beckett de garder les enfants après sa journée de travail.

— Comme tu veux. Essaie de venir, même si tu ne restes pas longtemps. Après tout, c'est une étrangère qui débarque en terre inconnue.

— Je trouverai une solution.

— Super.

Avery jeta un coup d'œil sous le lavabo

— Tu devrais demander à Beckett de réparer ça.

Clare décocha un regard noir à son amie dont les cheveux tiraient désormais sur le bordeaux avec de larges mèches dorées.

— Pourquoi ? C'est mon homme à tout faire ?

— L'avantage non négligeable de coucher avec un homme habile de ses mains, c'est de pouvoir lui demander un service en cas de besoin. Bon, il faut que j'y retourne. On se voit plus tard chez Hope.

Pas question de demander un service à Beckett. Pendant six ans, elle avait réglé tous les problèmes sans homme, habile de ses mains ou pas. Ce n'était pas parce qu'elle avait commencé à fréquenter Beckett qu'elle était devenue brusquement incompétente.

Agacée, elle fonça à l'étage chercher la trousse à outils qu'elle gardait dans son bureau. Elle avait juste besoin d'une clé à molette pour resserrer le pas de vis. Un jeu d'enfant.

— Je m'occupe de la fuite, annonça-t-elle à Laurie en redescendant. Si quelqu'un m'appelle, prenez le message. Je ne devrais pas en avoir pour longtemps.

— Vous êtes sûre ? Je peux appeler en face. Ils enverraient quelqu'un de l'équipe.

— Je vous offrirai une trousse à outils en cadeau de fiançailles.

— Je préférerais une nuisette sexy.

— Une trousse à outils, insista Clare en agitant la sienne. On n'a pas toujours un homme sous la main. Une femme doit être à même de se charger des réparations de base dans une maison.

— Si vous le dites.

— Et je le fais.

Plus déterminée que jamais, Clare regagna les toilettes d'un pas énergique. Elle s'assit sur le sol et ouvrit sa trousse. Il lui était déjà arrivé de régler des problèmes de plomberie – et de réparer des portes qui grincent, des tiroirs qui coincent. Elle avait aussi affronté le summum de la frustration parentale : les jouets dont le mode d'emploi indiquait traîtreusement « montage partiel requis ». Durant son mariage, elle avait appris à se débrouiller seule. Et elle n'avait pas cessé depuis.

Elle pouvait difficilement se permettre d'appeler un plombier à la moindre petite fuite. Et pas question de faire venir son père quand les gouttières étaient engorgées ou que la tondeuse se mettait à crachoter – ce qui était d'ailleurs le cas en ce moment. Inutile d'émettre un bulletin d'alerte pour trois malheureuses gouttes. Elle sortit une clé et se mit au travail.

En l'espace de dix minutes très frustrantes, les trois gouttes devinrent un filet d'eau, réduit certes, mais régulier. Pas de problème, elle savait ce qu'elle avait fait de travers. Il lui suffisait de...

— Tu as une licence de plomberie ?

Les joues empourprées, Clare s'efforça de contenir son exaspération et leva les yeux vers Beckett.

— J'y suis presque.

— Laisse-moi jeter un coup d'œil.

— J'y suis presque, je te dis.

Il s'accroupit près d'elle et lui prit la clé des mains.

— On dirait qu'il te faut un joint. J'en ai sans doute un du bon diamètre dans la voiture. Je vais devoir couper l'eau quelques minutes.

— Je sais comment couper l'eau.

— D'accord. Tu peux t'en occuper pendant que je vais chercher le joint ?

Il se redressa et l'aida à se relever.

Il n'était pas rasé, nota-t-elle. Et ses cheveux, qui lui tombaient dans les yeux, avaient besoin d'un rafraîchissement. Pour couronner le tout, il sentait la sciure. Autant de détails qui, combinés, évoquaient dans l'esprit de Clare le macho au grand cœur prêt à venir à la rescousse d'une malheureuse en détresse, style « laissez-moi faire, ma petite dame ».

— C'est Laurie qui t'a appelé ?

— Non. Pourquoi ?

Elle se contenta de secouer la tête et sortit couper l'eau.

Il suffisait donc de changer le joint, se dit-elle, le regardant effectuer la réparation avec compétence. Elle aurait dû y penser.

— Ça devrait faire l'affaire. Il ne me reste plus qu'à ouvrir l'eau et...

— J'y vais.

Avec un haussement de sourcils, Beckett la regarda pivoter sur ses talons et s'éloigner au pas de charge.

Il fit couler l'eau dans le lavabo, vérifia l'étanchéité de la canalisation et rangea les outils.

— Ça va te coûter un max, plaisanta-t-il lorsqu'elle revint.

D'un mouvement désinvolte, il lui souleva le menton et l'embrassa.

— Voilà, la facture est réglée. Pourquoi ne m'as-tu pas appelé ?

— Parce que je m'en occupais *moi-même*.

Il la scruta, un mélange de perplexité et de patience dans son regard bleu.

— Tu es fâché contre moi ou le tuyau ?

— Je...

Elle se retint à temps de se lancer dans la diatribe qui la démangeait. Après tout, Beckett n'y était pour rien.

— J'ai eu une journée merdique, c'est tout. Merci pour ton aide.

— De rien. À propos, je peux rester avec les garçons après l'école si tu veux donner un coup de main à Hope pour son emménagement.

— Il y a des micros ici ou quoi ? Avec une table d'écoute en face ?

— Pas que je sache. J'ai juste vu Avery en allant m'acheter un panini pour le déjeuner.

— Je lui avais dit que j'allais demander à Mazie.

— Ce qui m'oblige à te reposer la question : es-tu fâchée contre moi ?

— Non. Pourquoi le serais-je ? lâcha-t-elle, les mâchoires crispées.

C'était pourtant le cas, même si elle était bien en peine de citer une seule raison.

— Je ne veux pas que tu te sentes à ma disposition pour les réparations, le baby-sitting ou autre, voilà tout. Je sais me débrouiller seule. Je le fais depuis des années.

— Je n'en doute pas une seconde, répondit-il d'un ton un peu froid. Y a-t-il une raison qui t'empêche d'accepter un coup de main quand on te le propose, ou s'agit-il juste de moi en particulier ?

— Non. Enfin si, pataugea-t-elle avant d'appuyer les doigts sur ses yeux. La raison, c'est cette journée merdique, à commencer par un rendez-vous chez le dentiste avec les garçons qui, tu l'imagines, n'étaient pas dans les meilleures dispositions.

— Des caries ?

— Non, heureusement. Ça aurait pu être pire. Bon d'accord, je suis sûre qu'ils seraient contents de te voir, si tu penses vraiment que tu en as le temps.

— Je peux tenter de me libérer de mes nombreuses obligations mondaines.

— Hmm, j'irai les chercher et je leur ferai commencer leurs devoirs. Je leur ai promis des *tacos* s'ils étaient sages chez le dentiste. Ce qui n'a pas été vraiment le cas, mais bon, passons. C'est rapide et facile à préparer.

— Si je viens vers 16 heures, ça te va ?

— Oui, merci.

— À tout à l'heure, alors.

— Beckett... Je suis désolée d'avoir été désagréable, et j'apprécie que tu aies réparé la fuite.

— Pas de problème. Tu sais, Clare, reprit-il, s'arrêtant sur le seuil, être capable de tout faire ne signifie pas que tu y es obligée.

Peut-être, admit-elle. Mais elle ne tenait pas à oublier.

Ryder regarda Beckett remballer ses affaires. Il savait quand son frère était de mauvaise humeur et décida d'en avoir le cœur net.

— On ne serait pas contre un coup de main dans le magasin ce soir.

— Mes talents sont demandés ailleurs.

— Du baby-sitting, je parie. Elle te mène à la baguette, dis donc.

Pour toute réponse, Beckett lui fit un doigt d'honneur.

— J'imagine que tu as intérêt à te montrer sympa si tu veux rentrer dans ses bonnes grâces après votre engueulade à Vesta.

— Quelle engueulade ? aboya Beckett, la mine renfrognée. Nous avons eu une *discussion*, nuance. Si les gens ne savent pas faire la différence, tant pis pour eux.

Il flanqua un coup de pied dans le pneu du pick-up.

— Peut-être qu'elle non plus ne sait pas faire la différence, qu'est-ce que j'en sais ?

— Essayer de la comprendre est ta première erreur. Personne ne peut comprendre les femmes.

— J'ai réparé une fuite au Tourne-Page et elle a failli m'arracher la tête. Quelque chose la tracasse et je sais quoi. C'est Lizzie.

— Clare trouve que tu passes trop de temps avec ton fantôme ?

— Ce n'est pas *mon* fantôme. Clare a eu la frousse l'autre soir quand j'ai fait visiter la maison aux garçons, parce que Murphy a vu Lizzie.

— Tu entraînes des enfants dans ton délire maintenant ?

— Ce n'est pas un délire, et tu le sais très bien. Comment se fait-il que ton chien passe toutes ses journées dans cette chambre, hein ? demanda-t-il, désignant Nigaud, tandis que celui-ci levait la patte sur le pneu dans lequel il venait de donner un coup de pied.

— C'est un chien, Beckett. Je n'essaie pas de le comprendre non plus. Alors comme ça, le gamin a dit qu'il l'avait vue ?

Voilà qui était intéressant, Ryder était bien forcé de l'admettre.

— Il l'a bel et bien vue. Je n'avais jamais parlé d'elle à aucun d'eux, précisa Beckett avant de raconter l'incident. À la suite de ça, Clare s'est fichue en rogne. Et elle l'est toujours, apparemment.

— Ça lui passera. Offre-lui donc des fleurs ou un truc de ce genre.

— Je n'ai pas le temps d'aller acheter des fleurs. Et de toute façon, je n'ai rien à me faire pardonner, ajouta-t-il, ponctuant sa phrase d'un nouveau coup de pied.

— Comme si ça comptait, fit Ryder qui secoua la tête avec compassion.

Une fois Beckett au volant, il s'appuya à la fenêtre et ajouta :

— Elle trouvera toujours quelque chose à te reprocher, alors le plus simple, c'est de distraire son attention avec des fleurs. Sinon, tu pourras toujours faire tintin.

— Tu es un enfoiré cynique.

— Je suis réaliste, mon enfant. Va donc jouer au baby-sitter. Pour une femme comme Clare, c'est peut-être pareil que des fleurs.

Peut-être, songea Beckett en démarrant. Mais il ne gardait pas les enfants pour se faire pardonner. Il voulait juste aider. Il aimait lui rendre service.

Tôt ou tard, elle devrait s'y habituer.

À son arrivée, ce fut la maison en folie. Son ego et son moral grimpèrent en flèche quand les garçons s'agglutinèrent autour de lui et rivalisèrent pour attirer son attention, l'assaillant de questions, le suppliant de venir jouer.

— Reprenez votre souffle, ordonna Clare qui posa la main sur l'épaule de Harry en se tournant vers Beckett. Nous avons d'abord un peu de maths à finir.

— Des maths ? Ça tombe bien, c'est mon point fort.

— Je fais des devoirs depuis des *heures*, se plaignit Harry.

— C'est l'impression que ça donne, en effet. On finit juste cette page d'exercices et tu es libre.

— Vas-y, lui dit Beckett. Je m'en occupe.

— Oh, mais...

— À partir de maintenant, plus de femmes.

— C'est la soirée entre hommes ! renchérit Murphy qui fit saillir ses petits biceps comme le lui avait montré Beckett.

— L'heure et demie entre hommes, plutôt, corrigea Clare qui remarqua le sac que Beckett avait posé sur le plan de travail.

— Pas touche, ce sont des trucs d'hommes, plaisanta-t-il en récupérant le sac d'un geste vif.

Puis il déposa sur sa bouche un baiser léger qui inspira à Liam des haut-le-cœur bien imités, tandis que Harry gardait les yeux rivés sur sa feuille et que Murphy essayait de grimper le long de la jambe de Beckett tel un singe.

— D'accord, céda-t-elle.

Elle gratifia Harry d'un long regard, puis lui caressa les cheveux.

— Ne fais pas les exercices à sa place, prévint-elle. Et vous, les garçons, un peu de calme pour que votre frère puisse finir. Après, vous pourrez jouer. Je ne serai pas absente longtemps.

— Amuse-toi bien, fit Beckett avant de s'asseoir à table. Alors, où en sommes-nous ?

Après un dernier regard à Harry, Clare s'en alla.

— Il faut additionner les trois nombres et écrire la réponse. Je sais pourquoi il y en a autant.

— Tu es déjà bien parti.

— On peut avoir le sac maintenant ? demanda Liam. Qu'est-il y a dedans ? Des cookies ?

— Non et non. Vous deux, allez dans la salle de jeux et faites le tri de toutes les figurines d'action, d'un côté les bons, de l'autre les méchants. Après, vous formerez des équipes.

— Pourquoi ?

Beckett chatouilla le ventre de Murphy.

— Pour faire la guerre.

Cette perspective dut les réjouir au plus haut point car ils partirent à toutes jambes avec des cris à glacer le sang.

— Alors, reprit Beckett, cinquante plus huit plus deux cents.

Les exercices ne prirent pas longtemps, et il découvrit que Harry avait moins besoin d'aide que d'une présence pour l'aider à se concentrer.

— Bravo, tu as tout bon.

Aux bruits qui provenaient de la salle de jeux, les deux plus jeunes avaient commencé la guerre sans lui. Il s'empara du sac qu'il posa sur la table et en sortit un mètre ruban.

— C'est un vrai, pas un jouet, expliqua-t-il. C'est un des miens. Il y a sûrement des tas de trucs à mesurer ici.

Harry tira sur le ruban métallique et le laissa s'enrouler avec un claquement sec.

— Quand tu veux qu'il reste sorti, tu appuies là et ça tient. Pour relâcher, tu appuies une deuxième fois.

Sans un mot, Harry essaya plusieurs fois. Puis il leva les yeux vers Beckett.

— Pourquoi tu me donnes ça ?

— L'autre jour, à l'hôtel, tu semblais t'intéresser à la façon dont on construit les choses, comment elles fonctionnent. On ne peut rien construire sans mètre ruban. Mon père m'en a donné un quand...

— T'es pas mon père.

Aïe, se dit intérieurement Beckett.

— Non. Je me suis juste souvenu que j'avais eu un mètre quand j'étais enfant et je me suis dit que ça te plairait d'en avoir un aussi.

— Je t'ai vu embrasser maman. Et une autre fois encore avant.

— Oui.

Après avoir reposé le mètre ruban, Harry croisa les bras, la mine sérieuse.

— Pourquoi tu l'embrasses ?

— Parce que j'aime bien ta maman. C'est peut-être à elle que tu devrais en parler.

— Je t'en parle à *toi*.

Il allait droit au but, et attendait qu'il fasse de même, devina Beckett.

— D'accord. Eh bien... j'aime beaucoup ta maman et l'embrasser est une façon de le montrer.

— Vous allez vous marier ?

Tout de suite les grands mots. Comment expliquer à un gamin de huit ans le long chemin tortueux entre un baiser et le mariage ?

— Nous nous aimons bien, Harry, et nous aimons être ensemble, faire des choses ensemble.

265

— Laurie va se marier. C'est maman qui l'a dit.
— Oui, mais...
— T'as pas le droit de lui demander de se marier sans me demander d'abord. Je suis l'aîné.
— D'accord.
— Et tu peux pas l'embrasser si elle ne veut pas.
— D'accord.
— Tu dois jurer.

Malgré son regard et sa voix farouches, Beckett vit sa lèvre inférieure trembloter. Un gamin courageux, se dit-il.

— Tu sais que j'ai perdu mon père aussi.

Harry hocha la tête avec gravité.

— Désolé.
— C'est dur. Les fils doivent prendre soin de leur mère. C'est notre mission. Tu fais du beau travail, Harry. Je n'embrasserai pas ta mère si elle ne veut pas. Et je ne lui demanderai pas de m'épouser avant de te le demander d'abord. Je te le jure, assura Beckett, la main levée.

Harry le dévisagea un instant, puis lui serra la main.

— Tout est OK entre nous ? demanda Beckett.

Harry haussa une épaule.

— J'imagine. Tu viens jouer avec nous pour pouvoir embrasser maman ?
— C'est un à-côté agréable, mais je viens jouer avec vous parce que c'est amusant et que je vous aime bien. Mais je ne vais pas vous embrasser.

Harry laissa échapper un ricanement, puis reprit le mètre ruban.

— On en a tous les trois un ?
— Non, chacun a un outil différent.
— Je peux voir ?

— Bien sûr. J'ai pris ce petit niveau pour Murphy. Quand tu le poses sur quelque chose, tu peux vérifier si c'est droit. Tu vois la bulle, là, entre les lignes ? Eh bien, ça veut dire que cette table est plutôt droite. Sinon...

Il souleva un coin de la table et la bulle se déplaça dans la petite fenêtre.

— Tu vois ?

— Oui, répondit Harry qui, fasciné, essaya à son tour. C'est génial.

— Et ça, c'est un tournevis cruciforme, poursuivit Beckett. On l'appelle comme ça parce qu'il a une tête en croix au lieu d'être tout droit. Celui-ci est assez petit pour que Liam puisse dévisser le compartiment à piles de vos jeux quand il faut les changer.

— Plutôt cool.

— Avec un peu plus d'outils et quelques matériaux, on pourrait construire quelque chose un de ces jours.

Le garçon s'anima.

— Comme quoi ?

— On va réfléchir à la question.

— D'accord. Il me plaît, ce mètre ruban. J'aime bien que ce soit un vrai. Je vais le montrer à Liam et à Murphy, et mesurer quelque chose.

— Bonne idée. J'arrive.

Harry partit en courant et Beckett demeura assis un moment. Il espérait avoir géré l'épineux sujet de la bonne manière. Il avait l'impression que oui, mais bon sang, il était bien content que ce soit fini.

Clare sirotait le champagne qu'Avery avait apporté et examinait l'appartement de Hope. Propre, se dit-elle, fonctionnel – et provisoire. À l'évidence,

Hope était du même avis, car elle avait limité les meubles.

— J'ai vendu beaucoup, donné certaines choses à ma sœur. Mon frère a pris le lit que j'avais partagé avec Jonathan. Je n'en voulais plus et lui n'avait aucun scrupule à dormir dedans.

— Tant mieux, approuva Avery. Un nouveau départ sur tous les plans.

— J'ai décidé d'attendre d'emménager dans mon appartement de fonction pour en acheter un nouveau. Pour l'instant, le matelas et le sommier neufs me suffiront.

Avery trinqua avec elle.

— Futé. Tu devrais regarder chez Bast, pas loin d'ici dans Main Street. La plupart du mobilier de l'hôtel provient de là. Et Owen m'a dit qu'ils conserveraient le mobilier commandé jusqu'à l'emménagement. Je suis sûre qu'ils accepteraient de rendre ce service à la directrice.

— Peut-être. J'irai jeter un coup d'œil à tout hasard, répondit Hope en parcourant du regard les piles de cartons, le sol et les murs nus. Mon Dieu, qu'est-ce que j'ai fait ?

Elle pivota sur elle-même, l'air un peu hagard.

— J'ai vendu la moitié de mes affaires, j'ai des tas de trucs dont je ne sais que faire au garde-meubles. J'ai quitté un endroit que j'adorais et je n'aurai pas de vrai boulot avant Dieu sait quand. Qu'est-ce qui m'a pris ?

— C'est juste un peu d'anxiété, la rassura Clare.

— De l'anxiété ? De la folie, tu veux dire. Ça ne me ressemble pas, mais alors, pas du tout. Je ne sais même pas où je suis.

— À Boonsboro, dit Avery qui la guida vers la fenêtre qui surplombait Main Street. Tu es déjà venue des dizaines de fois. Regarde, là c'est mon restaurant.

— Tu sais très bien ce que je veux dire.

— Ce que je sais, c'est que tu as trouvé le poste idéal dans un endroit où tu as des amies. Les meilleures amies possibles – intelligentes et sexy, sublimes et avisées.

— Sans oublier modestes et attentionnées, ajouta Clare, mais Hope ne rit pas.

— Comment suis-je censée savoir que ce poste est idéal ? Je n'ai pas encore commencé.

Avery lui entoura les épaules du bras et serra brièvement.

— Je sais ce qu'il te faut.

— Tu as raison. Tu es la sagesse incarnée. Il me faut beaucoup plus de champagne.

— Non – enfin, plus tard. Pour l'instant, j'ai quelque chose pour toi, annonça Avery qui plongea la main dans sa poche. Owen m'a confié ta clé de l'hôtel. Nous allons y faire un tour de ce pas, histoire de te rappeler la raison de ta présence ici.

— Je n'ai pas fini de déballer mes affaires. Je n'y arriverai peut-être jamais. Il n'y aura jamais assez de place pour tous mes vêtements, se lamenta Hope. Que vais-je en faire ?

— On trouvera une solution. Pour l'instant, allons explorer ton futur domaine.

Cette visite juste à trois mettait Clare quelque peu mal à l'aise, elle déclara pourtant, en s'efforçant de paraître enthousiaste :

— Avery a raison. Tu as dit que tu n'y étais pas allée depuis ton arrivée.

— J'essaie de m'organiser.

— Je t'aiderai plus tard, promit Avery.

— Et moi, je viendrai demain, ajouta Clare. Au moins un moment.

— C'est bon. Allons-y.

— Tu n'as pas pu ne pas voir la façade, reprit Clare qui attrapa sa veste avant de leur emboîter le pas dans l'escalier.

— Elle est superbe, admit Hope. C'est une maison magnifique, aucun doute. Ce que je n'arrive pas à comprendre, c'est pourquoi je me suis mis dans l'idée d'en assumer la responsabilité.

— Parce que tu es intelligente et sûre de toi – ce qui est la même chose qu'avisée, répliqua Avery. Et que c'est exactement le genre de défi qui te permet de t'épanouir.

Hope la dévisagea, puis poussa un long soupir tandis qu'elles traversaient la rue qui longeait le pignon.

— Beau discours. Mais tu as oublié sexy et sublime.

— Cela va sans dire, Miss Philadelphia County. Ils préparent le sol pour les pavés, enchaîna Avery en indiquant la cour. Tu devrais aller voir ce qu'ils ont fait dans le patio derrière la boutique. Du beau travail, vraiment. Tiens, fit-elle en tendant la clé à Hope. À toi l'honneur.

« C'est parti », songea celle-ci. Et elle glissa la clé dans la serrure.

14

Hope entra sans mot dire. Clare ouvrit la bouche, mais Avery secoua la tête. Elle comprit et garda le silence.

Elles pouvaient à peine passer entre les cartons empilés dans tous les coins. Les placards de la cuisine, nota Clare. L'installation n'allait donc pas tarder, mais elle craignait que Hope ne puisse apprécier le superbe carrelage en grande partie dissimulé sous les cartons et les bâches.

Elles se faufilèrent jusqu'à l'arche.

— Les couleurs sont belles, fit remarquer Hope d'un ton neutre.

Elle s'attarda toutefois quelques instants dans l'espace encombré avant de continuer par le petit couloir jusqu'au hall. Là, elle laissa échapper une exclamation et la fois surprise et ravie.

— D'accord, c'est sublime. Élégant et unique, mais sans ostentation. On peut marcher sur cette partie-là, vous croyez ?

— Owen a précisé que les endroits interdits seraient délimités par du ruban.

Voulant voir par elle-même, Avery traversa le carrelage et alluma la torche de chantier dans les toilettes.

— Mazette !

— Quoi ? Oh !

Hope entra et passa les doigts sur le motif stylisé du carrelage mural.

— Regarde, fit-elle, il reprend les détails de la frise au sol sans la copier tout à fait. J'adore.

— Alors, conquise ?

Hope regarda son amie, les sourcils en accent circonflexe.

— Je suis sûre qu'il y a davantage à voir.

Elle s'aventura jusqu'à la première chambre et s'arrêta devant le ruban tendu sur le seuil de la salle de bains.

Ils ont posé le carrelage, remarqua Clare qui se remémora ce premier instant d'intimité avec Beckett, à cet endroit précis. La prise de conscience aussi subite qu'étonnante. Le parfum de chèvrefeuille. Elle ressortit, laissant ses amies s'extasier, et se dirigea vers la salle à manger.

— Quelle merveilleuse idée ! commenta Hope lorsqu'elle rejoignit Clare.

Elle admira longuement le plafond à caissons avant de s'avancer jusqu'aux fenêtres en façade.

— Alors, toujours pas sûre ?

Hope, qui regardait dehors, haussa les épaules.

— Je me sens quelque peu hors de mon élément, j'imagine. C'est un tel changement. J'en ai envie – et même besoin, je pense. Mais maintenant que j'y suis, je me demande si je suis prête pour le grand saut.

Elle se retourna.

— Pourtant, cet endroit a un je-ne-sais-quoi. Il me parle, et je me dis que je pourrais m'y sentir à ma place. De l'autre côté de la rue, il se peut que je recommence à paniquer, mais ici, je me sens bien.

Alors qu'elle levait de nouveau les yeux vers le plafond, elle entendit des pas à l'étage.

— Avery a dû monter sans nous.

— Non, je suis là, lança celle-ci en pénétrant dans la pièce, les yeux levés elle aussi.

— C'est sans doute Ryder ou Owen, suggéra Clare.

— Possible, mais je n'ai vu leurs pick-up ni devant ni derrière.

— Il y a forcément quelqu'un là-haut. Quelqu'un qui a la clé, puisque les portes sont fermées.

Pour en avoir le cœur net, Hope sortit dans le hall et se planta au pied de l'escalier.

— Bonjour, là-haut !

Son appel résonna, et fut suivi d'un profond silence.

— Ce doit être le fantôme, déclara Avery avec un sourire amusé. Allons voir.

— Avery...

Mais celle-ci montait déjà les marches au pas de course. Résignée, Clare suivit avec Hope tandis qu'Avery appelait de plus belle.

— Vous sentez ? fit-elle sur le seuil d'Elizabeth et Darcy avant de prendre une profonde inspiration. L'été. Le chèvrefeuille.

— C'est juste ton imagination.

Mais Clare croisa les bras avec un frisson, car ce parfum, elle le sentait aussi.

— Dans ce cas, mon imagination a suivi le même chemin, observa Hope en entrant dans la chambre. C'est fascinant. Quelqu'un a-t-il fait des recherches pour essayer de savoir qui elle était ? Ce serait... Regardez ! s'exclama-t-elle avec un sursaut quand la porte de la terrasse s'entrouvrit.

— Cette porte n'était pas fermée à clé. Voilà comment quelqu'un est entré, s'entêta Clare.

— Quelqu'un qui porterait une brassée de chèvrefeuille ? Je ne crois pas, non, objecta Avery qui alla ouvrir la porte plus grand, puis la referma. Et cette galerie n'est pas d'un accès facile par l'extérieur, surtout avec l'éclairage des lampadaires en prime.

— Il ne s'en dégage pas une impression de tristesse, n'est-ce pas ? fit remarquer Hope qui fit le tour de la pièce d'un pas tranquille. Quelle que soit cette... créature, elle semble amicale.

— Je ne vois pas comment on pourrait ressentir quoi que ce soit, commenta Clare d'un ton cassant. C'est juste de la pierre, de la brique et du bois.

— C'est aussi ce qu'on affirmait de Hill House, répliqua Avery d'une voix sépulcrale. Et pourtant il rôdait entre ses murs une...

— Arrête ! s'emporta Clare. C'est une vieille maison. Les parquets craquent. Et cette porte a besoin d'être réparée. C'est tout.

Avery lui prit la main.

— Pourquoi tu t'énerves ainsi ?

— Tu compares cette maison à un hôtel hanté et tu me demandes pourquoi je m'énerve ?

— Si tu ne crois pas aux fantômes, tu devrais juste me trouver idiote. Mais tu ne serais pas fâchée.

— Je ne suis pas fâchée. J'en ai juste assez de parler de fantômes comme s'ils existaient vraiment. Écoute, j'ai eu une journée difficile et j'ai encore le dîner à préparer. Je ferais mieux de rentrer.

— On va y aller, intervint Hope.

— Non, restez, vous. Terminez la visite. Désolée, je suis vraiment fatiguée. C'est seulement que... je ne crois pas à ces balivernes.

— Pas de problème, répondit Avery avec un haussement d'épaules agacé. Bon, on monte voir l'appartement de Hope ?

— Je ne veux pas y croire, continua Clare, les yeux embués de larmes, la gorge nouée par l'émotion. Si c'est possible, alors pourquoi Clint ne revient pas ?

— Clare.

Avant qu'elle puisse s'esquiver, Avery l'entoura de ses bras.

— Je suis navrée. Je n'y avais jamais pensé.

— C'est stupide. Je suis stupide, dit Clare qui s'abandonna à son chagrin. Mais pourquoi revient-elle ? Comment se fait-il qu'elle reste ?

— Si seulement je le savais.

— Murphy l'a vue.

Avery bondit en arrière.

— Quoi ? Quand ?

— Quand nous étions ici avec Beckett. J'ai eu peur en le voyant dans l'escalier sourire à... cette créature. J'étais furieuse aussi. Pourquoi elle, Avery ? Ne devrait-il pas plutôt avoir l'occasion de voir son père ? Au moins une fois ?

Clare sortit sur la terrasse. Elle avait besoin d'air. Alors qu'elle se tenait devant la balustrade, Hope lui fourra un mouchoir dans la main, puis glissa le bras autour de ses épaules. Avery fit de même de l'autre côté.

Elle laissa échapper un soupir tremblant et se sécha les yeux.

— C'est stupide d'être fâchée. Et inutile de se demander pourquoi. Je l'ai suffisamment fait. Quand ils ont évoqué cette revenante, comme je n'y croyais pas, j'ai trouvé ça intéressant. Un peu comme un roman. Ce n'était rien d'autre qu'une bonne histoire. Puis il y a eu Murphy...

— Tu as le droit de te demander pourquoi, murmura Hope. Même quand il n'y a pas de réponse.

— Je ne comprenais pas pourquoi cette histoire me tourmentait à ce point. Jusqu'à maintenant. Ou peut-être ne voulais-je tout simplement pas l'admettre.

— Viens, on va retourner chez Hope s'asseoir et parler un peu, suggéra Avery.

— Non, ça va maintenant. C'est mieux de savoir et de faire face.

Clare se tourna vers la porte et la vit s'entrebâiller davantage. Elle soupira.

— De toute façon, je n'ai pas le choix parce qu'elle ne semble pas avoir l'intention d'aller ailleurs.

Tôt le lendemain, Beckett retrouva ses frères dans la buanderie pour une réunion impromptue. Si Owen ne l'avait pas convoqué, il aurait pu dormir une heure de plus – peut-être deux, vu qu'il avait prévu de travailler chez lui le matin.

Mais Owen était Owen, et les réunions, son dada.

— L'électricien vient ce matin installer les éclairages extérieurs ici et ceux à l'intérieur de la boutique. Les cartons sont marqués, mais il faut que tu vérifies chaque modèle, Beckett. Et avant que tu demandes pourquoi, poursuivit Owen sans lui laisser le temps d'ouvrir la bouche, je te signale que nous en avons près de deux cents entre ici et la boutique. Pas question de perdre du temps et de l'argent à cause d'une bête confusion.

— D'accord. Je m'en occupe avant d'aller à mon bureau. Et avant que *tu* me le demandes, oui, j'ai ma check-list.

— Pendant qu'on y est...

Owen ajouta une bonne demi-douzaine de tâches et d'appels à la liste de Beckett.

— Et toi, à quoi tu t'amuses pendant que je suis pendu à ce maudit téléphone ?

Owen lui montra son bloc-notes. La longueur de la liste cloua le bec à Beckett.

— Pourquoi ne te décharges-tu pas d'une partie sur notre directrice ? s'étonna Ryder.

— Parce qu'on va lui laisser un ou deux jours pour s'installer, quand même. Elle gagnera son loyer la semaine prochaine, fais-moi confiance, répondit Owen.

Il tourna une page sur son bloc-notes et le montra à son frère.

— Voilà la liste que j'ai commencée à son intention. Bon, je vais installer le comptoir à la boutique. Maman a un rendez-vous à Hagerstown, leur rappela-t-il. Elle passera à son retour. Prévenez les gars qu'ils auront droit à la visite du grand patron. Voilà, c'est tout.

— Merci, mon Dieu, dit Beckett qui acheva son café et faillit se décrocher la mâchoire en bâillant.

— Le baby-sitting t'a épuisé hier soir ? s'enquit Ryder avec un sourire narquois.

— C'est un code pour le sexe ? voulut savoir Owen. Il faut me tenir au courant si nous utilisons des codes.

— Non, ce n'est pas un code, répliqua Beckett, et non, ce n'est pas le baby-sitting qui m'a épuisé. Je n'ai pas très bien dormi, c'est tout. Probablement parce que le baby-sitting et le sexe ne font pas bon ménage.

Ryder sourit de plus belle.

— Elle avait la migraine ?

— Non, abruti, ce serait bizarre avec les enfants qui dorment au bout du couloir, voilà tout. Ils ne sont pas prêts, surtout avec Harry qui m'a cuisiné parce que j'embrasse sa mère.

Le rictus de Ryder s'épanouit en un large sourire approbateur.

— Non, c'est vrai ? Brave garçon.

— Tu peux l'admirer, à veiller sur sa mère comme il le fait. Ce sont des gamins formidables. Murphy veut que je construise des cercueils pour ses figurines qui meurent au combat. Qui aurait une idée pareille ?

— J'aurais aimé l'avoir, réfléchit Owen. Ç'aurait été cool. On aurait pu les enterrer et fabriquer des petites pierres tombales avec leurs emblèmes dessus.

— Et ils auraient ressuscité – dotés de pouvoirs décuplés – pour se venger, renchérit Beckett qui trouvait l'idée brillante.

— Tu pourrais aussi graver leurs emblèmes sur le couvercle des cercueils. Tu as encore ton kit de pyrogravure, non ?

— Bien sûr. Bon sang, il va adorer.

— Bon, pendant que vous faites joujou tous les deux, je vais bosser, annonça Ryder en fixant sa ceinture à outils. Pour info, il y a plein de morceaux de contreplaqué qui traînent, ajouta-t-il en sortant.

Beckett avait l'intention d'aller droit à son bureau, mais il lui fallut d'abord enfiler des gants de travail pour aider à abattre l'ancienne clôture. Puis Madeline l'appela à la boutique pour lui demander son avis sur les étagères d'exposition qu'elle souhaitait installer au mur. Et en sortant, il tomba sur le coiffeur qui prenait sa pause et bavarda un moment avec lui.

Lorsqu'il arriva enfin à son bureau, il était plus près de 10 heures que de 9 – heure à laquelle il avait initialement prévu de commencer. Après le dernier café de la matinée et les appels dont il se débarrassa tout de suite, il put enfin se mettre sérieusement au travail. Il entendait finaliser la signalisation – et ils avaient intérêt à aimer. Ils avaient retenu trois fontes possibles parce que personne ne voulait s'engager. Eh bien, aujourd'hui, il allait trancher dans le vif.

Il joua avec la forme des lettres, les espacements, la taille, les coloris. Se leva, fit les cent pas, se planta devant la fenêtre pour mieux visualiser le résultat. Puis retourna à son bureau, vérifia ses mesures, chercha encore.

Au bout d'un moment, la faim se fit sentir et il commanda une *calzone* en bas.

Voilà, se dit-il, enfin satisfait. Il imprima une copie, la plaqua sur la vitre, un œil clos. Approuvé, décida-t-il avec un sourire.

Pour plus d'impact, il se rassit et travailla sur une enseigne assortie destinée à la boutique.

— C'est ouvert, lança-t-il quand on frappa à la porte.

Alors qu'il se levait pour sortir son portefeuille, quelle ne fut pas sa surprise de voir entrer Clare avec un carton à pizza.

— Tu travailles au noir à Vesta ? Je parie que tu encaisses de généreux pourboires.

— J'économise pour une nouvelle voiture, répondit-elle avec un sourire en lui tendant la boîte.

J'étais en bas quand ils l'emballaient. Comme je voulais te parler, je me suis proposée pour la monter. C'est sur ton compte.

Il la posa sur la table.

— Merci. On va partager.

— C'est gentil, mais je vais juste avaler une salade en vitesse avant d'aller donner un coup de main à Hope une petite heure. Mais je tenais d'abord...

— Je ne t'ai pas donné ton pourboire.

Il la prit par les hanches et l'attira vers lui.

— Tu sens délicieusement bon.

Et elle paraissait beaucoup plus détendue et heureuse que depuis leur « discussion » au sujet de Lizzie.

— Je teste quelques nouveaux laits corporels que nous envisageons de commercialiser. Celui-ci, c'est abricot et miel.

— Vendu.

Il se pencha sur elle et se laissa glisser avec bonheur dans leur baiser. Dans l'abricot et le miel.

— Tu es très généreux pour les pourboires.

— Et encore, ce n'est qu'une avance, précisa-t-il en la poussant vers la porte. Tu vas devoir m'accompagner pour le reste.

Ils sortirent à reculons, puis il l'entraîna dans son appartement.

— Beckett, protesta-t-elle en riant, mais son souffle était un peu saccadé, et il la sentit frissonner lorsqu'il lui mordilla la lèvre inférieure. On ne peut pas, voyons. On est au beau milieu de la journée.

— Pause-déjeuner.

— Oui, mais...

— Je n'arrête pas de penser à toi, murmura-t-il, lui picorant le creux du cou avant de revenir à sa bouche. À nous deux, ensemble. C'est dur de te voir sans pouvoir te toucher.

— Je sais. Je...

— Laisse-moi te toucher.

Déjà, il ne s'en privait pas. Ses mains vagabondes s'aventuraient sur le corps de Clare avec une hardiesse croissante, éveillant en elle un désir qui étouffait tout sens commun.

— Je suppose que je pourrais être un peu en retard.

Beckett glissa la main sous sa robe, remonta le long de sa cuisse, redescendit.

— Oui, je peux me permettre d'être en retard.

Elle se laissa tomber sur le lit, le cœur au grand galop, les sens déjà avivés à l'extrême. C'était fou, irresponsable. Divin, rectifia-t-elle lorsqu'il referma la bouche sur son sein et en titilla la pointe du bout des dents – à travers le tissu, la sensation était enivrante.

Elle retint un petit cri de surprise lorsque Beckett insinua de nouveau les doigts sous sa robe, puis plongea entre ses cuisses.

— Mon Dieu ! fit-elle, se raidissant sous le choc délicieux. Oh, mon Dieu...

— Laisse-toi aller, murmura-t-il en dévorant sa gorge offerte de baisers brûlants.

Elle se cambra sous ses caresses, les mains crispées sur les draps chiffonnés. Et lorsque son souffle haletant se mua en un long gémissement de jouissance, Beckett baissa son jean, lui retroussa sa robe, lui ôta son slip et la pénétra avec une fougue qui lui arracha un cri rauque. Les mains crispées sur ses flancs, les jambes nouées autour de sa taille, Clare se cabra et accompagna avec fièvre chacun de ses assauts avant de basculer avec lui dans l'abîme.

Comblés, pantelants, ils demeurèrent allongés côte à côte.

— Je devrais toujours te livrer tes pizzas.

— Ça me va.

Elle ferma les yeux, ne désirant rien de plus que savourer encore un peu l'instant.

Il souleva la tête.

— Pendant la journée, tu veux dire ?

— Plus précisément au milieu d'une journée de travail – et je porte encore mes vêtements. Presque tous.

— J'étais un peu pressé, reconnut-il en frôlant ses lèvres des siennes. Mais je peux te déshabiller maintenant et reprendre depuis le début.

— Je ne crois pas que mon organisme ou mon emploi du temps puissent supporter un nouveau pourboire. Mais merci beaucoup pour ta clientèle.

— Les meilleures *calzones* du comté. Zut, j'y vais, fit-il comme on frappait à la porte de l'appartement.

Qui, bien sûr, n'était pas fermée à clé, se souvint-il en entendant Avery appeler. Il remonta son jean, tandis que Clare bondissait du lit et lissait sa robe de son mieux.

— Un instant ! cria-t-il. J'arrive.

Mais Avery était déjà sur le seuil. Bouche bée, elle pointa un index accusateur sur eux.

— Des galipettes de midi ! Regardez-vous, tous les deux, l'œil langoureux et la mine coupable. Mon corps ne peut plus supporter cette jalousie. Je vais devoir louer un homme. Tu prends combien ?

— Très drôle.

Clare tira sur l'élastique qui retenait ses cheveux, puis réalisa qu'elle avait laissé son sac – avec sa brosse – dans le bureau de Beckett.

— On était justement sur le point de...
— Tous les indices laissent à penser que c'est déjà fait, coupa Avery.
— Tordante, ta copine, dit Beckett à Clare.

Puis ils échangèrent un sourire complice. Comme un couple heureux qui vient de s'envoyer en l'air, songea Avery.

— J'ai frappé, se défendit-elle. D'abord au bureau, là où était prévue la livraison et où Clare était censée venir te « parler », ajouta-t-elle, dessinant des guillemets en l'air.
— Ce que j'ai fait. Écoute, il faut que j'aille chercher ma brosse. Je serai chez Hope dans quelques minutes.
— Pas question de recommencer vos galipettes. Je mets le holà. Sinon, je pleurerai et je me couperai les cheveux. Vous ne voulez quand même pas être responsables de ce massacre.
— Je me recoiffe et je te rejoins, promis.

Sans un mot, Avery braqua l'index sur chacun d'eux avec un regard appuyé. Puis les planta là.

— Je croyais qu'elle ne partirait jamais, dit Beckett. Et si on...
— Non, pas question, l'interrompit Clare, les paumes levées. J'ai promis. Il faut que j'aille chercher mon sac. C'est vrai, je voulais te parler. Te présenter mes excuses.

Beckett la suivit dans le bureau.

— Pourquoi ?
— Pour avoir oublié de te remercier d'avoir gardé les enfants hier. Pour avoir été pénible quand tu as réparé mon lavabo. Et pour t'avoir agressé

l'autre soir à Vesta – ce qui a eu le reste pour conséquence, d'ailleurs.

Elle attrapa son sac, jeta un coup d'œil circulaire.

— Je n'étais encore jamais venue ici, dans ton bureau. C'est sympa. Ça te ressemble. Il y a une salle de bains ?

— Oui.

— J'ai juste besoin du miroir.

Elle y entra, laissa la porte ouverte et entreprit de se recoiffer.

— Avery, Hope et moi sommes allées à l'hôtel pendant que tu étais avec les garçons, reprit-elle. Nous avons entendu du bruit à l'étage, comme des pas. Là-haut, nous avons senti son parfum et la porte de la terrasse s'est ouverte.

Elle ôta l'élastique de son poignet et rassembla ses cheveux en queue-de-cheval.

— Je me suis énervée, comme avec toi. Non, corrigea-t-elle, encore plus. J'étais tellement en colère.

Elle sortit son rouge à lèvres, rafraîchit son maquillage.

— Pourquoi ?

— J'ai fini par comprendre, ou plutôt me l'avouer à moi-même. En fait, j'étais en colère parce que s'il est vraiment possible de revenir, alors…

— Bon sang, Clint. Je n'y avais jamais pensé sous cet angle. Je suis désolé.

— Non, c'est moi qui le suis. Tu n'avais aucune raison d'y penser. Et moi, je n'en avais aucune de vous agresser, toi, Avery et Hope. Sauf que c'est ainsi qu'on réagit quand on est bouleversé. On s'en prend à ceux qui tiennent à vous.

En guise de touche finale, elle sortit son poudrier.

— Mais maintenant, ça va.

— D'un seul coup, comme ça ? s'étonna Beckett.

— J'ai pleuré tout mon soûl une fois les garçons au lit, et j'ai beaucoup réfléchi. Non, ce n'est plus douloureux.

Elle glissa son poudrier dans son sac et quitta la salle de bains.

— J'ignore pourquoi certains reviennent et d'autres pas. Peut-être que Clint est revenu, du reste, mais que je n'étais pas prête, si bien que je ne l'ai pas vu ni senti. Tout ce que je sais, c'est qu'il n'est plus là et que je n'ai pas le droit de m'en prendre à lui, ou à toi ou… à cette créature là-haut, quelle qu'elle soit. Alors excuse mon attitude, et encore merci d'avoir gardé les garçons. Ça m'a permis d'y voir plus clair.

— De rien.

— Là je dois vraiment y aller.

— J'aimerais te voir ce week-end.

— Moi aussi, j'aimerais que tu me voies ce week-end, répondit Clare qui se lova un instant dans ses bras. Je vais voir comment je peux m'arranger avec mon emploi du temps.

— Je t'appelle plus tard.

— D'accord. Oh, et merci aussi pour le pourboire ! ajouta-t-elle sur le seuil.

Lorsqu'elle fut sortie, Beckett s'approcha de la fenêtre. Il la vit traverser la rue en courant. Sa robe se soulevait dans sa course, dévoilant ses longues jambes. Une fois de l'autre côté, elle se retourna, l'aperçut et lui adressa un salut joyeux avant de contourner le bâtiment d'un pas pressé.

Songeant à Clare et aux méandres complexes du sentiment amoureux, il glissa sa pizza froide dans le micro-ondes de son bureau.

Sa journée de travail était presque terminée lorsqu'il regagna enfin l'hôtel. Au pied de l'escalier, il entendit la voix de sa mère. Parfait. Il leur parlerait à tous en une seule fois.

Il trouva sa mère et Carol-Ann au premier, dans la chambre Eve et Connors[1]. Il les rejoignit dans la salle de bains.

— Je vous cherchais justement.

Sa mère lui tendit un dépliant.

— Regarde ! C'est le sèche-serviettes idéal pour ici !

— Tu as déjà...

— Je n'ai pas commandé l'autre parce que je n'étais pas sûre à cent pour cent. Là, je le suis. Il est en verre rayonnant.

— C'est un peu...

— Cher, oui je sais. Mais c'est exactement ce qui convient. Il apporte une touche futuriste.

Beckett étudia le dépliant de plus près.

— Il va avec l'éclairage et les accessoires, commenta-t-il.

— Tant mieux, parce que je l'ai déjà commandé. Mais ce n'est pas la grande nouvelle du jour.

— Tu n'es pas enceinte quand même ?

Elle lui donna une tape sur le bras.

— Carol-Ann...

— C'est Carol-Ann qui est enceinte ?

— Tu me parais de bien bonne humeur, toi. Non, et c'est une bonne chose parce qu'elle va être notre directrice-adjointe.

Beckett fixa sa tante d'un regard surpris.

— J'ignorais que tu voulais travailler ici.

---

[1]. Le mari d'Eve Dallas se prénomme Roarke dans le roman américain, et Connors dans la traduction française. *(N. d. T.)*

— J'en meurs d'envie, avoua Carol-Ann. J'adore cet endroit et je ne regretterai pas une seconde mon temps partiel au Hagerstown. J'ai un bon contact avec la clientèle et je pense avoir le sens de l'accueil. J'ai rédigé un curriculum vitae.

— Comme si tu en avais besoin, intervint Justine qui flanqua un coup de coude dans le bras de sa sœur.

— C'est une entreprise familiale, d'accord, mais ça n'en reste pas moins une entreprise, s'entêta Carol-Ann.

— Tu as ma voix, déclara Beckett. Tu seras formidable.

— Tu vois ? renchérit Justine. À l'unanimité.

— Je suis si impatiente ! C'est vrai, j'adore cette maison. Et je pourrai venir à pied au travail au lieu de faire toute cette route jusqu'à... mais je m'emballe. Nous devons d'abord voir si nous nous entendons, Hope et moi, se reprit-elle, croisant les doigts. Ensuite seulement, nous officialiserons la nouvelle.

— Du coup, la mienne tombe un peu à plat, fit Beckett.

— Clare est enceinte.

Il en resta bouche bée.

— Voyons, maman...

— Un prêté pour un rendu, mon garçon. Alors, c'est quoi, ta nouvelle ?

— Où sont les autres ?

— En haut, dans l'appartement de Hope. Ils ont commencé la pose du carrelage dans la cuisine et la salle de bains.

Il sortit sur le palier.

— Réunion de famille immédiate ! cria-t-il dans l'escalier. Dans Eve et Connors.

— De quoi s'agit-il, Beckett ? insista Justine.

— De quelque chose que j'ai terminé aujourd'hui. Après, j'irai à l'atelier un moment, juste pour info. J'ai quelques cercueils à fabriquer.

Justine Montgomery était rarement surprise, surtout quand cela concernait ses fils, mais là, elle cligna les yeux, déconcertée.

— Des cercueils ?

— Pour les figurines d'action des garçons. Quand elles meurent au combat.

Owen franchit le seuil.

— De quoi s'agit-il ? On finissait juste.

— Et j'ai envie d'une bière, ajouta Ryder.

Nigaud trottina tranquillement de l'un à l'autre, les reniflant en guise de salut.

— Tu peux m'en payer une, lança Beckett qui ouvrit son dossier et en sortit le modèle d'enseigne. Voilà. Et si quelqu'un n'aime pas, je l'assomme. J'aurai de la peine si c'est maman ou Carol-Ann, mais je n'hésiterai pas.

Ryder examina la feuille les sourcils froncés.

— C'est quelle fonte ? s'enquit Owen.

— Celle que j'ai choisie, rétorqua Beckett. Je peux t'assommer. Il me resterait encore un frère.

— Justine, regarde ces couleurs ! s'extasia Carol-Ann, la main sur le bras de Beckett.

— C'est exactement ce que je voulais, déclara sa sœur. Un brun chocolat riche sur un fond crème.

— Le dessin est à l'échelle. Il reste largement la place pour le site Web et les coordonnées téléphoniques sans que l'ensemble fasse trop tassé.

Ryder approuva d'un hochement de tête.

— Pas mal, reconnut-il avec un sourire à son frère, tout en grattant les oreilles de Nigaud. Pas mal du tout.

— Il reste encore à choisir la fonte, intervint Owen. Si nous gardons celle-ci...

— Nous gardons celle-ci, coupa Beckett.

— J'en ai besoin pour le papier à en-tête, les cartes de visites, les plaques des chambres, les porte-clés...

— C'est bon, tais-toi, l'interrompit Beckett qui sortit un CD du dossier et le lui tendit. Tout est là-dedans.

— C'est comme pour le sèche-serviettes, observa Justine en enroulant le bras autour de la taille de Beckett. Sûre à cent pour cent.

— J'ai aussi créé un modèle pour la boutique, à la verticale, cette fois, L'enseigne serait pendue à une fixation au mur et se lirait des deux côtés.

— J'adore ! s'exclama Justine qui s'empara de la feuille. Carol-Ann, allons voir si Madeline est encore là-bas. Il faut lui montrer ça. Beau travail, félicita-t-elle Beckett en l'étreignant. Vraiment.

— Je crois que je vais te payer une bière, décida Ryder.

— Tu ferais mieux.

— On se retrouve en face. Je dois me nettoyer un peu. Je n'ai pas passé la journée derrière un bureau, moi.

— Tu as noté la taille des caractères pour... commença Owen.

— Tout est là-dedans, lui assura Beckett.

— Je regarderai. Ryder doit d'abord me payer une bière.

— Ah oui, et pourquoi ça ?

— C'est ton tour.

— Quelle connerie !

Sur le trottoir, ils se chamaillaient encore.

15

Clare avait à peine lancé le café et démarré l'ordinateur quand la poignée de la porte d'entrée s'agita. Elle leva les yeux et reconnut Sam Freemont à travers le panneau vitré. Trop tard pour se cacher. Il l'aperçut au même instant et la gratifia de son sempiternel sourire enjôleur, ponctué d'un clin d'œil entendu.

Elle envisagea un simple non de la tête, mais il ne pourrait s'empêcher d'insister avec son stupide sourire. Elle n'avait jamais compris pourquoi ce type se trouvait si irrésistible.

Déverrouillant la porte, elle l'entrouvrit à peine.

— Désolée, Sam. Nous ne sommes pas encore ouverts.

— Je sens le café.

— Je viens juste de le lancer, mais je n'ouvre pas avant une heure. Il faut vraiment que je...

— Je ne serais pas contre un petit café. Tu as bien une tasse pour un ami, non ?

Il ne força pas la porte à proprement parler, mais elle se surprit à s'effacer pour le laisser entrer. Ce serait plus simple de lui servir son maudit café, se dit-elle, se réfugiant derrière le comptoir.

Sam lui fichait un peu la frousse depuis l'école primaire.

— Tu le veux comment ?

— Chaud et sucré. Trempe juste ton doigt dedans. C'est tout le sucre dont j'ai besoin.

Peut-être plus qu'un peu ces temps derniers, décida-t-elle.

— J'ai vu ta voiture derrière et je me suis dit que tu commençais tôt aujourd'hui. Tu travailles trop dur, mon ange.

— Une entreprise ne tourne pas sans investissement personnel, rétorqua-t-elle.

Sauf quand on a un père propriétaire d'une concession automobile où on peut pointer son nez quand ça vous chante.

Elle posa le gobelet à emporter devant lui.

— Le sucre est sur l'étagère juste là.

Il ignora sa remarque et s'accouda avec nonchalance au comptoir.

— Alors, quoi de neuf en ce moment, mon cœur ?

— Je suis occupée. En fait, je dois vraiment y retourner. Alors...

— Tu dois apprendre à t'accorder un peu de temps. Je ne cesse de te le répéter.

— C'est vrai, mais pour l'instant...

— Tu as vu le petit bijou que je conduis ? La grande classe.

— Je n'en doute pas.

— Viens donc y jeter un coup d'œil. Tiens, je te propose même une balade.

Nouveau clin d'œil aguicheur.

— J'ai du travail.

Comme il ne semblait pas vouloir sucrer son café, elle flanqua le couvercle sur le gobelet.

— Le café est aux frais de la maison, ajouta-t-elle dans l'espoir qu'il parte plus vite.

— Comment veux-tu t'acheter de jolies choses si tu ne fais même pas payer.

Avec ce regard rusé qui horripilait Clare, il glissa la main dans la poche intérieure de son costume gris à fines rayures, dévoilant les boutons en or qui fermaient ses manchettes monogrammées. Il en sortit un billet de vingt dollars qu'il posa sur le comptoir.

— Garde la monnaie et achète-toi un petit quelque chose.

Exaspérée, Clare contourna le comptoir avec la ferme intention de le mettre à la porte. Mais il fut plus rapide et, d'un mouvement preste, lui bloqua le passage.

Cette fois, la coupe était pleine.

— Tu m'empêches de passer, fit-elle sèchement. Tu dois partir maintenant.

— C'est moi qui décide de ce que nous allons faire. Une balade en voiture ce soir.

— Pas question.

— Une longue et belle balade.

Il s'enhardit et lui caressa le cou d'un doigt qu'elle s'empressa de chasser d'un geste brusque.

— Je t'inviterai dans un grand restaurant, et ensuite...

— Je ne sais pas comment être plus claire. J'ai une entreprise à faire tourner. Des enfants à élever. Je n'ai rien à faire d'une balade en voiture. Et pas davantage d'un dîner. Ou d'un déjeuner. Ou d'un brunch.

« Le message est passé », supposa-t-elle comme son sourire arrogant s'évanouissait.

— À présent, je te demande de quitter ma boutique.

— Tu devrais être plus gentille avec moi, Clare. Et cesser ton petit manège. Je pourrais t'apporter beaucoup, tu sais.

— Je suis assez grande pour me débrouiller seule.

Elle voulut le contourner, mais il étendit brusquement le bras, plaqua la main sur le comptoir pour lui barrer le passage.

Les premiers frissons de peur éraflèrent la surface du simple agacement.

— Arrête. C'est quoi, ton problème ?

— Tu es toujours trop occupée pour passer un peu de temps avec moi, mais pas assez pour en passer beaucoup avec Beckett Montgomery.

— Ce sont mes affaires.

— Tu perds ton temps avec lui. Les Montgomery, ce sont des petits voyous de prolos. Beckett Montgomery, je l'achète et je le vends quand je veux.

Il s'avança vers Clare, posa la main sur sa hanche et, à sa grande horreur mêlée d'effroi, glissa plus bas pour lui peloter la fesse.

— Ôte ta main tout de suite, lui ordonna-t-elle.

Sa voix chevrotante l'horripila et elle s'efforça de se ressaisir.

— Je n'irai jamais faire un tour en voiture avec toi. Tu ne m'intéresses pas et je me moque de ce que tu peux acheter et vendre. Je veux que tu sortes immédiatement et que tu ne remettes plus les pieds ici.

Le charme factice de Sam Freemont se mua en un éclair en fureur acérée qui fit bondir le cœur de Clare.

— Ce n'est pas une façon de me parler. Il est grand temps que tu réalises qu'une femme comme toi doit savoir se montrer reconnaissante.

Elle plaqua la main sur son torse et tendit l'autre vers le gobelet de café.

Soudain, quelqu'un martela violemment la porte d'entrée.

— Clare !

Le visage furibond d'Avery s'encadra dans la vitre. Ses poings s'abattirent de plus belle sur le battant.

— Ouvre cette porte tout de suite ! cria-t-elle.

Elle tourna la tête et leva la main.

— Eh, Owen ! ajouta-t-elle. Viens vite par ici !

Sam recula, tira sur ses manchettes.

— Pense à ce que je t'ai dit.

Les jambes tremblantes, Clare s'adossa au comptoir.

— Ne reviens pas ici. Ni chez moi. Ne m'approche plus.

Il se dirigea d'un pas nonchalant vers la porte et ouvrit d'une chiquenaude le loquet qu'elle ne l'avait même pas vu mettre.

Avery fit irruption dans la boutique à la seconde où il en sortait.

— Sale type ! lança-t-elle derrière lui avant de claquer la porte qu'elle verrouilla aussitôt. Ça va ?

— Oui... oui.

— Je rêve ou j'ai vu l'abruti en costard te faire des avances ? Combien de fois vas-tu devoir l'envoyer paître ?

— Apparemment, je n'ai pas encore atteint le nombre magique.

— Clare, tu trembles.

Aussitôt, Avery l'étreignit et lui frotta les bras avec vigueur.

— Bon sang, qu'est-ce qu'il a fait ? Il t'a vraiment fichu la frousse.

— Un peu. Enfin, beaucoup peut-être. Ne dis rien à Owen ? D'ailleurs, où est-il ?

— Qu'est-ce que j'en sais ? J'ai juste crié son nom comme la menace d'une bonne raclée. Sam Freemont a toujours craint les Montgomery. Que fichait-il donc chez toi ?

— Je suis stupide, vraiment stupide, soupira Clare qui passa derrière le comptoir et sortit une bouteille d'eau du petit réfrigérateur. Il voulait un café et je croyais que ce serait plus facile de le lui donner que de le convaincre de partir. D'habitude, il est juste casse-pieds. Aujourd'hui, c'était différent.

Au souvenir de sa main sur elle, elle ne put réprimer un frisson.

— Il sait que je sors avec Beckett et ça semble l'avoir mis dans une colère noire.

— Ce sale type a l'habitude de toujours arriver à ses fins et tu contraries ses plans. Tu te souviens des rumeurs qui ont couru sur lui et cette fille avec qui il sortait il y a quelques années ?

Clare hocha la tête, but une longue gorgée d'eau, et répondit :

— Il paraît qu'il la frappait et que sa mère l'aurait payée pour qu'elle se taise. Je pensais que c'étaient de simples ragots. Mais aujourd'hui... je suis tentée d'y croire.

— Tu aurais dû lui flanquer un bon coup de genou là où je pense.

— Là aussi, j'ai été stupide. Il m'a prise au dépourvu. J'étais sur le point de lui balancer son café à la figure. Une technique de défense pas franchement efficace, vu que j'avais mis le couvercle.

— Tu veux appeler la police ?

— Non. Il a juste été odieux et un peu inquiétant. Je ne le reverrai sans doute pas de sitôt ; il doit être vexé que tu l'aies chassé. Et puis, je lui ai demandé de ne plus revenir. Il ira chercher son maudit café et ses livres ailleurs.

— Pour ce qu'il doit lire.

Clare enleva le couvercle et vida rageusement le gobelet dans l'évier sous le comptoir.

— Il a laissé son billet de vingt. Garde la monnaie, il m'a dit, achète-toi un petit quelque chose. Ce type est vraiment imbuvable.

— Déchire-le.

— Je ne vais pas déchirer vingt dollars.

— Laisse-moi faire.

Clare plaqua la main en riant sur le billet avant qu'Avery l'attrape.

— Pas question. Je le lui renverrai par courrier.

— Surtout pas, malheureuse ! protesta Avery qui, effarée, lui donna une tape sur la main. Aucun contact, Clare. Je ne plaisante pas. Le moindre contact sous quelque forme que ce soit ne fera que l'encourager dans son obsession.

— D'où sors-tu ça ?

— Étant donné ma vie sentimentale très calme, je regarde pas mal de séries policières en ce moment. Sérieux, Clare, déchire-le, offre-le, dépense-le, mais surtout ne le lui rends pas.

— Tu as sans doute raison. Je le donnerai à l'église ou ailleurs, répondit Clare qui le fourra dans sa poche. J'avoue que je n'étais pas mécontente que tu arrives.

— Et moi donc.

— Comment se fait-il que tu sois passée par là ?

— J'allais à pied au restaurant quand j'ai aperçu la voiture de ce clown. Pas vraiment du genre discret. Je me suis dit que j'allais t'empêcher de mourir d'ennui. Je ne m'attendais pas à le voir pour ainsi dire t'agresser.

— Merci. Vraiment.

— Quand les filles doivent-elles arriver ?

Clare consulta sa montre.

— D'une minute à l'autre. Mon Dieu, je suis en retard !

— Vas-y, ne t'occupe pas de moi. Puisque je suis là, je vais faire un petit tour.

— Avery, il ne va pas revenir. Et même si c'était le cas, je ne lui ouvrirais pas.

— Vie sentimentale inexistante, tu te souviens ? Je ne suis pas contre un bon bouquin.

Les mains au fond des poches, Avery passa en revue le rayon des nouveautés.

Avec un soupir, Clare sortit deux tasses. Puisque son amie avait décidé de lui servir de chevalier servant, autant en profiter pour boire un petit café.

Beckett calcula qu'en débarquant chez Clare entre les devoirs et le dîner, il y avait des chances qu'elle l'invite à rester manger. Ils avaient passé une bonne soirée ensemble samedi et s'étaient bien amusés avec les enfants au parc dimanche après-midi.

La semaine s'étant écoulée sans pépin notable, il en déduisit que la chance lui souriait – jusqu'à ce qu'il se gare dans l'allée de Clare et constate que sa voiture n'était pas là. Il aperçut cependant Harry sur la terrasse avec son mètre ruban. Il descendit de son pick-up, s'empara du carton qu'il avait apporté.

— Je mesure le pilier pour savoir quelle taille doit avoir la citrouille qu'on va poser dessus, expliqua Harry.

— Bonne idée. En quoi vas-tu te déguiser ?
— Wolverine ou le Joker.
— Héros ou méchant. Choix difficile.
— On a un catalogue avec plein de costumes dedans, mais il va falloir qu'on se dépêche de choisir. Maman distribue des bonbons à la boutique le soir d'Halloween.
— C'est vrai ? Il faudra que je passe faire un tour. Où est ta maman ?
— Elle a dû retourner au travail pour un truc. Mme Ridenour est là jusqu'à son retour. Qu'est-ce qu'il y a dans cette boîte ?
— Quelque chose pour vous que j'ai fabriqué avec mes frères.
— Pour nous ? C'est quoi ?
— Viens à l'intérieur. On va regarder tous ensemble.

Harry s'élança vers la porte et l'ouvrit à la volée.
— Beckett est là ! Il a quelque chose pour nous dans une boîte !

Il déclencha une cavalcade dans la maison. Alva sortit de la cuisine à l'instant où les deux plus jeunes accouraient à toutes jambes.
— Quelle bonne surprise ! s'exclama-t-elle. Du calme, les enfants. Clare a dû courir à la librairie. Vous l'avez manquée de peu.
— Je suis juste venu déposer quelque chose pour les garçons.
— Qu'il a fait avec ses frères, précisa Harry. C'est quoi ?
— On va regarder.

Beckett s'accroupit, posa la boîte sur le sol et enleva le couvercle.
— Oh ! souffla Liam d'un ton respectueux.

Alva regarda Beckett d'un air perplexe.

— On dirait des...

— Vous avez fabriqué des cercueils ? intervint Harry.

Il lui sourit.

— Oui. Les héros et les méchants méritent tous un enterrement décent, pas vrai, les gars ?

— Et ça, qu'est-ce que c'est ? demanda Liam. Leur bouclier ?

— Pas exactement. C'est une pierre tombale pour marquer l'endroit où se trouve la tombe.

Liam contempla Beckett avec une ferveur qui confinait au mystique.

— C'est *génial*.

— Il y a leur emblème dessus et tout, fit remarquer Murphy qui sortit un cercueil et fit pivoter le couvercle sur ses minuscules charnières. Celui-ci, c'est pour Batman.

— Et celui-là pour Hulk. Tu vois, il est plus gros, comme lui, nota Harry qui l'examina avant de regarder Beckett. Comment tu as su la taille qu'il fallait ?

— J'ai mesuré, tiens, répondit-il avec un clin d'œil.

Ravi, Liam se jeta à son cou.

— On a jamais eu un cadeau comme ça ! On peut les enterrer pour de vrai ?

— C'est l'idée.

— Dans le bac à sable alors, intervint Alva. Pas de trous dans le jardin.

Harry fonça dans la salle de jeux.

— On va chercher les morts !

— Il y en a d'autres à l'étage ! renchérit Liam qui fila vers l'escalier.

Murphy prit les cercueils et les pierres tombales qu'il examina un à un.

— Il y en a un pour Capitaine America et pour la Lanterne Verte.

— Pour les méchants aussi.

Harry passa la tête dans l'embrasure de la porte.

— Madame Ridenour ? On pourrait avoir quelque chose pour les porter tous dehors ? Ceux qui sont pas morts doivent aller à l'enterrement.

— Oui, je suis sûre qu'ils veulent rendre un dernier hommage à leurs compagnons. Je vais te chercher quelque chose.

Avec un sourire amusé, elle regarda Beckett en secouant la tête, puis regagna la cuisine.

Murphy empilait les cercueils, ouvrait et fermait les couvercles.

— Mon papa est mort à la guerre.

Beckett tressaillit. Quelle mouche l'avait piqué de fabriquer des cercueils pour des gamins qui avaient perdu leur père ?

— Je sais, murmura-t-il. Je suis désolé.

— C'était un héros.

— C'en était un, oui.

— Je l'ai jamais vu parce que j'étais pas né. Mais maman dit qu'il m'aime quand même.

— Ça, c'est sûr. Je connaissais ton papa.

Une lueur d'intérêt s'alluma dans le regard mélancolique de Murphy.

— C'est vrai ?

— On allait à l'école ensemble.

— Tu étais son ami ?

Ils n'avaient pas été proches, mais Beckett songea à la nuit où ils avaient « décoré » la maison de M. Schroder et à la soirée bien arrosée qui avait suivi.

— Oui.

— Tu es allé à son enterrement ?

— Oui, j'y ai assisté.

Une horrible journée, se souvint-il. À tous égards.

— C'est bien, approuva Murphy avec son sourire d'ange. Les amis doivent venir. Je vais emmener ça au bac à sable.

Il essaya de soulever la boîte et adressa à Beckett un pauvre regard.

— C'est trop lourd.
— Je m'en occupe.

Liam dévala les marches avec un petit panier rouge rempli de figurines.

— Je les ai, Harry !
— Mettez vos blousons, conseilla Alva. Il fait frisquet ce soir.
— Beckett apporte les cercueils ! cria Murphy qui courut derrière eux. Attendez, moi aussi, je veux creuser !

Beckett souleva la boîte.

— J'imagine que vous avez entendu, dit-il à Alva.
— Ça fend le cœur.
— Je n'ai pas pensé que ça leur rappellerait ce qui est arrivé à Clint. J'aurais dû.
— Allons donc. Ces garçons éprouvent une fascination normale pour la guerre et la mort. Ils savent qu'ils font semblant. Ce sont des enfants sains et équilibrés. Clare est une excellente mère.
— Je sais. C'est juste que je ne veux pas commettre d'impair.
— Même les superhéros en commettent ou ils ne finiraient pas enterrés dans le bac à sable. Comptez-vous attendre Clare ?
— Puisque je suis là, c'est ce que je m'étais dit.
— Dans ce cas, je vais rentrer chez moi et vous laisser préparer les funérailles avec les garçons.

Elle lui tapota la joue en se dirigeant vers la porte.

— Il y a du poulet à décongeler. À mon avis, quand il y en a pour quatre, il y en a pour cinq.

— Merci, madame Ridenour.

— Appelez-moi donc Alva. L'école est finie depuis bien longtemps.

Avery rumina l'incident avec Sam Freemont toute la journée, et plus elle y pensait, plus elle s'inquiétait.

— Ce type a toujours été arrogant, expliqua-t-elle à Hope. Même gamin.

Hope tendit la main pour qu'elle lui donne un crochet à tableaux.

— Clare aurait au moins dû déposer une main courante, observa-t-elle.

Elle posa le crochet sur le repère qu'elle avait fait sur le mur et le cloua.

— Tu as sans doute raison, admit Avery qui s'avança vers la fenêtre au moment où Hope réclamait le cadre qu'elle voulait accrocher. Mais je comprends sa réaction. Ça n'a rien d'évident d'aller dénoncer à la police quelqu'un qu'on connaît depuis l'école. Même si c'est un abruti fini.

Hope descendit du tabouret, prit le cadre et remonta l'accrocher.

— Si j'en juge par ce que tu m'as raconté, il me donne plutôt l'impression d'être un désaxé.

— Je ne sais pas, ça me paraît un peu exagéré, fit Avery.

Pourtant, son inquiétude allait croissant.

Hope prit un petit niveau et le posa sur le cadre qu'elle tapota jusqu'à ce que la bulle s'aligne avec le repère.

— Tu m'as dit qu'il n'arrêtait pas de l'inviter, de débarquer chez elle à l'improviste ou à la boutique à l'heure de la fermeture. Quoi d'autre ? Ah oui, les fleurs pour son anniversaire ! Et comme par hasard, il passe devant chez elle juste au moment où elle sort les courses de la voiture.

— Genre « je tombe à pic, laisse-moi donc te donner un coup de main », confirma Avery avec un hochement de tête. C'est vrai. Mais ce n'est quand même pas comme s'il avait dressé un autel pour elle dans un placard de sa chambre.

— Qu'est-ce qui te dit qu'il n'en a pas un ?

— S'il en a un, fais-moi confiance, c'est à sa propre gloire. N'empêche, il lui a fichu la frousse aujourd'hui et ce que j'ai vu dépassait franchement les bornes.

Elle arpentait la pièce d'un pas nerveux en se frottant les bras.

— Tu crois qu'il pourrait tenter quelque chose ? demanda-t-elle à Hope. Je veux dire, quelque chose de pire que juste l'ennuyer avec son baratin ?

— À mon avis, elle ne devrait pas courir le risque. Écoute, si elle ne veut pas porter plainte à la police, qu'elle en parle au moins à Beckett.

— Je ne pense pas qu'elle le fera. Elle craindra qu'il n'intervienne. Il n'a pas le tempérament explosif de Ryder, mais il a quand même le sang chaud.

— Alors dis-le-lui, toi.

— Tu rigoles, ce serait une trahison.

— Elle t'a demandé de ne rien lui dire ?

— Non, mais c'était implicite.

— Avery, demande-toi ce que tu ressentirais s'il arrivait quelque chose. Si ce type lui faisait du mal – ou pire.

Avery plaqua la main sur son estomac.

— Je commence à me sentir mal, là.

— Fie-toi à ton instinct. Et au mien, lui conseilla Hope. Personnellement, cette histoire me fiche la trouille.

— Tu as raison, je devrais en parler à Beckett. Viens avec moi.

— D'accord.

Avery prit sa veste.

— Aide-moi à ne pas me laisser distraire en traversant le restaurant.

— On peut faire le tour par-derrière.

— Non, je tiens à m'assurer que tout est en ordre.

Dehors, Avery glissa le bras sous celui de son amie.

— J'adore que tu sois là. Et j'ai été si obnubilée par l'histoire de Clare avec cet abruti de Sam Freemont que je ne t'ai même pas demandé comment s'est passée ta journée.

— Tout est relativement organisé.

— Mais pas comme Hope l'entend.

Celle-ci sourit.

— Bientôt, assura-t-elle avec un regard de l'autre côté de la place, ravie de voir la maison briller de mille feux dans la nuit. En ce moment, ils travaillent dans la suite du haut. Si tu voyais le carrelage mural côté baignoire. Le rez-de-chaussée est terminé, à part la crédence dans la cuisine. Les placards seront installés la semaine prochaine. Il y a eu un retard.

— Tu es au courant de tout !

— Owen me tient informée. Avec Ryder, en revanche, j'ai à peine droit à des borborygmes.

— Ce n'est pas un bavard.

— C'est le moins qu'on puisse dire, approuva Hope devant la porte de Vesta. Bon, si tu vois des choses à régler, tu t'en occuperas après ta conversation avec Beckett.

— D'accord. Je ne vois rien, j'avance tout droit.

Il y avait pas mal de monde, décida Avery qui fit signe à son adjoint du soir qu'elle revenait tout de suite. Lorsque son regard s'égara en direction de la cuisine, Hope la dirigea *manu militari* vers la porte latérale.

— Je ne sais même pas ce que je vais dire. J'aurais dû réfléchir à mon texte.

— Arrête, ça va aller, la rassura Hope avant de frapper à la porte de Beckett.

— Clare va être fâchée contre moi – non, contre nous, parce que je ne vais pas me priver de lui dire que tu as insisté.

— Nous agissons ainsi parce que nous nous faisons du souci pour elle. Elle ne restera pas fâchée longtemps.

— J'ai l'impression qu'il n'est pas là, observa Avery. Il est peut-être à l'atelier, chez sa mère. Ou chez Clare. Elle va peut-être craquer et tout lui raconter, ce qui nous épargnera d'avoir à...

Des pas résonnèrent dans l'escalier.

— On dirait qu'il est de retour, murmura Hope, qui se raidit quelque peu lorsque Ryder déboucha sur le palier.

Elle n'aurait su dire pourquoi, mais il semblait toujours légèrement agacé de la voir.

— Alors comme ça, Beckett fait une fête et ne m'invite pas, lança-t-il.

— Mais non, le détrompa Avery avec un rire qui sonna faux à ses propres oreilles. Je voulais juste, enfin, Hope voulait lui poser une question sur... un truc. Mais pas de bol, il n'est pas là.

Avery détestait mentir. Pour la bonne raison qu'elle était nulle à ce petit jeu.

— Je me demandais si je pouvais m'occuper de trouver une bouilloire pour le café dans la salle à manger. Et aussi des poêlons. Il m'en faudrait deux.

— Tu es plus doué que ta copine, dit-il à Hope sans lui accorder un regard.

— Pardon ?

— Pour inventer des excuses bidon. Pour la vaisselle, adresse-toi à ma mère. Bon, et maintenant, Avery, que se passe-t-il ?

— Rien.

— On se connaît depuis combien de temps ?

— Écoute, c'est juste...

— Oh, ça suffit ! s'impatienta Hope. Tu as la clé ? demanda-t-elle à Ryder.

— Oui.

— Si tu penses que Beckett n'y verra pas d'inconvénient, est-ce qu'on peut entrer ? On ne va quand même pas avoir cette discussion sur le palier.

Il sortit son trousseau de clés et passa devant elle.

— Vous voulez une bière ?

— Non.

Les bras croisés, Avery le suivit à l'intérieur.

— Moi, j'en prends une.

Comme chez lui, Ryder alluma la lumière et alla se servir dans le réfrigérateur.

— Vas-y, crache le morceau, lança-t-il à Avery.

— Tu veux que je le lui dise ? suggéra Hope, comme Avery gardait le silence.

Celle-ci se passa la main dans les cheveux.

— Non, c'est à moi de le faire. Écoute, il s'agit de Sam Freemont.

— Cette enflure ?

— Oui, cette enflure. J'ai vu sa voiture devant Le Tourne-Page ce matin avant l'ouverture.

Hope observa Ryder tandis qu'Avery lui rapportait l'incident. Il demeura imperturbable, se contentant de siroter sa bière avec un hochement de tête. Il fallait l'étudier de près, constata-t-elle, pour remarquer la crispation de la mâchoire, la lueur glaciale dans ses yeux.

Elle s'attendait à une explosion – et trouva son calme d'airain bien plus meurtrier.

— Et j'ai fini par me ranger à l'avis de Hope, conclut Avery. S'il arrivait le moindre pépin à Clare, je ne pourrais pas le supporter. Voilà pourquoi nous venions prévenir Beckett.

— D'accord, on va s'en occuper.

— Vous n'allez pas lui flanquer une raclée au moins ? s'inquiéta Avery. Je ne dis pas qu'il ne la mérite pas, mais Clare en serait encore plus bouleversée. Ça se saurait. Les gens parleraient d'elle. Elle détesterait.

— Il se moque de tout cela, intervint Hope. Ce qui lui importe, c'est de donner une bonne leçon à ce minable pour avoir effrayé Clare. Et je suis d'accord avec lui, par principe.

— De l'à-propos et en prime du bon sens. Pas mal, commenta Ryder.

— En principe, reprit Hope. Je ne connais pas ce type, mais j'aurais peur qu'il ne se venge sur elle. Une raclée risquerait d'aggraver la situation.

Ryder but une gorgée d'un air songeur.

— On va s'en occuper, répéta-t-il. D'une façon ou d'une autre.

— Ryder...

— Avery, tu es une bonne copine et tu as bien agi. À présent, cesse de t'inquiéter. Nous allons protéger Clare.

— D'accord. Si tu te fais arrêter pour coups et blessures, je viendrai payer ta caution.

— Toujours bon à savoir. Et si tu faisais monter une pizza du guerrier ?

— Ça marche.

Il attendit qu'elles soient parties pour sortir son téléphone.

— Owen ? J'ai besoin de toi chez Beckett, lâcha-t-il. Et je me moque pas mal de ce que tu es en train de faire.

Il raccrocha et attendit.

Beckett grimpa les marches au petit trot, le pas léger. Excellente journée, se dit-il, et non moins excellentes funérailles. À son retour, Clare avait trouvé que les cercueils étaient de petites œuvres d'art, dans le style épouvante. Et il avait eu droit à un délicieux dîner.

Pour couronner cette belle journée, il allait travailler encore un peu, puis regarder le sport à la télévision.

À la seconde où il ouvrit la porte, il sentit l'odeur de pizza.

— Surtout ne vous gênez pas, lança-t-il en découvrant ses frères installés dans son salon. C'est ma bière ?

— La nôtre maintenant. Il reste une part de pizza, fit Ryder qui désigna la boîte ouverte sur la table basse. Si tu la veux.

— J'ai dîné chez Clare. Que se passe-t-il ?

— Et si tu t'asseyais ? suggéra Owen.

Beckett s'exécuta.

— S'il y avait un problème avec maman, vous ne seriez pas en train de vous bâfrer de pizza arrosée de bière. Mais il y a un problème, c'est sûr.

— En passant tout à l'heure, commença Ryder, j'ai trouvé Avery et sa copine sur ton paillasson. Après avoir tourné un moment autour du pot, Avery a fini par me raconter ce qu'elle venait t'apprendre. À savoir : ce matin à la librairie, Sam Freemont a réussi à se faire ouvrir la porte par Clare avant l'ouverture et s'est montré, disons, entreprenant.

Beckett fronça les sourcils.

— Comment ça, entreprenant ?

— Je n'y étais pas mais, d'après Avery, quand elle a regardé à l'intérieur – elle avait repéré sa voiture dehors et voulait s'assurer que tout allait bien –, il avait coincé Clare contre le comptoir.

Beckett se leva lentement.

— Il a posé les mains sur elle ?

— Il lui a fait peur, répondit Owen. Il a refusé de la laisser tranquille et de partir quand elle le lui a demandé. Lorsque Avery a frappé à la porte et fait semblant de m'appeler, il a déguerpi sans demander son reste. Attends ! lança-t-il à son frère qui pivotait déjà vers la porte. Est-ce que tu sais au moins où il habite ?

Beckett n'arrivait plus à penser, avec ce voile rouge qui lui brouillait la vue.

Owen tapa sur son téléphone.

— J'ai son adresse, annonça-t-il. Mais je ne crois pas que se pointer là-bas pour lui démolir le portrait soit une très bonne idée.

— Moi, je trouve que si, intervint Ryder.

— Ça ne m'étonne pas. Et si c'est ce que Beckett veut une fois que nous en aurons discuté, je me plierai à la décision de la majorité.

— File-moi cette putain d'adresse, gronda Beckett.

— Je te filerai cette putain d'adresse dans cinq minutes. Si tu démontes ce type, c'est le genre à porter plainte pour coups et blessures.

— Avery a dit qu'elle paierait la caution.

— Ferme-la, Ryder. Je sais bien que tu meurs d'envie de lui flanquer une raclée, et je ne peux pas t'en vouloir, continua Owen à l'adresse de Beckett, avec dans le regard une lueur d'acier qui démentait le calme de sa voix. Mais tu seras bien avancé si tu te retrouves en prison ou devant un tribunal. Clare sera encore plus bouleversée. Les enfants aussi. Et puis, c'est tout à fait le genre de type à s'en prendre à elle – ou à répandre des horreurs sur son compte comme il l'a fait avec Darla à l'époque.

— Ryder lui a cassé la figure, non ? répliqua Beckett.

— Oui, mais Darla n'avait pas d'enfants qui risquaient d'entendre les insanités qu'il ne manquerait pas de raconter sur leur mère. Tu sais que cette ordure en est capable.

— Et tu t'attends que je reste les bras croisés à ne rien faire ?

— Non. Je m'attends que tu ailles lui rendre visite demain à la concession de son papa pour avoir une petite discussion. Si tu n'arrives pas à intimider ce salopard, tu n'es pas digne d'être mon frère. Fiche-lui la trouille, et s'il n'arrête pas ses conneries, on protégera Clare – l'équipe et nous – et on s'occupera de son cas.

— C'est une façon détournée de flanquer une raclée à ce tordu, commenta Ryder. Et devant témoins en plus.

— Si on en arrive là, mieux vaut que ce soit en public, renchérit Owen. En prime, il sera humilié.

— Peut-être, admit Beckett.

Un peu calmé, il prit la bière entamée d'Owen, qui lâcha :

— Tu dois parler à Clare.

La colère rejaillit, intacte.

— J'en ai l'intention, crois-moi ! Pourquoi est-ce qu'elle ne m'a pas raconté tout ça elle-même ?

— Ce serait ma première question, approuva Ryder. Et je suis d'accord avec ce qu'a dit Owen avant ton arrivée : il faut qu'elle porte plainte ou au moins qu'elle dépose une main courante chez les flics. Bon, on parle ou on frappe ?

Beckett apprécia le « on », même s'il entendait régler cette histoire seul.

— On parle d'abord, on frappe ensuite.

— Parfait. Prends-toi une bière, fit Owen en récupérant la sienne.

16

Pour la seconde fois en deux jours, Clare ouvrit la librairie en avance. Mais cette fois, ce fut avec le sourire.

— Bonjour, je viens d'arriver, lança-t-elle comme Beckett entrait. Le café n'est pas encore prêt.

— Ce n'est pas la raison de ma visite, dit-il en refermant la porte derrière lui.

— Oh ! Il y a un problème ? C'est l'hôtel ?

Il choisit d'aller droit au but.

— Non. Je veux savoir pourquoi tu ne m'as rien dit au sujet de Sam Freemont.

Bravo, Avery. Un ressentiment teinté d'irritation envahit Clare.

— Je n'avais pas envie d'en parler.

Elle passa derrière le comptoir. Il ne voulait peut-être pas de café, mais elle, si. Et puis, c'était un prétexte parfait pour prendre un peu de distance et s'occuper les mains.

— Tu veux dire, avec *moi*.

— Avec personne. Quand on travaille au contact du public, ce genre de situation inconfortable se produit de temps en temps.

— Ah oui ? Combien de fois t'est-il arrivé de te retrouver piégée ici seule avec un client qui pose les mains sur toi ?

— Je n'étais pas piégée, se défendit-elle, incapable de s'avouer qu'elle l'était bel et bien. Et puis, c'est ma faute si j'ai ouvert la porte.

— Qu'est-ce qui t'a pris ?

Comme elle s'était déjà accablée de reproches, la question lui fit l'effet d'une gifle.

— Écoute, Beckett, répondit-elle d'un ton peu amène. C'est un réflexe professionnel, d'accord ? Il y avait un client à la porte, quelqu'un que je connaissais.

— Quelqu'un qui t'avait déjà importunée avec ses avances lourdingues.

— Avec du recul, je reconnais que c'était une erreur de le laisser entrer. Je ne la commettrai pas deux fois, je te le garantis. C'est d'ailleurs ce que je lui ai fait clairement comprendre. Avery n'avait pas à courir tout te raconter. Ce sont mes affaires.

— Et je suis censé ne pas m'en mêler ?

— Ce n'est pas ce que je voulais dire, répliqua-t-elle avec un soupir impatient.

— C'est ce que tu as dit et c'est comme ça que je le prends. Tu me tiens toujours à l'écart.

Clare se sentit de nouveau piégée, cette fois par une inquiétude disproportionnée et une colère mal placée.

— Tout de suite les grands mots. Tu exagères.

— Je ne crois pas, non. Chaque fois que je veux t'aider, il faut toujours que j'insiste.

— Je ne veux pas profiter de...

— Et pourquoi pas ? coupa-t-il. Après tout, on couche ensemble – enfin quand on trouve le temps.

— Je n'ai pas pour autant envie que tu t'occupes de choses que je suis parfaitement capable de gérer moi-même. J'apprécie ton aide, et tu le sais, mais je ne veux pas dépendre de toi ou t'obliger à veiller sur moi.

Le silence qui suivit résonna comme un glas.

— Dans un couple, on veille l'un sur l'autre, Clare. C'est la définition même d'un couple. Et on se confie ses peurs.

— Franchement, Beckett, tu donnes bien trop d'importance à cette histoire. Avery...

— Arrête de te défausser sur Avery. Freemont est-il parti quand tu le lui as demandé ?

— Non.

— A-t-il cessé de te toucher quand tu lui as demandé d'arrêter ?

— Il ne m'a pas vraiment...

Oh que si ! s'avoua-t-elle. Inutile d'ajouter la stupidité au déni.

— Non, admit-elle. Il ne remettra plus les pieds ici. J'ai prévenu le personnel.

Beckett encaissa le coup.

— Ton personnel, mais pas moi.

De frustration, et taraudée par une culpabilité qu'elle se refusait à ressentir, elle leva les bras au ciel.

— Zut à la fin ! Je leur ai juste dit qu'il s'était montré grossier et pénible, et que, désormais, il était interdit de séjour à la boutique. Je ne leur ai pas non plus tout raconté par le menu. Cette histoire n'a rien à voir avec toi.

— C'est une question de confiance.

— Je te fais confiance, ça va de soi. Le fond du problème, c'est que je ne t'ai rien dit parce que je savais que tu serais furieux et que cette affaire prendrait des proportions énormes. J'avais raison. Ce qui ne change rien au fait que Sam Freemont est un pauvre type et que je l'ai mis à la porte de ma boutique.

— Y serais-tu parvenue si Avery n'avait pas été là ?
— Elle l'était, alors...
— Ça ne répond pas à ma question.
— La situation aurait peut-être été un peu plus... délicate, reconnut Clare, honteuse de se sentir prise en défaut. Mais...
— Délicate ? répéta Beckett, les yeux rivés sur elle. C'est le mot en effet.
— J'aurais trouvé le moyen de m'en débarrasser. J'y arrive toujours.

Il posa les mains à plat sur le comptoir qui les séparait.

— Toujours ? Tu veux dire que ce n'est pas la première fois qu'il se conduit ainsi ?
— Pas exactement ainsi, non. Mais il s'est déjà montré pénible, oui, et il me flanque peut-être aussi un peu la chair de poule. Il semble s'être mis en tête qu'à force de m'inviter à sortir, je finirais par céder. Ce qui n'arrivera jamais.
— Il est venu à ton domicile ?

Elle se rappela le week-end où les enfants étaient malades. Et ce n'était pas la première fois.

— Oui, mais je...
— Bon sang !
— Beckett...
— Ce type n'est pas seulement pénible, Clare. Il te harcèle et ça doit cesser. Il faut que tu préviennes la police.
— Pas question. Je ne veux pas.
— Tu es plus intelligente que ça !

Il se détourna d'un bloc et marcha droit sur les rayonnages. De toute évidence, il luttait pour garder son calme. Mais quand il revint vers elle, le feu couvait dans son regard.

— Laisse-moi t'expliquer la situation. Ce type a posé les mains sur toi, et tu n'as aucun moyen de savoir comment les choses auraient tourné sans Avery. Exact ?

— Beckett...

Quelque chose dans son expression la dissuada de continuer à chercher des faux-fuyants. Il avait raison. Et elle était plus intelligente que ça.

— C'est exact, oui. Mais il ne m'a pas fait de mal.

— Si Avery n'était pas arrivée, il aurait pu. Il vient ici, il débarque chez toi. Pense aux enfants si la situation avait dérapé.

— Ce n'est pas juste d'impliquer les garçons dans cette histoire.

— Tout ce qui te concerne les concerne également. Va déposer une main courante à la police. Comme ça, il y aura une trace. Il faut que ça s'arrête et c'est la première étape. Il est évident que Freemont ne t'écoutera pas. La prochaine fois, ce n'est peut-être pas ici qu'il viendra, mais chez toi. Les enfants aiment bien ouvrir quand on sonne. Pense à ce qui risque de se passer si l'un d'eux le laisse entrer.

— Tu essaies de me flanquer la frousse. C'est réussi, bougonna-t-elle. C'est bon, je vais prévenir la police. Tu as raison, il ne prend pas mes refus au sérieux. Peut-être que là, il le fera.

— Bien. Et j'ai l'impression que moi, il me prendra davantage au sérieux.

Elle lui planta l'index dans le torse.

— Je le savais ! Tu ne peux pas t'empêcher d'en faire une montagne, hein ?

— Clare, s'il te plaît.

La patience empreinte de lassitude qui perçait dans sa voix, et qu'elle entendait souvent dans la sienne quand ses fils se comportaient comme des idiots, aurait pu l'amuser en d'autres circonstances.

— Qu'est-ce que tu t'imagines ? reprit-il. Que je vais lui casser la figure ?

— Ce n'est pas ce que tu as en tête ?

— Ce serait une grande satisfaction et, je l'avoue, c'est ce à quoi j'ai pensé spontanément. Mais non, je vais juste aller lui parler. Lui faire comprendre que s'il recommence, il y aura des conséquences.

— Et s'il recommence, tu lui casseras la figure ?

Beckett ne put s'empêcher de sourire.

— Probable. Nous sommes ensemble, donc je te préviens de mes intentions. C'est important dans un couple.

Beckett venait de toucher la corde sensible et un vide s'ouvrit dans le cœur de Clare. « N'y pense pas maintenant », s'adjura-t-elle.

Il posa les mains sur les siennes avec fermeté.

— Chacun fait ce qu'il a à faire, d'accord ? Si Freemont a un brin de jugeote, ou au moins l'instinct de conservation, il te laissera tranquille. Ça ne me dérange pas que tu sois énervée contre moi. Je le suis encore un peu contre toi. On s'en remettra.

Il lui pressa les mains et les libéra.

— Tu es du genre têtu, hein ? J'avais déjà remarqué ce trait de caractère chez les frères Montgomery. Et cette certitude inébranlable d'avoir toujours réponse à tout.

— Quand on a la bonne réponse, on n'est pas têtu, on a raison, nuance, répliqua-t-il en se dirigeant vers la porte. Un autre trait de caractère des frères Montgomery ? Nous veillons sur les êtres qui nous sont chers. C'est un principe auquel nous ne dérogeons jamais.

Il sortit, fourra les mains dans ses poches, et gagna l'hôtel. Énervé, il l'était plus qu'un peu. Il parcourut le rez-de-chaussée à la recherche de ses frères. Sa satisfaction à la vue de l'équipe au travail et des peintures qui avaient bien avancé ne parvint pas à lui faire oublier la rage qui lui nouait les entrailles.

En arrivant au premier étage, il sentit le chèvrefeuille – et entendit la porte de la terrasse s'ouvrir chez Elizabeth et Darcy.

— Pas maintenant, grommela-t-il sans s'arrêter.

Au deuxième, il trouva Ryder occupé à poser le premier élément dans la cuisine de l'appartement de fonction.

— Tu tombes à pic ! s'exclama ce dernier. J'ai besoin d'un coup de main.

— Je vais à Hagerstown.

— Donne-moi un coup de main quand même. Comment ça s'est passé avec Clare ?

— Comme disait papa, on ne connaît pas les gens avant de les connaître. Je n'avais jamais remarqué qu'elle était entêtée à ce point.

Il maintint le caisson contre le mur au bon endroit, tandis que Ryder prenait la perceuse.

— Petite question, fit son frère. Combien de femmes connais-tu qui ne le sont pas, entêtées ?

Beckett réfléchit.

— Un point pour toi. Elle a quand même fini par accepter d'aller à la police. J'ai un peu appuyé là où ça fait mal et je n'en suis pas fier, mais à la guerre comme à la guerre.

Ryder fixa la première vis.

— Les enfants, c'est ça ?

— Oui, c'est son point faible. Et puis, je n'ai rien dit qui ne soit l'entière vérité. Mais bon, elle est furax que j'aille voir Freemont.

— Je t'avais conseillé de ne pas lui en parler.

— Je fais les choses à ma façon. La franchise est indispensable pour bâtir une relation solide.

Ryder ricana en faisant à nouveau hurler la perceuse.

— Écoute-toi un peu. Encore tes lectures.

— Va te faire foutre.

Du coin de l'œil, il vit Owen entrer.

— Les gars en bas disent qu'ils t'ont vu passer en coup de vent. J'en déduis que tu as parlé à Clare.

— Exact. Et là, je vais à Hagerstown.

— Bien. Tu n'as pas besoin de renforts, tu es sûr ?

— Je peux me charger de Freemont.

— Il s'est déjà entraîné à la dispute avec Clare, expliqua Ryder tout en vérifiant que le caisson était à niveau.

Owen haussa les épaules.

— Eh bien, elle a tort.

— Tu te souviens de ma suggestion ? demanda Ryder à Beckett avec un clin d'œil. Des fleurs.

— Et puis quoi encore ? C'est plutôt elle qui devrait m'en acheter. Tes conseils à deux balles, tu peux te les garder.

Sur ces mots, Beckett sortit à grands pas. Ryder secoua la tête.

— Un bête bouquet de vingt dollars aiderait déjà pas mal à aplanir les choses, fit-il remarquer.

— Tu le connais, c'est un homme de principes.

— Exact, et un homme de principes peut toujours attendre pour tirer un coup.

Il avait fini d'installer le premier élément et recula pour regarder le résultat.

— Aide-moi, on va finir le haut.

— J'ai rendez-vous avec Hope à 10 heures à Vesta. Avery nous prête la salle du fond pour qu'on se familiarise avec le logiciel de réservation.

— Elle attendra bien quelques minutes. Tu n'envisages pas de la sauter, dis-moi ?

— N'importe quoi. Je ne vais pas coucher avec notre directrice.

— Tant mieux, comme ça tu n'auras pas à lui acheter des fleurs si tu es en retard. Allez, au boulot.

Beckett retrouva son calme durant le trajet jusqu'à Sharpsburg Pike. D'expérience, il savait qu'il ne sortirait rien de positif d'une confrontation brutale. Il venait chercher un résultat et non la basse satisfaction que lui procurerait une bagarre.

Non pas qu'il ne fît pas le poids face à cette chiffe molle de Sam Freemont – à qui, souvenir mémorable, il avait déjà cassé la figure en première, alors que ce fumier tentait d'extorquer son devoir de maths au petit Denny Moser.

Un coup de poing avait suffi.

Il se rappelait aussi que Freemont était allé se plaindre à M. Klein, l'adjoint du proviseur, mais avec le soutien de Denny, Beckett n'avait pas eu d'ennuis.

Par la suite, Freemont avait veillé à ne pas se frotter aux Montgomery, se souvint-il en s'engageant sur le parking de la concession. Beckett doutait qu'il se réjouisse de le voir ici, sur son propre terrain.

Il pénétra directement dans l'espace d'exposition où était présentée une collection de voitures neuves rutilantes. À peine eut-il jeté un regard à la ronde qu'un vendeur fondit sur lui.

— Bonjour ! Magnifique journée pour une nouvelle voiture. Laquelle souhaitez-vous essayer ?

— Je ne veux pas acheter de voiture. Je cherche Sam Freemont.

Le sourire du commercial demeura imperturbable, mais son regard perdit sa lumière.

— Il doit être dans son bureau. Je peux le faire appeler.

— Pas la peine. J'y vais. Où se trouve son bureau ?

L'homme le lui indiqua.

— Là-bas au fond, à gauche. C'est le dernier au bout du couloir, le bureau en angle.

— Merci.

Beckett passa devant une rangée de box vides ou occupés par des vendeurs qui téléphonaient ou tapaient sur un clavier d'ordinateur. Il trouva Sam les pieds calés sur son bureau, feuilletant un exemplaire de *GQ*.

« Tu m'étonnes », se dit-il.

— Désolé de t'interrompre. Je vois que tu es très occupé.

Sam Freemont leva les yeux. Avec un rictus méprisant, il reposa lentement les pieds par terre.

— On cherche un nouveau pick-up ? Nous avons un modèle d'entrée de gamme qui devrait te convenir. Un utilitaire pas cher et sans options superflues.

— Joli, ton boniment, fit Beckett.

Il entra et ferma la porte.

— Laisse la porte ouverte.

— Comme tu veux. Si tu tiens à ce que tout le monde en profite.

Il s'exécuta avec obligeance, mais au lieu de rester debout, comme il l'avait d'abord envisagé, il s'assit avec désinvolture.

— À moins que tu ne sois ici pour acheter un véhicule, je suis occupé, articula Freemont.

— C'est ça, à suivre la mode en matière de cravates. Je n'en ai pas pour longtemps, ensuite tu pourras t'y remettre. Tu as dépassé les bornes avec Clare hier.

— Tu ne sais pas de quoi tu parles.

— Je sais que tu l'as, disons, embêtée.

Un terme insultant, songea Beckett. Qu'on appliquait à un enfant, et non à un homme.

— Que les choses soient claires, tu ne l'intéresses pas.

— Depuis quand parles-tu en son nom ?

— Je parle en *mon* nom. Elle t'a déjà parlé. Je te demande de la laisser tranquille.

— Ou quoi ? ironisa Sam qui, d'une chiquenaude, chassa une poussière imaginaire sur son revers. Tu es venu ici pour me menacer ? Tu crois m'impressionner ?

— Oui, je t'impressionne. Je te crois assez futé pour te rendre compte que je ne plaisante pas. Je résume : Clare ne veut pas de toi et tu vas cesser ton petit manège.

— Tu n'as pas à me donner d'ordres.

À titre de test, Beckett se redressa dans son fauteuil – et vit Sam Freemont sursauter.

— Je t'explique simplement les faits. Tu ne touches pas à Clare.

Les taches rouges qui marbrèrent les joues de Sam Freemont juraient avec sa cravate.

— C'est toi qui décides maintenant ? Juste parce qu'elle a décidé de s'encanailler un peu avec toi ? Le léger malentendu que j'ai eu hier avec Clare ne te regarde pas.

— Oh si, il me regarde ! Et en ce moment même, elle est en train de rapporter votre « léger malentendu » à la police.

Sam vira au rouge brique, puis blêmit.

— Elle ne ferait jamais une chose pareille.

— Ne l'approche plus. Tu n'habites même pas Boonsboro. Tu n'as aucune raison d'y traîner de toute façon.

— Tu te prends pour le shérif ?

— J'aimais bien Denny Moser – encore aujourd'hui, du reste, expliqua Beckett calmement. Mais Clare compte autrement plus pour moi, et si tu retentes quoi que ce soit tu t'en rendras compte.

Il se leva.

— Tu regretteras de m'avoir menacé, siffla Sam.

— Je ne t'ai pas menacé. Et je n'en ai pas l'intention. J'espère juste que tu ne me forceras pas à agir. Jolie cravate, conclut Beckett avant de sortir d'un pas tranquille.

Beckett n'acheta pas de fleurs – une trop grande capitulation devant Ryder. Il opta pour une plante. Une plante, ce n'était pas des fleurs, même s'il y en avait dessus.

Il y joignit une petite carte.

Pas d'effusion de sang.
Beckett

Ce n'étaient pas des excuses, mais des faits. Et un gage de réconciliation. Inutile de rester fâchés alors qu'ils avaient l'un et l'autre rempli leur mission.

Il déposa la plante à la librairie, surtout, admit-il, pour que ses frères ne la voient pas. Ils ne se priveraient pas de le charrier.

— Clare est au fond avec un client, lui apprit Cassie. Je vais la prévenir que vous êtes là.

— Pas la peine. Je suis juste venu déposer ceci pour elle. Je dois aller travailler.

— Elle est jolie. J'adore les saintpaulias. C'est pour quelle occasion ?

— Aucune.

— Juste comme ça ? Comme c'est gentil !

— Oui, bon. Il faut que je file.

Il prit la fuite.

Au deuxième étage, Ryder avait presque fini d'installer la cuisine. Un peu surréaliste, songea Beckett. Comme s'il avait été victime d'une courte distorsion spatio-temporelle.

— Alors ? demanda son frère.

— Fidèle à lui-même. Un connard fini. Mais il a compris le message.

— Bien. Maintenant, on va peut-être pouvoir se concentrer sur le boulot.

— Ça me va.

Toute la matinée et une partie de l'après-midi, ils travaillèrent sans interruption dans l'appartement de fonction. Beckett installait les barres et crochets dans la penderie de la chambre quand des voix féminines lui parvinrent. Il décida de faire une pause. Passant la tête dans l'embrasure de la porte, il découvrit Hope, Avery et Clare dans la cuisine.

— Mesdames.

— Owen m'a dit que vous aviez sans doute fini la cuisine, expliqua Hope qui referma la porte du placard qu'elle était en train d'examiner. Très joli.

— Nous allons l'emmener choisir des meubles tout à l'heure, enchaîna Avery, mais il paraît que le carrelage de la suite est superbe. Nous voulons voir.

— Ils y travaillent en ce moment, mais vous pouvez monter jeter un coup d'œil.

— Allez-y, dit Clare sans quitter Beckett des yeux. Je vous rejoins.

Avery leva le pouce dans le dos de son amie à l'intention de Beckett, puis entraîna Hope hors de l'appartement.

— Ça va avec Avery ? s'enquit-il.

— Hope et elle se sont liguées contre moi. On se faisait du souci pour toi, et blablabla. C'est dur de lutter contre une inquiétude sincère. J'ai fait de mon mieux, comme avec toi.

— Qu'a dit la police ?

— J'ai eu affaire à Charlie Reeder. Il n'a pas aimé mon histoire plus que toi. Mais ils ne peuvent pas faire grand-chose. Je l'ai laissé entrer, il ne m'a ni menacée ni blessée. Tout ce que j'ai pu faire pour l'instant, c'est une déclaration en main courante. S'il revient, je pourrai obtenir une ordonnance d'éloignement, auquel cas, ils le convoqueront. Et toi, tu as parlé à Sam ?

— Nous avons eu une conversation, oui, et il sait de quoi il retourne.

— Sans effusion de sang, selon le saintpaulia.

— Oui.

— Cette plante, tu me l'as achetée pour m'attendrir ?

Il posa son outil et la rejoignit.

— Pour que tu comprennes qu'il n'y a aucune pomme de discorde entre nous.

— Efficace comme méthode. Tout comme une des choses que tu m'as dites dans ton sermon.

— Je ne sermonnais pas... Enfin, si, peut-être.

— Tu as dit que les couples se confient leurs problèmes. Du coup, je me suis demandé si j'avais oublié comment fonctionne un couple. Mais en vérité, Clint était absent la moitié du temps, et comme il risquait sa vie tous les jours, j'avais perdu l'habitude de lui raconter les petits soucis domestiques. Pourquoi aurait-il dû s'inquiéter si un des garçons avait la fièvre ou s'il y avait une fuite dans le toit ou les toilettes ?

— Tu as pris l'habitude de tout régler par toi-même.

— Qu'aurait-il pu faire là-bas en Irak si la voiture tombait en panne au Kansas ?

Beckett la dévisagea longuement en silence.

— Je ne suis pas en Irak.

— Je sais, et moi, je ne vis plus au Kansas.

Elle leva les mains, les laissa retomber.

— Ce n'est pas que j'ai oublié comment fonctionne un couple. Mon expérience est juste différente de la tienne. Et puis, je vis seule depuis longtemps.

— Plus maintenant. Je ne suis pas à la guerre. Je suis ici, avec toi, dit-il, et il réalisa combien il avait besoin d'être auprès d'elle. Et je ne doute pas que tu saches utiliser une ventouse si tes toilettes débordent.

Elle laissa échapper un petit rire.

— Je le sais, crois-moi.

Il lui prit doucement le menton.

— Et si ton toit fuit, rien ne t'oblige à grimper sur une échelle pour le réparer.

— Donc, il y a des degrés. Il se pourrait que je mette du temps à le comprendre.

— Nous avons tout le temps. Alors, on n'est plus fâchés ?

— Plus trop en tout cas. Les disputes me laissent toujours à cran un moment. Et si tu venais dîner ce soir ? Ma version personnelle du cadeau de réconciliation.

— Avec plaisir.

Il posa les mains sur les épaules de Clare.

— Je veux être là pour toi. Même si tu ne souhaites pas compter sur moi, j'espère que tu pourras l'accepter, peut-être même l'apprécier un peu.

Elle se hissa sur la pointe des pieds pour l'embrasser.

— J'apprécie nous deux, murmura-t-elle.

— C'est un bon début.

— À ce soir, fit-elle avant de déposer un autre baiser sur ses lèvres. Merci pour ton inquiétude sincère. Et la plante.

— De rien.

Beckett retourna finir la penderie et esquissa un sourire quand un parfum de chèvrefeuille effleura ses narines.

— Tu es là aussi, toi ? Un peu de compagnie ne me dérange pas. Pas maintenant en tout cas. Tout semble rentrer dans l'ordre.

Rasséréné, il s'assura de la solidité de la barre dans la penderie.

Du beau boulot, là aussi, jugea-t-il.

Sa bonne humeur l'accompagna jusqu'à la fin de la journée, et pendant la réunion à laquelle participèrent aussi sa mère et Carol-Ann, venues constater l'avancement des travaux de carrelage et de peinture. Leurs voix qui résonnaient dans le bâtiment tandis qu'elles passaient de pièce en pièce lui firent chaud au cœur.

Il avait juste le temps de rentrer prendre une douche et se changer avant d'aller chez Clare.

Rien ne valait trois gamins toujours prêts à jouer et un bon dîner préparé par l'élue de son cœur, se dit-il sur le chemin du retour. Et lorsqu'on y ajoutait l'agréable moment passé en tête à tête une fois les enfants couchés, la journée confinait pour ainsi dire à la perfection.

Quel chemin parcouru depuis qu'il était tombé amoureux d'elle à seize ans ! Bien sûr, elle n'était plus la jeune fille insouciante d'alors, mais il réalisa dans l'escalier qui le menait à son appartement que connaître vraiment la femme qu'elle était devenue rendait d'autant plus profond ce qu'il pouvait sans doute appeler son second coup de foudre.

À seize ans, il avait enduré le désespoir d'être amoureux de Clare Murphy, une fille qui appartenait à un autre et le regardait comme un simple ami. Il avait fait l'expérience de la confusion des sentiments pour la jeune veuve de retour dans sa ville natale avec deux petits garçons et enceinte d'un troisième. Des sentiments qu'il n'avait jamais pu exprimer autrement que par l'amitié – une amitié réciproque. Et aujourd'hui, il découvrait les joies et les frustrations de basculer au-delà de cette frontière rassurante dans ce même chaos émotionnel qu'il ressentait à l'adolescence. Bizarre, songea-t-il, que ces sentiments aient perduré plus d'une décennie.

Il s'attarda à sa fenêtre pour contempler l'hôtel. À l'image de cette vieille bâtisse, l'amour qu'il éprouvait pour Clare avait résisté à toutes les vicissitudes. Aujourd'hui, la compréhension, la patience, le respect – et quelques efforts – lui permettaient de s'épanouir.

La bonne humeur teintée d'optimisme qui l'accompagna au coucher était toujours aussi vivace le lendemain matin – jusqu'à ce qu'il sorte sur le parking avec sa deuxième tasse de café. Là, il découvrit que les quatre pneus de son pick-up étaient crevés et que de profondes rayures couraient le long de la carrosserie côté conducteur.

17

Sur le parking balayé par un petit vent d'automne piquant, Beckett et ses frères constataient les dégâts.

— Ce n'est pas juste pour le plaisir d'embêter, observa Ryder. C'est une vengeance personnelle, haineuse à l'extrême.

— J'ai compris le message, dit Beckett qui donna un coup de pied dans un des pneus lacérés. Cinq sur cinq.

— Alors tu sais de qui il s'agit.

— Oh oui ! Il suffit d'additionner un plus un. J'aurais dû lui démolir le portrait l'autre jour dans son bureau, à cette enflure. Quel lâche ! Il a fallu qu'il vienne faire son sale coup en douce au milieu de la nuit. Le coup de la clé sur la carrosserie, les pneus crevés ? Franchement, c'est du niveau lycée, non ? Pathétique.

— Certains ne grandissent pas, fit remarquer Owen d'une voix qui trahissait une colère contenue. Il n'a pas le cran de t'affronter en adulte, alors il se venge sur ton pick-up. Représailles classiques du frustré sexuel.

— Merci, docteur Freud, marmonna Beckett.

— On a beau connaître le coupable, à moins que quelqu'un ne l'ait vu... Bon sang, Beckett, ça craint. Il ne te reste plus qu'à aller lui flanquer une raclée.

— Je vote pour, approuva Ryder.

— Le problème, c'est que les mêmes causes produisent les mêmes effets, fit remarquer Owen. Tu te feras coincer pour coups et blessures.

L'arrivée d'une voiture attira leur attention. Le shérif-adjoint pénétra dans le parking. Owen posa la main sur l'épaule de Beckett.

— On va voir ce qu'en pense Charlie.

— Sale début de journée, commenta Charlie Reeder en dépliant sa longue silhouette d'ancienne star du basket universitaire.

Il les rejoignit, fourra les mains dans ses poches.

— Dis donc, Beckett, celui qui a fait ça n'y a pas été de mainmorte.

— C'est le communiqué officiel de la police de Boonsboro ?

Charlie soupira.

— Commentaire personnel, et j'ajouterai que c'est une belle saloperie. Tu es assuré au moins ?

— Oui, pas de problème.

La mine soucieuse, Charlie fit le tour du pick-up et nota la deuxième série de rayures, côté passager.

— Il va falloir appeler l'expert. Je vais prendre des photos pour mon dossier. À quelle heure t'es-tu garé ?

— Vers 10 heures.

— Vesta ferme une heure plus tard, fit le policier en se grattant la nuque. Tu as vu quelqu'un sur le parking ?

— Personne, non. Juste quelques voitures. Dont celle de Dave Metzner, je crois. Il bosse jusqu'à la fermeture.

— J'irai lui parler, et à tous ceux qui travaillaient et auraient pu sortir par ici. À quelle heure as-tu constaté les dégâts ?

— Vers 8 h 45 ce matin.

— D'accord. J'interrogerai aussi les occupants des appartements qui donnent sur le parking. Avec un peu de chance, quelqu'un aura vu quelque chose.

— Nous savons tous qui est le coupable, Charlie, intervint Ryder. Tout le monde en ville connaît le pick-up de Beckett et sait qu'il le gare là toutes les nuits. Et il n'y a qu'une personne avec qui il a des ennuis.

— Tu penses que Freemont a fait ça parce que tu sors avec Clare ? fit Charlie en se tournant vers Beckett.

— Et aussi parce que je suis allé le voir hier matin à son bureau pour lui demander de la laisser tranquille.

Charlie soupira de nouveau, plus profondément cette fois.

— Qu'est-ce qui t'a pris ?

— Si quelqu'un harcelait Charlene au point de lui faire peur, posait les mains sur elle, comment réagirais-tu ?

— Pareil, concéda le policier. Ton hypothèse tient la route. Ç'aurait pu être des gamins, ou juste un abruti bourré, mais aucun autre incident de ce genre n'a été signalé. Officieusement, c'est vrai, ça ressemble au style de cette tête de nœud de Sam Freemont. Mais à moins que quelqu'un ne l'ait vu faire, ce sera difficile à prouver.

— Il a peut-être laissé des empreintes.

Charlie dévisagea Owen.

— C'est ça, et il a peut-être aussi laissé son ADN en pissant sur les pneus. Dans *Les Experts à Boonsboro*, on l'aurait coffré avant la fin de la journée. Écoutez, je vais faire ce que je peux. Mais je vais être franc avec toi, Beckett, n'attends pas de miracle.

— Je n'en espérais pas.

— Je vais faire les photos, prendre ta déposition et rédiger un rapport. Et j'irai en personne parler à Freemont dans l'espoir qu'il comprenne l'allusion.

— Je te remercie. Au moins, j'ai peut-être réussi à détourner son attention de Clare sur moi. C'est déjà ça.

— Fais-moi plaisir, Beckett, dit Charlie. Garde tes distances avec lui. Si tu le vois traîner près de chez Clare ou n'importe où en ville, appelle-moi. Je m'occuperai de lui. Donne mon nom à ton agent d'assurance. Je veillerai à ce qu'il reçoive une copie du rapport de police.

Beckett n'eut d'autre choix que de faire une déposition officielle, puis rentra chez lui pour régler le casse-tête de l'assurance. Quand il arriva enfin à l'hôtel, la nouvelle s'était répandue parmi les ouvriers qui lui exprimèrent leur compassion indignée et ne manquèrent pas de l'abreuver de conseils. Il les écouta de bonne grâce et s'en remit à ses outils pour évacuer sa frustration. Chaque fois qu'il plantait un clou dans les moulures du plafond, il imaginait que c'était la sale tronche de Freemont.

Une piètre satisfaction, mais c'était mieux que rien.

L'arrivée fracassante de Clare, plus tard dans la matinée, lui remonta davantage le moral. Elle se précipita jusqu'à son échelle et agrippa un barreau, furieuse.

Il découvrit un détail qu'il ignorait encore : quand elle était furieuse, ses yeux émeraude étincelaient tels ceux d'un chat.

— J'ai appris dès mon arrivée en ville, mais je n'ai pas pu me libérer plus tôt, expliqua-t-elle. Je suis passée jeter un œil à ton pick-up. Quelle ordure ! C'est tout à fait lui. Maintenant, c'est moi qui ai envie de lui casser la figure !

— J'aimerais bien voir ça.

Beckett retrouva son sourire en descendant de l'échelle.

— Ce n'est pas drôle, Beckett.

— Non, mais ce n'est pas non plus un drame.

— Là n'est pas le problème.

Elle se détourna d'un bloc et le menuisier qui travaillait avec lui quitta discrètement la pièce.

— Non, admit Beckett, mais ce qui me frappe, c'est qu'il n'a trouvé que ce moyen pour s'en prendre à moi. Si je fais abstraction de ma contrariété, c'est plutôt flatteur pour mon ego.

— Quelle connerie !

— Ça aussi, c'est flatteur. Tu ne jures pour ainsi dire jamais. C'est réconfortant de t'entendre dire un gros mot dans cette situation.

— Il s'en est pris à toi pour la simple et bonne raison que tu es allé le trouver.

— Et ?

— Rien ne t'obligeait à le faire.

— Je n'avais pas le choix, Clare.

Elle leva les bras au ciel et se mit à arpenter la pièce.

— Ah, les hommes ! Et maintenant, j'imagine que tu dois y retourner, histoire de poursuivre dans l'escalade, comme si ce triste gâchis ne suffisait pas !

Il réfléchit un instant.

— Je pourrais te laisser essayer de m'en dissuader.

Il la gratifia d'un sourire taquin lorsqu'elle pivota vers lui et le foudroya du regard.

— Ce serait bon pour ton ego, non ? Et je serais ravi de te rendre la pareille.

— Tu n'en as nullement l'intention.

— Je m'imagine avec délices le traîner sur le parking de la concession et lui flanquer la raclée de sa vie devant le personnel et les clients horrifiés. Il implorerait ma pitié, les femmes s'évanouiraient. Quel beau tableau.

— Ah, les hommes ! répéta Clare. Des gamins dans un emballage plus grand.

— Peut-être. Mais si j'agissais ainsi, je devrais supporter les « je te l'avais bien dit » d'Owen quand il devrait venir payer ma caution. Je ne tiens pas à lui donner cette satisfaction.

Clare prit une longue inspiration dans un suprême effort pour se calmer.

— C'est déjà quelque chose. Je suis vraiment navrée, Beckett.

— Ce ne sera pas cher payé, j'imagine, si Freemont considère qu'on est quittes et qu'il ne se pointe plus par ici. De toute façon, il me fallait des pneus neufs avant l'hiver.

Clare s'approcha de lui et prit son visage entre ses mains.

— Mon héros, murmura-t-elle avant d'effleurer sa bouche d'un baiser.

— C'est tout ce à quoi j'ai droit ? Pour quatre pneus et une carrosserie à refaire ?

Elle pouffa de rire et l'embrassa de nouveau.

— Je ne peux pas faire mieux vu les conditions, s'excusa-t-elle avant de désigner du menton la salle de bains où s'affairaient les carreleurs.

— Ce ne sont pas les chambres qui manquent.

Clare secoua la tête, puis pivota pour admirer les murs fraîchement peints.

— J'adore cette couleur, déclara-t-elle.

Calmée, elle arpenta le salon à pas lents.

— Je ne parviens pas à décider quelle chambre est ma préférée. Ni laquelle je pourrais offrir à mes parents pour leur anniversaire de mariage l'année prochaine.

— Choisis-en une pour toi et moi. Je m'occuperai de la réservation.

— Difficile, mais j'adorerais. Bon, je dois y retourner.

— Et si on dînait ensemble ce soir ? Je t'invite quelque part avec les garçons.

— J'ai la réunion du club de lecture, mais merci quand même. Ah oui ! nous nous occupons de la décoration d'Halloween demain à la librairie, si tu veux passer.

— Et comment. La décoration d'Halloween, c'est un de mes points forts.

— Génial, tu pourras creuser la citrouille. Désormais, les garçons sont assez grands pour se rendre compte à quel point je suis nulle. Passe tout à l'heure. Je t'offrirai un café.

— D'accord. Oh, et merci pour ton indignation !

— De rien.

Alignés sur le trottoir d'en face, Beckett et ses frères admiraient la façade enfin achevée avec sa superbe enseigne, à la fois sobre et élégante.

Hôtel Boonsboro
Grand-Place

— Ça rend bien, commenta Owen.

— Ça en jette un max, tu veux dire, rétorqua Ryder.

— Il ne nous reste plus qu'à finir les travaux, meubler l'hôtel, le décorer, et attirer les clients, conclut Beckett, les mains au fond des poches. Du gâteau, quand on voit de quoi on est partis.

Il regarda la boutique, un peu plus haut dans la rue, qui arborait, elle aussi, sa nouvelle enseigne.

— Cadeaux d'Art – Hôtel Boonsboro. Ça aussi, ça en jette.

— Maman et Madeline jurent que tout sera prêt pour l'inauguration vendredi soir.

— Tant que nous n'avons qu'à nous pointer pour manger des canapés, fit Ryder, dont le regard se fixa sur le bâtiment voisin. Vous savez qu'elle parle déjà de nous mettre au travail à côté pour y aménager une boulangerie.

— Une chose à la fois. Pour l'instant, savourons un peu, suggéra Beckett.

— On aura tout le temps de savourer quand les travaux seront terminés, rétorqua Ryder, l'œil sur sa montre. Et de perdre notre temps.

— Je dois travailler avec Hope et le webmaster ce matin, rappela Owen.

— Pendant que tu y es, appelle Saville, dit Ryder. Dis-lui qu'on est bientôt prêts pour entreposer le parquet. Compte quelques jours avant la pose, le temps qu'il s'acclimate à l'hygrométrie.

— C'est sur ma liste. Beckett, va donc jeter un coup d'œil à la boutique. Profites-en pour nous ramener un café. Il fait un froid glacial aujourd'hui.

— Les premières gelées sont annoncées pour cette nuit. Il y a encore des travaux d'extérieur à finir, alors ne te planque pas avec Clare dans la réserve, le prévint Ryder avant de traverser la rue avec Owen. Ce sera retenu sur tes heures de boulot.

— Très drôle.

Beckett admira encore une fois la façade en solo, puis tourna les talons, direction la boutique.

Tout était parfait, dut-il convenir en entrant. L'endroit était chaleureux et accueillant avec ses murs ensoleillés, les étalages de poteries et de bijoux faits main, les œuvres d'art exposées aux murs ou attendant de l'être. Il fit le point avec Madeline, qui ouvrit d'autres cartons de marchandises, puis nota une courte liste de bricoles à terminer avant l'ouverture.

Son écritoire sous le bras, il entra ensuite dans la librairie.

— Bonjour, Roméo. Clare est en haut.

Beckett regarda Charlene, la femme de Charlie Reeder, d'un œil perplexe.

— Roméo ?

Elle pinça les lèvres et fit claquer un baiser exagéré.

— Vous êtes si adorable.

— Je sais. Il me faudrait trois grands cafés. Je monte dire bonjour à Clare pendant que vous les préparez.

— Elle va être contente de vous voir, ajouta-t-elle avec un clin d'œil.

Beckett secoua la tête, sidéré. Que mettaient-elles donc dans leur café ces derniers temps au Tourne-Page ? Il gravit l'escalier jusqu'au bureau de Clare.

Le téléphone collé à l'oreille, celle-ci leva l'index avec un sourire radieux. Le temps qu'elle finisse sa conversation, il s'approcha de la fenêtre et admira de nouveau la belle enseigne toute neuve.

— Beckett.

Il eut à peine le temps de se tourner qu'elle se jeta à son cou.

— Merci mille fois, dit-elle avant de le gratifier d'un long baiser vertigineux.

Décidément, il ne savait pas ce qu'elles mettaient dans leur café, mais il en voulait aussi.

— Euh... je t'en prie. Mais pourquoi me remercies-tu ?

— Pour les fleurs. Elles sont splendides, et c'était une telle surprise. Je n'arrêtais pas de m'extasier en faisant ce que Liam appelle des « bruits de fille » qui l'ont beaucoup énervé.

Elle l'étreignit et frotta sa joue contre la sienne.

— Mais tu aurais dû entrer, enchaîna-t-elle. Je t'aurais préparé un petit déjeuner.

— Quelles fleurs ?

Elle s'écarta.

— Comment ça, quelles fleurs ? Les roses que j'ai trouvées sur mon paillasson en sortant pour emmener les enfants à l'école.

— Clare, je ne t'ai pas envoyé de fleurs.

— Pourtant le mot...

— Un mot ? Que disait-il ?

— *Je pense sans cesse à toi.* Oh, mon Dieu...

Les jambes flageolantes, elle dut s'asseoir.

— Il y avait une boîte sur le paillasson. Une boîte blanche sans inscription. Les roses et le message étaient à l'intérieur. Je me suis inquiétée parce qu'il faisait si froid. Mais elles n'ont pas dû rester dehors très longtemps. Elles sont superbes.

— Tu l'as vu ?

— Non. Enfin, hier au supermarché, j'ai cru l'entrapercevoir une seconde.

— Tu ne m'en as rien dit.

— Je n'étais pas sûre. En fait, j'ai cru que c'était le fruit de mon imagination, expliqua Clare qui lui attrapa la main. S'il te plaît, ne fais rien. Je vais prévenir Charlie tout de suite, mais je t'en prie, tiens-toi tranquille. Plus nous y accordons d'importance, pire ce sera, j'en suis persuadée.

— Appelle Charlie. Et la prochaine fois que tu crois le voir, préviens-moi.

— Promis. Tu sais… il m'avait déjà envoyé des fleurs.

— Quand ?

— Pour mon anniversaire. Toujours des roses rouges, comme celles-ci. Mais d'habitude, il signait. En y réfléchissant, c'est vrai que je le croise quand même souvent. Je l'ai vu plusieurs fois au supermarché. Voilà pourquoi j'ai cru avoir été le jouet de mon imagination – après ce qui s'est passé, et maintenant ton pick-up. Je me suis dit que je me faisais des frayeurs toute seule.

— Où encore ? insista Beckett d'une voix mortellement calme.

Clare se balança un peu d'avant en arrière en se massant les tempes.

— Attends, laisse-moi réfléchir… Je suis tombée sur lui à la galerie marchande, mais il m'arrive d'y rencontrer des gens que je connais, je n'y ai donc pas vraiment prêté attention. Devant la banque aussi, plus d'une fois.

Il la regardait fouiller dans sa mémoire – et pâlir à vue d'œil.

— Sur le parking de la pharmacie, chez le pépiniériste. Ailleurs aussi, je m'en rends compte maintenant. Mais toujours quand je suis seule. Pas avec les enfants, ni ma mère ou Avery. Ça ne peut pas être une coïncidence, ajouta-t-elle après un silence.

— Sûrement pas. Ce malade te traque. Raconte tout à Charlie. Et je vais te raccompagner chez toi tous les soirs après le travail jusqu'à ce qu'il cesse son manège.

— Je ne dis pas non, murmura-t-elle en serrant les bras autour d'elle. Il y a quelque chose qui ne tourne pas rond chez lui. Envoyer des fleurs après tout ça. Il ne s'agit pas d'un simple casse-pieds.

— C'est ce que je pense depuis le début. Préviens Charlene et les autres. Et surtout ne reste pas seule dans la librairie.

— Par pitié...

Elle se massa le front.

— Non, tu as raison. J'ai juste besoin de réfléchir et de me calmer un peu. J'appelle Charlie tout de suite.

— Je suis de l'autre côté de la rue. Garde ton portable sur toi.

— D'accord. Beckett ? Sois prudent, toi aussi. Il pourrait tenter quelque chose de plus grave que dégrader ton pick-up.

— Ne t'inquiète pas.

Mais elle ne pouvait s'en empêcher. Même après avoir prévenu Charlie. Elle téléphona à Avery, qui insista pour qu'elles aillent récupérer la boîte avec les fleurs et le mot, et déposent le tout à la police.

— Beckett a raison, déclara Avery, Sam est un lâche. Mais il vaut mieux que tu ne restes pas seule – ni à la maison ni au travail, nulle part.

— Tu ne crois tout de même pas qu'il va tenter quelque chose ?

— Honnêtement, je n'en sais rien, alors ne prenons pas de risques. Pense à condamner les portières quand tu es dans ta voiture à l'arrêt – et ferme aussi à clé chez toi. Pas seulement quand tu pars ou la nuit. Promis ?

— Ne t'inquiète pas. Je n'ignore pas le danger, mais je vais le laisser croire que je ne me méfie pas. Moins il me pensera affectée, plus vite il arrêtera.

Peut-être, ou peut-être pas, songea Avery qui regarda Clare regagner la librairie et attendit qu'elle soit à l'intérieur pour se rendre à l'hôtel.

Elle trouva les frères Montgomery en conciliabule dans la cuisine à demi terminée.

— C'est superbe. Nous avons à parler, ajouta-t-elle dans la foulée.

— Comme tu vois, nous sommes occupés, répondit Ryder. Nous viendrons chez toi dans une heure environ. C'est quoi, cette couleur que tu portes cette semaine ?

Avery se passa la main dans les cheveux.

— Coca cerise. C'est un peu intense.

— Quel est le problème avec ta couleur naturelle ? voulut savoir Owen.

— Je la porte depuis presque trente ans. Ça ne te fatiguerait pas, toi, un truc que tu aurais depuis presque trente ans ? Bref, ce n'est pas la raison de ma présence. Nous devons parler maintenant. Clare et moi avons apporté ces maudites roses à la police, mais je ne vois pas ce qu'ils vont pouvoir faire.

— Je ne vois pas ce que *nous* pouvons faire, rétorqua Owen qui glissa son mètre ruban dans sa ceinture à outils. En fait, ce que nous voudrions faire pour l'instant nous vaudrait entre cinq et dix ans.

— Lui briser les rotules ne servirait à rien de toute façon, ce qui est bien dommage, reconnut-elle. Écoutez, Sam est du genre à avoir des obsessions. Il y a un moment, il avait jeté son dévolu sur moi.

— Sur toi ? s'exclama Owen. Quand exactement ?

— À l'époque de l'ouverture du restaurant – avant que Clare revienne. Et il n'était pas aussi cinglé qu'aujourd'hui. Il avait l'habitude de débarquer pendant que je travaillais sur l'aménagement – les artisans défilaient à longueur de journée à l'époque. J'avais beau lui dire qu'il dérangeait ou que j'étais occupée, je n'arrivais pas à m'en décoller. Une vraie sangsue.

— Pourquoi n'as-tu rien dit ? s'étonna Owen.

Elle haussa les épaules.

— Son manège n'a pas duré longtemps, une quinzaine de jours peut-être. Le défaut de Clare, c'est la politesse. Ma politesse à moi s'épuise plus vite. Je l'ai guéri le jour où je lui ai dit que s'il ne me laissait pas tranquille, Luther lui marquerait les bijoux de famille au fer rouge. Luther travaillait sur les grilles de ventilation, précisa-t-elle. Le pauvre n'infligerait jamais une torture pareille à quiconque, mais il donne l'impression d'en être capable.

— Bien vu, approuva Owen.

— Oui, et ça a marché. Mais cette histoire avec Clare dure depuis beaucoup plus longtemps, et flanque davantage la chair de poule. J'ai un mauvais pressentiment et je me fie à mes mauvais pressentiments.

— Tous les gars de l'équipe vont garder un œil sur Freemont et l'autre sur Clare, intervint Beckett. La police aussi. J'ai mis Freemont en garde. Et il sait que Charlie Reeder l'a dans le collimateur.

— Je sais, de même que je sais que tout cela a eu l'effet inverse de celui escompté, répliqua Avery.

Le coup des fleurs alors que Clare a signalé ses agissements à la police. Il faut être tordu. Je ne sais pas quoi faire et je déteste ne pas savoir quoi faire.

— Préviens les voisins, suggéra Ryder. Plus il y aura de gens au courant, mieux ça vaudra.

Owen fronça les sourcils.

— Bonne idée, mais pas seulement les voisins. Il faut faire passer le mot dans toute la ville. Les gens d'ici apprécient beaucoup Clare. C'est toute la communauté qui veillera sur elle.

— J'ai toujours su que tu avais de la cervelle, commenta Avery qui se détendit un peu pour la première fois depuis des heures. C'est déjà quelque chose. Du positif.

— Je vais passer chez elle ce soir, déclara Beckett, et j'ai quelques idées qui me trottent dans la tête – par exemple, installer des lampes à détection de mouvement.

Avery approuva d'un hochement de tête vigoureux et ses épaules se dénouèrent comme par miracle.

— Excellent. Encore plus positif. Bon, je dois y retourner. Comptez sur moi pour répandre la bonne parole pendant le coup de feu de midi.

Beckett installa les lampes lui-même, devant et derrière la maison. Il calcula qu'il lui aurait fallu moitié moins de temps sans « l'aide » des enfants, mais en récompense il eut droit à un bon dîner et à la satisfaction de voir le soulagement de Clare une fois la pose terminée.

Sans oublier le plaisir de regarder les garçons courir dehors une bonne demi-douzaine de fois avant d'aller se coucher, piaillant avec enthousiasme chaque fois que la lumière s'allumait.

Cependant, sa deuxième idée lui plaisait encore plus, et il alla la soumettre à Clare le lendemain après-midi à la librairie.

Il la trouva dans l'annexe, occupée à regarnir les rayonnages.

— Coucou, j'ai du monde à te présenter.

Des livres à la main, Clare se retourna.

— Comme ils sont mignons ! Où les as-tu trouvés ?

Dans un même mouvement, elle posa les livres et s'accroupit. Les deux chiots le prirent comme une invitation à gambader vers elle pour lui lécher les mains et le visage.

— Regardez-moi ces coquins ! Beckett, comment comptes-tu garder deux chiens dans ton appartement ? Ce sont des labradors, non ?

— Croisés retrievers, comme le chien de ma mère. Ils sont frères. Ils ont cinq mois, sont vaccinés, tatoués et déjà propres.

Clare ébouriffa leur pelage brun chocolat, frotta leurs oreilles soyeuses.

— Ils sont adorables, mais ils ont besoin de place pour courir et...

Elle laissa sa phrase en suspens et leva un regard soupçonneux vers Beckett tandis que les chiens se disputaient son attention.

— Tu n'as pas l'intention de les garder chez toi.

— Ils ont besoin d'enfants.

Le regard de Clare s'étrécit.

— Quel est ton deuxième prénom ?

— Euh... Riley.

— Beckett Riley Montgomery...

Un sourire amusé éclaira le visage de Beckett.

— Aïe. Je vais avoir droit à un sermon maison.
— Tu ne sais pas à quoi tu t'exposes.

Le sourire se fit enjôleur.

— Les garçons et les chiens sont faits pour s'entendre, tenta-t-il de la convaincre. Tu pensais prendre un chien de toute façon.

— J'y pensais, oui. *Un* chien, au singulier.

Il s'accroupit à son tour et frotta un ventre en l'air.

— Ils sont frères, lui rappela-t-il. On ne peut pas séparer des frères. Tu leur briserais le cœur. Et puis, ils se tiendront compagnie quand les enfants seront à l'école. Ils reviennent de loin, tu sais. Leurs anciens propriétaires ont tout bonnement changé d'avis. C'est comme s'ils avaient abandonné deux bébés.

— Oh, arrête !

« Bon d'accord, se dit-il, tu en fais peut-être un peu trop. »

— Tout ce qu'il leur faut, c'est un bon foyer. Ensemble. Si tu n'en veux pas, je les garderai.

— Dans ton appartement.

Il haussa les épaules.

— Je ne vais quand même pas les séparer, ou les lâcher dans la nature.

— C'est un guet-apens.

— Ces chiens-là sont formidables avec les enfants. Ils sont loyaux, faciles à vivre. Ils adorent jouer, et les bagarres de trois garçons ne les perturberont pas.

— Tu as fait des recherches, on dirait.

— Un peu, oui. En plus, ils te préviendront si quelqu'un approche de la maison. Bien qu'amicaux, ces chiens sont un bon moyen de dissuasion. Je me sentirais plus rassuré, Clare.

Le plus petit des deux chiots posa la patte sur le genou de Clare avec un regard expressif. À son soupir mi-attendri, mi-réprobateur, Beckett sut qu'ils l'avaient ferrée.

— Les enfants vont être fous de joie. Mon Dieu, mais si j'accepte, je vais devoir aller faire des courses à l'animalerie, acheter un guide de dressage.

— J'ai déjà tout ce qu'il leur faut dans la voiture. Croquettes, gamelles, panier, jouets. Regarde, ils ont même leur collier et leur laisse.

— Un guet-apens préparé dans les moindres détails. Ils sont propres, tu dis ?

Il jugea préférable de ne pas mentionner que l'un d'eux avait déjà arrosé ses chaussures.

— Euh... il n'est pas impossible que tu aies une ou deux mésaventures, le temps qu'ils s'habituent à leur nouveau foyer.

— Et quand il fera froid ? Je serai ici, les enfants à l'école. Ils devront rester dans le jardin.

— Nous leur construirons une niche.
— Ah bon ?
— Bien sûr. Ce sera amusant.
— Oh, Beckett, dit Clare qui craqua pour de bon et fit des mamours aux chiots. Comment s'appellent-ils ?

— Chauncy et Aristote.
— Tu plaisantes.
— Je crains que non. Ils ont vraiment besoin de nouveaux noms.

— Je ne te le fais pas dire, approuva Clare, tandis que le plus petit poussait un jappement joyeux et mordillait l'oreille de son frère. J'espère que ce n'est pas une erreur.

— Ce sera génial, tu verras. Apprendre à s'occuper d'un animal donnera aux garçons le sens des responsabilités.

— Je m'en souviendrai quand je devrai les sortir et nettoyer leurs petits oublis.

Beckett se pencha par-dessus les chiens pour embrasser Clare.

— Merci pour eux.

— Tu m'as eue parce qu'ils sont frères. Apparemment, j'ai une faiblesse de ce côté-là. Espérons que mes parents aussi. Ils m'ont proposé de garder les garçons à dormir samedi soir. En fait, ils préféreraient que je sois aussi de la partie.

— Ils s'inquiètent pour toi.

— Je dois les appeler tous les soirs pour les rassurer. J'ai réussi à leur faire faux bond pour samedi en prétextant une sortie avec toi.

— Je devrais pouvoir me libérer.

— Bien. Je passerai à 19 heures.

— C'est toi qui passes me prendre ? Pour aller où ?

— Tu le sauras samedi soir. Bon, et maintenant tu vas devoir trouver quoi faire de ces chiens jusqu'à la sortie de l'école. Tu les emmèneras à la maison à ce moment-là.

— Et si j'apportais des pizzas dans la foulée ? J'ai dans l'idée que tout le monde sera trop occupé à jouer pour penser au dîner.

— Des chiens et des pizzas ? Les garçons vont être au paradis.

Beckett n'avait pas réfléchi au transport conjoint chiens plus pizzas, mais il se rendit vite compte que ses pensionnaires pleins de vivacité et à la truffe fouineuse devaient voyager à l'écart de la nourriture.

Cette utile leçon ne lui coûta que le prix d'une pizza, plus l'attente pour en commander une autre.

Il laissa les pizzas à l'arrière du pick-up dans l'emballage isotherme qu'il avait emprunté et eut quelque difficulté à faire revenir les chiens quand ils bondirent dans des directions opposées, déroulant leurs laisses sur toute leur longueur. Mais ses efforts furent récompensés au centuple lorsque Murphy ouvrit la porte.

Il avait encore les yeux écarquillés et la bouche grande ouverte lorsque les chiens s'élancèrent sur lui. Il atterrit sur les fesses et éclata de rire, tandis que les chiots lui léchaient frénétiquement la figure en remuant la queue.

— Des chiens ! cria-t-il, faisant de son mieux pour les contenir. Beckett a amené des chiens !

Ses frères jaillirent de la salle de jeux et le plus joyeux des chaos s'ensuivit, ponctué de rires et de jappements.

Clare sortit assister au spectacle, les mains sur les hanches. Secouant la tête, elle ordonna à la petite troupe de se calmer, mais y renonça vite, et se contenta de contempler Beckett, planté au milieu du salon, hilare, tandis que les enfants et leurs nouveaux compagnons de jeu s'ébattaient autour de lui. L'un des chiots entreprit de mordiller le bout de sa chaussure de ses petites dents pointues et il se libéra en s'esclaffant.

Il releva soudain la tête, et lorsque ses beaux yeux bleus si chaleureux se posèrent sur elle, Clare succomba.

Peut-être avait-elle déjà glissé lentement vers le précipice, réalisa-t-elle. Mais cette fois, elle y bascula corps et âme, forte d'une conviction inébranlable :

elle était amoureuse. Et à cet instant, elle se vit à ses côtés dans un mois, dans un an. À jamais.

Bien sûr, ce saut dans l'inconnu n'allait pas sans une pointe de panique. Mais l'amour qui pulsait dans son cœur avait la même force, la même plénitude que le rire de ses enfants.

Et c'était ce qui comptait.

— Maman ! Maman ! Tu as vu ? Ils nous aiment bien ! s'écria Harry qui tournait la tête en tous sens sous les coups de langue du chiot sur ses genoux.

— Viens les voir, maman ! Ils sont mignons et tout doux et ils sentent pas mauvais, embraya Murphy, les bras autour de l'autre. On peut avoir un chien ? S'il te plaît, maman !

Clare ouvrit de grands yeux, feignant d'être stupéfaite.

— Encore un ? Deux ne suffisent pas ?
— Quels deux ?
— Ces deux-là.

Elle savoura l'instant. Quel que soit le travail que lui donneraient ces chiens, ce ne serait pas cher payé en contrepartie de l'expression à la fois radieuse et sidérée de son petit garçon.

— Ils sont à *nous* ? murmura-t-il, incrédule.
— Demande à Beckett. C'est lui qui les a apportés.

Trois visages se levèrent vers lui d'un même mouvement.

— On peut les garder ? demanda Harry qui subissait toujours les assauts des chiots. Tous les deux ?
— Ce sont des frères, expliqua Beckett.
— Comme nous ! s'exclama Liam.
— Oui, et ils avaient besoin d'une bonne maison et de bons maîtres qui prennent soin d'eux, jouent avec eux et les aiment.

— Je les aime très fort ! assura Murphy, qui rejoignit Beckett à quatre pattes et lui étreignit la jambe.

— L'amour, c'est du travail, rappela ce dernier en s'accroupissant. Même quand tu es fatigué ou occupé, tu dois t'assurer qu'ils ont à manger et à boire, aller les promener, jouer avec eux. Tu te sens prêt ?

— Oui.

— Dans ce cas, vous avez le droit de les garder.

Liam se jeta au cou de Beckett, puis à celui de sa mère.

— C'est le plus beau cadeau de notre vie. Merci !

— On va bien s'en occuper, assura Harry qui gratifia Beckett de son sourire d'ange. Toujours.

— J'y compte bien.

— Et si vous les emmeniez dans le jardin ? suggéra Clare. Je suis sûre qu'ils vont aimer votre aire de jeu.

Murphy prit Beckett par la main.

— Viens avec nous. Ils s'appellent comment ?

— Ils ont besoin de jolis noms. Vous allez devoir y réfléchir, les garçons. J'ai des affaires à sortir de la voiture. Je vous rejoins après.

— Je vais t'aider, proposa Harry en se redressant.

— Je ne suis pas contre un coup de main.

Liam et Murphy coururent dehors avec les chiens, testant déjà des noms, tandis qu'Harry accompagnait Beckett.

Seule dans le salon, Clare s'imprégna de tout cet amour qui l'entourait – et remarqua les poils et les quelques gouttes de pipi sur son carrelage. Non, décidément, ce n'était pas cher payé.

18

— Deux chiens, dit Avery qui disposait le fromage sur un plateau pour l'inauguration de la boutique. Je n'en reviens pas. Ma pauvre Clare, tu t'es fait pigeonner.

— C'est l'impression que j'ai. Hier, je n'avais encore que trois enfants à préparer pour l'école. Ce matin, après les avoir trouvés tous entassés – trois garçons, plus deux chiens – dans le lit de Murphy, j'avais trois enfants persuadés que ce serait beaucoup mieux de rester à la maison pour s'occuper des chiens. Sans compter les deux fois où j'ai dû me relever la nuit dernière pour les sortir.

— Leurs vessies vont grossir.

— Espérons. Et maintenant je culpabilise parce que je les laisse seuls dans le jardin, alors je rentre à l'heure du déjeuner pour m'assurer qu'ils vont bien. En ce moment, c'est Mazie qui s'occupe de tout ce petit monde jusqu'à mon retour. Je ferais peut-être mieux de passer à la maison en vitesse.

— Ça va aller. Les enfants et les chiens sont faits pour s'entendre. J'ai hâte de les voir. Comment s'appellent-ils, déjà ?

— Après maintes discussions et fausses pistes, nous avons opté pour Ben – comme Ben Kenobi – et Yoda.

— Mignon.

— Désolée, j'arrive plus tard que prévu, s'excusa Hope qui fit irruption dans la cuisine. Nous avons eu des livraisons supplémentaires. Il y a du monde, ce soir, ajouta-t-elle à l'adresse d'Avery.

— C'est un gros vendredi, dopé, à mon avis, par l'inauguration.

— Bon, je fais quoi ? demanda Hope

— Nous pouvons commencer à apporter les plateaux là-bas, afin que Madeline arrange tout à sa guise.

Les bras chargés, elles sortirent par-derrière.

— Je n'arrive pas à croire qu'on est presque en novembre, avoua Hope. J'ai l'impression d'avoir emménagé hier.

Lorsqu'elles entrèrent dans la boutique par le patio, Madeline vint à leur rencontre dans un tressautement de boucles châtaines.

— Bonsoir ! les salua-t-elle. Avery, comme c'est appétissant. Je suis si excitée. Mes filles sont là-haut. Elles vont vous donner un coup de main pour tout installer.

Clare prit une profonde inspiration.

— Quel parfum délicieux !

— Ce sont les bougies et les diffuseurs de la marque Hôtel Boonsboro. Ce soir, nous présentons la senteur Marguerite et Percy à la grenade. Succès garanti.

— À propos de succès ! s'exclama Clare en s'immobilisant dans le coin-cuisine. Quelle bonne idée ! Ça me donne envie de changer complètement la déco de ma cuisine. J'adore ce pichet, oh, et ces coupes ! Je sens que je vais faire beaucoup de courses de Noël ici.

Elle déposa son plateau, puis se promena entre les étalages de bijoux, œuvres d'art et poteries rutilantes.

— Vous avez fait un travail incroyable.

— Je veux celui-ci pour mon appartement, décréta Hope devant un tableau de cerisiers en fleurs qui se reflétaient dans un étang ridé par la brise, sur fond de ciel bleu. Je veux avoir le printemps sous les yeux tous les jours.

— J'adore, confirma Avery qui interrogea Clare du regard et obtint son assentiment silencieux. Il est parfait. Et vendu. Ce sera notre cadeau, à Clare et à moi, pour ta pendaison de crémaillère.

— C'est vrai ? Je l'accepte avec joie ! s'enflamma-t-elle, puis, glissant un bras autour de leurs tailles, elle ajouta : Vous êtes les meilleures.

— Je peux coller un rond rouge sur le carton de présentation pour indiquer qu'il est vendu, intervint Madeline. Si vous êtes sûres.

— On l'est, assura Clare.

— Notre première vente ! Mesdames, les choses sérieuses commencent.

— Que pouvons-nous faire d'autre – à part dépenser de l'argent ? s'enquit Avery.

— Franchement, nous sommes prêtes. Nerveuses et impatientes, mais prêtes.

Avery consulta sa montre.

— Nous serons de retour d'ici à vingt minutes, au cas où. J'ai mon portable s'il vous faut quoi que ce soit plus tôt. Allons en face pour que Hope puisse frimer.

— J'ai déjà repéré une bonne demi-douzaine d'objets qu'il nous faudra quand nous commencerons l'achat des accessoires, annonça celle-ci en parcourant encore les étalages des yeux. Je reviendrai demain avec mon calepin, précisa-t-elle alors qu'Avery l'entraînait vers la porte. Tu as vu ce compotier en bambou ? Il sera parfait pour l'îlot de la cuisine. On va passer par-devant.

Elle exhuma son trousseau en traversant la rue. Et referma à clé, une fois qu'elles furent à l'intérieur.

— Montons. Le carrelage est fini dans la salle de bains de Nick et Nora. Franchement, ça vaut le coup d'œil. Je fais mon tour tous les soirs après le départ des ouvriers. Je sais que Beckett a aussi pris cette habitude, mais j'aime bien voir l'avancement des travaux au jour le jour.

— Est-ce que tu... commença Clare en risquant un coup d'œil en direction d'Elizabeth et Darcy.

Hope ne la laissa pas terminer

— Je sens son parfum de temps à autre, ou il me semble entendre comme un murmure. Mais à mon avis, elle est encore un peu timide avec moi. Regardez-moi cette splendeur. Spectaculaire, non ?

Le mur du fond était couvert du sol au plafond d'une mosaïque en pâte de verre bleu outremer qui offrait un contraste saisissant avec le sol chocolat. Sur les autres murs, des carreaux disposés en rayures de différents tons de brun apportaient une touche de sophistication.

— Jamais je n'aurais pensé à associer ces couleurs, avoua Clare. C'est moderne et élégant. Un peu fastueux, même.

— Exactement. Un choix qui met en valeur le plafond chocolat et les murs bleu pâle de la chambre. Et vous avez vu les éclairages ? Grandiose, ce lustre à pampilles en cristal au-dessus de la baignoire, s'extasia Hope, la main sur le cœur. Je vous jure, je tombe chaque jour un peu plus amoureuse de cet endroit.

— Tout comme moi je suis amoureuse de Beckett.

Comme ses amies se tournaient vers elle, Clare s'autorisa un petit rire.

— Oups, ça m'a échappé.

— Amoureuse ? répéta Avery. Tu veux dire, l'amour avec un grand A ?

— C'est ça, confirma Clare. Jamais je n'aurais imaginé que cela m'arriverait de nouveau un jour. Ce n'est pas pareil qu'avec Clint – comment pourrait-il en être autrement ? Mais c'est tout aussi profond, tout aussi vrai. J'ai du mal à croire à ma chance.

— Beckett et toi, murmura Avery, les yeux humides. L'amour avec un grand A.

— En ce qui le concerne, je préfère ne pas m'avancer. Mieux vaut s'en tenir à un a minuscule. Nous avons encore beaucoup de chemin à parcourir.

— Clare, il a le béguin pour toi depuis toujours.

— Un petit a, c'est déjà formidable. Je n'attends de lui ni promesses ni grands serments. Aujourd'hui, c'est différent. Je n'ai plus seize ans. Je risque davantage.

— Mais tu as aussi davantage à offrir, fit remarquer Hope.

— Oui, mais...

Elle songea aux paroles de Beckett la veille.

— L'amour, c'est du travail. Une femme, trois enfants – et deux chiens en prime à présent. Beaucoup de travail même. Je suis heureuse comme nous sommes. Tellement contente d'éprouver de nouveau ces sentiments. De savoir que j'en suis capable.

— Comme je te comprends, soupira Hope, nostalgique. Ça me manque.

— Ça me manquait, à moi aussi, mais je ne m'en rendais pas compte. Et cette fois, c'est un peu effrayant. C'est fou à dire, je sais, mais cette petite angoisse a un côté terriblement dynamisant.

— Si tu es heureuse, nous le sommes aussi, décréta Hope.

— Je suis *très* heureuse.

— J'ai toujours admiré tes goûts en matière d'hommes, déclara Avery.

La fenêtre de la salle de bains s'ouvrit brusquement et l'air qui entra fleurait bon le chèvrefeuille.

— Elle aussi, je dirais, murmura Hope.

L'une des choses que Clare appréciait à Boonsboro, et la confortait dans son choix d'y élever ses enfants, c'était le sentiment d'appartenir à une communauté. Debout dans la boutique de cadeaux, sirotant du vin dans un petit gobelet en plastique, elle eut l'occasion de bavarder avec une bonne quinzaine de personnes de sa connaissance, tandis que les groupes se formaient et se reformaient au gré des déambulations.

Le père d'Avery – un grand rouquin costaud à la barbe bien taillée striée de fils argentés – se fraya un chemin jusqu'à elle.

— Dites-moi, vous êtes sur votre trente et un, fit-elle.

Il rougit avec cette timidité qu'elle trouvait charmante.

— Justine avait dit pas de tenue de travail.

— Normal, vu que vous êtes un des artistes présentés.

Il s'empourpra de plus belle, se balançant sur ses grands pieds.

— Je ne suis pas un artiste. Juste un ancien soudeur avec du temps libre.

— Willy B, il faut davantage qu'un talent de soudeur et du temps libre pour créer ces sculptures en métal. Et les pendules sont superbes aussi. Hope a déjà réservé celle-ci pour l'hôtel, lui apprit-elle en la lui indiquant d'un geste. Et aussi les roseaux.

— Elle va y mettre ces trucs ? Sérieusement ? C'est la meilleure, s'exclama-t-il avec un rire perplexe.

Avery les rejoignit en jouant des coudes.

— Mollo sur les boulettes de crabe. On est presque en rupture. On en apporte d'autres.

— Il y a du monde, commenta Clare. Madeline a l'air aux anges, quoiqu'un peu sonnée.

— Je devrais sortir, murmura le père d'Avery. J'ai l'impression de prendre la moitié de la place à moi tout seul.

— Tu restes où tu es, lui ordonna sa fille. Madeline veut que tu expliques ton processus de création aux clients potentiels.

— Avery...

— Willy B, l'interrompit-elle, plantant l'index sur son large torse. Je dois aller vérifier les autres plateaux. Ne le laisse pas s'enfuir, Clare.

— J'ai des ordres, s'excusa celle-ci auprès de Willy B.

Puis, prise de pitié, elle suggéra :

— Cela dit, nous pourrions sortir et rester devant la boutique. Je suis sûre qu'il y a plein de clients potentiels qui prennent l'air.

Une fois dehors, il aspira à fond.

— C'est sympa que les gens se retrouvent ainsi, observa-t-il.

— C'est vrai. Je me disais justement que c'est agréable de voir tant de visages familiers, de prendre le temps de bavarder un peu.

Elle parcourut les petits groupes du regard, mais ne remarqua pas la voiture garée quelques maisons plus loin, ni Sam Freemont au volant.

— Comment vont les garçons ? J'ai entendu dire que la famille s'était agrandie. C'est Justine qui m'en a parlé.

— Ils sont aux anges et, pour l'instant du moins, ils s'occupent des chiens et prennent leur responsabilité très à cœur. Je dois admettre que c'est plus de plaisir et moins de travail que je ne l'avais imaginé.

— Vous ne le regretterez pas. C'est Beckett qui les a apportés, n'est-ce pas ?

Elle confirma.

— Vous savez, Justine se réjouit que Beckett et vous vous fréquentiez. Elle a beaucoup d'affection pour vous, et ses fils aussi.

— Je sais. À propos des fils, il faut que je rentre libérer Mazie.

— Alors comme ça, j'ai à peine le dos tourné que vous marchez sur mes plates-bandes.

Beckett les rejoignit et décocha à Willy B un simulacre de coup de poing dans le bras.

— Je suis incapable de résister à une jolie femme, se défendit Willy. C'est magnifique en face, ajouta-t-il en indiquant l'hôtel du menton. Tommy serait sacrément fier.

Willy B avait été le meilleur ami de son père. Ils se connaissaient depuis toujours, et il avait pleuré sans honte à son enterrement, se souvenait Beckett.

— Je crois, oui, acquiesça-t-il.
— Je ne serais pas contre jeter un coup d'œil.
— C'est quand vous voulez, répondit Beckett. Vous le savez.
— Je passerai à l'occasion, prêt à béer d'admiration.
— Willy B, appela Justine qui venait d'apparaître sur le seuil, les mains sur les hanches. Revenez donc par ici. Nos invités attendent vos lumières.

Le père d'Avery poussa un soupir.

— Et maintenant Justine. Avec le sergent-chef, inutile de discuter. J'espère juste que je ne vais pas faire tomber quelque chose.
— Il est trop mignon, murmura Clare à Beckett comme il s'éloignait en traînant les pieds.
— Il approche le mètre quatre-vingt-quinze pour sans doute pas loin de cent vingt kilos. Comment peut-il être mignon ?
— Il l'est, c'est tout. J'aimerais rester, mais je dois rentrer. N'oublie pas, je passe demain à 19 heures.

Comme elle allait partir, il la rattrapa par le bras.

— Une seconde ! Tu ne rentres pas toute seule.
— Beckett, il n'y a même pas un kilomètre.
— Je te suis, histoire de m'assurer que tout va bien, et je reconduirai Mazie chez elle. Tu as entendu Willy B. Inutile de discuter.

Clare jugea cette précaution excessive, d'autant qu'il insista pour qu'elle l'accompagne à son pick-up sur le parking de Vesta, d'où il la conduisit jusqu'à sa voiture garée derrière Le Tourne-Page.

Parvenue à bon port, elle ferma à clé et actionna l'interrupteur de la terrasse. Il répondit d'un coup de Klaxon avant de faire demi-tour dans l'allée avec Mazie.

De l'autre côté de la rue, un peu plus loin dans l'ombre des arbres, Sam Freemont observait la maison. Il remarqua la lumière qui inonda la terrasse quand Clare se dirigea vers la porte, puis de nouveau avec le départ de la baby-sitter. Rebelote quelques minutes plus tard, cette fois dans le jardin. Sans doute pour sortir les clébards, devina-t-il.

Il bouillait. Des chiens et des lampes de sécurité. Quel déploiement ! Pour qui le prenait-elle ? Un minable cambrioleur ?

Sûrement encore un coup de Montgomery, se dit-il. Elle était trop gentille, trop accommodante pour interdire à ce lourdaud envahissant de se mêler de ses affaires.

Il allait y remédier.

Il savait ce qu'il lui fallait. Un homme d'envergure, aisé et cultivé. Qui trouverait une bonne pension pour ses trois moutards afin qu'elle n'ait plus à travailler si dur. Un homme qui la sortirait, la montrerait à tous.

Sam Freemont resta presque une heure à surveiller la fenêtre allumée de sa chambre, et s'attarda après que la lumière se fut éteinte.

Lorsqu'il démarra enfin, il avait un plan.

Comme la plupart des ouvriers étaient occupés, Beckett aida à monter le matériel sanitaire aux étages. Il fit un nombre incalculable d'allées et venues, portant, tel un travailleur de force, baignoires, cuvettes de W-C, robinetteries, systèmes de douche. Le tout étiqueté avec soin, nota-t-il, par son frère ou Hope.

Lors de ce qu'il espérait être presque le dernier voyage, il tomba sur cette dernière, un écritoire à la main.

— J'ignorais que tu étais là, fit-il.

— Je pointe ici ce qui monte. Ensuite, j'irai m'assurer que tout est dans la bonne pièce.

— Chaque lot est marqué, lui rappela-t-il. Nous ne pouvons pas nous tromper.

— Je préfère m'en assurer par moi-même, répondit la jeune femme avec un grand sourire. Il y a énormément de choses.

— À qui le dis-tu !

— Tous ces efforts en valent la peine, le réconforta-t-elle. Et puis, la soirée qui t'attend sera l'occasion de te détendre.

— Où est-ce qu'elle m'emmène ? Tu as une idée ?

Hope s'esclaffa.

— Tu le découvriras bien assez tôt. Oh, à propos d'idée !

Elle ouvrit son sac fourre-tout de la taille d'une valise et en exhuma ce qui ressemblait à un journal intime, avec des fées stylisées sur la couverture.

— J'ai emprunté ceci au Tourne-Page. Je me suis dit que nous pourrions en mettre un dans chaque chambre – coordonné au thème. Les clients pourraient y noter leurs commentaires. Bien sûr, il nous faudrait aussi un livre d'or plus élégant que nous laisserions sur le bureau de la bibliothèque. J'ai aussi reçu cet échantillon aujourd'hui.

Elle replongea la main dans son sac et, cette fois, fit apparaître une chemise en papier crème.

— C'est pour les chambres. Chacune contiendra un mot de bienvenue à l'en-tête de l'hôtel, la liste des œuvres d'art quand nous l'aurons établie, un menu d'Avery et d'autres informations.

— Tu t'amuses comme une folle, on dirait.

— C'est vrai. Et attends que je commence à acheter les fournitures de bureau. Oh, et pendant que je te tiens, il m'est venu une ou deux idées hier soir !

Elle sortit un imposant bloc-notes de son sac.

— Beckett ! brailla Ryder de la terrasse du premier. Tu comptes papoter toute la journée avec notre directrice ou te mettre enfin au boulot !

— Lâche-moi la grappe, rétorqua Beckett d'un ton bon enfant.

— Je te laisse, murmura Hope en fourrant le bloc-notes dans son sac. Dis-moi, tu crois qu'il va m'appeler un jour par mon prénom ?

— À mon avis, tu pourras commencer à t'inquiéter s'il t'appelle notre maudite directrice.

— Certes.

Elle leva la tête, bien décidée à gratifier Ryder de son regard le plus noir, mais il était déjà rentré.

Pour la première fois depuis des mois, Beckett songea à refaire la salle de bains de son appartement pour y installer une baignoire balnéo. Il n'était peut-être pas un mordu de sport en salle, mais il se jugeait en excellente forme physique. Enfin, jusqu'à aujourd'hui. Cette journée passée à jouer les déménageurs l'avait achevé.

Son corps criait grâce.

Il se déshabilla, abandonna ses vêtements sales sur le carrelage. Ou alors une nouvelle douche, se dit-il. Avec des jets comme celles qu'ils installaient à l'hôtel.

Et une masseuse à domicile serait un plus agréable.

Tout en montant dans sa douche d'une banalité affligeante, il songea aux améliorations à apporter à la salle de bains de la chambre principale sur les plans de sa maison. Cela dit, à ce rythme, nul doute qu'il serait à la retraite avant de pendre la crémaillère. Il avait intérêt à s'y mettre. Pour l'instant, la seule perspective de construire ne serait-ce que la niche qu'il avait promise aux enfants le week-end prochain lui semblait une torture digne du septième niveau de l'enfer. Il s'efforça d'imaginer les jets d'eau chaude pulsant et tourbillonnant sur ses muscles fatigués, sans grand succès.

Avant de sortir de la pièce, il se souvint de ramasser ses vêtements et de les fourrer dans le panier à linge, au cas où Clare souhaiterait utiliser la salle de bains quand elle passerait le chercher. Son dos endolori se rappela à son bon souvenir.

Comme il ignorait où ils allaient, il réfléchit à sa tenue. Sans doute pas un jean – même si la combinaison jean plus sweat-shirt lui semblait le choix parfait pour son corps surmené. Il opta pour un pantalon noir et une chemise décontractée, à petits carreaux bleus et verts. En cas d'absolue nécessité, il pourrait l'agrémenter d'une cravate – par pitié, non – et d'une veste.

Si Clare n'avait pas déjà pris des dispositions, quelles qu'elles fussent, il l'aurait gentiment incitée à passer une soirée tranquille à la maison. Ils se seraient fait livrer à dîner et auraient regardé des DVD.

Mais une femme qui s'était dépensée sans compter toute la semaine, au travail et chez elle, méritait de sortir s'amuser le samedi soir.

Si elle voulait aller danser, il n'était pas impossible qu'il fonde en larmes.

Beckett jeta un coup d'œil à la ronde. L'appartement lui parut raisonnablement propre et rangé. Logique, ces derniers temps il y était trop rarement pour qu'il soit en désordre. Entre Clare, le travail, les réunions de famille, les enfants, les chiens, il n'avait pour ainsi dire plus un moment à lui pour regarder le sport à la télé, affalé sur son canapé avec une bière et des chips.

Cela lui manquait-il ? Non, pas vraiment, décida-t-il.

On frappa un coup sec à la porte au moment où il envisageait de s'étendre cinq minutes sur le canapé. « Cesse donc de penser comme un vieux », se réprimanda-t-il en allant ouvrir.

Les bras chargés, Avery et Hope entrèrent en coup de vent et passèrent devant lui.

— Fais comme si nous n'étions pas là, lança Avery qui se dirigea droit vers la cuisine.

— Qu'est-ce que...

— Salut.

Clare s'arrêta juste le temps de l'embrasser.

— Nous allons tout installer. Ce ne sera pas long.

— D'accord. Installer quoi ?

— Tu verras. Plus de choses que je ne pouvais en porter.

— Nous sommes invisibles, assura Avery qui débarrassa la table à abattants sur laquelle il lui arrivait de manger. Tu ne peux pas nous voir.

Hope déplia une nappe blanche et l'étala avec dextérité sur la table tandis qu'Avery sortait un tire-bouchon de sa poche. Elle déboucha une bouteille de cabernet rouge qu'elle posa sur un porte-bouteilles en argent.

— Je me suis dit qu'on allait dîner ici, expliqua Clare. J'espère que ça te va.

Déconcerté, Beckett la suivit dans la cuisine et la regarda glisser un plat dans le four.

— Tu veux rester ici ?

— À moins que tu ne détestes cette idée.
— Non, mais...
Elle portait une robe courte et moulante d'un beau bleu profond et des escarpins rouge vif à talons aiguilles.
— Tu es sublime, la complimenta-t-il alors qu'un fumet délicieux lui montait aux narines. C'est quoi, dans le four ?
— Un rôti de porc Orloff.
— Sérieux ?
— J'ai parlé à ta mère, avoua-t-elle, amusée, et elle m'a dit que c'était ton plat favori. J'espère que le mien sera à la hauteur.
— C'est toi qui l'as *fait* ?
— Ça et d'autres petites choses. Si ce vin est assez chambré, tu pourrais nous servir un verre. J'ai encore un peu de travail par ici.
— Bien sûr, je...
Il repéra un plat couvert d'une feuille d'aluminium sur le plan de travail, s'en approcha et souleva celle-ci.
— Une tarte aux pommes ? Tu plaisantes ? Tu as fait une tarte aux pommes ?
— Ton dessert préféré, paraît-il. Quand j'ai le temps, j'aime faire des tartes.
— Clare, il t'a sûrement fallu la journée pour préparer tout ça. Je ne m'attendais pas...
— Vu tout le temps et l'attention que tu nous accordes, j'ai eu envie de te faire plaisir à mon tour.
Beckett en fut remué.
— C'est la plus belle surprise qu'on m'ait jamais faite de toute ma vie, je crois.
— Tu exagères peut-être un peu. En tout cas, j'y ai mis tout mon cœur. Alors, ce vin ?

Dans le salon, Hope et Avery avaient métamorphosé sa modeste table en décor de rêve digne d'un grand restaurant, des chandelles au bouquet de fleurs. De la musique passait en sourdine sur sa chaîne.

Il servit le vin et apporta les verres à la cuisine où Clare disposait des olives dans un joli ravier.

— Très impressionnant, le couvert pour deux, avoua-t-il. Elles sont vraiment invisibles, ou parties ?

— Il n'y a plus que toi et moi.

Elle prit son verre et le choqua doucement contre le sien.

— Alors, à toi et à moi. Rien que nous deux pour une soirée.

— Je ne pouvais rêver mieux, Clare. Merci.

Elle se glissa entre ses bras.

— Tout le plaisir est pour moi.

Elle refusa qu'il l'aide et il dut admettre que c'était agréable de prendre tranquillement l'apéritif avec elle en bavardant devant des amuse-bouches raffinés. Peu à peu, il sentit la fatigue de la journée s'évanouir, et lorsqu'ils passèrent à table, ce fut avec une gratitude infinie qu'il goûta à sa première bouchée de rôti.

— Il est à la hauteur, je peux te l'assurer.

— Ta mère et moi avons comparé nos recettes, qui étaient assez proches. Je tenais à ce que ce soit bon, ajouta-t-elle. Que tu ne regrettes pas de ne pas être sorti.

— Clare, j'ai transporté une demi-tonne de matériel sanitaire à l'étage toute la journée. En rentrant ce soir, j'avais l'impression d'être un vieillard de quatre-vingts ans qui serait passé sous les roues d'un camion. Un rôti Orloff et une tarte aux pommes à la maison ? Franchement, c'est Noël.

— J'ai entendu dire que tu avais travaillé aujourd'hui. Je pensais que tu étais libre le samedi.

— En principe, mais nous voulions que tout soit en place pour que le plombier puisse commencer lundi.

— Ça se concrétise, n'est-ce pas ?

Beckett la resservit en vin, puis remplit son verre.

— En cet instant, avec toi, je mesure le chemin parcouru, et j'en suis très heureux. Dis-moi que tu restes cette nuit.

Clare lui sourit.

— Je pensais que tu ne le demanderais jamais.

19

Beckett aurait volontiers traîné un peu à table après le dessert, mais Clare insista pour débarrasser, et il n'essaya pas de la persuader d'empiler la vaisselle dans l'évier pour plus tard. En tout cas, il appréciait de la voir s'affairer avec lui dans sa cuisine, tandis qu'ils bavardaient avec la musique en fond sonore.

— C'était une merveilleuse surprise, Clare.

— Peut-être pas autant que les chiots, mais pour un début, ce n'est pas mal. Quant à moi, j'apprécie une soirée que je ne suis pas obligée de consacrer aux déguisements et aux bonbons d'Halloween, d'autant qu'après, ils n'en auront plus que pour le Père Noël jusqu'au réveillon.

— Ils y croient encore ?

— Je pense qu'Harry n'y croit plus, même s'il fait semblant du contraire. Ils ont commencé leurs listes, qui incluent tous les jouets qu'ils voient dans les pubs à la télé.

— On faisait pareil, mes frères et moi.

— Liam veut une Barbie, annonça-t-elle avec un grand sourire.

Après un instant de surprise, le déclic se fit dans l'esprit de Beckett.

— Pour s'en servir comme otage, victime ou témoin innocent.

— Exactement ! Sauf qu'il n'a pas encore pensé au témoin innocent. Les hommes sont vraiment de grands enfants.

— Tu devrais aussi prendre la voiture. Comme ça, elle pourrait se faire attaquer sur la route. Ce serait cool.

— Il n'y a pas si longtemps, c'était encore Winnie l'Ourson et les diables à ressort. Tout va si vite. Regarde, l'année prochaine, vous décorerez l'hôtel pour Noël. Tu sais ce que je pense ? Vous devriez organiser une visite guidée pour les fêtes.

— Hum. Peut-être.

— Sérieux, Beckett. Les gens veulent voir le résultat. Une fois les travaux finis, vous pourriez faire visiter. Avery et moi, nous donnerions un coup de main. Quelle publicité ce serait.

— Je soumettrai l'idée à la famille.

Il imaginait déjà l'accueil enthousiaste de sa mère.

Après un silence, Clare se leva.

— Et si tu vidais la bouteille ? Je vais me rafraîchir un peu.

Bonne idée d'avoir rangé la salle de bains, se dit Beckett qui servit le reste du vin et s'approcha, son verre à la main, de la fenêtre en façade. Clare avait raison, tout allait si vite. Incroyable, ce qui pouvait se produire en une année, songea-t-il en admirant l'hôtel qui scintillait de mille feux. Encore un an et il resplendirait sous les décorations de Noël.

Clare était ici, avec lui. Et il l'imaginait très bien à ses côtés l'année prochaine. En fait, réalisa-t-il, il était incapable de concevoir sa vie sans elle.

— Beckett ? Tu peux venir une minute ?

Mince ! Avait-il laissé des trucs traîner dans la chambre ? Au cas où, il prit le verre de Clare au passage, histoire de la distraire. Il franchit le seuil et demeura sans voix.

Les bougies qu'elle avait disposées un peu partout créaient une ambiance douce et romantique. Le parfum de fleurs fraîches flottait dans l'air. Pour couronner le tout, elle avait ouvert le lit et remonté les oreillers. Comme une invitation.

Elle-même était le joyau de ce décor. Ses cheveux répandus sur ses épaules nues captaient la lueur vacillante des bougies en reflets d'or liquide. Son corps, tout en lignes délicates et peau satinée, était drapé de soie bleu nuit ornée de dentelle qui soulignait la courbe de ses seins et s'arrêtait juste en haut des cuisses.

— Je me suis dit que tu ne serais pas contre, murmura-t-elle.

— J'en ai le souffle coupé.

— Viens.

Beckett posa les verres et la rejoignit. Du bout des doigts, il lui caressa les épaules, descendit puis remonta le long de ses bras.

— Tu te rends compte que je vais devoir acheter aux garçons un élevage entier de chiots à présent.

Alors qu'elle riait, il s'inclina sur elle et prit ses lèvres en un baiser ardent.

Ce fut au tour de Clare d'avoir le souffle coupé.

Elle avait tant rêvé de cet instant, intense et absolu, où le corps et l'esprit, en parfaite harmonie, attendent de basculer, tel le plongeur sur la falaise avant le saut vertigineux dans le vide. Elle se pressa contre lui comme pour se fondre en lui.

Cette nuit entre toutes, elle était prête à offrir cet absolu à Beckett. À en savourer chaque seconde à la gloire de l'amour qu'elle se savait désormais capable d'éprouver.

Elle frotta sa joue contre la sienne, puis se redressa et entreprit de déboutonner sa chemise.

— C'est formidable d'avoir tout ce temps rien qu'à nous.

— Dis-moi, tu portais déjà ça à ton arrivée ?

Clare lui coula un regard coquin, assorti d'un sourire qui l'était tout autant. Il se demanda si les femmes se rendaient compte que, d'un seul de ces regards, elles pouvaient faire d'un homme leur esclave.

— C'était plus pratique. Et la perspective d'enlever ma robe chez toi me plaisait bien, répondit-elle en faisant glisser sa chemise sur ses épaules. Tout comme l'idée de savoir que tu me verrais dans cette tenue. Que tu me désirerais.

— Je te désire à chaque fois que je te vois. Et même quand je ne te vois pas.

Elle descendit la fermeture de sa braguette et sentit son ventre frémir sous ses doigts.

— Je vais t'aider à l'enlever, souffla-t-elle. Allonge-toi. Tu as travaillé dur aujourd'hui.

Elle l'incita à s'allonger, ce qu'il fit volontiers, puis s'assit à califourchon sur lui. Après avoir rejeté ses cheveux en arrière, elle posa les mains sur ses épaules.

Beckett se laissa faire de bonne grâce. Si Clare prenait les rênes, cette torture, avec la lenteur calculée qu'elle impliquait, risquait de lui être fatale, mais il mourrait heureux.

— Je sens tous les efforts que tu as faits ici.

Elle lui massa les épaules en douceur, progressant vers la nuque.

— Et ici, continua-t-elle, lui caressant les biceps avant de lui prendre les mains qu'elle pressa paume contre paume. Elles sont solides et puissantes. C'est excitant de savoir qu'elles me toucheront bientôt, qu'elles me feront des choses seulement connues de nous deux.

Elle entrelaça ses doigts avec les siens, puis se pencha vers lui et le gratifia d'un baiser étourdissant.

Beckett se demandait comment le corps pouvait se détendre à ce point et vibrer tout à la fois d'une si farouche excitation. Tout en s'appliquant à dénouer chaque nœud de tension, Clare aligna sur sa mâchoire de délicats baisers, puis descendit le long de sa gorge.

— Laisse-moi te toucher, fit-il d'une voix rauque.

— Tout à l'heure. Moi aussi, j'ai envie de toi, murmura-t-elle, tentatrice.

Sans lui lâcher les mains, elle poursuivit sa progression sur son torse et jusqu'à son ventre.

Ce voluptueux festin était un cadeau. Un cadeau pour eux deux. Quel bonheur de savourer le goût de sa peau, de s'enivrer de son odeur, d'explorer avec délices le moindre contour de son corps d'athlète. Plus elle dégustait, plus son appétit s'aiguisait.

Au rythme de ses caresses de plus en plus audacieuses, la respiration de Beckett s'accéléra. Puissant et musclé, son corps n'en frémissait pas moins de désir sous sa bouche. Selon un scénario savamment orchestré, elle l'amena au bord du gouffre. Et quand il fut sur le point de basculer, elle se redressa, plaquant ses mains avec les siennes sur la fine dentelle qui recouvrait ses seins. Avec un soupir de plaisir, elle arqua le dos dans la douce lumière dorée des bougies et le laissa enfin libre de la toucher à sa guise.

Les doigts de Beckett rencontrèrent des agrafes. Soucieux de ne pas se précipiter, il veilla à les défaire une à une avec soin. Puis il regarda la soie bordée de dentelle glisser sur la peau soyeuse de Clare et se redressa pour se repaître à son tour avec fièvre des trésors ainsi dévoilés.

Dans la lumière vacillante, riche des effluves de fleurs, elle le repoussa à nouveau sur les oreillers. Les yeux au fond des siens, elle le guida lentement en elle. L'enserrant dans sa douche chaleur, elle exhala un soupir frémissant pareil à un sanglot et entreprit de le chevaucher, doucement d'abord, puis avec une assurance grandissante. Sous ces fougueux assauts, Beckett oublia tout. Il ne voyait plus qu'elle. Ne vivait plus que par elle. Le temps semblait s'être arrêté. De nouveau, elle l'emporta très loin, avivant le supplice à la limite du supportable. Puis elle le précipita dans un abîme de volupté où elle eut tôt fait de le rejoindre.

Le lendemain matin, Beckett échangea les rôles et apporta à Clare le petit déjeuner au lit. Ce n'était pas à la hauteur de son rôti Orloff avec toutes les garnitures, mais il s'y entendait quand même pour préparer une omelette digne de ce nom.

Sa surprise ravie lui fit regretter de ne pas pouvoir lui offrir davantage que deux œufs battus avec du fromage.

— Tu manges de la tarte au petit déjeuner ? s'étonna-t-elle.

Il s'assit en face d'elle pour la regarder manger.

— C'est comme un fruit. Les viennoiseries sont bien acceptées pour le petit déjeuner. Pourquoi pas une tarte ?

— S'il te plaît, ne suggère pas cette idée aux enfants. Je suis en train de boire mon café et de manger des œufs au lit. Mon Dieu, quel bonheur ! Il doit exister un univers parallèle.

— S'il inclut cette tarte, je veux y vivre aussi. Qu'as-tu de prévu pour aujourd'hui ?

— Une journée bien remplie. Je dois aider mon père avec ses récoltes au potager. Sur le chemin du retour, courses rapides au supermarché. Un peu de paperasse, quelques bricoles à faire dans la maison. *Et cætera*. Et toi ?

— Aussi de la paperasse, plus du travail à l'atelier. Je préférerais passer la journée avec toi.

— Tu pourrais nous retrouver demain soir pour le dîner. J'ai prévu un repas vite fait à Vesta avant de se mettre en route pour la chasse aux bonbons.

— Ça marche. Je passe vous chercher, si tu veux.

La bouche pleine, Clare secoua la tête.

— Après l'école, on rentre, je leur enfile leurs costumes et nous allons chez mes parents qui leur auront préparé des friandises. De chez eux, nous nous connecterons avec les parents de Clint sur Skype, afin qu'ils puissent admirer les garçons déguisés de pied en cap. J'espère arriver chez Avery vers 17 heures et leur faire avaler un vrai repas.

— Dans ce cas, on se retrouvera là-bas.

Beckett n'avait pas envie de la laisser partir, mais il aurait culpabilisé d'empiéter sur son temps avec ses parents. En outre, il avait promis à Owen de faire son possible pour être à l'atelier vers midi.

Du coup, il ne cessa de penser à elle après son départ, et durant tout le trajet.

Clare eut droit au récit à trois voix de la nuit des garçons chez leurs grands-parents avant qu'ils ne s'égaillent dans le jardin, prêts à brûler encore une bonne dose d'énergie avec les chiots.

— Ils ont été sages ? demanda-t-elle à sa mère.

— Comme toujours, répondit celle-ci avant de hausser les épaules devant son regard sceptique. Les grands-parents ont une échelle de valeurs différente de celle des parents en matière de comportement. C'est notre récompense. Ces chiens sont adorables et rendent les enfants si heureux. Beckett est un amour.

— C'est vrai.

— Comment s'est passé ton dîner ?

— Absolument parfait. Le rôti Orloff, ça marche à tous les coups. Il m'a apporté le petit déjeuner au lit ce matin.

— Surtout ne le laisse pas filer.

Nouveau regard de Clare.

— Quoi ? feignit de s'offusquer sa mère. Ne me dis pas que tu n'y penses pas.

— Nous ne nous voyons que depuis l'été et je ne veux pas... Oh, si tu savais, maman, je suis si amoureuse !

Rosie s'approcha et étreignit sa fille.

— Ma chérie. C'est une bonne chose.

— Je sais. Je suis si heureuse. Nous le sommes tous les deux, mais ce n'est pas pour autant que... Je préfère ne pas faire de projets – une nouvelle approche pour moi. Je vais vivre un jour après l'autre et profiter sans penser à... tout le reste. J'adore être avec lui, les enfants sont fous de lui, et c'est réciproque. Bref, je suis heureuse et cela me suffit.

Son père ouvrit la porte et passa la tête dans l'entrebâillement.

— Alors ? Tu viens m'aider ou quoi ?

— J'arrive.

— Le fermier Murphy a récolté plus de basilic et de tomates que nous ne pourrons en utiliser à deux en trois saisons. Tu vas rentrer chargée, la prévint sa mère.

— Alors je ferais mieux de m'y mettre.

— Je te suis.

Mais Rosie resta quelques minutes à la fenêtre et regarda son mari tendre à sa fille des gants de jardin et un sécateur tandis que ses petits-enfants s'ébattaient joyeusement sur la pelouse avec leurs chiens.

Clare était heureuse, elle le voyait. Et amoureuse, elle le voyait aussi. Elle la connaissait bien. Assez bien pour savoir qu'elle aurait toujours besoin de faire des projets, qu'elle l'admette ou non.

Lundi, Beckett remercia le ciel de ne pas avoir à transporter du matériel lourd dans l'escalier, même s'il passa une partie de la journée un pinceau à la main, et le reste, à scier des moulures.

Lorsqu'il rangea ses affaires, il était déjà 17 heures.

— Vous restez pour les bonbons ? demanda-t-il à ses frères.

— Moi, oui, répondit Owen. Hope va en distribuer devant l'hôtel.

— Nous ne sommes pas encore ouverts, grommela Ryder.

— Elle a des Milk Duds et des Butterfingers.

— Des Butterfingers ? répéta Ryder qui avait un faible pour ces barres chocolatées au caramel. Alors il se pourrait que je reste. Mais... qu'est-ce que tu fabriques ?

— J'enfile ma cape, répondit Beckett qui nouait le tissu rouge vif sur ses épaules.

Il chaussa des lunettes de sécurité, mit des gants de travail, puis tendit à Owen un gros rouleau de scotch gris.

— Colle un grand X sur mon tee-shirt. Bien au centre.

— Tu es censé être qui, là ? demanda Ryder, goguenard.

Beckett baissa la tête et vérifia le travail d'Owen.

— Je suis Charpentier X. Plus rapide qu'une scie sauteuse, plus puissant qu'un pistolet à clous. Je lutte pour la vérité, la justice et les murs d'aplomb.

— Trop nul.

— Je parie que les enfants ne seront pas de cet avis. Et je parie aussi que je récolterai plus de bonbons que toi.

— Parce que tu fais pitié, mon pauvre vieux, lança Ryder à son frère qui s'en allait.

— Pas mal pour un déguisement improvisé, commenta Owen.

— Ouais, pas trop mal, mais pas question que je le reconnaisse devant lui.

Il y avait foule à Vesta. Beaucoup de gens avaient eu l'idée de venir manger avant le défilé dans Main Street. Affublée d'une longue perruque blonde attachée en arrière, Avery faisait tourner la pâte à pizza en l'air pour le plus grand plaisir de son jeune public de superhéros, princesses et goules miniatures.

— Hannah Montana ? lui lança-t-il.

Elle tapota le pieu en plastique imitation bois coincé dans sa ceinture avant de rattraper sa pâte.

— Buffy contre les vampires.

— Mignon.

— Pas si tu es un vampire.

Amusé, Beckett repéra Clare dans un box, entourée de trois superhéros. Elle faisait une formidable Tornade des X-Men avec sa perruque blanche à la punk, sa jupe noire moulante et ses cuissardes.

— Excusez-moi, madame, je cherche trois garçons. À peu près hauts comme ça, précisa-t-il, montrant leurs tailles respectives de la main. Ils s'appellent Harry, Liam et Murphy.

— Désolée, je ne les ai pas vus. Je suis Tornade et voici mes amis et collègues de travail, Wolverine, Iron Man et Deadpool.

— Enchanté. Je suis Charpentier X.

— Tu es Beckett ! s'exclama Murphy qui se glissa hors de la banquette, l'index braqué sur lui.

— Le jour, je suis Beckett Montgomery, brillant architecte et bourreau des cœurs. Mais la nuit, quand les méchants courent les rues, je deviens Charpentier X, défenseur de Boonsboro et des États environnants.

— Tu as des superpouvoirs ?

— J'ai une intelligence hors norme, je suis agile comme un chat et fort comme Hulk, répondit Beckett qui souleva le Deadpool miniature et le déposa sur ses épaules.

— C'est nous, lui murmura Murphy à l'oreille. C'est Murphy, Harry, Liam et maman.

— Attends, fit Beckett qui le soutint à bout de bras. Tu n'es pas Deadpool ?

— Juste pour Halloween, répondit le garçon avant de soulever son masque. Tu vois ?

Beckett se laissa tomber sur la banquette, Murphy sur les genoux.

— Vous m'avez bien eu. Je ne vous aurais jamais reconnus, déclara-t-il au moment où Heather posait la pizza sur la table.

— On doit s'appeler par nos noms de superhéros, l'informa Liam. Mais Murphy n'arrête pas de se tromper.

— Je peux le dire à Beckett, se défendit ce dernier. Il est avec nous.

— Je veux pas de pizza, marmonna Harry qui regarda d'un air renfrogné la part que Clare venait de déposer dans son assiette. J'ai pas faim.

— Ce n'est pas grave. Je garde juste jusqu'à demain les bonbons que papy et mamie t'ont donnés, ainsi que tous ceux que tu auras ce soir.

— Je vais manger ta part. Je suis aussi affamé que Hulk, dit Beckett en tendant la main vers son assiette.

— Pour finir, j'ai faim, décréta Harry.

— Ça ne vous dérange pas si je viens à la chasse aux friandises avec vous, les garçons ?

— T'es trop vieux.

— Tu te trompes, Wolverine, répliqua Charpentier X à Harry. On n'est jamais trop vieux pour des bonbons. Ni pour une pizza qui, comme chacun sait, est la nourriture préférée de tous les superhéros.

À 18 heures, superhéros, méchants, pop stars, fées et morts-vivants divers et variés envahirent Main Street. Les ados se déplaçaient en bandes, les parents poussaient des lapins, des chats, des princesses ou des clowns dans leurs poussettes. D'autres accompagnaient les enfants de porte en porte.

— Ration de potion magique pour superhéros ! annonça Hope, assise sur le perron de l'hôtel, un grand saladier rempli de bonbons sur les genoux.

Elle le tendit aux garçons qui crièrent : « Farce ou friandise ? »

— Quel look d'enfer, félicita-t-elle Clare. Et vous, ne seriez-vous pas... Entrepreneur X ?

— Charpentier X. Ma ceinture à outils est toujours chargée.

— C'est ce que j'ai entendu dire.

Tandis que Beckett éclatait de rire, pointant vers Clare un index accusateur, Hope tendit le saladier au groupe suivant et répondit à quelques questions sur l'hôtel.

— Tout le monde m'interroge, dit-elle à Beckett. Dès que vous êtes sûrs pour la date, j'ouvre les réservations.

— Nous allons la calculer au mieux.

— J'adore ça, avoua-t-elle en souriant. Je ne savais pas trop à quoi m'attendre, mais c'est très amusant. Et idéal pour apprendre à connaître les gens. Mais j'ai gravement sous-estimé les besoins en friandises.

— Tu peux venir en chercher à la librairie, lui proposa Clare. Ou chez Avery. Nous en prévoyons toujours trop.

— Maman ! s'écria Liam qui tira sur le bras de Clare, oubliant sa propre directive. On y va, sinon il y aura plus de bonbons.

— C'est vrai que c'est amusant, reconnut Beckett, en leur emboîtant le pas. Les enfants ont une telle pêche.

— Et le sucre ne risque pas de les calmer, soupira Clare. Je vais les laisser en manger quelques-uns. Du coup, ils seront survoltés à l'heure du coucher et fatigués demain à l'école.

Il passa le bras autour de ses épaules.

— Fais donc tomber une bonne tempête de neige, Tornade. Tu gagneras du temps.

Ils marchaient d'un pas tranquille, suivant les garçons ou les obligeant à attendre lorsque quelqu'un s'arrêtait pour bavarder. L'air s'était refroidi et les feuilles mortes virevoltaient sur les trottoirs au gré des bourrasques.

— J'aurais dû apporter leurs vestes au lieu de les laisser dans la voiture.

— Tu as froid ? Parce que je dois avouer que dans cette tenue, tu me donnes chaud.

— Vive l'élasthanne, répondit-elle avec un sourire aguicheur. Non, je n'ai pas froid. Mais Liam a déjà le nez qui coule.

— Nous ne serons plus longtemps dehors.

Ils avaient déjà traversé la rue et s'attaquaient à l'autre côté.

— Tu as raison, et puis, il a un tee-shirt en thermolactyl sous son déguisement. N'empêche...

— Voilà ce que je te propose, Supermaman. Nous allons faire une pause à la librairie, le temps qu'ils se réchauffent. Et je leur offrirai un chocolat chaud.

— Encore du chocolat ! Cela dit, c'est une bonne idée.

Lorsqu'ils pénétrèrent dans la librairie, Sam Freemont se tenait de l'autre côté de la rue, le visage dissimulé derrière le masque de hockey Jason, la capuche de son sweat-shirt rabattue sur la tête. Comme c'était excitant de l'observer ainsi, à découvert.

Farce ou friandise ? Elle aurait droit à un peu des deux. Très bientôt.

Satisfait, il descendit la rue au milieu de la foule, puis continua tout droit lorsque celle-ci se clairsema. Personne ne prêtait attention à lui et il en éprouvait comme un sentiment de toute-puissance quasi érotique auquel se mêlait une impatience à peine contenue.

Il marcha d'un bon pas jusqu'à ce qu'il arrive en vue de la maison de Clare. Après un bref regard circulaire, il se glissa dans l'ombre des arbres qui bordaient le pignon.

Il avait surveillé la maison assez souvent pour en connaître les points faibles. Les chiens aboyèrent et s'agitèrent dans le jardin. Il leur jeta une poignée de biscuits par-dessus la clôture et ils se mirent aussitôt à mastiquer en remuant la queue. Il devrait être tranquille de ce côté-là.

Choisissant une fenêtre, il sortit une pince-monseigneur de sa poche. Petite baraque minable, se dit-il, quand le battant céda dans un craquement. Petite vie minable. Il était prêt à lui offrir tellement mieux. Il était plus que temps qu'elle entende raison.

Il rangea la pince, se hissa à l'intérieur et referma la fenêtre derrière lui.

Vers 20 heures, une fois la tournée achevée, Clare et Beckett retournèrent chez Vesta avec les garçons qui eurent droit à trois friandises chacun, comme convenu. Beckett mangea un Butterfinger, un Snicker, plus un petit sachet de Skittles – et finit par se sentir un peu nauséeux.

Apparemment, les enfants avaient l'estomac plus solide. Liam réclamait déjà un autre bonbon.

— Demain, lui répondit Clare.

Le désespoir à l'état brut se peignit sur le visage du garçon. Harry eut droit au même traitement quand il quémanda des pièces pour les jeux vidéo.

— C'est l'heure d'aller au lit, annonça-t-elle, observant Murphy du coin de l'œil, concentré sur sa dernière barre chocolatée comme si sa vie était prise en sandwich entre le chocolat et le caramel. Il est temps de rentrer, Deadpool.

— Je te suis en voiture, proposa Beckett.

— Voyons, il ne s'est plus... rien passé depuis des jours. Et puis... Attends, Alva et Joe règlent leur addition. Je vais leur demander s'ils rentrent. Ça te va comme escorte ?

— Je m'en contenterai.

Elle fila leur parler à la caisse.

— Je garde mes vers en gélatine pour plus tard, expliqua Murphy à Beckett.

— Pour un jour de pluie, je dirais.

— Il aura pas le temps de pleuvoir. Demain, je les mange. On pourra retourner à l'hôtel voir la dame ?

— Si ta maman est d'accord.

— Je veux juste jouer *une* partie, rouspéta Harry.

— Tu sais quoi ? lui dit Beckett. Si c'est d'accord, on ira à la salle de jeux ce week-end et on s'amusera comme des fous.

— C'est vrai ? Mais pas samedi parce que c'est l'anniversaire de Tyler. On peut y aller dimanche ?

— Pas de problème pour moi.

Clare revint avec Joe qui ébouriffa les cheveux de Liam.

— C'est avec plaisir que nous allons raccompagner chez eux ces valeureux pourfendeurs du crime, déclara-t-il.

— On va à la salle de jeux dimanche, annonça Harry.

Clare haussa les sourcils.

— Ah bon ?

Sous la table, Beckett toucha du pied la jambe de Harry, et rectifia :

— On envisageait cette possibilité.

— Elle me paraît tout à fait envisageable, répondit Clare. Surtout si mes trois superhéros viennent tout de suite sans faire d'histoires.

Le chantage fonctionna. Les garçons se ruèrent vers la porte tout en criant au revoir à Avery. Beckett les accompagna dehors, et déposa un baiser sur les lèvres de Clare.

— On se voit demain, chuchota-t-il.

Elle lui pressa la main.

— Ne mange pas trop de bonbons.

Il les suivit du regard tandis qu'ils traversaient la rue et bifurquaient dans l'allée qui menait au parking. Il aurait aimé aller avec eux. Pas seulement les raccompagner, mais être là. Peut-être aider Clare à les border dans leurs lits.

Il faillit les rejoindre, puis se ravisa. C'était ridicule. Elle irait plus vite sans lui, qui risquait d'énerver les enfants encore un peu plus. Et puis, elle était sans doute fatiguée et apprécierait un peu de calme après les avoir couchés.

Ils se verraient le lendemain.

Faisant contre mauvaise fortune bon cœur, il rentra dans le restaurant. Il se consolerait avec une bière.

— Quel monde, ce soir, dit-il à Avery lorsqu'elle vint le servir.

— Toujours pour Halloween. Bon sang, j'ai les pieds en compote. Je vais rentrer et laisser Dave faire la fermeture.
— Tu ne veux pas une bière avant ?
Elle réfléchit.
— En fait, ce n'est pas de refus.
Après avoir ôté son tablier, elle alla chercher une deuxième bière et vint s'asseoir avec lui. Elle choqua la bouteille contre la sienne.
— Joyeux Halloween.

20

Sam ressentait des frissons d'exaltation à se promener dans la maison de Clare, à aller et venir à sa guise. Il examina les photographies disposées sur les tables et les étagères, s'imagina déjà dessus.

Bientôt. Ils auraient une petite conversation en tête à tête jusqu'à ce qu'elle comprenne ce qui était le mieux pour elle. Jusqu'à ce qu'elle admette enfin qu'elle lui appartenait.

Un homme digne de ce nom savait prendre son dû et il avait été patient avec elle – peut-être un peu trop. Il était grand temps qu'elle entende raison.

— Ce soir, leçon un, murmura-t-il dans l'escalier.

« Regarde-moi un peu où elle vit », se dit-il en découvrant l'étage, atterré. Une vraie boîte à chaussures. C'était l'expression que sa mère emploierait – une boîte à chaussures dans un trou perdu.

Il allait y remédier.

Sam entra dans la salle de bains et soupira devant l'exiguïté de la pièce, la simplicité des accessoires bas de gamme. Elle n'était pas plus grande que son dressing à la maison. Pathétique, vraiment. Il fouilla dans la pharmacie, nota avec un hochement de tête approbateur la présence de pilules contraceptives. Bien. Inutile de commettre une boulette qu'il faudrait ensuite réparer. C'était déjà assez pénible qu'elle ait ses trois morveux sur les bras. Un bon pensionnat réglerait le problème – un investissement raisonnable pour déblayer le terrain.

Après avoir senti ses crèmes de soin et ses laits corporels, il nota mentalement de demander à sa mère d'emmener Clare à son spa. Un joli cadeau. Et une leçon supplémentaire. La femme de sa vie devait avoir une certaine allure, en public et dans l'intimité.

Il entra dans sa chambre. La pauvre avait essayé d'en tirer le meilleur parti avec ses maigres moyens. Comme elle lui serait reconnaissante quand il l'aurait prise en main.

Avait-elle couché avec Montgomery dans ce lit ? Ils auraient aussi une petite discussion à ce sujet – oh oui ! Le moment était venu de lui serrer la vis. Mais il lui pardonnerait, bien sûr. Les femmes étaient si faibles.

Il ouvrit sa penderie et caressa ses robes, ses chemisiers. Il se souvenait de l'avoir vue porter la plupart de ces tenues. Une nouvelle garde-robe s'imposait. Il imaginait déjà sa joie lorsqu'il l'aiderait à la choisir. En fait, mieux vaudrait sans doute qu'il s'en charge lui-même, le temps qu'elle se fasse à son nouveau statut.

Curieux, il ouvrit les tiroirs de sa commode et les explora. À l'évidence, elle avait aussi besoin de ses conseils en matière de lingerie. Une femme – en tout cas la sienne – se devait d'avoir du style en toutes circonstances, y compris les plus intimes.

Il tomba sur un ensemble qui détonnait par son côté sexy et séducteur. Son pouls s'emballa lorsqu'il effleura la soie, imaginant qu'elle le portait pour lui.

Soudain, il comprit. Non, pas pour lui. C'était pour Montgomery qu'elle l'avait mis. Furieux, il déchira la dentelle qui bordait le bustier. Plus question qu'elle porte cette nuisette de traînée. Il exigerait des excuses et la forcerait à la brûler.

La rage rugissait sous son crâne, au point qu'il faillit ne pas remarquer les aboiements. Il referma le tiroir sans bruit et se glissa dans la penderie quelques instants avant d'entendre la porte s'ouvrir en bas, puis la cavalcade des morveux qui braillaient comme des veaux à travers la maison.

Les superhéros se précipitèrent comme un seul homme à la porte de derrière pour faire entrer les chiens. Cinq minutes et dodo, décida Clare, tandis que le tohu-bohu reprenait de plus belle. Ils ne seraient pas les seuls enfants de l'école à s'être couchés un peu tard ce soir, l'organisme dopé au sucre.

Elle posa les sacs de bonbons bien en retrait sur le plan de travail – à l'abri des truffes curieuses et des petits gourmands. Elle n'avait qu'une envie : enlever sa perruque, son costume et son maquillage. Bonne pâte, elle laissa les garçons jouer encore un peu avec les chiens avant de siffler la fin du match.

— Allez, les garçons. C'est l'heure d'aller au lit.

Elle eut droit aux protestations et tentatives de négociation d'usage, mais tint bon, tant pour elle-même que pour eux. Un pyjama confortable, un peu de calme, peut-être une tasse de thé et un bouquin, tel était le nirvana auquel elle aspirait.

— Je suppose que ça ne vous intéresse pas tant que ça d'aller à la salle de jeux vidéo dimanche.

— Si, ça nous intéresse ! s'exclama Harry, effaré.

— Les garçons qui font des histoires ne vont pas à la salle de jeux. Je vous veux tous les trois en pyjama. Et vous allez vous brosser les dents encore mieux que d'habitude. En avant, marche !

Clare leur fit monter les marches et s'attarda sur le seuil de leur chambre, histoire de s'assurer qu'ils se déshabillaient.

— Ne jetez pas vos costumes par terre. Rangez-les dans le coffre à déguisements – je suis sérieuse. Je vais enfiler mon pyjama, moi aussi.

— On pourra mettre nos costumes à la salle de jeux ? demanda Liam.

— On verra. Pour l'instant, rangez-les.

Elle pénétra dans sa chambre, de l'autre côté du couloir, et allait enlever sa perruque quand elle passa devant le miroir.

— Bon, d'accord, tu n'es pas Halle Berry, dit-elle à son reflet avec un sourire amusé. Mais tu n'es pas mal non plus.

Et elle ôta la perruque avec un long soupir d'aise.

Dans la penderie, le souffle court, les yeux rivés sur les interstices entre les lattes, Sam Freemont se demanda ce qu'il lui avait pris. Cet éclair de lucidité précipita son cœur dans un galop effréné.

Il s'était introduit dans la maison comme un vulgaire voleur, et voilà qu'il se cachait dans sa penderie ! Et si elle ouvrait la porte ? Que dirait-il ? Que ferait-il ?

C'était elle qui l'avait mis dans cette position atroce, et maintenant...

Sa panique reflua lorsque Clare entreprit d'ôter son déguisement ridicule. Elle fit glisser sa jupe moulante le long de ses jambes, et la drapa sur le dossier d'une petite chaise.

Dessous, elle portait un soutien-gorge et un slip blancs tout simples. Il ignorait que des sous-vêtements si banals puissent se révéler si excitants.

En fait, il savait ce qu'il faisait là. Il était venu prendre ce qui lui revenait de droit.

Il tendit la main pour ouvrir le placard.

— Maman ! Harry veut pas donner le dentifrice !

— Il y en a assez pour tout le monde. J'arrive dans une minute.

Les morveux, se souvint-il, abaissant sa main tremblante. Il les avait oubliés, ceux-là. Il allait devoir attendre qu'ils soient couchés. Et se contenter de regarder.

Clare enleva son slip et le lança dans le panier à linge avant d'enfiler un pantalon de pyjama en coton. Elle dégrafa son soutien-gorge qui rejoignit le slip et passa un tee-shirt délavé.

Alertée par les bruits louches qui lui parvenaient de la salle de bains, elle attrapa sa brosse à cheveux et sortit.

Harry et Liam mirent aussitôt fin à leur duel avec leurs brosses à dents et, cessant son bruitage de bombes, Murphy lâcha la balle pour chien dans le lavabo qu'il avait rempli presque à ras bord. Tout excités, les chiots bondissaient autour de lui, attendant la balle dégoulinante.

— On s'est brossé les dents, annonça-t-il avec un sourire de chérubin. Je lave la balle parce que Ben et Yoda ont bavé dessus.

— Vide ce lavabo, Murphy, ordonna Clare avant de se pencher sur Liam. Ouvre la bouche.

Elle renifla et reconnut le parfum de leur dentifrice au chewing-gum.

— C'est bon. Au lit. À toi, Harry.

Il leva les yeux au ciel, mais se soumit au test.

391

— C'est bon, toi aussi. Au lit.

Elle attrapa une serviette. Au tour de Murphy.

— La balle est toute propre maintenant.

— J'imagine. Ton pyjama, lui, est tout mouillé.

Elle posa sa brosse pour lui enlever le haut, puis sécha ses mains, son bras, son torse tout mignon.

— Ouvre la bouche.

— J'ai super bien brossé.

En guise de preuve, il lui souffla dans la figure.

— Très bien. Va te chercher un nouveau haut de pyjama.

— Un nouveau bas aussi. Sinon, ça ira pas ensemble.

— Murphy...

Clare contint son impatience. Deux minutes et ils seraient couchés.

— D'accord, mais fais vite.

Elle essuya les dégâts autour du lavabo et sur le carrelage avec la même serviette, puis l'étendit sur la barre de la douche. Lorsqu'elle arriva dans la chambre des garçons, Murphy était dans le panier des chiens avec Yoda, et Ben agitait la queue sous les couvertures de Harry. Allongé dans son lit, les paupières mi-closes, Liam était sur le point de s'endormir.

— Murphy, tu ne dors pas dans le panier des chiens.

— Mais il va se sentir seul.

— Bien sûr que non. Ben dort avec lui.

— Mais maman ! protesta Harry en étreignant le chien.

— Il ne peut pas dormir en haut, Harry, décréta-t-elle. Il pourrait tomber ou essayer de sauter. Tu ne veux pas qu'il se fasse mal, quand même. Allez, il est tard.

Elle parvint à faire descendre le chien qu'elle déposa dans le panier, tandis que Murphy, toujours pelotonné contre Yoda, montrait un réel talent pour imiter des ronflements.

— Aucune chance, dit Clare qui le souleva et le déposa dans son lit. On ne bouge plus, ordonna-t-elle aux chiens avant d'embrasser ses fils. Et ça vaut aussi pour vous, les garçons. Bonne nuit.

À peine dans le couloir, elle entendit le cliquetis distinctif que faisaient les griffes des chiens sur le parquet, aussitôt suivi du gloussement étouffé de Murphy quand, devina-t-elle, Ben et Yoda le rejoignirent dans son lit.

« On verra demain pour la discipline », se promit-elle. S'apercevant qu'elle avait sa brosse à la main, elle commença à se démêler les cheveux tout en regagnant sa chambre. Une fois démaquillée, elle se préparerait un thé et, après un dernier coup d'œil aux garçons, soufflerait enfin un peu. Elle avait le texte du nouveau bulletin de la librairie à rédiger, mais pas ce soir. Elle s'y mettrait tôt le lendemain matin.

Elle entrevit un mouvement alors qu'elle traversait la chambre en direction de sa salle de bains et pivota d'un bloc. La brosse lui échappa des mains lorsque Sam sortit de derrière la porte et la referma doucement.

— Pas un bruit, dit-il avec un sourire inquiétant. Si tu ameutes tes gosses, ils pourraient en pâtir.

— Tu vas chez Chuck et Lisa ? demanda Avery à Beckett qui finissait tranquillement sa bière.

C'était à deux pas d'ici. Il y aurait de nombreux amis à lui. Et ses frères y seraient aussi.

— Je vais faire l'impasse.

— Ah, interdit de faire la fête sans ta petite amie ? le taquina Avery.

— Grosse maligne. Et toi, quelle est ton excuse ?

— J'avais prévu d'y aller, mais mes pieds m'ont trahie. Que nous arrive-t-il, Beckett ? Autrefois, on était toujours partants pour une fiesta.

— C'est vrai. Tu sais quoi ? On va y aller une heure, d'accord ? Buffy et Charpentier X doivent préserver leur réputation.

— D'accord, à condition que tu me portes sur ton dos à l'aller et au retour.

À cet instant, Hope entra dans la pizzeria.

— J'espérais bien te trouver ici, dit-elle à Beckett.

— Un problème ?

— Je n'arrive pas à entrer dans l'hôtel. Ma clé se coince dans la serrure, et il y a de la lumière qui clignote à l'étage. Je voulais monter m'assurer qu'il n'y a pas un problème électrique, mais impossible d'ouvrir la porte.

Beckett se leva pour aller jeter un coup d'œil par la vitrine du restaurant. Et en effet, à intervalles réguliers, d'étranges clignotements éclairaient les carreaux de la porte-fenêtre de la chambre Elizabeth et Darcy qui donnait sur la galerie.

— Elle est de mauvaise humeur depuis quelques jours. C'était juste une remarque en passant, ajouta-t-il comme Hope arquait les sourcils. Je vais voir ce qui se passe.

— Je t'accompagne. C'est horripilant cette histoire de clé. La serrure marchait très bien il y a quelques heures à peine.

— Attendez-moi ! lança Avery en se hâtant à leur suite. Je suis une chasseuse de vampires, n'oubliez pas.

— Je ne crois pas que nous trouverons un quelconque vampire dans cette maison, commenta Beckett tandis qu'ils traversaient la rue.

— On ne sait jamais. Et les fantômes lunatiques, Buffy en fait aussi son affaire.

Ils contournèrent la maison et Beckett sortit son trousseau.

— Tu peux essayer la mienne ? s'enquit Hope en lui tendant sa clé.

Il la glissa dans la serrure, tourna. Un petit déclic se fit entendre et la porte s'ouvrit. Il lança un regard à Hope.

— Je t'assure qu'il y a cinq minutes, elle ne marchait pas. Si c'est ta revenante qui s'amuse à ce petit jeu, je ne comprends pas pourquoi elle est fâchée contre moi.

Beckett appuya sur l'interrupteur de la réception.

— Comme je l'ai dit, elle est de mauvaise humeur.

Presque aussitôt, la lumière se mit à vaciller. À l'étage, des portes claquèrent avec fracas.

— De très méchante humeur même, murmura Avery.

— Je vais voir ce qui se passe là-haut, décréta Beckett. Attendez-moi ici.

— Tu peux toujours courir, répliqua Avery d'un air bravache, mais elle prit la main de Hope lorsqu'elles lui emboîtèrent le pas. C'est peut-être sa façon de marquer le coup pour Halloween.

— Ça ne me paraît pas très festif, fit remarquer Hope.

Quand Beckett entra dans la chambre Elizabeth et Darcy, la porte de la terrasse s'ouvrit à la volée et la lumière se mit à pulser tel un stroboscope.

— Il nous faudrait peut-être des chasseurs de fantômes, suggéra Avery d'une petite voix.

395

— C'est bon, Elizabeth, arrêtez maintenant ! ordonna Beckett en haussant le ton.

Intrigué, il s'avança jusqu'au seuil de la salle de bains. Un étrange tourbillon de vapeur s'échappait de la baignoire.

— Bon sang, qu'est-ce qui se passe ? s'écria-t-il. Vous n'aimez pas le carrelage ? La baignoire ? Changez de chambre !

Hope lui agrippa le bras d'une main tremblante.
— Beckett, regarde le miroir !

À travers le nuage de vapeur, il distingua des lettres qui apparaissaient sur la glace embuée au-dessus du lavabo, comme si un doigt les traçait.

— Aidez, lut-il. Elizabeth, si vous avez un problème...

Il s'interrompit tandis que d'autres lettres se formaient.

Aidez Clare. Vite !

— Mon Dieu !

Avery fit demi-tour, prête à s'élancer, mais Beckett l'avait déjà devancée.

— Appelez la police et mes frères ! Dites-leur de foncer chez Clare !

Hope avait déjà sorti son portable.
— Je m'occupe de la police, dit-elle.
— Je préviens Owen, ajouta Avery. On te suit, Beckett !

« Surtout ne crie pas, s'adjura Clare. Tu réveillerais les garçons qui viendraient voir. » Pas question de prendre ce risque.

— Tu es entré par effraction dans ma maison, déclara-t-elle avec tout le sang-froid qu'elle put rassembler.

— Tu ne m'as pas laissé le choix. Il est temps que nous ayons une petite conversation, toi et moi. Assieds-toi.

— Je n'ai pas envie de m'asseoir.

— Assieds-toi, j'ai dit ! Pour commencer, tu vas apprendre à obéir.

Tétanisée, elle s'assit lentement au bord du lit.

— Tu as commis une erreur en pénétrant chez moi, Sam. Si tu pars maintenant, nous en resterons là. Une simple erreur.

— L'erreur, c'est *toi* qui l'as commise en m'envoyant les flics. Je veux bien passer l'éponge, continua-t-il, les paumes levées, mais tu vas apprendre à me montrer du respect. Tu vas apprendre à me connaître.

— Je te connais déjà.

— Tu manques de confiance en toi, je le sais, poursuivit-il comme si elle n'avait rien dit. Du coup, tu te fais désirer, tu me compliques la tâche. Je t'ai pourtant laissé le temps depuis ton retour. Je n'aurais pas pu me montrer plus prévenant et patient vu le sale coup que tu m'as fait. T'enfuir comme ça avec Clint Brewster.

— Clint était mon mari.

— Et il est mort, non ? Il t'a bien plantée avec tes moutards. Obligée de revenir en rampant dans ce trou paumé.

La colère rivalisait avec la peur, mais Clare la ravala. Si elle l'énervait, il s'en prendrait à elle, et Dieu seul savait ce qu'il était capable de faire à ses fils si elle ne pouvait l'en empêcher.

— Mes parents vivent ici. Je suis rentrée dans ma ville natale.

— Que tu n'aurais jamais dû quitter, pour commencer. Mais bon, le mal est fait. Quoi qu'il en soit, tu es une sacrée allumeuse, Clare.

— Une allumeuse ?

— Tu crois que je n'ai pas compris ton manège chaque fois que tu me souriais ? Chaque fois que tu refusais mes invitations en minaudant ? J'ai bien vu comment tu me regardais. J'ai été patient, non ? *Non ?*

Il avait élevé la voix, aussi s'empressa-t-elle de hocher la tête.

— S'il te plaît, ne réveille pas les enfants.

— Alors commence par écouter ce que je te dis. Je veux que ce petit jeu cesse immédiatement. Il ne faut quand même pas pousser le bouchon trop loin. Tu t'es servi de Montgomery pour me rendre jaloux et c'est indigne de toi. Dorénavant, je t'interdis de lui adresser la parole. C'est clair ?

— Oui.

— Bien. Et maintenant...

— Je vais l'appeler tout de suite. Lui dire que c'est fini entre nous.

Elle se leva, voulut se diriger vers la porte, mais il lui agrippa le bras et la poussa.

— Tu ne lui parles plus, j'ai dit. Tu t'assois et tu ne bouges pas avant que je t'y autorise.

— Je suis désolée.

Tout en se rasseyant, elle ramassa discrètement sa brosse qu'elle cacha dans son dos. Plutôt pitoyable comme arme, reconnut-elle.

— Voilà qui est mieux. Beaucoup mieux, fit Sam en retrouvant son sourire onctueux. Bon, je t'explique ce que nous allons faire. Tu vas préparer un sac.

Juste l'essentiel pour la nuit. De toute façon, je remplacerai toutes tes affaires. Nous allons partir quelques jours, rien que toi et moi. J'ai réservé une villa privée dans cette station balnéaire que j'adore. Je suis connu là-bas, alors prépare-toi à être traitée comme une reine.

Il ponctua sa phrase d'un clin d'œil, manifestement très content de lui.

— Tu vas voir tout ce que je peux t'offrir, Clare. Il te suffira de faire ce que je te dis et de me donner ce que nous désirons tous les deux depuis si longtemps.

— Voilà qui paraît formidable, répondit-elle, consciente qu'elle ne devait surtout pas le contredire. Je vais m'arranger pour faire garder les enfants. Je peux appeler ma mère. Elle...

— Les enfants, toujours les enfants ! éructa-t-il, le visage empourpré de colère. J'en ai marre que tu me casses les oreilles avec tes gosses ! Ils dorment sagement dans leurs lits, non ? J'appellerai ma mère quand on sera à la villa. Elle trouvera quelqu'un pour s'occuper d'eux. Il y a un excellent pensionnat dans le nord de l'État de New York. Nous les y inscrirons dès que possible. Je suis le seul qui compte, tu l'apprendras vite. Je suis prêt à me montrer généreux et à financer l'éducation des enfants d'un autre, mais je ne veux pas les avoir dans mes pattes, compris ?

— Parfaitement. Dois-je préparer mon sac maintenant ?

— Oui. Je vais te montrer quoi prendre. Surtout n'aie pas honte, ajouta-t-il d'une voix qui suintait d'indulgence. Je t'emmènerai faire du shopping. Tu verras, tu auras la belle vie avec moi, sans ces insupportables gamins et cette librairie minable qui te pompent tout ton temps.

Clare se leva lentement. Sa peur avait reflué, cédant la place à une rage sourde qu'elle espérait ne pas trahir. Abandonner ses enfants ? Plutôt expédier ce malade droit en enfer.

Les yeux baissés en signe de soumission, elle fit un pas timide vers lui.

— J'étais dans la confusion, incapable d'admettre la vérité. Tu m'as ouvert les yeux et je voudrais t'en remercier.

Elle releva la tête et plongea son regard au fond du sien. Puis elle leva le bras et lui flanqua un coup de brosse en pleine figure, de toutes ses forces, bien décidée à effacer ce sourire odieux de son visage. Du sang jaillit de sa bouche, et il hurla.

Profitant de l'effet de surprise, Clare bondit vers la porte, mais à la seconde où sa main se fermait sur la poignée, elle se sentit brusquement tirée en arrière. La peur ressurgit, violente, tandis que Sam la traînait sans ménagement sur le parquet. Elle se débattit comme un beau diable, tenta de viser les yeux, mais il lui flanqua un aller-retour magistral qui lui fit voir trente-six chandelles.

— Salope ! Je te donne tout et regarde ce que tu me fais ! Tu mérites une bonne correction !

Il se jeta sur elle avec une hargne redoublée et déchira son tee-shirt. Mue par l'instinct de survie, elle lui laboura le visage de ses ongles. Sous le choc, il se cabra et cria de douleur. Elle se débattit de plus belle et soudain, comme par miracle, elle se sentit libérée de son poids. Elle rampa vers la porte et se releva tant bien que mal, le souffle rauque. Ses enfants, elle devait protéger ses enfants.

Des bras se refermèrent sur elle. Affolée, elle commença à se démener.

— Clare, Clare ! C'est moi, la rassura Avery, qui la maintint jusqu'à ce qu'elle cesse de lutter. Tout va bien maintenant.

— Mes bébés. Il faut que j'aille...

— Chuuut. Hope est allée voir. Calme-toi.

Les paroles d'Avery atteignirent enfin le cerveau de Clare. Elle se laissa aller contre son amie. Tournant la tête, elle découvrit Sam étalé par terre au pied du lit. À califourchon sur lui, Beckett martelait son visage ensanglanté de coups de poing.

— Mon Dieu...

Hébétée, elle s'efforça de se relever. Hope se matérialisa soudain près d'elle et aida Avery à la soutenir.

La seconde d'après, Owen et Ryder faisaient irruption dans la chambre. Owen voulut intervenir, mais son frère le retint par le bras.

— Il faut l'arrêter.

Ryder haussa les épaules.

— Laisse-lui encore une minute.

— Bon sang, Ryder.

Malgré le regard farouche que Hope décocha à Ryder en signe d'approbation, Owen se précipita vers son frère.

— Arrête, Beckett. Stop. Stop, bon Dieu ! Il a sa dose. Donne-moi donc un coup de main, toi, lança-t-il à Ryder, avant qu'il envoie cette ordure *ad patres*.

Ils ne furent pas trop de deux pour maîtriser Beckett. Un seul regard à Clare suffit à faire retomber sa rage. Bouleversé, il s'approcha d'elle et effleura son pauvre visage tuméfié.

— Ce salaud t'a blessée.

— Voilà la police, dit Hope en entendant les sirènes. Je descends leur parler pour qu'ils ne réveillent pas les enfants. Et demander une ambulance. Mais ça n'a rien d'urgent, ajouta-t-elle après un regard à Sam qui gisait, inanimé, sur le sol.

Avant de quitter la pièce, elle surprit le sourire mauvais de Ryder.

Beckett souleva Clare dans ses bras.

— Viens, on descend. Tu nous raconteras en bas ce qui s'est passé.

Elle acquiesça et posa la tête sur son épaule. Si seulement la pièce pouvait s'arrêter de tourner.

— Avery...

— Je retourne voir les enfants. Ne t'inquiète pas.

— Il voulait qu'on parte ensemble ce soir, murmura Clare dans l'escalier. En voyage. Et qu'on laisse les enfants seuls ici – avant de les coller en pension parce qu'ils lui cassaient les pieds.

— Il ne te fera plus de mal. Ni aux garçons. Plus jamais.

— Mon sang n'a fait qu'un tour. Je l'ai frappé de toutes mes forces avec ma brosse à cheveux. Je crois bien que je lui ai cassé une dent.

— En haut d'abord, dit-il à Charlie Reeder qui attendait au pied de l'escalier. Tu l'as frappé avec ta brosse ? enchaîna-t-il.

— Je n'avais rien d'autre pour me défendre.

Beckett s'assit sur le canapé avec elle sur les genoux et la serra contre lui.

— À mon avis, tu avais bien plus que ça.

Il resta à ses côtés lorsqu'elle fit sa déposition, et n'accorda pas un regard à Sam Freemont tandis qu'on l'emmenait, menotté à la civière. Hope apporta une tasse de thé à Clare, tandis qu'un des urgentistes soignait les phalanges en sang de Beckett.

Après que les policiers eurent localisé la fenêtre forcée et fait les relevés d'usage, Ryder alla chercher des outils pour la réparer.

Après le départ de la police, Avery sortit de la cuisine.

— J'ai préparé de la soupe. Quand je suis retournée, je cuisine. Alors, tout le monde à table.

Tandis qu'elle remplissait les assiettes, Ryder se laissa choir sur une chaise dans la cuisine et se tourna vers Beckett.

— Maintenant que nous sommes entre nous, dis-moi franchement ce que tu n'as pas osé avouer aux flics. Comment as-tu su que Clare avait des ennuis ?

— Grâce à Elizabeth.

Beckett posa la main sur celle de Clare et raconta toute l'histoire.

— Plutôt futée pour une morte, ironisa Ryder avant de glisser un regard en coin à Hope. La directrice va avoir fort à faire.

— La manager a un prénom, l'informa l'intéressée.

— Il paraît, oui.

— Hope et moi allons dormir ici cette nuit, annonça Avery en posant une assiette devant Owen. De toute façon, si je rentre chez moi je ne fermerai pas l'œil.

— Ce ne sera pas de refus, fit Clare qui soupira avec émotion. Quand je pense qu'Elizabeth vous a prévenus. Et que vous êtes venus.

Elle tourna sa main sous celle de Beckett et entrelaça ses doigts aux siens.

— Vous êtes tous venus, répéta-t-elle.

Beckett demeura à son chevet jusqu'à ce qu'elle s'endorme. Il embarqua le sac de couchage Spiderman de Harry dans son pick-up et se rendit droit à l'hôtel.

Dans la chambre Elizabeth et Darcy, il étala le sac sur le sol.

— Elle va bien, dit-il à voix haute. Grâce à vous. Il l'a un peu malmenée, mais si vous ne nous aviez pas prévenus, il aurait pu faire pire.

Il s'assit et ôta ses chaussures de travail.

— Il est à l'hôpital, sous bonne garde. Dès sa sortie, il sera bouclé en cellule. Il a deux dents en moins, le nez et la mâchoire cassés. Il s'en sort à bon compte, je trouve.

Épuisé, sur les nerfs, il s'étira de tout son long.

— J'espère que cela ne vous dérange pas que je passe la nuit ici. Je me suis dit que vous apprécieriez un peu de compagnie, et je n'ai pas envie de rentrer chez moi. On peut dire que je suis le premier client de l'Hôtel Boonsboro – vivant en tout cas.

Allongé sur le dos, il contemplait le plafond. Soudain, il crut sentir quelque chose de froid frôler ses doigts endoloris. Puis la lumière qu'il avait oubliée dans la salle de bains s'éteignit.

— Merci, murmura-t-il. Bonne nuit.

Il ferma les yeux et s'endormit.

Le dimanche matin, Beckett insista pour embarquer toute la petite famille, chiens compris, dans le monospace.

— On devait aller à la salle de jeux vidéo, lui rappela Harry. Tu avais promis.

— Oui, cet après-midi. Je veux juste vous montrer quelque chose d'abord, expliqua-t-il en se glissant au volant. Ce n'est pas loin.

— C'est sûrement un secret, intervint Clare.

Elle avait atténué les contusions sous une couche de maquillage, mais il savait que les garçons les avaient vues. De même qu'il savait qu'elle leur avait dit la vérité – dans les grandes lignes, du moins.

Ils sortirent de la ville, et Liam et Harry commencèrent à se chamailler. Murphy, lui, se mit à chanter à tue-tête, pour le plus grand bonheur des chiens qui avaient déjà appris à hurler à l'unisson.

Tout semblait si normal. À part les bleus sur le visage de Clare.

— Je peux les emmener seul à la salle de jeux si tu préfères te reposer, proposa-t-il.

— Beckett, ce n'étaient que quelques gifles. J'ai eu mal et vraiment très peur, mais c'est du passé, à présent, chuchota-t-elle, sa voix couverte par l'autoradio.

Personnellement, il craignait d'avoir du mal à oublier.

— Hope a parlé à un de ses amis, un psychiatre à Washington, continua Clare. D'après lui, c'est le comportement classique du désaxé porté sur le harcèlement, avec une bonne dose de narcissisme en prime. Avec le temps, il a développé une véritable obsession à mon sujet. Tant que j'étais seule, elle est restée latente, mais ma relation avec toi a provoqué chez lui une rupture psychotique. En d'autres termes, il a pété les plombs. J'imagine qu'en prison il devra suivre un traitement médical.

— Qu'il se fasse soigner tant qu'il veut, du moment qu'il reste derrière les barreaux.

— Tout à fait d'accord. Dis-moi, ta mère n'habite pas par ici ? ajouta-t-elle en jetant un regard à la ronde.

— Pas très loin, en effet. Mais ce n'est pas chez elle que nous allons. À moins que tu ne veuilles qu'elle te materne comme hier.

— Non, merci. Depuis hier, j'ai eu ma dose. Entre les amis, la famille, les voisins, tous aux petits soins. Aujourd'hui, je veux me sentir normale et ennuyeuse.

Beckett bifurqua dans une allée gravillonnée, puis monta sur la droite.

— Ryder habite par là-bas, Owen de ce côté, expliqua-t-il, indiquant les directions de la main. Pas trop loin, mais pas trop près non plus.

Ils arrivèrent en vue d'une maison en chantier – un chantier loin d'être achevé. Beckett s'arrêta.

— Le terrain fait un peu plus de trois hectares, avec une jolie petite rivière en contrebas.

— C'est chez toi ? Quel endroit magnifique, Beckett. Tu es fou de ne pas finir cette maison pour y vivre.

— Possible.

Les enfants et les chiens jaillirent de la voiture et s'éloignèrent en courant. Ce n'était pas la place qui manquait pour s'ébattre, nota Beckett, et la petite troupe s'en donnait déjà à cœur joie. Il savait déjà comment il aménagerait le jardin, où il planterait des arbres.

— C'est à toi, tout ce terrain, avec les arbres et tout ? demanda Harry. On pourrait venir camper ici. Tu voudrais ?

— J'imagine qu'on pourrait, oui.

— J'oppose mon veto, intervint Clare, la main levée. Il n'est pas question que je fasse du camping.

— Qui te l'a demandé ? répliqua Beckett.

Il prit le ballon des mains de Harry et shoota si loin que, bipèdes ou quadrupèdes, tous se lancèrent à sa poursuite.

Clare et lui entreprirent de faire le tour du propriétaire.

— Tu ne pouvais pas trouver meilleure idée pour me remonter le moral, avoua-t-elle. C'est si beau ici. Et si tranquille. Il faut que tu nous montres la maison. Que tu expliques à quoi elle ressemblera une fois achevée.

Elle voulut se diriger vers le chantier, mais il la retint par la main.

— Je suis venu ici plusieurs fois la semaine dernière, et je me suis demandé pourquoi je n'arrivais pas à la finir.

Il plongea son regard dans le sien, le bleu de ses yeux soudain intense.

— Et j'ai compris. Je t'attendais, Clare. Cette maison, je veux la finir pour toi. Pour eux. Pour nous.

— Beckett...

— Je peux changer les plans. Ajouter deux ou trois chambres, une salle de jeux. Et une zone pavée par ici pour que les garçons puissent faire du vélo, expliqua-t-il en désignant l'endroit de sa main libre, tandis qu'autour d'eux tourbillonnaient les dernières feuilles. Et aussi un panier de basket. Il leur faut plus de place, surtout avec les chiens. Si tu savais, Clare, je donnerais tout ce que je possède pour t'avoir à mes côtés. Pour vous avoir tous à mes côtés. S'il te plaît... Mince, attends une minute.

Et il la planta là sans explications. Elle en resta bouche bée.

— Beckett !

— Désolé, juste une minute.

Il rejoignit au pas de course les garçons qui cherchaient des bâtons à lancer aux chiens.

— Harry.

— Ils mastiquent les bâtons, regarde.

— Harry, je t'avais fait une promesse, tu te souviens ? J'avais dit que je t'en parlerais avant de demander ta maman en mariage. J'ai besoin que tu me dises si c'est d'accord.

Harry baissa les yeux sur le bâton qu'il tenait. Debout à côté de lui, ses frères n'en perdaient pas une miette.

— Pourquoi tu veux te marier avec maman ?

— Parce que je l'aime, Harry. Je vous aime aussi, les garçons, et j'aimerais que nous formions une famille.

— Le méchant monsieur a essayé de faire du mal à maman, intervint Murphy. Mais tu es venu et vous l'avez battu et les policiers l'ont mis en prison.

— Oui, et vous n'avez plus d'inquiétude à avoir.

— Tu vas dormir dans son lit ? voulut savoir Liam.

— Ça fait partie du contrat.

— Des fois, on aime bien aussi venir dans son lit, quand il y a de l'orage ou qu'on fait des cauchemars.

— Alors il faudra un grand lit.

Beckett attendit pendant qu'ils échangeaient des regards – le langage tacite entre frères qu'il connaissait si bien.

— C'est d'accord, si elle veut.

Il serra la main de Harry, puis attira les trois garçons dans ses bras.

— Merci. Souhaitez-moi bonne chance.

Il retourna vers Clare en courant.

— Bonne chance ! lui cria Murphy.

Si Beckett n'avait pas été aussi nerveux, il aurait éclaté de rire.

— Tu m'expliques ? fit Clare.

— C'était une conversation entre hommes.

— Ah, oui ? Tu me parles de chambres, de panier de basket, et tu m'abandonnes au beau milieu de tes explications pour une conversation entre hommes.

— Je ne pouvais pas finir sans en avoir parlé à Harry. Nous avions un accord, et les garçons doivent savoir que je tiens mes promesses.

— Eh bien, tant mieux pour toi, mais...

— Je devais avoir son feu vert avant de te demander en mariage. Clare, veux-tu m'épouser ? S'il te plaît, dis oui. Ne me fais pas passer pour un loser devant les enfants.

La main avec laquelle Clare s'apprêtait à repousser ses cheveux s'immobilisa en l'air.

— Tu veux dire que tu as demandé son consentement à mon fils qui n'a même pas neuf ans ?

— C'est l'aîné.

— Je vois, dit-elle en se détournant.

— Désolé, s'excusa Beckett, je gâche tout. Je t'aime. J'aurais dû commencer par là. Je te jure, je fais plus de gaffes avec toi qu'avec quiconque. Je t'aime, Clare. Et j'aime tes enfants.

— Je sais.

Devant ses yeux embués de larmes, les branches nues des arbres se brouillèrent en un doux miroitement.

— Je pourrais t'aimer même si ce n'était pas le cas, parce que l'amour ne se commande pas. Mais jamais je ne pourrais t'épouser si tu ne les aimais pas, si je n'avais pas la certitude que tu seras un bon père pour eux.

Elle refoula ses larmes de son mieux et se retourna.

— Moi aussi, je t'aime, Beckett. Je t'aime éperdument, sans l'ombre d'un doute ou d'une hésitation, et c'est avec la même conviction que je suis prête à t'épouser.

Elle se jeta à son cou.

— Mon pauvre chéri, tu n'imagines pas dans quoi tu t'engages.

— Je parie que si, et je compte bien en savourer chaque seconde.

Elle s'écarta, perplexe.

— C'est quoi, ce truc dans ta poche ? Et ne me dis pas que tu es juste content de me voir.

— Oh, j'avais oublié ! fit-il en extirpant un petit sac de la poche de son jean. Tiens, c'est pour toi. Une nouvelle brosse.

Elle écarquilla les yeux un instant, puis prit le visage de Beckett entre ses mains.

— Pas étonnant que je veuille t'épouser.

Beckett la souleva dans ses bras et la fit tournoyer. Et quand il l'attira contre lui, il leva le pouce dans son dos à l'intention des garçons.

Les enfants – leurs enfants – poussèrent des cris de joie et se ruèrent vers eux, les chiens aboyant follement sur leurs talons.

Du même auteur aux Éditions J'ai lu

Les illusionnistes (n° 3608)
Un secret trop précieux (n° 3932)
Ennemies (n° 4080)
L'impossible mensonge (n° 4275)
Meurtres au Montana (n° 4374)
Question de choix (n° 5053)
La rivale (n° 5438)
Ce soir et à jamais (n° 5532)
Comme une ombre dans la nuit (n° 6224)
La villa (n° 6449)
Par une nuit sans mémoire (n° 6640)
La fortune des Sullivan (n° 6664)
Bayou (n° 7394)
Un dangereux secret (n° 7808)
Les diamants du passé (n° 8058)
Coup de cœur (n° 8332)
Douce revanche (n° 8638)
Les feux de la vengeance (n° 8822)
Le refuge de l'ange (n° 9067)
Si tu m'abandonnes (n° 9136)
La maison aux souvenirs (n° 9497)
Les collines de la chance (n° 9595)
Si je te retrouvais (n° 9966)
Un cœur en flammes (n°10363)
Une femme dans la tourmente (n° 10381)
Maléfice (n° 10399)
L'ultime refuge (n° 10464)
Et tes péchés seront pardonnés (n° 10579)
Une femme sous la menace (n° 10545)
Le cercle brisé (n° 10856)

Lieutenant Eve Dallas
Lieutenant Eve Dallas (n° 4428)
Crimes pour l'exemple (n° 4454)
Au bénéfice du crime (n° 4481)
Crimes en cascade (n° 4711)
Cérémonie du crime (n° 4756)
Au cœur du crime (n° 4918)
Les bijoux du crime (n° 5981)
Conspiration du crime (n° 6027)
Candidat au crime (n° 6855)
Témoin du crime (n° 7323)
La loi du crime (n° 7334)
Au nom du crime (n° 7393)
Fascination du crime (n° 7575)
Réunion du crime (n° 7606)
Pureté du crime (n° 7797)
Portrait du crime (n° 7953)
Imitation du crime (n° 8024)
Division du crime (n° 8128)
Visions du crime (n° 8172)
Sauvée du crime (n° 8259)
Aux sources du crime (n° 8441)

Souvenir du crime (n° 8471)
Naissance du crime (n° 8583)
Candeur du crime (n° 8685)
L'art du crime (n° 8871)
Scandale du crime (n° 9037)
L'autel du crime (n° 9183)
Promesses du crime (n° 9370)
Filiation du crime (n° 9496)
Fantaisie du crime (n° 9703)
Addiction au crime (n° 9853)
Perfidie du crime (n° 10096)
Crimes de New York à Dallas (n° 10271)
Célébrité du crime (n° 10489)
Démence du crime (n° 10687)
Préméditation du crime (n° 10838)

Les trois sœurs
Maggie la rebelle (n° 4102)
Douce Brianna (n° 4147)
Shannon apprivoisée (n° 4371)

Trois rêves
Orgueilleuse Margo (n° 4560)
Kate l'indomptable (n° 4584)
La blessure de Laura (n° 4585)

Les frères Quinn
Dans l'océan de tes yeux (n° 5106)
Sables mouvants (n° 5215)
À l'abri des tempêtes (n° 5306)
Les rivages de l'amour (n° 6444)

Magie irlandaise
Les joyaux du soleil (n° 6144)
Les larmes de la lune (n° 6232)
Le cœur de la mer (n° 6357)

L'Île des Trois Sœurs
Nell (n° 6533)
Ripley (n° 6654)
Mia (n° 8693)

Les trois clés
La quête de Malory (n° 7535)
La quête de Dana (n° 7617)
La quête de Zoé (n° 7855)

Le secret des fleurs
Le dahlia bleu (n° 8388)
La rose noire (n° 8389)
Le lys pourpre (n° 8390)

Le cercle blanc
La croix de Morrigan (n° 8905)
La danse des dieux (n° 8980)
La vallée du silence (n° 9014)

Le cycle des sept
Le serment (n° 9211)
Le rituel (n° 9270)
La Pierre Païenne (n° 9317)

Quatre saisons de fiançailles
Rêves en blanc (n° 10095)
Rêves en bleu (n° 10173)
Rêves en rose (n° 10211)
Rêves dorés (n° 10296)

En grand format

L'hôtel des souvenirs
Un parfum de chèvrefeuille
Comme par magie
Sous le charme

Les héritiers de Sorcha
À l'aube du grand amour

Intégrales
Les frères Quinn
Les trois sœurs
Le cycle des sept
Magie irlandaise

10958

Composition
NORD COMPO

*Achevé d'imprimer en Espagne
par CPI (Barcelone)
le 7 décembre 2014*

Dépôt légal décembre 2014
EAN 9782290056189
OTP L21EPLN001239N001

ÉDITIONS J'AI LU
87, quai Panhard-et-Levassor, 75013 Paris

Diffusion France et étranger : Flammarion